세계를 재다

DIE VERMESSUNG DER WELT
by Daniel Kehlmann

Copyright ⓒ 2005 by Rowohlt Verlag GmbH, Reinbek bei Hamburg
All rights reserved.

Korean Translation Copyright ⓒ 2008 by Minumsa
This Korean edition is published by arrangement with
Rowohlt Verlag GmbH through Momo Agency.

이 책의 한국어 판 저작권은 모모 에이전시를 통해
Rowohlt Verlag GmbH와 독점 계약한 (주)민음사에 있습니다.

저작권법에 의해 한국 내에서 보호를 받는 저작물이므로
무단 전재와 무단 복제를 금합니다.

# 세계를 재다

**다니엘 켈만 장편소설** · 박계수 옮김
Die Vermessung der Welt

민음사

차례

여행 · 7

바다 · 18

선생 · 52

동굴 · 69

수 · 82

강 · 102

별들 · 146

산 · 167

정원 · 186

수도 · 201

아들 · 222

아버지 · 234

에테르 · 243

유령 · 260

초원 지대 · 272

나무 · 304

옮긴이의 말 · 313

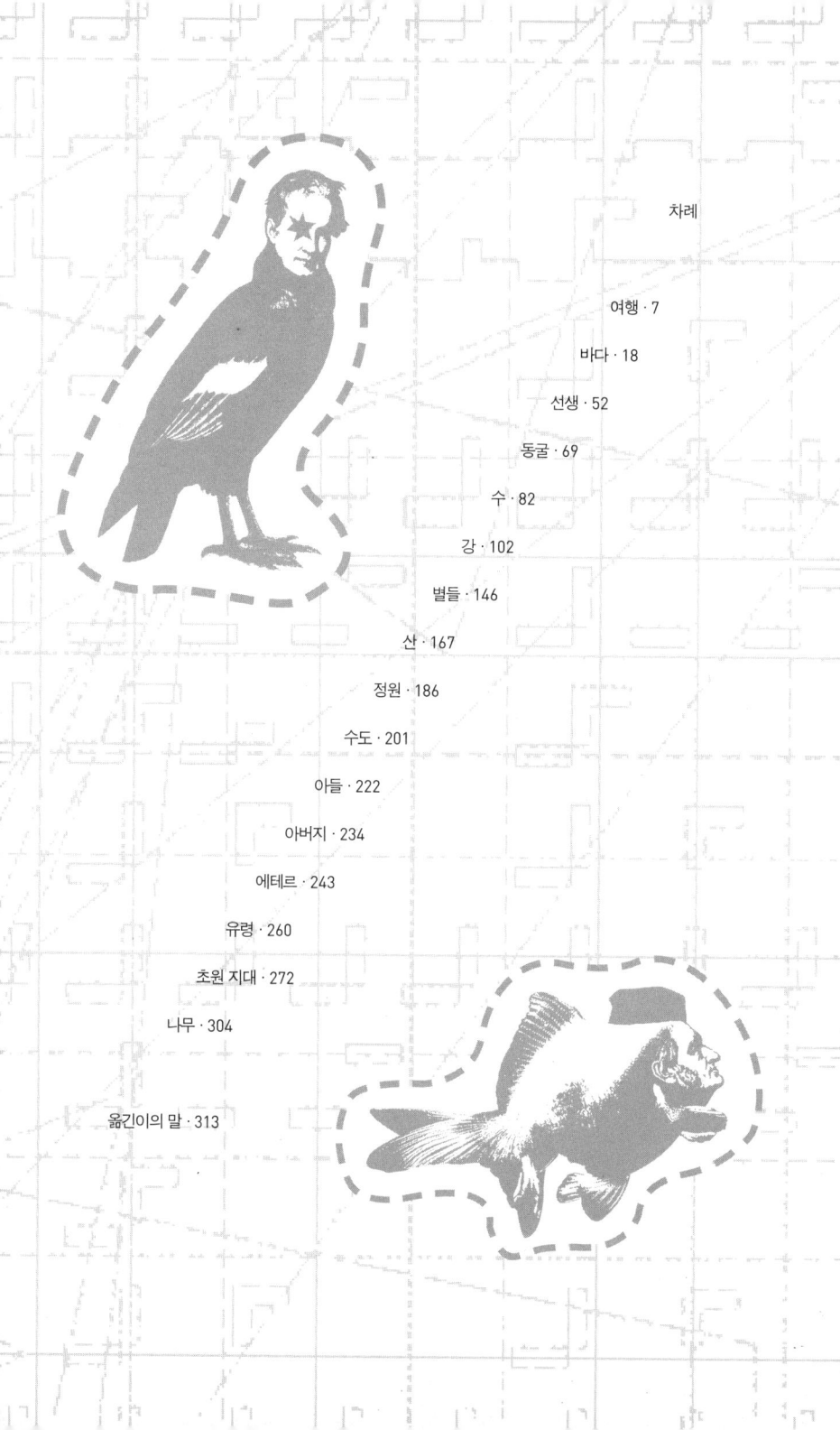

# 여행

1828년 9월, 독일이 낳은 그 위대한 수학자는 베를린에서 개최되는 독일 자연과학자 회의에 참석하기 위해 수십 년 만에 고향을 떠나게 되었다. 하지만 그런 회의에 참석하고 싶은 마음은 조금도 없었다. 몇 달을 끌며 초청을 고사했지만 알렉산더 폰 훔볼트의 집요한 부탁에 못 이겨 마음이 약해지고 말았다. 결국 그는 초청을 받아들였고, 그리고 제발 그날이 오지 않기만을 바랐다.

그러니까 지금 침대에 몸을 숨기고 있는 남자는 바로 가우스 교수이다. 미나가 일어나라고 재촉했다. 마차가 벌써 와서 기다리고 있다, 갈 길이 멀다 소리를 듣고도 가우스는 베개에 머리를 파묻었다. 그리고 눈을 감으면서 아내가 사라지길 바랐다. 그러나 다시 눈을 떴을 때에도 미나는 여전히 거기 서 있었다. 그는 미나에게 그녀는 정말 성가시고 미련하며, 자신의 노년이 맞닥뜨린 불행이라고 퍼부어 댔다. 그런 말 역시 아무 소용이 없다는 것을 알았을 때 그는 이불을 젖히고 두 발을 바닥에 내려놓았다.

그는 화가 덜 풀렸는지 씩씩대며 대충 씻고는 계단을 내려갔다. 거실에서는 그의 아들 오이겐이 여행 가방을 들고 기다리고 있었다. 아들 앞에서 가우스는 분노가 폭발했다. 그는 창문턱에 놓인 단지를 집어 던진 뒤 발로 으깼으며, 주변에 있는 것들을 닥치는 대로 마구 부쉈다. 오이겐과 미나가 양쪽에서 그를 붙잡고, 사람들이 그를 잘 돌보아 줄 것이다, 눈 깜짝할 새에 집에 돌아와 있을 것이다, 잠깐 나쁜 꿈을 꾸는 것처럼 시간이 빨리 지나갈 것이다 하며 아무리 다독여도 그는 진정되지 않았다. 시끄러운 소리에 놀라 방에서 나온 노모가 그의 뺨을 때리고, 내 의젓한 아들은 도대체 어딜 갔느냐고 묻자 그때야 그는 정신을 차렸다. 그는 미나와 건성으로 작별 인사를 나누었다. 멍한 표정으로 딸과 막내아들의 머리를 쓰다듬어 주었다. 그러고는 하인들의 도움을 받으며 마차에 올랐다.

여행은 고통스러웠다. 가우스는 오이겐더러 못난 놈이라며, 마디가 많은 지팡이를 빼앗더니 힘껏 그의 발을 밀쳤다. 그러곤 눈가를 찌푸린 채 한동안 창밖을 내다보았다. 그리고 난데없이 네 누나가 언제쯤이면 결혼할 수 있을 것 같으냐고 물었다. 왜 아무도 내 딸에게 청혼하지 않는 거야? 뭐가 문제지?

오이겐은 긴 머리를 뒤로 넘기고, 양손으로 붉은색 모자를 만지작거리며 아무 대답도 하지 않았다.

뭐라고 말 좀 해 봐. 가우스가 말했다.

솔직히 누나가 예쁘지는 않잖아요. 오이겐이 대답했다.

가우스는 고개를 끄덕였다. 오이겐의 대답이 설득력 있게 들렸기 때문이다. 그는 책을 한 권 달라고 했다.

오이겐은 자신이 방금 펼쳤던 책을 그에게 주었다. 프리드리히

얀의 『체조론』. 오이겐이 즐겨 읽는 책 중의 한 권이었다.

가우스는 독서에 열중하려는 듯 자세를 잡았다. 그러나 금세 고개를 들더니 마차의 최신식 가죽 스프링 장치에 대해 불평을 늘어놓았다. 사람들은 이 장치에 익숙해지기보다 오히려 더 불편해할 거라는 이야기였다. 그는 설명했다. 머지않아 기계가 총알 같은 속도로 인간을 이 도시에서 저 도시로 태우고 다니게 될 거다. 그렇게 되면 괴팅겐에서 반 시간이면 베를린에 도착할 수 있겠지.

오이겐은 설마 그런 일이 일어나겠냐는 듯 고개를 갸웃했다.

말도 안 되고 불공평한 일 같지. 가우스가 말했다. 그러나 인간이란 원하든 원치 않든 우연히 어느 특정한 시대에 태어나서 그 시대에 갇혀 살아야 하는 딱한 존재이니, 이 얼마나 적절한 예냐. 과거와 비교해 보면 현재의 우리는 염치없을 만큼 유리한 입장에 있지만, 미래에서 보면 웃음거리밖에 되지 않는 거야.

오이겐은 졸면서 고개를 끄덕였다.

가우스는 이야기를 계속했다. 심지어 나같이 머리가 좋은 사람조차 원시 시대에 태어났거나 남아메리카의 오리노코 강변에서 태어났다면 아무 일도 할 수 없었을 거다. 반대로 200년 후에는 아무리 머리가 나쁜 사람이라도 내가 해 놓은 일쯤은 장난으로 여기고 나를 되도 않는 우스갯거리로 만들 수 있을 거야. 그는 잠시 생각에 잠기는 듯하더니 오이겐에게 다시 한 번 쓸모없는 놈이라고 하고는 독서에 전념했다. 그가 책을 읽는 동안 오이겐은 치욕과 분노로 일그러진 얼굴을 숨기려고 뻣뻣하게 앉아 창밖만 뚫어지게 내다보았다.

『체조론』은 체조 기구를 다룬 책이었다. 저자는 자기가 직접 고안해 낸 기구들을 상세히 묘사하고 있었다. 올라탈 수 있는 기구들

가운데 하나에는 말(안마)이라는 이름을 붙였고, 다른 하나는 대들보(평균대), 또 다른 하나는 수염소(도마)라고 불렀다.

정신 나간 놈 아냐. 이렇게 말하면서 가우스는 창을 열고 책을 마차 밖으로 휙 던져 버렸다.

제 책이잖아요. 오이겐이 외쳤다.

네 책이라도 마찬가지야. 그렇게 말한 뒤 잠이 든 가우스는 해 질 녘 연방 경계 역에 도착하여 말을 바꿔 맬 때까지 깨지 않았다.

타고 온 말에서 마구를 내려 새 말에 얹는 동안 그들은 한 식당에서 감자수프를 먹었다. 식당에는 그들 말고는 긴 턱수염에 뺨이 움푹 들어간 마른 남자밖에 없었는데, 그는 옆 탁자에서 슬그머니 그들을 훔쳐보았다. 육체적인 것은 정말 모든 굴욕의 원천이란 말야. 체조 기구가 나오는 꿈을 꿔서 짜증이 난 가우스가 말했다. 나같이 똑똑한 정신은 이렇게 빈약한 육체에 감금되어 있는데 오이겐처럼 평균치의 머리를 가진 녀석은 절대 아프지 않다니, 이 얼마나 짓궂은 신의 장난이냐.

저도 어렸을 때 심하게 천연두를 앓은 적이 있어요. 오이겐이 말했다. 거의 죽을 뻔한걸요. 아직도 여기 흉터가 남아 있잖아요!

아, 그랬지. 가우스가 말했다. 그걸 잊고 있었군. 가우스는 창문 앞에 서 있는 역마를 가리켰다. 부자들이 여행을 하려면 가난한 사람보다 두 배나 더 많은 시간이 필요하다니 정말 웃기지 않냐. 역마를 이용하면 매 역마다 말을 바꿔 탈 수 있지만 자기 말로 여행을 하자면 그 말이 기운을 차릴 때까지 기다려야 하거든.

그래서요? 오이겐이 물었다.

가우스가 말했다. 물론 좀처럼 생각이라는 것을 할 줄 모르는 사람에게야 그것이 당연하게 보이겠지. 사람들이 젊을 때는 지팡이를 들고 다니다가 정작 나이 들면 지팡이를 가지고 다니지 않는 것까지 말이야.

지팡이는 대학생들이 가지고 다니는 거잖아요. 예전부터 항상 그래 왔고 앞으로도 그럴 거라고요.

그렇겠지, 라고 말하며 가우스는 웃음을 흘렸다.

잠시 뒤 그들이 말없이 수프를 떠먹고 있는데 경계를 관할하는 경찰이 들어오더니 통행증을 보여 달라고 했다. 오이겐이 자기 통행증을 보여 주었다. 그는 대학생이긴 하지만 요주의 인물이 아니며, 부친을 동반해 프로이센 땅에 들어가도록 허가를 받았다는 내용의 왕실 확인서였다. 경찰은 미심쩍다는 듯 그를 보고, 여권을 살피더니 고개를 끄덕였다. 그리고 가우스에게 몸을 돌렸다. 나는 아무것도 없는데요.

여권이 없다고요? 경찰이 놀라서 물었다. 종잇조각이나 인장이나 아무것도 없단 말입니까?

그런 것을 쓸 일이 한 번도 없었소. 가우스가 말했다. 20년 전 하노버 국경을 넘은 게 마지막이었는데 당시에는 아무 문제가 없었소.

오이겐은 자신들이 누구이며 어디로 가고 있는지, 누구의 요청을 받았는지를 설명했다. 자연과학자 회의는 왕실의 후원으로 개최되는 것이니, 귀빈으로 참석하는 제 아버님은 국왕의 초대를 받은 거나 마찬가지입니다.

그러나 경찰이 원하는 건 여권이었다.

오이겐이 말했다. 경찰 나리는 잘 모르시겠지만, 제 아버님은 아주 먼 나라에서도 존경받는 분이며, 여러 학술원의 회원이며 청년

시절부터 수학의 황제라 불린 분입니다.

가우스는 고개를 끄덕였다. 그러고는, 나폴레옹이 나 때문에 괴팅겐 포격을 포기했다고 한다고 덧붙였다.

오이겐의 낯빛이 창백해졌다.

나폴레옹이라고요. 경찰이 가우스의 말을 반복했다.

물론이오. 가우스가 말했다.

경찰은 조금 더 언성을 높이며 여권을 보여 달라고 요구했다.

가우스는 머리를 팔에 괸 채 꿈쩍도 하지 않았다. 오이겐이 그를 살짝 쳐 보았지만 소용이 없었다. 가우스는 중얼거렸다. 상관없어. 집으로 돌아가자. 못 가도 그만이다.

경찰은 당황하여 자신의 모자를 만지작거렸다.

그때 옆자리에 앉아 있던 남자가 끼어들었다. 이런 일은 이제 사라질 겁니다! 독일은 자유로운 나라가 될 것이며, 선량한 시민들은 그 어떤 구속도 받지 않고 살면서 건강한 몸과 마음으로 여행을 다니고, 증명서 따윈 내보일 필요가 없게 될 겁니다.

경찰은 황당해하며 그 남자에게 신분 증명서를 보여 달라고 요구했다.

나도 그럴 생각이었소. 그 남자는 이렇게 소리치면서 주머니를 뒤졌다. 그러더니 갑자기 벌떡 일어서서 의자를 밀치고 밖으로 뛰쳐나갔다. 경찰은 그가 사라지며 열어 둔 문만 넋을 놓고 바라보다 곧 정신을 차리고 그를 뒤쫓았다.

가우스는 천천히 머리를 들었다. 오이겐은 바로 출발하자고 했다. 가우스는 고개를 끄덕이고 아무 말 없이 남은 수프를 마저 먹었다. 경찰 초소는 비어 있었다. 경찰 두 명이 다 턱수염 기른 그 남자를 잡으러 쫓아간 덕분이었다. 오이겐과 마부는 힘을 합해 차단기를 올렸다. 그리고 그들은 프로이센 땅으로 들어섰다.

가우스는 이제 기분이 좋아졌다. 거의 유쾌하다고 할 정도였다. 그는 미분기하학 이야기를 꺼냈다. 사람들은 구부러진 공간에서 길이 어떻게 뻗어 가는지 감도 못 잡고 있다. 나조차도 중요한 것만 대강 파악하고 있을 뿐이다. 오이겐, 너는 네가 평범한 것을 다행으로 생각해야 한다. 평범한 사람은 불안과 걱정에 떨 필요가 별로 없거든. 그다음 가우스는 자신의 혹독했던 소년 시절에 관해 이야기했다. 우리 아버지는 아주 냉정하고 엄한 사람이었다. 너는 행복한 줄 알아라. 나는 말하는 법보다 계산하는 법을 먼저 배웠다. 한번은 아버지가 급료를 세면서 실수를 했는데, 그러자 내가 마구 울어 댔단다. 아버지가 잘못 셈한 것을 고치고 나서야 내가 울음을 멈추었다는구나.

오이겐은 그 이야기가 사실이 아니라는 것을 알면서도 감동받은 척을 했다. 그 이야기는 가우스의 형 요제프가 만들어서 퍼뜨린 것이었다. 그 이야기를 수없이 듣더니 아버지도 언젠가부터 그것을 진짜 일어났던 일로 믿기 시작했을 뿐이었다.

가우스는 자신이 모든 학문의 적이라 여기며 언제나 정복하기를 원했던 우연에 관한 이야기도 꺼냈다. 가까이서 관찰해 보면 모든 사건의 배후에는 무한히 치밀한 인과관계가 존재한다. 멀찍이 물러서서 보면 거대한 밑그림이 드러난다. 임의와 우연은 어중간한 거리에서 볼 때 생기는 문제, 거리의 문제다. 이해가 되느냐?

대강은요. 오이겐은 피곤한 듯 말하고 회중시계를 내려다보았다. 시계가 아주 정확하지는 않았지만 대략 새벽 3시 반에서 5시 사이라는 것은 알 수 있었다.

가우스는 손으로 아픈 등허리를 꾹꾹 눌러 가며 계속 말했다. 그럼에도 확률의 법칙은 불가항력적인 것이 아니다. 그것은 자연법칙이 아니며 예외도 가능하다. 예를 들면 나같이 똑똑한 사람이 나날 확률이나 바보가 도박에서 계속 돈을 딸 확률 같은 것 말이다. 가끔은 물리학의 법칙이란 것도 단순히 통계상으로만 적용되는 것, 즉 예외를 허용하는 것이 아닐까 하는 생각이 든다. 유령이라든가 텔레파시 같은 예외 말이다.

오이겐은 지금 농담을 하신 거냐고 물었다.

그건 나도 몰라, 대답을 하고 가우스는 눈을 감고 깊은 잠에 빠져들었다.

다음 날 오후 늦게 그들은 베를린에 도착했다. 베를린은 수천 채의 작은 가옥들이 유럽의 가장 질퍽한 지역에 구심점도 없이 무질서하게 늘어서 있는 도시였다. 얼마 전서부터야 이곳에 화려한 건물들이 들어서기 시작했다. 대성당, 궁전 몇 개, 훔볼트의 위대한 원정대가 가져온 발굴품을 전시하기 위한 박물관.

오이겐이 말했다. 몇 년 후면 여기도 로마, 파리, 상트페테르부르크 같은 대도시가 될 겁니다.

가우스가 말했다. 그럴 리가 없다. 이런 흉물스러운 도시가!

마차는 울퉁불퉁한 포장도로 위를 덜커덩거리며 굴러갔다. 말들이 으르렁거리는 개에 겁을 먹고 두 번이나 뒷걸음쳤고, 골목길에서는 바퀴가 젖은 모래 속에 박힐 뻔했다. 그들이 묵게 될 집의 주인은 시내 중심가에 있는 파크호프 4번가, 새로 들어서는 박물관 터 바로 뒤에 살고 있었다. 그들이 집을 잘 찾아올 수 있도록 집주인은 가는 펜으로 아주 정밀한 지도를 그려 보내왔다. 그들이 도착한 것을 누가 멀리에서 봤는지, 그들이 마당으로 들어서자마자 현관문이 열리더니 남자 네 명이 달려 나왔다.

알렉산더 폰 훔볼트는 백발이 성성하고 키가 작은 노인이었다. 그의 뒤를 메모장을 펴 든 비서 한 명과 하인 제복을 입은 심부름꾼, 구레나룻을 기른 젊은 남자가 받침대가 달린 나무 상자를 들고 따라왔다. 그들은 미리 연습이라도 한 것처럼 일사불란하게 움직였다. 훔볼트는 마차 문을 향해 팔을 뻗었다.

아무도 나오지 않았다.

마차 안에서 격하게 주고받는 말소리가 들려왔다. 안 돼요. 누군가 소리쳤다. 안 돼! 둔탁하게 때리는 소리가 들리더니 세 번째 '안 돼요'가 들렸다. 그리고 잠시 아무 소리도 나지 않았다.

마침내 문이 열리고 가우스가 조심스럽게 마차에서 길로 내려섰다. 훔볼트가 그의 어깨를 잡고, 만나게 되어 무한한 영광이라고, 지금 이 순간은 독일 역사에 있어서나 학문의 발전에 있어서 위대한 순간이 될 거라고 외치자 가우스는 뒤로 흠칫 물러섰다.

비서가 뭔가를 기록했고, 나무 상자 뒤에 있던 남자는 낮은 목소리로 빠르게 말했다. 지금입니다!

훔볼트는 부동자세를 취했다. 이 사람은 다게르라고 합니다. 입술을 움직이지 않고 그가 속삭였다. 제가 돌보고 있는 사람인데 감광성의 옥화 은판에 순간을 담아서 도망가는 시간을 낚아채는 기구를 만들었습니다. 절대 움직이면 안 돼요!

가우스가 말했다. 집에 갔으면 좋겠다.

잠깐만요. 훔볼트가 속삭였다. 15분 정도면 됩니다. 상당히 많이 발전했지요. 얼마 전까지만 해도 훨씬 오래 걸렸습니다. 맨 처음에는 너무 오래 걸려서 등이 참을 수 없을 정도로 아팠습니다. 가우스는 그의 손에서 벗어나려 했지만 키도 작은 노인이 힘은 얼마나 센지 그를 꽉 붙잡고 놔주질 않았다. 훔볼트가 중얼거렸다. 폐하께 가우스 교수가 도착하셨다고 전해 드려. 심부름꾼은 이미 출발하고 없었다. 다음 순간 훔볼트는 불현듯 머릿속에 무슨 생각이 떠올랐는지 이렇게 말했다. 메모! 바르네뮌데독일의 북서쪽에 위치한 작은 항구 도시에서 물개를 사육할 수 있는 가능성을 시험해 볼 것. 조건들은 유리해 보인다. 내일 나에게 제출하도록! 비서가 메모했다.

그제야 약간 절룩거리면서 마차에서 내린 오이겐은 늦게 도착해서 죄송하다고 조아렸다.

이곳에선 이른 시간도 없고, 늦은 시간도 없답니다. 여전히 입술을 움직이지 않으며 훔볼트가 대답했다. 이곳엔 해야 할 일들이 있을 뿐이며 우리는 그 일들을 하게 될 겁니다. 다행히 아직 해가 지지는 않았잖아요. 움직이지 마세요!

그때 경찰 한 명이 마당에 들어서더니 여기 무슨 일이 있느냐고 물었다.

훔볼트는 입술을 꽉 다문 채 말했다. 나중에 이야기합시다.

경찰이 말했다. 집회를 하려는 것 같은데. 즉시 해산하시오, 그렇지 않으면 체포될 겁니다.

나는 시종장이오. 훔볼트가 웅얼거렸다.

뭐요? 경찰이 몸을 앞으로 숙였다.

시종장이라고요. 훔볼트의 비서가 되풀이했다. 궁정에 속한 사람이란 말입니다.

다게르는 경찰에게 사진의 앵글 밖으로 비켜 달라고 부탁했다.

경찰은 이맛살을 찌푸리며 뒤로 물러섰다. 시종장이라니, 그런 말 따위는 누구나 지어낼 수 있는 거고, 설령 시종장이라 해도 집회 금지법을 피해 갈 수는 없다고 말했다. 그는 오이겐을 가리켰다. 그리고 저기 저 사람은 틀림없이 대학생인 것 같은데, 그렇다면 문제가 더 까다로워질 수도 있소.

비서가 말했다. 당장 사라지지 않으면 상상도 못 할 큰 어려움을 당하게 될 겁니다.

공무원에게 그런 식으로 말하다니. 머뭇거리면서 경찰이 말했다. 5분을 주겠소.

가우스는 끙 하는 소리를 내더니 훔볼트의 손에서 몸을 빼냈다.

아, 안 됩니다. 훔볼트가 외쳤다.

다게르는 발을 굴렀다. 지금 이 순간을 영원히 놓치고 말았어요!

다른 모든 순간도 마찬가지요. 가우스가 조용히 말했다. 모든 순간은 영원히 사라지는 법이지요.

그랬다. 그날 밤 가우스가 집 전체가 다 울릴 정도의 큰 소리로 코를 골며 자는 동안, 옆방에서 훔볼트는 빛에 노출시킨 동판을 루페로 검사해 보았지만 거기에는 아무것도 없었다. 잠시 뒤에야 서로 뒤엉킨 희미한 윤곽들이 나타나는 듯했다. 마치 바다 속 풍경 같은 것이 지워진 그림 같았다. 한가운데에 손 하나, 신발 세 짝, 어깨 한쪽, 제복의 소매 깃, 귀의 아랫부분이 보였다. 이번에도 실패인가? 그는 한숨을 쉬면서 창문 밖으로 동판을 던졌고, 그것이 마당에 떨어지는 둔탁한 소리를 들었다. 그리고 그에게 실패를 안겨 준 다른 모든 일들처럼 몇 초 후에는 그 일을 까맣게 잊었다.

바다







알렉산더 폰 훔볼트는 25년 전에 감행했던 열대 지역 원정 때문에 전 유럽에서 유명 인사가 되었다. 그는 뉴스페인<sup>현재의 멕시코</sup>, 뉴그라나다<sup>현재의 콜롬비아</sup>, 뉴바르셀로나, 뉴안달루시아<sup>현재의 베네수엘라</sup>, 미합중국에 가 보았고 오리노코 강과 아마존 강 사이에 있는 자연 운하를 발견했으며 세계에서 가장 높은 산을 정복했고 수천 가지 식물과 수백 가지 동물을 대개는 죽은 상태로 때때로 산 채로 채집했으며 앵무새와 이야기를 나누었고 시체를 파냈고 원정 중에 건너고 넘었던 모든 강과 산, 호수를 측량했으며 흙구덩이만 보면 기어들었고 온갖 장과(漿果)를 맛보았으며 누구나 상상하기 좋아하는 것처럼 나무에 기어올랐다.

그는 형제 중 아우였다. 낮은 귀족 계급의 부유한 남자였던 그의 아버지는 일찍 사망했다. 아들들을 어떻게 키워야 하는지에 관해 그의 어머니가 자문을 구한 이는 다름 아닌 괴테였다.

괴테는 이렇게 대답했다. 인간이 추구할 수 있는 것들의 다양함을 뚜렷이 보여 주는 형제. 즉 행위와 향유의 풍부한 가능성들을 가장 모범적인 현실로 만드는 형제. 그들은 감성을 희망으로, 정신을 여러 가지 생각으로 충족시키는 하나의 극작품과 같다.

아무도 이 문장을 알아먹지 못했다. 어머니도, 마른 몸에 큰 귀를 가진 그녀의 집사 쿤트도 도무지 이해할 수가 없었다. 마침내 쿤트가 이렇게 말했다. 이런 뜻일 것 같습니다. 실험이 중요하다. 한 아이는 문화적인 인물로 교육하고 다른 아이는 학문적인 인물로 교육해라, 뭐 그런.

그런데 누구에게 어떤 교육을 시켜야 하지?

쿤트는 골똘히 생각에 잠겼다. 그런 다음 어깨를 한 번 으쓱하더니 동전을 던지는 게 어떻겠냐고 제안했다.

전문가 열다섯 명이 높은 보수를 받고서 형제에게 대학 수준의 강의를 해 주었다. 동생에게는 화학, 물리학, 수학을, 형에게는 언어와 문학을, 그리고 둘 다에게 그리스어, 라틴어, 철학을 가르쳤다. 하루에 열두 시간씩, 일주일 내내, 쉬는 시간도 없고 방학도 없었다.

동생인 알렉산더는 과묵했으며 허약했다. 매사에 용기를 북돋아 주어야 했고 성적은 중간 정도였다. 혼자 내버려 두면 숲을 쏘다니며 딱정벌레를 모아, 자기만의 방식에 따라 분류하곤 했다. 그는 아홉 살에 벤저민 프랭클린이 발명한 피뢰침을 똑같이 따라 만들어 수도(首都) 근처 그들이 살고 있던 성의 지붕 위에 고정시켰다. 그것은 독일 전체를 통틀어 두 번째로 만들어진 것이었다. 다른 하나는 괴팅겐의 물리학 교수인 리히텐베르크의 집 지붕에 서 있었다. 독일에서는 이 두 곳만이 하늘로부터 안전했던 것이다.

형은 마치 천사처럼 보였다. 그는 시인처럼 말을 하고 어릴 때부터 유명 인사들에게 아이스럽지 않게 조숙한 편지를 보내곤 했다. 그를 본 사람들은 그의 영특함에 감탄하느라 거의 정신을 차리지 못했다. 그는 열세 살에 두 가지 언어를, 열네 살에는 네 가지 언어를, 열다섯 살에는 일곱 가지 언어를 완벽하게 구사했다. 벌이라곤 받아 본 적이 없었으며, 그가 실수하는 것을 본 사람도 한 명도 없었다. 그는 영국 대사와 무역 정책에 관해, 프랑스 대사와 반란의 위험에 대해 이야기를 나누었다. 한번은 그가 동생을 구석진 방의 장롱에 가두었다. 다음 날 하인이 거의 기절한 아이를 발견했을 때 그는 자기가 혼자 장 안에 들어가 문을 잠갔다고 말했다. 진실을 말해 봐야 아무도 믿지 않으리라는 것을 잘 알고 있었기 때문이다. 또 한번은 동생이 자기가 먹을 음식에 하얀 가루가 뿌려진 것을 발견했다. 화학에 관해 잘 알고 있었기 때문에 그것이 쥐약임을 바로 알 수 있었다. 그는 떨리는 손으로 접시를 밀쳤다. 식탁 맞은편에서 형이 속을 알 수 없는 맑은 눈으로 인정한다는 듯 그를 보았다.

성안에 유령이 돌아다닌다는 사실은 누구도 부인할 수 없었다. 대단하게 등장하는 것은 아니었고, 그저 빈 복도에 발소리가 들리는가 하면, 이유도 없이 아이들이 우는 소리가 들리고, 신발 끈이나 작은 장난감 자석 혹은 레몬에이드를 한 잔 사 달라고 부탁하는 비음 섞인 목소리가 들리는 정도였다. 유령보다 더 무시무시한 것은 유령에 관한 이야기들이었다. 쿤트가 형제에게 읽으라고 책을 주었는데, 그 책에는 수도사, 열린 무덤, 무덤 속에서 불쑥 튀어나오는 손, 지하 세계에서 끓어오르는 묘약과, 공포에 사로잡힌 청중에게 말을 거는 신들린 망자 등에 관한 이야기가 나왔다. 막 유행을 타기 시작한 이야기들로, 워낙 새로운 것이어서 사람들은 어떤 식으로 무서움을 떨쳐내야 할지 잘 알지 못했다. 쿤트는 어두움과의 만남은 성장의 일부이며 형이상학적인 두려움을 알지 못하는 사람은 절대 진정한 독일 남자가 되지 못할 거라고 말했다. 한번은 훔볼트 형제가 광인 아기레Lope de Aguirre(1518~1561), 스페인의 모험가에 관한 이야기를 듣게 되었다. 아기레는 스페인 왕을 부정하고 스스로를 황제라 칭한 인물이었다. 그는 부하들과 함께 오리노코 강을 따라 그 무엇에도 비교할 수 없는 악몽 같은 항해를 했다. 오리노코 강의 기슭에는 소관목류가 너무 빽빽이 자라 있어서 어떤 배도 상륙할 수가 없었다. 그곳의 새들은 멸절된 종족의 언어로 울었고, 하늘에 비친 도시들은 신들의 손이 빚어 놓은 듯한 위용을 보여 주었다. 그곳에 들어가 본 탐험가는 아직 없었으며 믿을 만한 지도도 존재하지 않았다.

내가 그곳을 탐험할 거야. 동생이 말했다. 꼭 그곳에 갈 거야.

그러시겠지. 형이 대답했다.

나 진지하게 말하는 거야!

형은 확실하게 해 두자며 동생이 맹세한 날짜와 시간을 증언할 하인 한 명을 불렀다. 이 순간을 문서화한 것을 언젠가는 다행이라고 생각할 거야.

그들에게 물리학과 철학을 가르친 이는 이마누엘 칸트가 아끼는 제자인 마르쿠스 헤르츠였다. 그는 아름답기로 유명한 헨리에테의 남편이었다. 그가 비커에 두 가지 액체를 따랐다. 액체는 잠시 후 순식간에 색이 변했다. 그는 가는 관에 수소를 흘리고 입구에 불을 붙였다. 펑 소리와 함께 불꽃이 피어올랐다. 그가 말했다. 0.5그램, 불꽃의 크기는 12센티미터. 사물들이 놀라운 일을 보여 주면 우리는 언제라도 그것들을 측량해 봐야 한다.

헨리에테의 살롱에서는 일주일에 한 번 교양 있는 사람들이 모여 신과 그들의 느낌에 대해 이야기를 나누며 눈물을 흘리기도 하고 서로 편지를 교환하기도 했다. 그들은 그 모임을 도덕회[1808~1816년에 있었던 독일 대학생의 정치적 비밀 결사]라고 불렀다. 누가 이 이름을 어떻게 생각해 냈는지는 아무도 몰랐다. 그들의 대화는 외부에는 비밀에 부쳐야 했다. 그러나 도덕회에 소속된 다른 사람에게는 자신의 영혼에 일어난 모든 일을 공개하고 상세한 정보를 주어야 했다. 영혼에 아무 일도 일어나지 않았다면 꾸며 내기라도 해야 했다. 훔볼트 형제는 도덕회 회원 중 가장 어렸다. 쿤트는 그들에게 절대 이 모임을 소홀히 해서는 안 된다고 말했다. 이 만남은 영혼이 성숙하는 데에 도움이 될 거였다. 쿤트는 헨리에테에게 편지를 써 보라고 형제를 격려했다. 소년 시절 감상적 문화를 무시하면 나중에 불행한 결과를 맞을 수도 있다는 것이었다. 당연히 모든 편지는 사전에 그에게 보여야 했다. 예상대로 형이 쓴 편지가 더 훌륭했다.

헨리에테는 어린아이의 서투른 필체로 정중하게 답장을 썼다. 그녀 역시 겨우 열아홉 살에 불과했다. 그녀는 동생에게서 선물로 받은 책을 읽지도 않은 채 그대로 돌려보냈다. 라메트리의 『인간기계론』이었다. 헨리에테는 편지에 이렇게 썼다. 이것은 금지된 책입니다. 혐오스러운 인쇄물이라 펼쳐 볼 엄두가 나지 않는군요.

동생이 형에게 말했다. 이 책을 읽지도 않고 돌려보내다니 참 슬퍼. 대단한 책인데 말이야. 저자는 진지하게 인간은 기계, 즉 자동으로 반응하는 최고로 숙련된 구조물이라고 주장하고 있어.

형이 대답했다. 영혼도 없다고 말했겠지. 그들은 성에 딸린 공원을 함께 걸었다. 벌거벗은 나무에 눈이 살포시 덮여 있었다.

아니야, 영혼도 있다고 말하고 있어. 동생이 반박했다. 광활함과 아름다움에 대한 이해와 시적인 감각을 가지고 있다고 말이야. 하지만 영혼 역시 인간이라는 복잡한 기계의 일부에 불과하다는 거야. 그러고 나서 그는 자신이 한 말이 맞는지 곰곰 생각해 보았다.

모든 인간이 기계라고?

모든 인간이 그렇지는 않겠지. 하지만 적어도 우리는 그래. 동생이 깊이 생각에 잠긴 채 말했다.

연못은 얼어붙었고, 늦은 오후의 어스름이 눈과 고드름을 파랗게 물들였다. 형이 말했다. 너한테 말해 줄 게 있어. 사람들이 너 때문에 걱정하고 있어. 과묵하고 성격도 폐쇄적인 데다, 학업 진도도 느려서 말이야. 위대한 시도가 성공하느냐 실패하느냐는 우리 둘에게 달려 있어. 우리 중 누구도 제멋대로 행동할 권리는 없지. 그는 잠시 주저하다 말했다. 어쨌든 얼음은 단단한 것 같은데.

정말?

확실해.

동생은 고개를 끄덕이고 심호흡을 하고는 호수 위로 들어섰다. 그는 클롭슈토크<sup>Friedrich Gottlieb Klopstock(1724~1803). 독일의 서정시인</sup>의 「얼음지치기」 송가를 읊어 볼까 잠시 고민했다. 그러다가 팔을 크게 휘저으며 호수 가운데로 미끄럼질을 쳤다. 그는 제자리에서 한 바퀴를 돌았다. 형은 호숫가에서 몸을 살짝 뒤로 젖힌 채 그를 바라보았다.

갑자기 고요해졌다. 아무것도 보이지 않았고, 추위가 그의 감각을 마비시켰다. 그제야 그는 자신이 물속에 빠졌다는 것을 깨달았다. 그는 허우적거렸다. 머리가 딱딱한 얼음에 부딪혔다. 모피 모자가 벗겨져 물속을 떠다녔고 머리카락은 위로 솟구쳤다. 발이 바닥에 닿았다. 이제 그의 눈은 어두움에 익숙해졌다. 한순간 그는 정지된 풍경을 보았다. 흔들리는 줄기, 그 위로 베일처럼 투명한 이파리, 물고기 한 마리. 이 모든 풍경이 방금 전까지만 해도 보이다가 환영처럼 금세 사라져 버렸다. 그는 수영 동작을 하면서 위로 올랐지만 다시 얼음에 부딪혔다. 버텨 봤자 고작 몇 초일 거라는 생각이 들었다. 얼음을 더듬어 보았다. 도저히 더 이상 숨을 참을 수 없었을 때 그는 자신의 머리 위에 검은 반점, 즉 구멍이 있는 것을 보았다. 그는 물속에서 빠져나와 숨을 들이마시고 내쉬면서 침을 뱉었다. 날카로운 얼음에 손이 베였다. 그는 몸을 물 밖으로 끌어올렸다. 다리까지 끌어낸 뒤 신음하고 흐느끼면서 똑바로 누웠다. 그러고는 몸을 돌려 바닥에 배를 깔고 호숫가로 기어갔다. 형은 여전히 몸을 뒤로 젖힌 채 손은 주머니에 넣고 모자를 푹 눌러쓴 모습으로 거기 서 있었다. 형은 손을 내밀어 그가 일어나도록 도와주었다.

밤이 되자 열이 심하게 올랐다. 사람들의 목소리가 들리긴 했지만 그것이 꿈속의 것인지 그의 침대 주변에 둘러서 있는 사람들의 말소리인지 알 수가 없었다. 그리고 얼음의 냉기가 점점 더 강하게 느껴졌다. 어떤 남자가 큰 걸음으로 방에서 왔다 갔다 했다. 의사인 듯했다. 그가 말했다. 하느냐 못 하느냐는 네 결심에 달려 있다. 마음을 굳게 먹고 병을 이겨 내야 한다. 의사의 말에 그는 무언가 대답을 하려 했지만 어떤 질문에 답을 해야 하는지 생각이 나지 않았다. 대신 번개가 번쩍이는 하늘 아래 멀리 펼쳐진 바다가 보였다. 그가 다시 눈을 떴을 때는 다음다음 날 정오였다. 겨울의 태양이 창백하게 창문에 걸려 있었고 열은 내렸다.

그때부터 그의 성적은 점점 좋아졌다. 그는 집중하여 공부했고,

생각에 잠길 때면 마치 적과 싸우는 것처럼 주먹을 불끈 쥐는 습관을 가지게 되었다. 헨리에테는 그가 변했으며, 이제는 그가 약간 두렵기까지 하다는 편지를 보냈다. 그는, 밤마다 이상한 소리가 들리는 빈 방에서 하룻밤을 보내게 해 달라고 했다. 다음 날 아침 그의 얼굴은 창백했고 아무 말이 없었다. 그의 이마에는 첫 번째 주름이 수직으로 새겨졌다.

쿤트는 형은 법학을, 동생은 재정경제학을 전공하는 게 좋겠다고 결정했다. 그는 당연하다는 듯이 형제와 함께 프랑크푸르트안데어오더 대학으로 떠났다. 그는 그들과 함께 강의를 듣고 그들의 진도를 감독했다. 그곳은 좋은 대학이 아니었다. 형이 헨리에테에게 편지를 썼다. 아무것도 할 줄 모르고 오로지 박사가 되기를 원하는 사람이라면 안심하고 이 대학에 와도 좋다. 도무지 이유는 알 수 없지만 대부분의 강의실에는 커다란 개가 한 마리 들어오곤 하는데 그 개가 발톱으로 너무 긁어 대는 바람에 시끄럽기 그지없다.

식물학자인 빌데노프의 집에서 동생은 건조시킨 열대 식물을 처음으로 보았다. 열대 식물들은 더듬이처럼 생긴 혹, 눈 같은 봉오리와 표면이 인간의 피부 같은 잎을 가졌다. 그 식물들은 그의 꿈속에 자주 나타났다. 그는 그것들을 자르고 상세하게 메모했으며 산과 염기에 어떻게 반응하는지 시험했고 깨끗한 표본으로 만들었다.

그는 쿤트에게 말했다. 내가 해야 할 일이 무엇인지 알게 되었어요. 그건 바로 살아 있는 것입니다.

쿤트가 말했다. 그런 것은 인정할 수가 없다. 우리는 이 세상에 단순히 존재하는 것 이상의 과제를 가지고 있다. 살아 있는 것, 그것은 존재의 요점이 아니다.

내 말은 그런 뜻이 아니에요. 동생이 대답했다. 나는 생명을 연구하고, 지구 곳곳에 퍼져 살고 있는 생명의 기이한 끈질김을 파악하고 싶어요. 나는 생명의 비밀을 알고 싶다고요!

그래서 그는 그곳에 남아 빌데노프 밑에서 학업을 계속했다. 다음 학기에 형은 괴팅겐 대학으로 옮겼다. 형이 괴팅겐에서 그의 첫 번째 친구를 만나고 처음으로 술을 마시고 한 여자와 관계를 가지는 동안 동생은 자신의 첫 번째 학술서를 썼다.

쿤트가 말했다. 훌륭해. 하지만 훔볼트라는 이름으로 출판하기에는 아직 부족하다. 출판은 조금 더 기다려 보자.

방학 중에 그는 형을 방문했다. 프랑스 영사 환영 파티에서 그는 수학자 캐스트너와 그의 친구인 고문관 치머만, 독일의 가장 중요한 실험물리학자인 게오르크 크리스토프 리히텐베르크를 알게 되었다. 리히텐베르크는 그의 손을 부드럽게 잡았다. 곱사등이지만 나무랄 데 없이 아름다운 얼굴과 지성을 갖춘 이 친구는 반갑게 훔볼트를 올려다보았다. 훔볼트는 그가 소설을 쓰고 있다던데 사실이냐고 물었다.

그렇기도 하고 아니기도 하지요. 리히텐베르크는 훔볼트가 전혀 예감조차 못하는 어떤 것을 보는 듯한 눈길로 대답했다. 그 소설 제목은 『군켈에 대하여』로, 무(無)에 관해 다루고 있는데 전혀 진척이 없습니다.

훔볼트가 말했다. 소설을 쓴다는 것은 고귀한 일 같아요. 미래를 위해 현재의 덧없는 순간을 붙잡아 두는 최선의 작업으로 보입니다.

아하, 그렇군요. 리히텐베르크가 말했다.

훔볼트는 얼굴이 빨개졌다. 제 말은, 요즘 유행하는 것처럼 작가가 이미 지나간 과거를 배경으로 선택한다면 그것은 어리석은 시도라는 것입니다.

리히텐베르크는 가느다란 눈으로 그를 쳐다보았다. 그리고 말했다. 그렇지 않습니다. 그렇기도 하고요.

집으로 돌아오는 길에 형제는 방금 뜬 달 옆에 그보다 조금 큰, 은쟁반 모양의 두 번째 달이 떠 있는 것을 보았다. 형이 말했다. 저건 열기구다. 몽골피에 형제의 공동 작업자인 필라트르 드 로지에가 지금 가까운 브라운슈바이크에 머물고 있거든. 도시 전체가 그에 관해 이야기하고 있지. 조만간 인간은 하늘을 날 수 있을 거다.

하지만 사람들은 하늘을 날고 싶어 하지 않을 텐데. 동생이 말했다. 겁이 너무 많거든.

떠나기 직전 그는 유명한 게오르크 포르스터를 알게 되었다. 마른 몸매에 얼굴색이 좋지 않으며 기침을 하는 사람이었다. 그는 쿡 선장과 함께 세계를 일주했고, 그 어떤 독일 사람보다도 많은 것을 보았다. 그는 이미 전설적 인물이었으며, 그의 책은 세계적으로 유명했다. 지금은 마인츠에서 도서관장으로 일하고 있었다. 그는 용, 죽었다 다시 살아난 사람, 아주 예의 바른 식인종들, 심연이 들여다보일 정도로 바다가 맑은 날들, 기도할 겨를 따위는 허용하지 않는 거센 태풍에 관해서 이야기했다. 그는 짙은 안개에 둘러싸인 것처럼 감상에 젖었다. 나는 너무 많은 것을 보았네. 그가 말했다. 오디세우스와 세이렌의 비유가 바로 그 이야기지. 돛대에 몸을 묶어 봤자 아무 소용이 없어. 거기서 빠져나온다 해도 낯선 것으로부터는 헤어날 수가 없어. 나는 거의 잠을 이루지 못하네. 기억들이 너무 강하기 때문이지. 키가 크고 시커먼 쿡 선장이 얼마 전 하와이에서 식인종들에게 잡아먹혔다는 소식을 들었어. 그는 이마를 문지르며 신발 끝을 내려다보았다. 식인종한테 잡아먹혔대. 그는 반복해서 말했다.

저도 여행을 떠나고 싶어요. 훔볼트가 말했다.

포르스터는 고개를 끄덕였다. 많은 사람들이 그러고 싶어 하지. 하지만 나중에는 다들 후회하게 된다.

왜요?

절대 돌아올 수 없으니까.

포르스터는 프라이베르크 광업학교에 그를 추천했다. 그곳에서는 아브라함 베르너가 강의를 하고 있었는데, 이런 것들을 가르쳤다. 지구의 내부는 차갑고 딱딱하다. 산은 원시 시대에 수축한 대양으로부터 나온 화학적 침전물이 쌓여 생겨났다. 화산의 불은 절대 지구 깊숙이에서 나오는 게 아니다..타오르고 있는 석탄층이 불길을 계속 피워올리는 것이다. 지핵은 딱딱한 돌로 되어 있다. 이런 이론은 암석수성론이라 불렸으며 가톨릭 교회와 기독교 교회, 요한 볼프강 폰 괴테로부터 공격을 받았다. 베르너는 프라이베르크 예배당에서 여전히 진리를 부정하며 그에게 반대하는 자들을 위한 진혼미사를 드렸다. 한번은 의심하는 학생의 코를 부러뜨렸으며 수년 전에는 어떤 학생의 귀를 물어뜯었다고 한다. 그는 최후의 연금술사 중 한 명이었고 비밀 결사의 일원이었으며 계시나 징조를 해석하는 데 있어서는 악마도 무릎 꿇을 만한 전문가였다. 그는 파괴된 것을 다시 짜 맞출 줄 알았다. 연기에서 불탄 것을, 깨어진 것에서 온전한 것을 다시 만들어 내었다. 악마와 이야기를 나누고 금을 만들었다. 그럼에도 그는 지성적으로 보이지 않았다. 베르너는 뒤로 기대어 눈을 감고 훔볼트에게 그가 암석수성론자인지, 지구 핵이 차갑다는 것을 믿는지 물었다.

훔볼트는 그렇다고 대답했다.

그렇다면 결혼도 해야겠군.

훔볼트는 얼굴이 빨개졌다.

베르너는 뺨을 부풀려서 모반을 꾸미는 사람의 표정을 짓더니 애인이 있느냐고 물었다.

훔볼트가 말했다. 그런 건 방해만 될 뿐이죠. 평생 본질적인 것이라곤 아무것도 계획하지 않는 사람들이나 결혼을 하지요.

베르너는 그를 쳐다보았다.

사람들이 그렇게들 말하더라고요. 훔볼트가 재빨리 말을 바꾸었다. 물론 말도 안 되는 이야기지요!

베르너는 말했다. 결혼하지 않은 남자가 좋은 암석수성론자였던 적은 없었다.

훔볼트는 석 달 동안 학교의 교과 과정을 다 마쳤다. 아침에 여섯 시간 동안은 땅속에 있었고 오후에는 강의를 듣고 밤에는 늦게까지 다음 날을 위해 예습했다. 그는 친구가 하나도 없었다. 형이 결혼식에 그를 초대했을 때—마음에 드는 여자를 찾았다. 이 세상에 다시는 존재할 것 같지 않은 그런 여자다.—그는 시간이 없어서 참석할 수 없다는 정중한 답장을 보냈다. 그는 점차 더 깊은 굴속으로 기어들어 갔다. 줄어들지는 않아도 참을 수 있게 되는 고통처럼 폐쇄공포증에 익숙해질 때까지. 그는 온도 측정기를 설치했다. 아래로 깊이 내려가면 갈수록 더 따뜻해졌다. 그것은 아브라함 베르너의 이론과 대치되었다. 깊고 깊은 동굴의 어두움 속에도 식물이 자라고 있음을 알았다. 생명은 어디에서도 끝나지 않는 것처럼 보였다. 온 사방에 이끼와 기이한 모양의 식물들이 자라고 있었다. 그들은 으스스해 보였다. 그는 그것들을 해부하고 조사했으며 강(綱)에 따라 분류하고 그에 관한 논문을 썼다. 수년 뒤 시체들의 동굴에서 그 비슷한 식물을 보았을 때 그는 당황하지 않았다.

그는 졸업을 하고 제복을 받았다. 어디를 가든 이제 제복을 착용해야 했다. 그의 직함은 광산국 시보였다. 그는 형에게 조금 겸연쩍은 생각이 들 정도로 기쁘다고 편지를 썼다.

몇 달 뒤 훔볼트는 이미 프로이센에서 가장 믿을 만한 광산 감독관이 되었다. 그는 제련소, 이탄 채굴장, 왕실 도자기 공장 가마까지 돌아다니며 지도를 했다. 그가 장소를 가리지 않고 어찌나 재빠르게 메모를 하는지 일꾼들은 보고 감탄을 금치 못했다. 그는 쉴 새 없이 돌아다녔고 거의 자지도 먹지도 않았다. 그는 이 모든 것이 어떤 결과를 가져올지 전혀 알지 못했다. 그는 자신이 우려하는 게 있다면 그것은 이성을 잃는 거라고 형에게 편지를 썼다.

우연히 그는 전기와 개구리에 관해 기술한 갈바니의 책을 읽게 되었다. 그에 따르면 갈바니가 개구리 뒷다리를 잘라 서로 다른 두 가지 금속으로 연결했더니 그것이 마치 살아 있는 것처럼 움찔댔다고 했다. 뒷다리가 아직 살아 있어서 움직인 것인가? 아니면 외부 요인, 즉 금속의 차이에서 발생한 움직임이 단지 개구리 뒷다리에 나타난 것인가? 훔볼트는 그것을 밝혀내기로 결심했다.

그는 셔츠를 벗고 침대 위에 누웠다. 그리고 하인을 시켜 자기 등에 사혈판 두 개를 붙이게 했다. 하인은 그 말에 따랐고 훔볼트의 피부에는 두 개의 커다란 수포가 생겼다. 이제 하인은 수포를 잘라 내야 한다! 하인은 주저했다. 훔볼트는 큰 소리로 칼을 잡으라고 명령했다. 칼날이 아주 예리해서 수포를 자르는 데 거의 통증이 느껴지지 않았다. 피가 흘러나와 바닥으로 떨어졌다. 훔볼트는 아연 조각을 상처 하나에 올려놓으라고 명령했다.

하인은 잠깐 쉬면 안 되느냐고 물었다. 속이 좋지 않다고 했다.

훔볼트는 그에게 바보같이 굴지 말라고 했다. 아연이 두 번째 상처에 닿자 고통스러운 충격이 등 근육을 타고 머리까지 올라왔다. 떨리는 손으로 그는 기록했다. 승모근, 후두골, 흉추(가슴등뼈)의 자극돌기. 틀림없이 여기에는 전기가 작용했다. 아연을 다시 한 번 올려 봐! 그는 일정한 간격을 두고 네 번의 전기 충격을 가했다. 그러고 나자 눈앞이 희미해졌다. 그는 정신을 잃었다.

다시 정신이 들었을 때 하인은 창백한 얼굴에 피투성이 손을 하고 바닥에 앉아 있었다.

계속해. 훔볼트가 말했다. 그는 기이한 공포와 함께 자신의 안에 있는 무엇인가가 쾌감을 느끼고 있음을 깨달았다. 이제 개구리를 올려놔!

그건 안 됩니다. 하인이 말했다.

훔볼트는 잘리고 싶으냐고 물었다.

하인은 피가 흐르는 훔볼트의 등에 죽은 개구리 네 마리를 잘 씻어 올려놓았다. 이제 그만 하세요. 하인이 말했다. 그래도 우리는 하나님을 믿는 사람들이잖아요.

훔볼트는 하인의 말을 무시하고 다시 명령했다. 다시 아연을 올려놔! 충격이 왔다. 그는 거울을 통해 개구리 몸이 마치 살아 있는 것처럼 튀어 오르는 것을 보았다. 그는 베개를 깨물었다. 베개는 그의 눈물로 완전히 젖어 있었다. 하인은 신경질적으로 킥킥거리며 웃었다. 훔볼트는 메모를 하려고 했지만 손에 힘이 없었다. 그는 간신히 몸을 일으켰다. 두 곳의 상처에서 물 같은 게 흘러나왔는데, 그것은 너무 지독해서 피부에 염증을 일으켰다. 훔볼트는 그것을 유리도관에 담으려고 했다. 그러나 어깨가 부어오른 탓에 몸을 돌릴 수가 없었다. 그는 하인을 쳐다보았다.

하인은 고개를 가로저었다.

훔볼트가 말했다. 좋아. 그러면 당장 의사를 데려와! 그는 얼굴을 훔치고 다시 손으로 필요한 것을 적을 수 있을 때까지 기다렸다. 전기가 그의 몸속을 흘렀고 그는 그것을 느껴 보았다. 전기는 그의 육체나 개구리의 몸에서 생성된 것이 아니라 금속의 화학적 관계에서 생성된 것이었다.

의사에게 여기에서 일어났던 일을 설명하기는 쉽지 않았다. 일주일 뒤에 하인은 흉터 두 개가 남았다고 알려 주었다. 그리고 살아 있는 근섬유가 전도체 역할을 한다는 내용의 논문으로 훔볼트는 학문적 명성을 얻게 되었다.

너 정신이 나간 거 아니냐. 형이 예나에서 편지를 보내왔다. 아무리 하찮은 존재라도 자기 육체에 대해서 도덕적 책임감을 가져야 한다는 사실을 유념하기 바란다. 네가 이리 와 주었으면 좋겠다! 실러가 너를 만나고 싶어 한다.

훔볼트는 답장을 썼다. 형은 나를 오해하고 있군요. 나는 인간의 몸이 온갖 부당한 대우를 받을 준비가 되어 있다는 사실을 알아냈어요. 그러나 많은 사람들이 고통을 두려워한 나머지 중요한 사실을 놓치는 거지요. 고통에 몸을 던지는 사람은 사실을 인식할 수 있어요……. 훔볼트는 펜을 옆에 놓고, 어깨를 만지더니 종이를 구겨

버렸다. 그는 다시 편지를 쓰기 시작했다. 우리의 형제애, 그것이 왜 나에게는 진짜 풀 수 없는 수수께끼처럼 느껴지는지? 우리는 혼자이면서 둘이며 내게 형은 그처럼 되고 싶지 않은 사람이고 형에게도 나는 닮을 수 없는 그런 사람입니다. 우리는 형제로서 평생을 보내야 하고, 원하든 원하지 않든 영원히 다른 사람보다 더 가까이 지내야 합니다. 그런데 우리의 위대함이 별 성과를 거두지 못하고 우리가 이루어 놓은 것들이 마치 아무것도 아닌 양 사라져 버려서 서로 경쟁하듯 높아진 우리의 명성이 다시 빛을 잃어버리게 될 거라는 생각이 드는 건 왜일까요? 그는 쓰던 것을 멈추고 종이를 갈기갈기 찢어 버렸다.

프라이베르크 광산의 식물을 조사하는 데 쓰려고 그는 휴대용 안전등을 발명했다. 가스로 불꽃이 유지되는 이 안전등은 가스통이 달려 공기가 없는 갱도 끝 작업장에서도 불을 밝힐 수 있었다. 그런데 이 안전등이 그의 생명을 빼앗아 갈 뻔했다. 아무도 들어간 적이 없는 광맥으로 내려가 그 안전등을 걸어 놓고 조사를 하다가 몇 분도 채 지나지 않아 바로 기절했던 것이다. 죽어 가던 그는 열대의 덩굴식물을 보았는데 그것이 점점 여자의 몸으로 변했다. 그는 비명을 지르면서 정신을 차렸다. 훔볼트와 같이 광업학교에 다녔던 안드레스 델 리오라는 이름의 스페인 사람이 그를 발견해서 위로 데리고 올라갔다. 훔볼트는 부끄러운 나머지 고맙다는 인사도 제대로 하지 못했다.

그로부터 한 달 뒤 훔볼트는 힘들게 연구한 끝에 호흡 보조기를 발명했다. 두 개의 관으로 공기통과 마스크를 연결한 기구였다. 훔볼트는 그것을 쓰고 다시 광맥으로 내려갔다. 얼굴이 돌처럼 단단히 굳었지만 그는 환각이 시작되는 것을 참아 냈다. 무릎이 후들거리고 어지럼증이 일며 촛불이 여러 개로 늘어나다가 커다란 불꽃이 되는 것처럼 보이고 나서야 그는 밸브를 열었다. 그리고 여자들이 식물로 변하고 식물들이 다시 사라지는 모습을 냉정하게 지켜보았다. 그는 차가운 어두움 속에 여러 시간을 머물렀다. 바깥으로 나왔을 때에는 어머니의 임종을 지키러 오라는 쿤트의 편지가 그를 기다리고 있었다.

그는 구할 수 있는 가장 빠른 말을 타고 집으로 향했다. 빗줄기가 얼굴을 때리고 외투가 펄럭거렸다. 두 번이나 안장에서 미끄러져 진흙탕 속에 처박혔다. 면도도 못 한 추레한 모습으로 그는 집에 도착했다. 그런 경우에 어떻게 행동해야 하는가를 잘 알고 있었기 때문에 그는 몹시 숨이 찬 것처럼 행동했다. 쿤트는 그를 위로하는 듯한 고갯짓을 했다. 그들은 함께 어머니의 침상에 앉아 고통으로 인해 어머니의 얼굴이 아주 낯설게 변해 가는 모습을 지켜보았다. 폐결핵이 어머니를 완전히 소진시켰다. 뺨은 푹 들어갔고 턱은 길어지고 코는 구부러졌다. 피를 뽑아낼 때 어머니는 출혈로 인해 죽음의 문턱까지 다녀왔다. 훔볼트가 어머니의 손을 잡고 있는 동안 오후가 저녁으로 바뀌었다. 심부름꾼 하나가 형의 편지를 가져왔는데 그 내용인즉슨 바이마르의 긴박한 업무 때문에 오지 못하겠다는, 미안하다는 것이었다. 밤이 되자 어머니는 몸을 곧추세우며 날카로운 비명을 지르기 시작했다. 수면제도 소용이 없었고 피를 뽑아도 진정되지 않았다. 훔볼트는 어머니가 어떻게 그런 창피한 모습을 보일 수 있는지 이해가 되지 않았다. 자정 무렵 어머니는 마치 쾌락의 정점에서 몸을 떨며 육체의 아주 깊숙한 곳에서 끌어낸 듯한 비명을 질렀다. 그는 눈을 감고 기다렸다. 2시가 지나서야 잠잠해졌다. 날이 밝기 시작했을 때 어머니는 이해할 수 없는 말을 중얼거렸고, 태양이 중천에 떠올랐을 때에는 아들을 쳐다보더니 똑바로 앉아야 한다느니, 단정치 못한 자세로 앉는 것은 예의가 아니라느니 하고 말했다. 그리고 고개를 떨어뜨렸다. 눈동자가 유리처럼 변했다. 훔볼트는 태어나 처음으로 죽은 사람을 보았다.

쿤트가 그의 어깨에 손을 얹었다. 이 가족이 나한테 어떤 의미를 지니는지는 아무도 모를 거다.

알아요. 마치 누군가 은밀히 일러 주는 대사를 읊는 것처럼 훔볼트가 말했다. 알고 있어요. 그리고 절대로 잊지 않을 겁니다.

쿤트는 감동한 듯 낮은 숨을 내쉬었다. 그는 앞으로도 계속 월급을 받을 수 있겠다고 확신했다.

그날 오후 하인들은 훔볼트가 마치 바보처럼 입을 헤 벌리고는 얼굴을 하늘로 향한 채, 성 앞을 왔다 갔다 하고 언덕을 오르고 연못 주위를 돌아다니는 것을 보았다. 지금까지 그가 그러는 것은 본 적이 없었다. 하인들은 그가 심각한 마음의 동요를 겪고 있는 것이 틀림없다고 수군댔다. 그것은 사실이었다. 실제로 그는 그렇게까지 행복해 본 적이 한 번도 없었다.

일주일 후 훔볼트는 감독관 직을 사임했다. 장관은 이해할 수가 없었다. 어린 나이에 이렇게 높은 직위에 올라 앞으로의 출셋길도 창창한데, 대체 왜 그만두겠다는 건가?

그 모든 게 별로 중요하지 않기 때문입니다. 훔볼트가 대답했다. 그의 자그마한 몸이 상관의 책상 앞에 똑바로 서 있었다. 눈을 반짝이면서 약간 처진 어깨를 한 채 그가 말했다. 그리고 이제야 마침내 떠날 수 있게 되었기 때문입니다.

우선 그는 바이마르로 갔다. 거기서 형으로부터 빌란트, 헤르더, 괴테를 소개받았다. 괴테는 마치 동지를 반기듯 그를 맞아 주면서 말했다. 위대한 베르너의 제자들은 모두 곧 나의 친구이기도 합니다.

훔볼트가 말했다. 저는 새로운 세계로 떠나려고 합니다. 아직은 아무에게도 이 사실을 알리지 않았습니다. 아무도 나를 막을 수 없고, 또 나 역시 살아서 돌아오리라는 기대 따위는 하지 않습니다.

괴테는 갖가지 색들로 칠해진 방들을 지나 그를 커다란 창문 앞으로 데려갔다. 대단한 모험이군요. 괴테가 말했다. 암석수성론을 증명하기 위해서는 무엇보다 화산을 조사하는 것이 중요합니다. 땅속에 불 같은 건 없습니다. 지구의 핵은 끓고 있는 용암이 아니에요. 썩어 빠진 사람들이나 그런 혐오스러운 생각에 빠질 수 있는 겁니다.

훔볼트는 화산을 꼭 자세히 관찰하겠다고 약속했다.

괴테는 뒷짐을 지면서 말했다. 누가 당신을 거기로 보낸 것인지 절대 잊어서는 안 됩니다.

훔볼트는 그가 무슨 말을 하는 건지 이해하지 못했다.

나를 보낸 사람이 누구인지 생각해 봐야겠군요. 괴테는 형형색색으로 칠해진 방들을 가리켰다. 그곳엔 고대 로마 시대 동상들을 본뜬 석고 모형들과 살롱에서 두런두런 이야기를 주고받는 남자들이 있었다. 훔볼트의 형은 오각약강격의 무운시(Blankvers)가 어떤 장점을 가지는지에 관해 이야기하고 있었고 빌란트는 사려 깊게 고개를 끄덕였다. 실러는 멍하니 소파에 앉아 하품을 했다. 괴테가 말했다. 여기 있는 우리가 당신을 보내는 겁니다. 당신은 바다 건너에서도 우리의 대사가 될 겁니다.

훔볼트는 잘츠부르크로 갔다. 거기서 그는 온갖 관측 기자재를 사들여 지금까지 인간이 소유한 것 중에 가장 비싼 기자재 창고를 소유하게 되었다. 기압을 재는 바로미터 두 개에다, 물의 비등점을 측정하는 측고계, 토지를 측량하는 경위의, 인공 지평선이 달린 육분의, 접어서 휴대할 수 있는 육분의, 지구의 자기장 강도를 측정하기 위한 복각, 공기의 습도를 재기 위한 습도계, 공기의 산소 함유율 측정을 위한 유디오미터<sub>물의 전기 분해를 통해 생성되는 수소와 산소의 부피에서 전기량을 측정하는 기구</sub>, 전하(電荷)를 저장하기 위한 라이덴병, 그리고 하늘의 청명도 측정을 위한 시안 측정기. 거기에 상상할 수 없을 정도로 비싼 가격으로 파리에서 판매되고 있는 시계 두 개까지. 그 시계에는 추가 필요 없었다. 대신 시계 내부에서 규칙적으로 진동하는 용수철로 눈에 보이지 않게 1초 1초 시간을 쟀다. 그 시계만 잘 다루면 파리 시간과 거의 오차가 나지 않게 시간을 알 수 있었다. 그래서 지평선 위로 떠오른 태양의 높이를 산출하고 일람표에서 확인하면서 경도를 측정하는 일이 가능했다.

그는 1년 동안 거기 머물면서 사전 연습을 했다. 잘츠부르크의 모든 언덕을 측량했다. 매일 기압을 확인하고 자장을 그렸으며 공기와 물, 땅, 하늘의 색을 관찰했다. 눈을 감고도, 한 다리로 서서도, 비가 오거나 파리가 들끓는 소 떼 한가운데서도 완벽하게 다룰 수 있을 때까지 모든 기구를 분해하고 조립하는 법을 연습했다. 그곳 사람들은 그가 미쳤다고 생각했다. 거기에도 익숙해져야 한다는 것을 그는 알고 있었다. 부당한 대우와 고통에 익숙해지기 위해서 일주일 내내 팔을 등 뒤로 묶고 지낸 적도 있었다. 제복이 몸에 잘 맞지 않았기 때문에 그는 밤에 침대에서도 입고 잘 수 있는 제복을 만들게 했다. 절대 구겨져서는 안 된다고 그는 집주인 쇼벨 부인에게 당부했다. 그리고 아주 역겹게 만드는 기름진 유장 한 컵을 더 청했다.

잘츠부르크를 떠난 훔볼트는 파리로 갔다. 파리에는 그의 형이 살고 있었는데, 형은 자신의 당황스러울 정도로 영리한 아이들을 자기가 개발한 엄격한 시스템에 따라 교육하기 위해 직업도 없이 유산으로 살아가고 있었다. 형수는 훔볼트를 싫어했다. 시동생이 섬뜩하게 느껴진다고 그녀가 말했다. 항상 분주한 것이 광기의 한 형태로 보이며, 그의 생긴 것도 남편 얼굴을 찌그려뜨려 놓은 캐리커처처럼 보인다는 이유였다.

그녀의 견해가 아주 틀렸다고 할 수는 없다고 형이 말했다. 나 역시 내 동생의 어리석은 행동들을 책임지며 보호자 역할을 맡기가 쉽지 않아.

훔볼트는 대학에서 인간의 신경이 가진 전도력에 관해 강의했다. 파리를 극점과 연결하는 경도의 마지막 구간을 측량하는 작업이 있을 때 그는 도시 외곽의 망가진 잔디밭 위에서 보슬비를 맞으며 그 일을 도왔다. 측량이 끝나자 사람들은 모두 모자를 벗고 서로 악수를 했다. 그 구간의 1000만 분의 1은 그 후 모든 거리 측량의 단위가 되었다. 사람들은 그것을 '미터'라 부르기로 했다. 측량이 끝날 때마다 훔볼트는 항상 자부심을 느꼈는데, 이번에는 황홀경에 사로잡혔다. 흥분으로 인해 그는 여러 날 잠을 이루지 못했다.

그는 원정에 관해 알아보았다. 브리스톨 경이라는 남자가 이집트에 가려고 했지만 얼마 못 가 스파이 혐의로 체포돼 감옥에 갇혔다. 훔볼트는 프랑스의 집정내각이 위대한 부갱빌의 지휘 하에 탐험대

파견을 계획하고 있다는 소식을 들었다. 그러나 부갱빌은 너무 늙었고 귀머거리나 다를 바 없었다. 그는 화려한 소파에 앉아 혼자 중얼거리면서 지휘자 흉내를 내곤 했는데 누구를 보고 지휘를 하는 것인지 아무도 알 수가 없었다. 훔볼트가 부갱빌 앞에서 허리를 굽히자 그는 주교의 제스처로 훔볼트를 축복하더니 가라고 손짓했다. 집정내각은 부갱빌을 보댕으로 대치했다. 보댕은 훔볼트를 친절하게 맞아 주었으며 전폭적인 지원을 약속했다. 얼마 후 그는 국가가 그에게 지원한 자금을 가지고 원정을 떠났다.

어느 날 저녁 훔볼트의 집 앞 계단에 한 젊은이가 앉아서 은 술병에 든 술을 마시고 있었다. 훔볼트가 실수로 그의 손을 밟자 그는 끔찍한 욕을 퍼부어 댔다. 훔볼트는 그에게 미안하다고 사과했고, 두 사람은 대화를 텄다. 그 남자의 이름은 에메 봉플랑이었다. 훔볼트와 마찬가지로 그 역시 보댕과 함께 원정을 떠나려 했다고 했다. 그는 스물다섯 살이었다. 키가 컸으며 약간 추레한 차림에 얼굴에는 몇 개의 마맛자국이 남아 있었으며 앞니가 빠진 구멍 하나가 뻥 뚫려 있었다. 두 사람은 서로를 보았다. 그때 그들 사이에 상대가 자기에게 매우 중요한 사람이 될 거라는 예감이 오고 갔는지 아니면 나중에 회상을 할 때 그런 느낌이 생긴 것인지는 누구도 딱 잘라 말할 수 없었다.

봉플랑이 말했다. 나는 라로셸 출신으로 프로방스의 낮은 하늘을 감옥의 지붕처럼 견디며 살았습니다. 나는 매일 떠나고 싶었습니다. 그래서 군의가 되었지만 대학은 저의 경력을 인정하지 않았지요. 졸업하기 위해 보충 수업을 하는 동안 나는 식물학을 공부했습니다. 나는 열대 식물을 좋아합니다. 지금은 무엇을 해야 할지 모르겠어요. 차라리 라로셸로 돌아가서 죽어 버리는 게 나을지 모르겠어요!

훔볼트는 그를 포옹해도 되겠냐고 물었다.

봉플랑이 깜짝 놀라며 말했다. 안 됩니다.

훔볼트가 말했다. 우리는 비슷한 세월을 보냈으며 앞으로도 비슷한 일들을 겪게 될 겁니다. 우리가 함께 행동한다면 누가 감히 우리를 막겠습니까? 그는 손을 내밀었다.

봉플랑은 무슨 말인지 이해하지 못했다.

훔볼트가 말했다. 우리는 함께 출발할 수 있을 겁니다. 나는 여행을 함께할 동반자가 필요하고 돈도 있습니다.

봉플랑은 그를 유심히 쳐다보더니 술병 마개를 닫았다.

훔볼트가 말했다. 우리는 둘 다 젊습니다. 고집도 있습니다. 힘을 모으면 우리는 위대해질 수 있습니다. 그런 느낌이 들지 않습니까?

봉플랑은 그런 느낌을 받지 못했지만 훔볼트의 열정은 전염성이 강했다. 게다가 악수를 청하며 손을 내민 사람을 오래 서 있게 하는 것은 무례한 일이었기 때문에 그는 훔볼트의 제안을 받아들였다. 그는 하마터면 비명을 지를 뻔했다. 체구가 작은데도 훔볼트의 아귀힘이 생각보다 훨씬 셌기 때문이다.

이제 뭘 해야 합니까?

훔볼트가 말했다. 스페인으로 가야지요!

얼마 후 형제는 두 명의 군주처럼 작별 인사를 나누었다. 작별 키스를 할 때 형수의 뾰족한 머리가 뺨을 스치자 훔볼트는 매우 당황했다. 그는 그들이 앞으로 다시 만날 수 있을까 물었다.

물론이지. 형이 대답했다. 이 세상이 아니면 다른 세상에서라도. 살아서든 죽어서든 만나게 될 거다.

훔볼트와 봉플랑은 말을 타고 출발했다. 봉플랑은 훔볼트가 형과 형수가 보이지 않을 때까지 한 번도 뒤돌아보지 않는 것이 의아했다.

스페인으로 가는 길에 훔볼트는 언덕이란 언덕은 모두 측량했다. 그는 모든 산에 올라갔으며, 모든 암벽의 표본을 채집했다. 산소마스크를 쓰고 모든 동굴을 가장 깊숙이까지 탐색했다. 육분의의 접안렌즈에 태양을 고정시키는 것을 본 스페인 사람들이 그들을 이교도의 별을 숭배하는 자들로 여겨 돌을 던지자, 그들은 말 위로 몸을 던져 잽싸게 도망을 쳐야 했다. 처음 두 번은 아무 부상 없이 도망칠 수 있었지만 세 번째에는 봉플랑이 심각한 열상을 당했다.

봉플랑은 이상한 생각이 들기 시작했다. 도대체 왜 이래야 합니까? 그가 물었다. 목적지도 없이 떠돌아다니는 것과 뭐가 다릅니까? 마드리드로 가려는 거라면 말을 몰아 곧장 가는 편이 훨씬 빠를 텐데요. 빌어먹을.

훔볼트는 잠시 생각에 잠겼다. 그러더니 이렇게 말했다. 안 돼요. 유감스럽지만 그럴 수는 없습니다. 높이를 알지 못하는 언덕은 이성에 굴욕감을 주며 나를 불안하게 합니다. 나 자신이 어디에 있는 건지도 모른 채 계속 앞으로 나아갈 수만은 없습니다. 아무리 사소한 것일지라도 모르는 것을 그냥 놔두어서는 안 됩니다.

그때부터 그들은 밤에만 이동했다. 방해받지 않고 측량을 하기 위해서였다. 우리는 지금까지 만들어진 그 어떤 지도보다도 더 정확하게 좌표를 정해야 합니다. 스페인 지도는 정확하지 않습니다. 사람들은 자신이 어디로 가고 있는 건지 알고 싶어 할 겁니다.

봉플랑이 소리쳤다. 우리가 어디로 가고 있는지는 이미 알고 있어요! 이건 마드리드로 가는 국도잖아요. 그 이상은 필요가 없단 말입니다!

도로가 중요한 게 아니오. 훔볼트가 대답했다. 원칙이 중요하지요.

마드리드 근처에 다다르자 햇빛이 은색을 띠었다. 나무는 거의 보이지 않았다. 스페인 중부는 분지가 아니오. 훔볼트가 말했다. 지리학자들이 또 틀렸군요. 이곳은 오히려 고원에 가까우며 과거 선사시대의 바다에서 섬처럼 튀어나온 겁니다.

그렇겠죠. 봉플랑이 말했다. 그리고 술 한 모금을 들이켰다. 섬이라.

마드리드는 마누엘 데 우르키호 장관의 치하에 있었다. 그가 왕비와 잤다는 사실은 만인이 다 아는 사실이었다. 왕은 무력했고 왕의 자식들은 그를 경멸했으며 온 나라가 그를 비웃었다. 어쨌든 우르키호를 만나야 했다. 외국인이 자국의 아메리카 식민지에 접근하는 것을 금하고 있었기 때문이다. 아직까지 예외는 없었다. 훔볼트는 프로이센 대사, 벨기에 대사, 네덜란드 대사, 프랑스 대사를 찾아갔다. 밤에는 스페인어를 배웠다.

봉플랑은 도대체 잠은 언제 자느냐고 물었다.

훔볼트가 대답했다. 잠들지 않을 수만 있다면 자지 않아요.

한 달 후 그는 마침내 아랑후에스 궁전에서 우르키호를 접견할 기회를 얻었다. 장관은 뚱뚱했고 신경질적이었으며 걱정이 많았다. 뭔가 오해가 있었던 탓인지 아니면 그가 파라켈수스<sup>독일 태생 스위스의 의사</sup>에 관해 들은 적이 있었기 때문인지 그는 훔볼트를 독일인 의사로 착각하고 정력제에 관해 물었다.

뭐라고 하셨습니까?

장관은 그를 홀의 구석으로 데리고 가더니 어깨에 손을 올려놓고 나지막한 목소리로 말했다. 단순히 즐기려고 그러는 게 아니오. 나의 권력은 왕비에 대한 나의 영향력에서 나온 것이오. 왕비도 이제 늙었고 나 또한 혈기왕성한 젊은이가 아니지 않소.

훔볼트는 눈을 깜박이며 창밖을 바라보았다. 한낮의 하얀 빛 속에 정원이 비현실적인 대칭형을 이루며 펼쳐져 있었다. 무어 양식의 분수에서 반짝이는 물줄기가 솟아올랐다.

우르키호가 말했다. 처리해야 할 일들이 너무 많소. 종교재판소는 여전히 막강하고 노예 제도를 폐지하려면 아직 멀었소. 사방에는 아첨꾼들이 널려 있지. 내가 얼마나 오래 이 권력을 유지할 수 있을지 모르겠소. 아주 솔직하게 말한 것이오. 내 생각은 충분히 명확하게 표현했으니 알아들었겠지요?

훔볼트는 주먹을 쥐고 천천히 우르키호의 책상으로 다가가 펜을 잉크에 적시더니 처방전을 적었다. 아마존의 정글에서 나온 기나 껍질, 중부 아프리카산 양귀비 추출액, 시베리아산 열대 초원 이끼, 그리고 마르코 폴로의 여행 보고서에 나오는 전설의 꽃 한 송이. 이 모든 것을 넣어 센 불로 끓여 낸 액즙 중에서 세 번째 달인 액즙을 드십시오. 천천히 마시고 이틀에 한 번씩 드십시오. 처방전에 들어가 있는 것들을 모두 모으려면 몇 년은 걸릴 터였다. 그는 머뭇거리면서 우르키호에게 처방전을 건네주었다.

외국인이 다음과 같은 내용의 추천장을 받은 것은 전례가 없는 일이었다. 훔볼트 남작과 그의 조수에게 모든 지원을 약속한다. 그들은 숙식을 제공받고 정중한 접대를 받을 것이며 어디든 출입할 수 있고 왕실의 배는 어떤 것이든 타고 여행할 수 있다.

훔볼트가 말했다. 이제 영국의 해상 봉쇄만 뚫으면 되는군.

봉플랑은 왜 그 문서에 조수라고 쓰여 있느냐고 물었다.

훔볼트는 멍하니 말했다. 나도 모르는 일이오. 뭔가 오해를 한 것 같소.

바꿀 수 있을까요?

훔볼트가 말했다. 좋은 생각이 아닌 것 같소. 이런 추천장은 하늘이 준 선물이오. 문제 삼지 말고 어서 출발합시다.

그들은 첫 번째 전함을 타고 라코루냐 항에서 열대 지방으로 출발했다. 서쪽에서 바람이 강하게 불어왔고 파도는 높았다. 훔볼트는 갑판의 접의자에 앉았다. 이만큼 자유롭다고 느낀 적이 없었다. 그는 일기장에 적었다. 다행히도 나는 뱃멀미는 한번도 하지 않았다. 하지만 얼마 안 가 그 역시 멀미로 인해 구토에 시달릴 수밖에 없었다. 이것도 역시 의지의 문제다! 토하기 위해 이따금씩 난간 밖으로 몸을 굽히면서도 그는 극도의 집중력을 발휘해 출발할 때의 느낌, 바다 위로 가라앉는 밤과 어두움 속에 사라지는 해안의 불빛들에 관해 세 쪽이나 기록했다. 동이 틀 때까지 훔볼트는 선장 옆에 서서 항해하는 모습을 관찰했다. 그러더니 자신의 육분의를 꺼내 왔다. 정오 무렵 그는 머리를 갸웃거리기 시작했다. 오후 4시, 그는 육분의를 옆에 내려놓더니 선장에게 물었다. 왜 그렇게 부정확하게 일을 하는지를.

30년 전부터 주욱 이렇게 해 왔는데요. 선장이 말했다.

아무리 그래도 이건 너무 심하군요. 훔볼트가 말했다.

우리는 수학을 위해 항해를 하는 게 아닙니다. 선장이 말했다. 바다를 건너가려는 거지요. 대략 위도를 따라 항해하면 언젠가는 목적지에 도착하게 됩니다.

정확성이 아무 의미가 없다면 배 위에서 구역질을 참아 가며 잔뜩 예민한 상태로 지내는 게 어떻게 가능하겠느냐고 훔볼트가 물었다.

어쨌거나 살 수는 있습니다. 선장이 말했다. 그리고 이 배는 자유로운 배입니다. 마음에 들지 않는 것이 있다면 언제든 배에서 내리셔도 됩니다.

테네리페카나리아 제도에서 가장 큰 섬에 도착하기 직전에 그들은 바다 괴물을 보았다. 멀리 수평선 앞에서 뱀 모양의 몸체가 물 밖으로 거의 투명하게 솟아올라서 두 개의 반지 모양을 이루며 똬리를 틀었다. 그러고는 보석 같은 눈으로 그들을 건너다보고 있는 것이 망원경으로 선명히 보였다. 괴물의 입 주위에는 수염처럼 가는 섬유들이 매달려 있었다. 괴물이 다시 물속으로 들어가고 난 후에 사람들은 모두 헛것을 본 거라고 생각했다. 안개 때문이거나 음식을 제대로 먹지 못했기 때문일 거라고 훔볼트가 말했다. 훔볼트는 괴물에 관해 아무것도 기록하지 않기로 했다.

이틀 후 배는 식량을 채우기 위해 정박했다. 그들은 항구에서 몸을 파는 여자들 무리에 둘러싸였다. 여자들은 그들을 붙잡고 웃으면서 손을 끌어 자기들의 몸을 만지게 했다. 봉플랑이 한 여자에게 홀려 끌려가고 있는데 훔볼트가 정신을 차리라고 크게 소리쳤다. 다른 여자가 훔볼트에게 다가와서 그의 목에 매달렸다. 그녀의 머리채가 그의 어깨 위로 내려왔다. 그는 그녀의 팔을 풀려고 했지만 귀걸이 한 짝이 그의 프록코트 버클에 걸리고 말았다. 여자들이 모두 웃음을 터뜨렸고 훔볼트는 손을 어디에 두어야 할지 몰라 당황했다. 마침내 그녀는 킥킥거리며 뒤로 물러섰고 봉플랑 역시 웃음을 터뜨렸다. 그러나 훔볼트의 표정을 보자마자 그는 바로 웃음을 그쳤다.

훔볼트는 떨리는 목소리로 말했다. 저기 화산이 있소! 시간이 빠듯하오. 늑장 부릴 이유가 없소!

그들은 안내자 두 명과 함께 산으로 올라갔다. 밤나무 숲 뒤에서 고사리들이 보였고 금작화속 식물로 뒤덮인 모래땅 평지가 나타났다. 훔볼트는 파스칼의 방법에 따라 기압을 측정하고 그것으로 고도를 측량했다. 그들은 눈으로 뒤덮인 동굴에서 밤을 보냈다. 차가워 보이는 달이 하늘에 걸려 있었고 가끔 박쥐가 날아갔다. 하늘을 덮은 구름 위에는 산꼭대기 그림자가 선명하게 그려져 있었다.

훔볼트가 그들의 안내자에게 설명했다. 테네리페 섬 전체는 바다에서 올라온 하나의 산이오. 흥미롭지 않소?

그들 중 한 사람이 말했다. 솔직히 말하면 별로 관심이 없습니다.

다음 날 아침 훔볼트와 봉플랑은 안내자들조차도 길을 확실히 모른다는 사실을 알게 되었다. 훔볼트는 한번도 이곳에 올라와 본 적이 없느냐고 물었다.

없는데요. 다른 안내자가 대답했다. 왜요?

정상 주변의 자갈밭은 올라가기가 무척 힘들었다. 발이 미끄러질 때마다 돌들이 계곡으로 떨어졌다. 안내자 중 한 사람이 미끄러지면서 물통을 깨뜨렸다. 그들은 갈증에 허덕이며 손은 피투성이가 되어 정상으로 기어올라 갔다. 분화구는 수백 년 전에 이미 식었으며 그 바닥은 돌처럼 딱딱하게 굳은 용암으로 덮여 있었다. 정상에 오르자 시야가 확 트이면서 팔마 섬, 고메라 섬, 안개 덮인 란사로테 산까지 보였다. 훔볼트가 바로미터와 육분의로 산의 고도를 재는 동안 안내자들은 적의에 찬 눈초리를 하고선 바닥에 쪼그리고 앉아 있었다. 봉플랑은 추위에 떨며 먼 곳을 바라보았다.

오후 늦게 그들이 오로타바의 정원에 도착했을 때는 모두 목이 타 죽을 지경이었다. 훔볼트는 얼이 빠진 상태로, 신세계에서 발견한 첫 번째 희귀 식물들을 관찰했다. 야자수 나무줄기에 앉아 햇볕을 쬐고 있는 털북숭이 거미를 보니 두려우면서도 행복했다. 그는 용혈수<sup>백합과에 딸린 늘푸른큰키나무</sup>를 바로 알아보았다.

그는 몸을 돌렸다. 봉플랑은 보이지 않았다. 나무는 어마어마하게 컸다. 수천 살은 먹었을 것 같았다. 이 나무는 스페인 사람들이 이곳에 발 딛기 전에, 고대 민족보다도 앞서서 여기 서 있었다. 그리스도, 붓다, 플라톤, 티무르가 태어나기도 전부터 거기 있었다. 훔볼트는 시계에 귀를 대 보았다. 시계는 재깍재깍하면서 시간을 알리고 있었지만 나무는 시간을 거부하고 있었다. 이곳은 시간이라는 강물이 멈추는 절벽과 같다. 훔볼트는 갈라진 나무줄기를 만져 보았다. 가지들이 위로 넓게 퍼져 있고 수백 마리 새들의 지저귐 소리가 공기를 뚫고 들려왔다. 그는 부드럽게 껍질을 쓰다듬었다. 모든 것이 죽었다. 모든 인간, 모든 동물이 영원히 죽었다. 단지 하나, 이 나무만이 죽지 않고 살아 있다. 그는 나무에 자신의 뺨을 대어 보다가 뒤로 물러났다. 혹시 누가 자신을 보고 있지 않을까 주위를 둘러보았다. 그는 재빨리 눈물을 훔치고 봉플랑을 찾아 나섰다.

프랑스 사람 말이오? 항구에 있던 한 어부가 오두막을 가리켰다.

훔볼트는 오두막의 문을 열었다. 그러자 벌거벗은 구릿빛 여자의 몸 위에 올라탄 봉플랑의 벌거벗은 등이 보였다. 그는 문을 닫고 배로 달려갔다. 뒤에서 봉플랑이 달려오는 소리가 들렸지만 멈추지 않았다. 셔츠는 어깨 위에, 바지는 팔에 걸친 채 숨을 헐떡이며 봉플랑이 용서를 구했을 때에도 그는 발걸음을 늦추지 않았다.

훔볼트가 말했다. 다시 한 번 이런 일이 일어나면 우리의 공동 작업은 끝난 것으로 알겠소.

봉플랑은 달리면서 셔츠를 입고는 헐떡이면서 말했다. 알았습니다. 하지만 이게 그렇게 이해해 주기 힘든 일인가요? 당신도 남자 아닙니까!

훔볼트는 그에게 약혼녀를 생각하라고 했다.

나는 약혼녀가 없어요. 봉플랑이 바지를 입으면서 말했다. 약혼녀 따윈 없다고요!

인간은 동물이 아니오. 훔볼트가 말했다.

가끔은 동물일 때도 있습니다. 봉플랑이 말했다.

훔볼트는 칸트를 읽어 본 적이 있느냐고 물었다.

프랑스인들은 외국 사람이 쓴 책은 읽지 않습니다.

훔볼트가 말했다. 더 이상 이 문제에 관해 이야기하고 싶지 않소. 한 번만 더 그런 일이 일어난다면 그때는 우리 갈라서는 거요. 받아들일 수 있겠소?

봉플랑이 말했다. 맙소사!

내가 그것을 받아들일 수 있냐고요?

봉플랑은 무언가 이해할 수 없는 말을 중얼거리며 바지를 여몄다.

며칠 후 배는 회귀선을 건넜다. 훔볼트는 석유 램프의 희미한 빛 속에서 부레를 해부한 물고기를 옆으로 치우고 선명하게 보이는 남십자성의 별들을 올려다보았다. 대서양에서는 이 새로운 반구의 별자리들이 일부만 포착되었다. 땅과 하늘의 다른 반쪽이 있다니.

그들은 실수로 해파리 늪에 빠졌다. 붉은해파리 무리가 물결을 일으키자 매우 강한 그 조류에 휩싸여 배는 천천히 뒤로 밀려났다.

봉플랑은 해파리 두 마리를 낚아 올렸다. 봉플랑이 말했다. 왠지 이상한 기분이 드는군요. 어쩐지 불길해요.

다음 날 아침 열병이 발병했다. 갑판 아래서 심한 악취가 났고 밤이면 환자들이 우글거렸다. 신선한 공기에서조차 토사물 냄새가 진동했다. 선의(船醫)는 기나 껍질페루산 해열제을 가져오지 않았다. 최근 유행하는 사혈이 훨씬 더 믿을 만하고 효과적인 방법입니다! 바르셀로나 출신의 젊은 선원이 세 번째 사혈 처치를 받다 과다 출혈로 사망했다. 어떤 사람은 너무나 강한 환각에 시달린 나머지 달아나려고 시도했다. 그는 팔을 휘저으며 몇 번 날갯짓을 하더니 바다에 떨어져 거의 익사할 뻔했다. 다행히 재빨리 보트를 내려 그를 끌어 올릴 수 있었다. 봉플랑이 병석에 누워서 끓는 뜨거운 럼주를 마시며 할 일 없이 선실에서 빈둥거리는 동안 훔볼트는 연체동물 두 마리를 현미경 아래서 해부했다. 15분마다 기압, 하늘의 색깔, 수온을 관찰하고 30분마다 측연바다의 깊이를 재는 기구을 내리게 했으며 그 결과를 두꺼운 항해 일지에 기록했다. 그는 골골거리는 봉플랑에게 설명했다. 지금 몸과 마음이 약해져서는 절대 안 됩니다. 일을 하는 편이 도움이 될 거요. 숫자는 무질서를 몰아내니까. 열병조차 말이오.

봉플랑은 그에게 조금도 뱃멀미를 하지 않느냐고 물었다.

모르겠소. 그것을 무시하기로 결심했더니, 더는 멀미를 느끼지 않소. 물론 가끔 토하기는 하지만 그것도 별로 신경 쓰이지 않소.

저녁에는 또 한 구의 시신을 수장해야 했다.

훔볼트가 선장에게 말했다. 열병 때문에 불안하군요. 그 때문에 우리 원정이 중단되어서는 안 되는데 말입니다. 저는 베라크루스까지 가지 않고 나흘 후에 배에서 내리기로 결정했습니다.

선장은 그에게 수영을 잘하느냐고 물었다.

홈볼트가 말했다. 수영을 할 필요는 없습니다. 사흘 후 새벽 6시경이면 우리 앞에 섬이 하나 나타날 것이고 하루가 더 지나면 그곳에 닿을 겁니다. 제 계산에 의하면 그렇습니다.

선장은 더 이상 해부할 것은 없는지 물었다.

홈볼트는 이마를 문지르면서 자신을 비웃는 거냐고 물었다.

그럴 리가요. 단지 이론과 실제 사이에는 차이가 있다는 걸 기억하라는 거지요. 예측이 내놓는 결과는 존중하지만, 이것은 학교에서 내 주는 숙제 같은 문제가 아니라 망망대해에 관한 문제입니다. 조류와 바람을 예측할 수 있는 사람은 아무도 없습니다. 육지가 출현할 거라고 그렇게 간단하게 예견할 수는 없지요.

세 번째 날 새벽 안개 속에서 천천히 해안의 윤곽이 드러났다.

홈볼트가 나직이 말했다. 트리니다드군.

그건 아닐걸요. 선장은 해도를 가리켰다.

홈볼트가 말했다. 이 지도는 정확하지 않아요. 구대륙과 신대륙 사이의 거리가 잘못 기재되어 있습니다. 아무도 조류를 고려하지 않았어요. 내 말이 옳다면 우선 내일 일찍 테라피르마 섬에 도착할 겁니다.

커다란 강어귀 앞에서 그들은 배에서 내렸다. 강물이 어찌나 센지 바다가 거품을 내는 담수로 이루어진 것처럼 보일 정도였다. 장비가 든 상자를 보트 세 척에 실어 육지로 옮기는 동안 깨끗한 프로이센의 제복으로 갈아입은 홈볼트는 거수경례로 선장과 작별 인사를 나눴다. 멀리 보이는 육지로 그들을 데려가는 흔들리는 배 안에서 홈볼트는 형에게 맑은 공기, 따뜻한 바람, 코코넛 나무와 홍학에 관해 편지를 쓰기 시작했다. 이 편지가 언제 형에게 도착하게 될지는 모르겠지만 내 소식을 신문에 실어 주었으면 해요. 세상은 내 소식을 알아야 합니다. 세상이 나의 이야기에 무관심하다면 나는 무척 당황스러울 겁니다.

# 선생

 가우스 교수에게 어린 시절의 기억에 관해 물어보면 다음과 같은 답변을 듣게 된다. 그런 것은 존재하지 않습니다. 기억은 동판화를 찍는 것이나 우편을 보내는 것과는 달리 날짜를 기록하지 않습니다. 가끔은 기억 속에서, 곰곰 생각해 순서대로 나열할 수 있는 사건들을 발견하기도 하지만 말입니다.

 아버지가 실수로 돈을 잘못 센 것을 고쳐 주었던 그날 오후의 기억은 생생하지도 않으며 별로 중요하지도 않게 느껴진다. 아마도 그는 다른 사람들이 그 이야기를 하는 것을 너무 자주 들었던 것 같다. 그것은 마치 잘 가공된 기억, 실제로 일어나지 않은 일처럼 느껴졌다. 다른 기억들은 모두 그의 어머니와 관련된 것이었다. 그가 넘어진다. 어머니가 그를 달래 준다. 그가 울고 있다. 어머니가 그의 눈물을 닦아 준다. 그가 잠을 자지 못한다. 어머니가 노래를 불러 준다. 이웃 사내아이가 그를 때리려 한다. 어머니가 그것을 보고 쫓아가 무릎 사이에 그 아이를 끼워 놓고 얼굴을 때린다. 그 아이가 피를 흘리며 아무 말도 못한 채 도망갈 때까지. 그는 어머니를 말할 수 없이 사랑했다. 만약 어머니에게 무슨 일이 일어난다면 그도 죽어 버릴 것이었다. 그것은 입에 발린 말이 아니었다. 어머니가 죽는다면 그것을 견디어 낼 수 없으리라는 것을 그는 잘 알고 있었다. 세 살 때도 그랬고 30년이 지난 지금도 마찬가지다.

그의 아버지는 정원사여서 항상 손이 더러웠다. 돈벌이는 신통치 않았던 아버지는 입만 열면 불평을 하거나 명령을 내렸다. 아버지는 피곤에 지쳐 저녁식사로 감자수프를 먹을 때면 항상 이렇게 말했다. 독일 사람은 절대 등을 구부리고 앉지 않는다. 한번은 가우스가 물었다. 그렇게 하기만 하면 돼요? 독일 사람이 되기 위해서는 똑바로 앉기만 하면 되는 거예요? 아버지는 아주 오래 생각에 잠겼다. 그리고 고개를 끄덕였다.

그의 어머니는 통통한 체격에 감상적인 성격이었다. 그는 어머니가 요리, 빨래, 꿈꾸고 우는 것 외에 다른 일을 하는 것을 본 적이 없었다. 어머니는 글을 쓸 줄도 읽을 줄도 몰랐다. 아주 어렸을 때부터 가우스는 어머니가 늙어 가고 있음을 알아차렸다. 피부가 탄력을 잃고 육체는 원래의 형태를 잃어버리고 눈빛은 점점 흐릿해졌다. 해가 바뀔 때마다 어머니의 얼굴에는 새로운 주름이 생겼다. 그는 사람은 누구나 늙는다는 것을 알고 있었지만 어머니가 늙는 것은 참을 수가 없었다. 어머니는 그의 눈앞에서 늙어 갔으며 그에게는 그것을 막을 도리가 없었다.

그 후의 기억들은 대부분 굼뜬 행동과 관련된 것이었다. 사람들이 말을 꺼내거나 어떤 일을 하기 전에 꼭 잠깐씩 뜸을 들이면 그는 그들의 굼뜬 행동이 짐짓 꾸민 것이거나 의례적인 제스처에 집착한 것이라고 생각했다. 가끔은 그런 것에 분위기를 맞춰 줄 수 있었지만, 결국에는 참아 내기가 힘들었다. 오랜 시간이 흐른 뒤에야 그는 사람들이 그러는 게 필요해서 하는 것임을 알게 되었다. 왜 사람들은 그렇게 느리게 어렵사리 애를 써서 생각을 하는 것일까? 생각들이 마치 미리 작동시켜 두고 손잡이를 돌려야 하는 기계에서 나오기라도 하는 것처럼, 생명이 없어 스스로 움직이지 못하기라도 하는 것처럼 말이다. 그는 이 쉼표를 지키지 않으면 사람들이 불안해한다는 사실을 알게 되었다. 그래서 최선을 다했지만 쉴 새를 두지 못하는 경우가 자주 있었다.

대부분의 어른들에게는 무언가를 전달하지만 그의 어머니와 그에게는 아무것도 뜻하지 않는 책 속의 검은 기호들 역시 그를 불쾌하게 했다. 어느 주일 오후 그는 아버지에게 몇 가지 기호들에 대해 물어보았다. 커다란 대들보가 있는 기호, 아래쪽이 넓게 뻗어 나간 기호, 반쪽짜리 동그라미와 완전한 동그라미. 그러고서 그는 그것들이 나열된 페이지를 관찰했다. 그때까지 그가 알지 못했던 것들이 저절로 서로를 보완하더니 갑자기 단어들이 되었다. 그는 책장을 넘겼다. 똑같은 일이, 이번에는 더 빨리 진행됐다. 두세 시간 후에 그는 책을 읽을 수 있었다. 그리고 그날 저녁 그리스도의 눈물과 죄지은 사람의 진정한 참회에 관한 이야기만 반복해서 나오는 그 지루한 책을 어쨌든 다 읽었다. 그리고 그 기호들을 설명해 주기 위해 책을 어머니에게 가져갔다. 그러나 어머니는 슬프게 웃으면서 머리를 가로저었다. 그 순간 그는 누구도 이성을 사용하려 하지 않는다는 사실을 깨달았다. 사람들은 휴식을 원한다. 그들은 먹고 자기를 원한다. 다른 사람들이 자신에게 친절하기를 원한다. 생각은 하고 싶어 하지 않는다.

학교 선생은 뷔트너라는 이름의, 때리는 걸 좋아하는 사람이었다. 그는 엄격하고 경건한 사람인 양 행동했다. 매질을 할 때 그가 얼마나 즐거워하는지는 아주 드물게만 그의 얼굴에 드러날 뿐이었다. 그가 가장 좋아한 일은, 학생들에게 오랜 시간을 들여도 결국 거의 풀 수 없는, 그래서 매질할 핑계를 만들어 주는 그런 숙제를 내주는 일이었다. 그곳은 브라운슈바이크에서 가장 가난한 지역이었다. 거기 학생들 가운데 중·고등학교에 가는 사람은 하나도 없었다. 누구도 손을 사용해서 하는 일 말고 다른 일을 할 수는 없을 것이었다. 가우스는 뷔트너가 자신을 좋아하지 않는다는 것을 알고 있었다. 그래서 그는 말없이 지내면서 할 수 있는 한 다른 아이들처럼 아주 천천히 대답하려고 했다. 그럼에도 뷔트너가 자신을 의심하고 있으며, 다른 아이들보다 더 세게 때릴 기회만을 호시탐탐 노리고 있음을 그는 알았다.

그러던 어느 날 그가 선생에게 자신을 매질할 기회를 제공하고 말았다.

뷔트너는 학생들에게 1부터 100까지 모든 수를 더하라는 과제를 내주었다. 덧셈을 다 끝내려면 몇 시간은 족히 걸릴 것이다. 아무리 최선을 다한다 해도 덧셈을 100번 하는 동안 반드시 실수 한 번은 저지를 것이고 그러면 그걸 구실로 아이들에게 벌을 줄 수가 있다. 계산을 시작해 보라고 뷔트너가 외쳤다. 입 벌리고 멍하니 바라보지만 말고 어서 시작하란 말이야! 가우스는 이날 여느 때보다 더 피곤했는지 아니면 단순히 아무 생각이 없었는지, 어쨌든 자신을 통제하지 못하고 3분 후에 단 한 줄만 쓰여 있는 석판을 들고 교탁 앞으로 나갔다.

뷔트너는 어디 보자고 말하면서 막대기를 잡았다. 가우스가 써 온 답을 보는 순간, 그의 손이 굳었다. 그는 지금 써 온 게 뭐냐고 물었다.

5050입니다.

뭐라고?

가우스는 목소리가 제대로 나오지 않아 기어드는 소리로 중얼거리면서 땀을 흘렸다. 자기도 그냥 다른 아이들처럼 자리에 앉아 아무것도 모르는 양 덧셈을 하는 편이 좋았겠다는 생각이 들었다. 1부터 100까지 모든 수를 더하라는 문제인데, 100 더하기 1은 101입니다. 99 더하기 2도 101입니다. 98 더하기 3도 101입니다. 항상 101이 됩니다. 이렇게 50번을 하면, 그러니까 101에 50을 곱하면 답이 나옵니다. 그래서 답은 5050입니다.

뷔트너는 아무 말도 하지 않았다.

5050입니다. 가우스가 다시 말했다. 뷔트너가 예외적으로 이 계산을 이해해 주길 바라는 마음에서였다. 50 곱하기 101은 5050이라. 가우스는 코를 문질렀다. 거의 울 것 같은 표정이었다.

제기랄. 뷔트너가 말했다. 그러고 나서 그는 오래 침묵했다. 그의 얼굴이 움직였다. 그는 볼을 빨아들여 턱을 길게 만들고 이마를 문지르고 코를 두들겼다. 그다음 그는 가우스를 제자리로 돌려보냈다. 자리에 앉아 입을 다물고 수업 끝난 후에 남아라.

가우스는 심호흡을 했다.

뷔트너가 말했다. 할 말이 있으면 해. 몽둥이찜질을 해 줄 테니.

그래서 가우스는 마지막 수업 후에 고개를 떨어뜨리고 교탁 앞에

섰다. 뷔트너는 맹세를 하라고 했다. 그것도 모든 것을 알고 계시는 하나님 앞에서, 그가 혼자서 계산했다는 것을 맹세하라고 했다. 가우스는 시키는 대로 했다. 가우스가 계산은 어려운 것이 아니며 선입견이나 고정관념 없이 문제를 관찰하면 저절로 답이 보인다는 이야기를 하려고 했을 때 뷔트너가 말을 가로막고는 두꺼운 책 한 권을 그에게 주었다. 고급 기하학 책이었다. 그것은 뷔트너가 자신 있는 분야였다. 집에 가지고 가서 처음부터 끝까지 봐라. 조심스럽게 말이다. 페이지를 접거나 점을 찍거나 손자국을 내면 몽둥이로 맞을 줄 알아. 하나님이 은혜를 베푸시길.

다음 날 가우스는 책을 돌려주었다.

뷔트너는 무슨 짓이냐고 물었다. 물론 어렵긴 하겠지만 그렇게 빨리 포기해서는 안 된다!

가우스는 고개를 가로저으며 이유를 설명하려 했지만 그럴 수가 없었다. 코가 흘러나왔기 때문이다. 코를 풀어야 했다.

뭐 하는 짓이냐고!

다 봤는데요. 가우스가 더듬거리며 말했다. 재미있었어요. 감사합니다. 그는 뷔트너를 쳐다보며 그것으로 충분하기를 기도했다.

거짓말을 하면 안 돼. 뷔트너가 말했다. 이 책은 독일어로 된 것 중에 가장 어려운 교과서야. 이 책을 하루 만에 뗄 수 있는 사람은 아무도 없어. 코 질질 흘리는 여덟 살짜리 아이는 더군다나 불가능하지.

가우스는 어떻게 말해야 할지 몰랐다.

뷔트너는 떨리는 손으로 책을 덮었다. 조금은 이해했을 수도 있겠지. 그럼 물어보겠다!

30분 후 뷔트너는 멍한 표정으로 가우스를 보았다. 내가 좋은 선생이 아니란 건 나도 알고 있어. 직업의식도 특별한 능력도 없다. 하지만 이건 알 수 있다. 네가 김나지움에 가지 않는다면 지금까지 나는 헛산 거나 다름없어질 거라는 것. 그는 감동을 숨기기 위해서인 듯 당황한 표정으로 가우스를 살펴보았다. 그는 몽둥이를 잡았다. 그리고 가우스는 그의 일생 최후의 매를 맞았다.

같은 날 오후 한 젊은 남자가 가우스의 집으로 찾아왔다. 제 이름은 마르틴 바르텔스입니다. 나이는 열일곱 살이고, 수학을 전공하면서 뷔트너 선생님의 조수로 일하고 있습니다. 댁의 아드님과 몇 마디 나누고 싶은데요.

아들이라곤 한 놈밖에 없는데. 아버지가 말했다. 게다가 그 아이는 이제 여덟 살밖에 되지 않았고.

바로 그 아드님을 말하는 겁니다. 바르텔스가 말했다. 일주일에 세 번 댁의 어린 아드님과 함께 수학을 공부하게 허락해 주십시오. 수업이라고 말하고 싶지는 않습니다. 수업이라는 말은 적당하지 않은 것 같아요. 그는 겸연스레 웃었다. 아마 학생보다 가르치는 제가 더 많은 것을 배우게 될 테니까요.

아버지는 그에게 바른 자세로 서라고 말했다. 정말 말도 안 되는 일이야! 그는 잠시 생각에 잠겼다. 하긴 생각해 보니 반대할 이유도 없군.

1년 동안 그들은 함께 공부했다. 처음에 가우스는 단조로운 일주일을 위로해 주는 이 오후의 공부 시간을 손꼽아 기다렸다. 수학은 배울 것이 별로 없었지만 라틴어 수업은 재미있었다. 하지만 시간이 흐르면서 수업이 점차 지루해졌다. 바르텔스는 다른 사람들처럼 생각하는 것이 서투르지는 않았다. 그러나 그와 함께 있는 것 역시 힘이 들었다.

바르텔스는 자신이 김나지움 선생과 상담을 했으며, 가우스의 아버지만 허락한다면 가우스는 장학금을 받으며 김나지움을 다닐 수 있을 거라고 이야기해 주었다.

가우스는 한숨을 내쉬었다.

바르텔스는 타이르는 말투로 말했다. 어린아이한테 슬퍼하는 것은 전혀 어울리지 않아!

바르텔스는 생각했다. 내가 말하고도 흥미롭게 느껴지는데. 나는 예전에 왜 슬펐지? 아마 어머니가 어떻게 죽는지 보았기 때문일 거야. 세상이 얼마나 빈약하게 조직되어 있는지, 환상은 얼마나 엉성하게 짜 맞추어졌는지, 세상의 뒷면은 얼마나 서투르게 봉합되었는지를 인식하자마자 세상이 아주 실망스러워 보이기 때문이었다. 비밀과 망각만이 세상을 참을 수 있게 해 주기 때문이었다. 매일 우리를 현실에서 벗어나게 하는 잠이 없이는 그것을 견디어 낼 수 없기 때문이었다. 슬픔은 외면할 수 없어. 슬픔은 생생하게 살아 있어. 가련한 바르텔스. 인식은 절망이다. 왜지, 바르텔스? 시간은 항상 지나가니까.

바르텔스와 뷔트너는 가우스를 방적공장에 보낼 게 아니라 김나지움에 진학시켜야 한다고 아버지를 설득했다. 아버지는 마지못해 동의하면서, 가우스에게 무슨 일이 있어도 항상 바른 자세를 유지하라고 일렀다. 이미 오래전부터 아버지가 정원사로 일하는 것을 지켜보며 살아왔기 때문에 가우스는, 바른 자세를 유지하라는 까닭이 인간의 도덕적 타락을 염려해서가 아니라 아버지 자신과 같은 일을 하는 사람들을 괴롭히는 만성적인 허리 통증에 시달려 봤기 때문임을 알고 있었다. 가우스는 신부에게서 새 셔츠 두 벌과 장학금을 받았다.

김나지움은 실망스러웠다. 배울 것이 정말 별로 없었다. 약간의 라틴어, 수사학, 그리스어, 웃음밖에 안 나오는 수준의 수학, 약간의 신학. 새 급우들도 초등학교 시절의 급우들보다 별로 크게 똑똑하지 않았다. 여기 선생들 역시 자주 때리긴 했지만 강도는 훨씬 약했다. 첫 번째 점심 식사 시간에 신부가 그에게 학교 수업이 어떻더냐고 물었다.

참을 만합니다. 그가 대답했다.

신부는 힘들지 않느냐고 물었다.

그는 콧물을 훌쩍이며 고개를 저었다.

조심해라. 신부가 말했다.

가우스는 놀라서 그를 올려다보았다.

신부는 무서운 눈으로 그를 내려다보았다. 자만은 치명적인 죄악이야!

가우스는 고개를 끄덕였다.

그것을 절대 잊어서는 안 된다. 신부가 말했다. 평생 잊어서는 안 돼. 아무리 똑똑하다 하더라도 항상 겸손해야 해.

왜요?

뭐라고? 신부가 말했다. 방금 뭐라고 했니?

아무 말도 안 했어요, 아무 말도. 가우스가 말했다.

아니. 신부가 말했다. 네가 무슨 말을 한 건지 알고 싶다.

전적으로 신학적인 관점에서 하는 말인데요, 하나님이 인간의 성격을 만들어 주시지 않았습니까. 그런데 인간은 그 성격 때문에 하나님에게 계속 미안해해야 합니다. 논리적으로 이건 맞지 않습니다.

가우스의 말에 당황한 신부는 자신의 귀를 의심해야 할 지경이었다.

가우스는 더러운 손수건을 꺼내 코를 풀었다. 제가 무엇인가 오해하고 있는 것일 테지만 어쨌든 제게는 그것이 원인과 결과의 억지스러운 전도처럼 보여요.

바르텔스는 괴팅겐 대학의 교수인 궁정고문관 치머만을 통해 가우스가 새로운 장학금을 받을 수 있도록 주선해 주었다. 치머만은 마르고 상냥한 남자였는데 언제나 예의 바르게 그를 대했다. 브라운슈바이크 공작을 접견할 일이 생기자 그는 가우스를 함께 데리고 갔다.

공작은 금으로 치장한 방에서 눈꺼풀을 실룩거리며 그들을 기다리고 있었다. 방 안에는 엄청나게 많은 수의 초들이 타고 있어서 그림자라곤 찾을 수가 없었다. 단지 머리 위 천장거울에 그 방과 똑같이 생긴 방 하나가 반대로 뒤집혀 반사되고 있었다. 이 아이가 바로 그 신동입니까?

가우스는 사람들이 가르쳐 준 대로 절을 했다. 그는 조만간 공작이라는 직위는 더 이상 존재하지 않게 되리라는 것을 알고 있었다. 그때가 되면 절대 군주에 대해서는 책에서나 읽을 수 있을 것이었다. 권력자 앞에 절을 하고 그의 명령을 기다리는 광경은 누가 봐도 낯설고 비현실적인 것으로 느껴질 터였다.

계산을 해 보거라. 공작이 말했다.

가우스는 기침을 했다. 그곳은 너무 더웠고, 현기증이 일었다. 촛불이 방 안의 공기를 소진시켰다. 그는 불꽃을 쳐다보다 갑자기 리히텐베르크 교수의 이론이 맞지 않으며 플로지스톤설물질의 연소 현상을 물질에서 플로지스톤이 빠져나가는 것으로 설명한 가설은 쓸모없는 가설이라는 사실을 깨달았다. 타는 것은 발광 재료가 아니라 공기 그 자체였다.

치머만이 말했다. 죄송합니다만 오해를 하신 듯합니다. 이 아이는 암산가가 아닙니다. 오히려 계산은 잘 못합니다. 폐하께서도 물론 아시겠지만 수학은 덧셈과는 아무 상관이 없습니다. 두 주 전에 이 소년은 혼자서 태양에서 각 행성까지의 평균 거리를 나타내는 보데의 법칙을 추론해 냈고, 그다음에는 배운 적도 없는 오일러의 명제 두 가지를 스스로 찾아냈습니다. 그는 달력 산술에서도 놀라울 정도로 큰 공헌을 했습니다. 부활절 날짜를 계산하는 그의 공식은 지금 전 유럽에서 사용되고 있습니다. 기하학에서의 업적도 특별합니다. 몇 가지는 이미 출판이 되었지요. 물론 다른 선생님들의 이름으로 말입니다. 이 아이가 너무 일찍 명성을 얻어 자칫 잘못되는 일이 없도록 하기 위해서지요.

저는 라틴어가 더 재미있습니다. 가우스가 쉰 목소리로 말했다. 발라드도 지을 줄 아는데요.

공작은 물어보지도 않았는데 감히 입을 연 사람이 누구냐고 물었다.

치머만이 가우스의 옆구리를 찔렀다. 용서를 구하며 치머만이 말했다. 이 아이는 열악한 환경에서 자라 아직 예절 교육을 더 받아야 합니다. 궁정의 장학금만 받으면 성과를 낼 수 있을 것이며 그의 업적은 조국의 명성을 높여 줄 것임을 제가 보증합니다.

그러니까 지금 암산은 하지 않을 건가. 공작이 물었다.

송구스럽지만 그렇습니다. 치머만이 대답했다.

그렇다면 할 수 없지. 공작은 실망한 빛을 보이며 대답했다. 그래도 이 아이는 장학금을 받게 될 거요. 그리고 이 아이가 무언가 보여 줄 수 있을 때 다시 오시오. 나는 학문을 사랑하오. 나의 대자 알렉산더는 마침 꽃을 찾으러 남아메리카로 떠나고 없소. 여기서 그런 녀석을 또 한 명 키울 수 있겠군요! 그는 이제 나가도 좋다는 손짓을 했다. 치머만과 가우스는 연습한 대로 절을 한 뒤 뒷걸음질을 쳐 방을 나왔다.

곧이어 필라트르 드 로지에가 시내에 나타났다. 그는 아를랑데 후작과 함께, 몽골피에 형제가 뜨거운 공기로 가득 채운 기구에 매단 바구니를 타고 파리 상공 9킬로미터가량을 날아간 적이 있었다. 들리는 소리에 의하면 착륙한 후에 후작은 남자 두 명의 부축을 받아야 했다고 한다. 당시 후작은 말도 안 되는 소리를 지껄였다. 여자의 가슴과 새의 부리를 가진 비행 물체가 자기들 주위를 맴돌았다고 주장했던 것이다. 그러고는 몇 시간이 지나서야 정신을 차리더니 아까는 신경이 너무 곤두서 있었다고 변명했다. 그에 비해 필라트르는 모든 질문에 침착하게 대답했다. 그렇게 특별한 것은 아니었습니다. 우리는 같은 장소에 그대로 있는데 땅이 밑으로 꺼지는 것처럼 느껴졌지요. 물론 경험한 사람만이 그 느낌을 이해할 수 있겠지만요. 경험하지 못한 사람은 그것을 실제보다 더 위대한 것으로 여기든가 아니면 그저 일상적인 것으로 간주하고 마니까요.

필라트르는 자신의 비행기구를 가지고 조수 두 명과 함께 스톡홀름으로 가는 중이었다. 그는 싸구려 여관에서 밤을 보내고 계속 길을 가려 했지만 공작이 그에게 비행하는 것을 보여 달라고 부탁했다.

 필라트르가 말했다. 그러려면 돈이 많이 드는데 지금 제 형편으로는 어렵습니다.

 심부름꾼은 공작이 자신이 후하게 접대하는 손님에게서 이렇게 무례한 답변을 듣는 것에 익숙하지 않다는 점을 고려하라고 했다.

 이게 무슨 후한 손님 접대요? 필라트르가 물었다. 내가 내 숙박비를 지불했고, 기구를 준비하게 되면 이틀치의 경비가 더 소요될 텐데.

 심부름꾼이 말했다. 프랑스에서라면야 관료들에게 그런 이야기를 할 수 있을 겁니다. 거기서는 모든 것이 가능하니까요. 그러나 브라운슈바이크에서는 그런 답변을 돌려보내는 것이 잘하는 일인지 한 번 더 생각해 봐야 할 겁니다.

 필라트르는 알겠다고 했다. 그리고 지친 얼굴로 말했다. 이런 일이 벌어질 것을 예측하고 있어야 했겠죠. 하노버에서도 같은 일이 일어났고 바이에른에서도 똑같은 상황이었습니다. 어쨌든 그리스도의 이름을 걸고 내일 오후에 이 지저분한 도시의 성문 앞에서 기구를 타고 공중으로 올라가겠습니다.

 다음 날 아침 누군가 문을 두드렸다. 사내아이 하나가 밖에 서 있었다. 아이는 조심스러운 눈으로 그를 올려다보고선 함께 날아도 되겠느냐고 물었다.

 함께 타는 거겠지. 필라트르가 말했다. 기구를 타고 가는 거란다. 난다고 말하지 않고 타고 간다고 말하는 것이 기구를 타는 사람들 사이의 예절이란다.

 기구를 타는 사람들이요?

내가 기구를 탄 최초의 사람이지. 필라트르가 말했다. 내가 그렇게 지시했지. 그리고 네 질문에 대한 답은 물론 '안 된다.'란다. 아무도 함께 타고 갈 수 없단다. 그는 아이의 뺨을 쓰다듬고 문을 닫으려 했다.

제가 항상 이러는 것은 아닌데요. 그 아이는 코를 손등으로 훔치면서 이렇게 말했다. 제 이름은 가우스입니다. 조금 이름이 알려져 있는데 조만간 아이작 뉴턴만큼 위대한 발명을 하게 될 거예요. 제가 저 잘났다고 이런 말을 하는 건 아닙니다. 시간은 촉박하고, 비행에는 꼭 참여해야 하기 때문입니다. 저기 위로 올라가면 별을 더 잘 볼 수 있는 거죠? 별들이 안개에 가려 있지도 않고 선명하게 보이겠지요?

당연하지. 필라트르가 말했다.

바로 그렇기 때문에 저도 함께 가야 합니다. 저는 별에 관해 많이 알아요. 아주 어려운 시험을 치르게 하셔도 좋습니다.

필라트르는 웃으면서 누가 이 꼬마 신사에게 이렇게 말을 잘하는 법을 가르쳐 주었느냐고 묻고는, 잠시 생각에 잠겼다. 그리고 마침내 이렇게 말했다. 별이 문제라면 좋다, 함께 가자.

그날 오후, 몰려든 사람들과 브라운슈바이크의 공작, 거수경례를 하는 근위대 앞에서 불꽃이 두 개의 관을 통해 양피지 주머니를 열기로 채우기 시작했다. 아무도 그것이 그렇게 오래 걸리리라고는 예상하지 못했다. 기구가 동그스름해지기 시작할 때 군중의 반은 이미 자리를 뜨고 없었다. 기구가 멈칫거리면서 바닥에서 떠오르기 시작한 것은 열에 일고여덟이 돌아가고 난 뒤였다. 밧줄이 팽팽하게 당겨지고 필라트르의 조수들은 관을 분리했다. 작은 바구니가 약간씩

덜거덕거리며 움직였다. 가우스는 혼자 중얼거리면서 바구니 바닥에 쪼그리고 있었는데, 필라트르가 눌러 앉히지 않았더라면 벌써 벌떡 일어섰을 것이었다.

아직 안 됐어. 필라트르가 헐떡이며 말했다. 기도했니?

아니요. 가우스가 속삭였다. 소수를 세고 있어요. 마음이 안정이 안 될 때면 항상 그래요.

필라트르는 바람의 방향을 알아보기 위해 엄지손가락을 높이 들었다. 기구는 위로 올라가다가 바람이 부는 대로 날아갈 것이다. 그러다 기구 안의 공기가 차가워지면 다시 내려올 것이다. 갈매기 한 마리가 바구니 가까이에서 울부짖었다. 아직 아니야. 필라트르가 외쳤다. 아직 아냐. 지금이야! 그는 가우스의 옷깃과 머리카락을 한꺼번에 움켜잡고 그를 일으켜 세웠다.

멀리 굴곡을 이루고 있는 땅이 보였다. 저 멀리에 있는 지평선, 언덕의 구릉지가 안개 속에 반은 가려져 있었다. 위를 쳐다보고 있는 사람들, 아직도 타고 있는 불길 주위의 조그만 얼굴들, 그 옆에 도시의 지붕들. 굴뚝에서 퍼져 나오는 연기 구름. 길 하나가 초원 위로 구불구불 이어지고 그 위에 벌레같이 작은 당나귀가 보인다. 가우스는 바구니 가장자리를 꽉 잡았다. 입을 다물고 나서야 그는 자신이 계속 비명을 지르고 있었다는 것을 알았다.

하나님은 세상을 이렇게 내려다보겠지. 필라트르가 말했다.

가우스는 대답을 하려 했지만 아무 소리도 나오지 않았다. 어떤 힘으로 공기가 그들을 이동시켜 주는가! 그리고 태양, 태양은 왜 이 위에서는 훨씬 더 밝은가? 그는 눈이 아팠지만 눈을 감을 수 없었다. 공간. 이 지점에서 저 지점까지 이어지는 직선, 이 지붕에서 저

구름, 저 태양, 저 지붕까지 이어지는 직선. 점이 모여 선이 되고, 선이 모여 면이 되고, 면이 모여 물체가 된다. 그러나 그것으로 충분치 않았다. 물체의 섬세한 구부러짐은 여기 위에서는 거의 보이지 않았다. 그는 필라트르가 손을 자신의 어깨에 얹은 것을 느꼈다. 이제부터는 계속 위로 올라갈 거야. 땅이 보이지 않을 때까지 위로 올라가는 거지. 언젠가 사람들도 이것을 체험하게 될 거야. 아주 일상적인 일처럼 누구나 날아갈 수 있을 거란다. 그러나 그때쯤엔 이미 나는 죽은 몸이겠지. 그는 흥분에 휩싸여 태양을 살펴보았다. 빛이 바뀌었다. 어스름이 마치 안개처럼 아직 밝은 하늘로 올라오는 듯 보였다. 몇 가닥 남은 마지막 빛, 지평선의 붉은 노을, 이제 태양은 보이지 않는다. 별이 보인다. 저 아래에서는 별들이 이렇게 빨리 뜨지 않았다.

우리는 벌써 내려가고 있다. 필라트르가 말했다.

안 돼요. 가우스는 간청했다. 아직 안 돼요! 여기 이렇게 별이 많은데, 아직 이것들을 다 못 봤는데. 별들이 점점 많아져요. 모든 별은 죽어 가는 태양이에요. 모두 언젠간 사라지죠. 모든 별은 자신의 궤도를 따라 움직입니다. 태양 주위를 도는 모든 행성, 행성 주위를 도는 모든 위성에 공식이 존재하듯이 모든 궤도를 설명하는, 즉 모든 별을 도는 모든 별들의 모든 회전을 설명하는 그런 공식이 존재할 겁니다. 그것은 무한히 복잡할 수도 있고 아주 단순할 수도 있어요. 오래 들여다보면 알 수 있을 것 같아요. 그는 눈이 아팠다. 오래 전부터 눈을 깜박이지 않았다는 생각이 들었다.

곧 땅에 닿을 거다. 필라트르가 말했다.

아직 안 돼요! 그는 까치발을 하고는 필사적으로 위를 올려다보았다. 가우스는 운동이 무엇인지, 물체가 무엇인지, 특히 그들 사이에 존재하는, 즉 그와 필라트르, 기구를 포괄하고 있는 공간이 무엇인지 처음으로 파악했다. 공간 그것은……

그들은 건초더미의 나무 받침대에 부딪혔다. 밧줄 하나가 끊어지는 바람에 바구니가 뒤집혀 가우스는 진흙 구덩이로 굴러 떨어졌고 필라트르는 잘못 넘어져 팔을 삐었다. 기구의 양피지 표면에 틈이 생긴 것을 보고 그가 얼마나 지독하게 욕을 해 대었는지 때마침 집을 나서던 농부 하나가 얼떨결에 손에 들린 갈퀴를 치켜들며 방어 자세를 취했다. 조수들이 숨을 헐떡이며 달려와 구겨진 기구를 접었다. 필라트르는 자신의 팔을 고정시키고서 가우스를 찰싹 때렸다.

이제 알았어요. 가우스가 말했다.

뭘?

모든 평행선은 서로 만난다는 것을요.

그거 근사한데. 필라트르가 말했다.

심장이 뛰었다. 기류의 방향을 바꾸고 기구를 일정한 방향으로 조종하기 위해 바구니에 활 모양의 구부러진 방향타를 설치할 필요가 있다는 것을 필라트르에게 말해 주어야 할지 잠시 고민했다. 그는 아무 말도 하지 않기로 했다. 사람들에게 새로운 착상을 들이대는 것은 정중하지 못한 행동이다. 그리고 아마도 곧 다른 누군가가 그런 생각을 해낼 것이다.

이 남자는 고마워할 줄 아는 아이를 보고 싶어 할 뿐이다. 가우스는 억지로 얼굴에 웃음을 띠고 팔을 펼치면서 꼭두각시 인형처럼 절을 했다. 필라트르는 웃음을 터뜨리며 그의 머리를 쓰다듬었다.

# 동굴

반년을 뉴안달루시아에서 지내며 훔볼트는 무서워서 제 발로 도망가는 것들을 빼고는 모든 것을 조사했다. 그는 하늘의 색, 번개의 온도, 밤에 내리는 서리의 무게 등을 측량했다. 새의 똥을 맛보았고 지구의 진동을 검사했으며 죽은 사람들을 매장한 동굴에 들어갔다.

그는 봉플랑과 함께 얼마 전 지진이 휩쓸었던 도시의 외곽에 있는 하얀 오두막에서 살았다. 지진의 여파가 아직도 사람들의 밤잠을 설치게 했다. 누워서 숨을 멈추고 귀를 기울이면 땅속 저 깊은 곳에서 뭔가가 움직이는 소리가 들렸다. 훔볼트는 땅을 파서 대피소를 만들어 두었다. 긴 줄에 온도계를 달아 우물에 내려놓고, 북 위에 완두콩을 올려놓았다. 그는 신이 나서 말했다. 지진은 분명히 다시 일어날 거다. 그러면 도시 전체는 순식간에 폐허가 되겠지.

저녁이면 그들은 총독의 집에서 식사를 하고 그 후에 목욕을 했다. 의자를 강물 속에 넣은 다음 가벼운 옷차림을 하고 강 한가운데 앉았다. 이따금 작은 악어들이 헤엄쳐 지나갔다. 한번은 물고기 한 마리가 총독 조카의 발가락 세 개를 물어뜯었다. 돈 오리엔도 카사울레스라는 이름의 그 남자는 멋진 구레나룻을 기르고 있었는데, 갑자기 몸을 움찔거리더니 몇 초 동안 미동도 하지 않고 멍하니 앞을 바라보았다. 그리고 믿을 수 없다는 표정으로 피로 빨갛게 물든 강물에서 발가락을 잃어버린 발을 꺼냈다. 그가 무언가를 찾는 듯 사방을 두리번대다가 옆으로 쓰러지는 것을 훔볼트가 일으켜 세웠다. 그는 다음 배로 스페인으로 돌아갔다.

여자들이 자주 찾아왔다. 훔볼트는 그들의 땋은 머리카락 속에 있는 이를 세어 보았다. 그들은 무리를 지어 왔는데, 제복을 입은 키 작은 남자가 왼쪽 눈에 루페를 끼고 있는 모습을 보고는 소곤거리면서 킥킥대었다. 봉플랑은 이 아름다운 여자들 때문에 괴로웠다. 그는 머릿니를 세어서 통계를 낸들 무슨 쓸모가 있느냐고 물었다.

훔볼트가 말했다. 그냥 알고 싶어서 알려는 것뿐입니다. 적도 부근에 사는 원주민들의 머리에 있는 이 혐오스러운 동물의 존재에 관해서는 아직 아무도 연구하지 않았거든요.

그들의 집에서 멀지 않은 곳에서 노예 경매가 열렸다. 발목에 사슬을 찬 근육질의 남자와 여자 들이 멍한 눈으로 지주들을 바라보았다. 지주들은 그들의 입속을 쑤시고 귓속을 들여다보았으며 엉덩이를 검사한답시고 무릎을 꿇게 했다. 발바닥을 만져 보고 코를 잡아당기고 머리카락을 검사하고 성기를 손가락으로 건드려 보았다. 그러고 나서 대부분은 그냥 가 버렸다. 노예 거래는 사라져 가는 시장이었다. 훔볼트는 남자 세 명을 골라 그들의 사슬을 풀어 주게 했다. 그들은 어리둥절했다. 훔볼트는 통역을 시켰다. 당신들은 이제 자유요. 가도 좋아요. 그들이 그를 쳐다보았다. 자유라고요! 그중 한 사람이 어디로 가야 하느냐고 물었다. 훔볼트는 가고 싶은 곳으로 가라고 말하면서 그들에게 돈을 주었다. 그들은 주저하며 이빨로 동전을 깨물어 보았다. 한 사람은 바닥에 주저앉아 눈을 감고 꼼짝도 하지 않았다. 마치 이 세상에 그의 흥미를 끌 만한 것은 아무것도 없는 듯 보였다. 훔볼트와 봉플랑은 주위에 서 있던 사람들의 조롱 어린 시선을 받으며 그곳을 떠났다. 그들은 몇 차례 뒤를 돌아보았지만 풀려난 사람들 중 누구도 그들을 보지 않았다. 저녁이 되자 비가 내리기 시작했고 밤에는 또 한 번의 지진이 도시를 흔들었다. 다음 날 아침 훔볼트가 풀어 준 세 사람은 사라졌다. 그들이 어디로 갔는지 아는 이는 아무도 없었다. 그들은 더 이상 사람들의 눈앞에 나타나지 않았다. 다음 경매가 열렸을 때 훔볼트와 봉플랑은 덧문을 닫은 채 집에서 일을 했다. 그리고 경매가 끝나고 나서야 집 밖으로 나왔다.

차이마스 선교단으로 가는 여행은 빽빽한 밀림을 통과해야 했다. 걸음걸음 그들은 처음 보는 식물들과 마주쳤다. 밀림엔 그토록 많은 식물들이 넉넉히 자랄 만한 땅은 없는 것 같았다. 나무줄기들이 서로 밀착되어 있었다. 한 식물들이 다른 식물을 덮었고, 덩굴이 그들의 어깨와 머리를 스쳤다. 선교단 수도사들은 두 사람이 자기들에게 뭘 원하는지 이해하지 못했지만 그럼에도 친절하게 맞아 주었다. 수도원장은 고개를 갸웃했다. 뭔가 숨기는 것이 있을 거다! 세상 그 누구도 남의 땅을 측량하기 위해 지구의 반을 돌아 오지는 않는다.

선교단에서는 세례를 받은 인디언들이 자치를 하며 살아가고 있었다. 일종의 경찰서장 격인 추장이 한 명 있었고 민병대도 있었다. 그곳에서 정해 놓은 것에 복종하는 한 그들은 자유롭게 살 수 있었다. 그들은 거의 벌거벗은 채였고, 옷이라고 해 봐야 어디서 주워 걸친 쪼가리들뿐이었다. 모자 한 개, 양말 한 짝, 허리띠, 어깨 위에 고정시킨 완장 등. 훔볼트가 그런 것에 익숙한 것처럼 행동할 수 있을 때까지는 약간의 시간이 필요했다. 그는 여자들 몸에 털이 몇 군데나 나 있는지 보아야 하는 일이 불쾌했다. 여자들의 타고난 품위와 어울리지 않는 것처럼 보였기 때문이다. 훔볼트가 봉플랑에게 그 이야기를 하면서 얼굴을 빨갛게 붉히고 말을 더듬기까지 하자 봉플랑은 아주 재미있다는 듯 그를 보았다.

선교단에서 멀지 않은 동굴에는 야생성 조류와 함께 죽은 사람들이 살고 있다고 했다. 그 오래된 전설 때문에 원주민들은 그들과 함께 동굴에 들어가기를 거부했다. 끈질기게 설득한 후에야 수도사 두 명과 인디언 한 명을 동행시킬 수 있었다. 그것은 남아메리카 대륙에서 가장 큰 동굴 중 하나로 입구가 18미터 곱하기 27미터에 이를 정도로 커서 이 구멍으로 빛이 많이 들어온 덕분에 동굴 속으로 50미터쯤 들어간 곳에도 풀과 나무가 살고 있었다. 거기서부터 더 안쪽으로 들어갈 때는 횃불을 켜야 했다. 바로 여기서 새들의 울음소리가 들리기 시작했다.

어두컴컴한 동굴 속에 새들이 살고 있었다. 수천 개의 둥지들이 동굴 천장에 주머니처럼 매달려 있었고, 새 울음소리 때문에 귀청이 찢어질 지경이었다. 어느 방향으로 나아가야 할지 아무도 몰랐다. 봉플랑이 세 번 총을 쏘았고 총소리가 새 울음소리를 압도했다. 그는 새 두 마리를 손에 잡았는데 그들은 아직 살아서 움찔거렸다. 훔볼트는 암석에서 표본을 채취하고, 기온, 기압, 습도를 재고, 동굴 벽에서 이끼를 채취했다. 수도사 한 명이 샌들에 거대한 민달팽이가 밟히자 비명을 질렀다. 그들은 작은 개울을 건너야 했으며, 새들이 그들 머리 주변에서 날개를 펄럭였다. 훔볼트는 손으로 귀를 막았고 수도사들은 십자성호를 그었다.

안내자가 말했다. 여기서부터 죽은 자들의 왕국이 시작됩니다. 더 이상은 못 갑니다.

훔볼트는 돈을 두 배로 주겠다고 제안했다.

안내자는 거부했다. 이곳은 좋지 않은 장소예요! 도대체 우리가 여기서 무엇을 찾을 수 있겠습니까. 사람은 빛을 좇아가야 하는 겁니다.

말 한번 잘했군. 봉플랑이 소리쳤다.

빛이라고요? 훔볼트가 말했다. 그것은 밝은 곳을 뜻하는 게 아니라 지식을 가리키는 말입니다!

훔볼트가 앞장을 서고 봉플랑과 수도사들이 뒤따랐다. 길이 갈라졌다. 안내자 없이 그들은 어디로 가야 할지 알 수가 없었다. 훔볼트가 서로 다른 길로 가 보자고 제안했다. 봉플랑과 수도사는 고개를 저었다.

그렇다면 왼쪽 길로 갑시다. 훔볼트가 말했다.

왜 왼쪽입니까? 봉플랑이 물었다.

그럼 오른쪽 길로 가겠소? 훔볼트가 물었다.

왜 오른쪽인데요?

빌어먹을, 정말 짜증나는군. 훔볼트가 외쳤다. 그러더니 다른 사람들을 제쳐 두고 왼쪽으로 갔다. 새들의 울음소리는 더욱 크게 울렸다. 잠시 후 그 소리 속에서 매우 빠르게 이어지며 찰칵거리는 소리를 선명하게 구분할 수 있었다. 훔볼트는 무릎을 꿇고 바닥에 앉아 생장을 멈춘 식물들을 조사했다. 형태랄 것도 거의 없이 부풀어 오른 무채색의 식물이었다. 그는 봉플랑의 귀에 속삭였다. 흥미롭군요. 프라이베르크에서 이것에 관한 논문을 작성했었거든요!

두 사람은 위를 올려다보고 수도사들이 도망갔다는 것을 알았다.

미신 따위나 믿는 어리석은 인간들! 훔볼트가 외쳤다. 계속 갑시다!

가파른 길이 이어졌다. 그들 주위로 새들이 날개를 펄럭였지만 한 마리도 그들을 건드리지는 않았다. 그들은 벽을 따라 더듬으면서 걷다가 궁륭이 있는 곳에 도달했다. 횃불은 궁륭의 천장을 환하게 밝혀 주기에는 너무 약해서, 그들의 그림자만이 벽에 거대하게 드리워졌다. 훔볼트는 온도계를 들여다보았다. 기온이 점점 더 올라가는데. 베르너 교수가 이 사실을 알면 화를 낼 텐데! 그곳에서 그는 자기 옆에 어머니가 서 있는 것을 보았다. 그는 눈을 깜박거렸다. 착시 현상이라기엔 너무 오랫동안 보였다. 어머니는 목에 숄을 단단히 매고 머리는 비스듬하게 기울인 채 멍하니 웃고 있었다. 임종 때처럼 턱과 코는 아주 뾰족했다. 그리고 손에는 구부러진 우산이 들려 있었다. 그는 눈을 감고 천천히 열까지 세었다.

뭐라고요? 봉플랑이 물었다.

아무것도 아니오. 훔볼트는 이렇게 말하고는 망치질을 해서 돌에서 표본을 채취했다.

저 뒤로 계속 가 보지요. 봉플랑이 말했다.

아니 됐소. 훔볼트가 말했다.

봉플랑이, 안으로 더 깊이 들어가면 또 다른 미지의 식물들을 찾게 될 거라고 말했다.

돌아가는 게 좋겠소. 훔볼트가 말했다. 충분히 봤소.

그들은 햇빛이 드는 방향으로 개울을 따라갔다. 점차 새들이 줄어들고 울음소리가 낮아졌다. 이내 횃불을 끄고 걸을 수 있었다.

동굴 앞에서는 인디언 안내자가 그들이 잡은 새 두 마리를 불에 구우면서 기름을 빼고 있었다. 깃털과 부리, 발톱은 이미 타 버렸고 피가 불꽃 속으로 방울방울 떨어졌다. 기름이 쉿 소리를 내면서 탔고 매운 연기가 불 위로 올라왔다. 안내인이 설명했다. 아주 귀한 기름입니다. 냄새도 없고 1년이 지나도 신선한 상태가 유지되지요!

새 두 마릴 더 잡아야겠군. 봉플랑이 화를 내며 말했다.

훔볼트는 봉플랑에게 슈납스[독일의 술] 병을 달라고 하더니 한 모금 벌컥 들이켜고 수도사와 함께 선교단으로 출발했다. 봉플랑은 되돌아가서 새를 두 마리 더 잡아 왔다. 수백 걸음쯤 걷고 난 후 훔볼트는 갑자기 멈춰 섰다. 고개를 뒤로 젖히고 하늘을 짊어지고 있는 것처럼 보이는 나무 꼭대기를 쳐다보았다.

반향이다!

반향. 수도사가 반복해서 말했다.

후각이 아니라면 반향이야. 벽에 부딪혀 되돌아오는 찰칵 소리들. 틀림없이 동물들은 그걸 이용해 방향을 잡는 걸 거야.

그는 걸어가면서 메모를 했다. 이런 방식은 달빛이 없는 밤이나 수중에서 인간이 이용할 수도 있을 것이다. 새의 기름, 냄새만 안 난다면 초를 만드는 데 아주 탁월한 재료가 될 수 있다. 그가 수도원 방문을 힘차게 열었을 때 방 안에서는 벌거벗은 여자 하나가 그를 기다리고 있었다. 처음에 그는 이 여자가 이를 세는 일 때문에 왔거나 어떤 소식을 가져온 거라고 생각했다. 그러나 금세 이번엔 그런

일 때문이 아니라는 것을 그는 눈치 챘다. 그녀는 그가 짐작하고 있는 바로 그것을 원하고 있었다. 그가 피해 갈 길은 없었다.

총독이 그녀를 보냈음이 분명했다. 남자들끼리나 주고받는 음담패설을 듣고 그가 무슨 상상을 했는지를 아주 잘 보여 주는 사건이었다. 하루 밤 하루 낮을 그녀는 혼자 방 안에서 기다렸다. 지루함을 못 이겨 육분의를 분해했고, 수집해 놓은 식물을 들쑤셔 놓았다. 그러다 표본을 만들기 위해 준비해 둔 에틸알코올을 마시고 잠이 들었다. 깨어난 후에는 입이 뾰족 튀어나온 우스꽝스러운 난쟁이의 초상화를 들여다보았다. 그녀는 그것이 프리드리히 대제의 초상화라는 것을 당연히 몰랐으며, 그 위에 알록달록 덧칠을 하기까지 했다. 훔볼트가 방에 들어왔을 때 그녀는 초상화를 재빨리 뒤로 감추려 했다.

어디서 왔는지, 무엇을 원하는지, 뭘 도와주어야 하는지를 훔볼트가 묻는 동안 그녀는 능숙한 솜씨로 그의 바지 지퍼를 열었다. 여자는 키가 작고 통통했으며 열다섯 살도 채 안 돼 보였다. 그는 뒤로 물러섰고 그녀는 쫓아왔다. 벽에 부딪힌 훔볼트는 그녀에게 화를 내려 했지만 스페인어가 하나도 생각나지 않았다.

그녀가 말했다. 내 이름은 이네스예요. 믿고 제게 맡기세요.

그녀가 그의 셔츠를 위로 끌어올렸을 때 단추 하나가 떨어져 바닥 위로 굴러갔다. 훔볼트는 그것이 벽에 부딪혀 멈출 때까지 단추를 바라보았다. 그녀는 그의 목에 팔을 두르고 그를 애무했다. 그는 방 한가운데서 중얼거렸다. 나는 프로이센 왕가의 관료입니다. 나를 놓아주는 게 좋을 겁니다.

어머나. 그녀가 말했다. 심장 뛰는 것 좀 봐요.

그녀는 그를 양탄자 위로 끌고 갔다. 어떤 이유에선지 그는 그녀가 자기를 똑바로 눕히고, 손으로 자신의 하체를 더듬거리는 것을 허락했다. 그녀는 애무를 멈추더니 웃으며 말했다. 말을 잘 안 듣는데요. 그는 그녀의 굽은 등과 천장, 바람에 흔들리는 야자수 잎을 바라보았다.

그녀가 말했다. 나를 믿고 맡겨 봐요!

야자수 잎이 짧고 뾰족했다. 아직 조사해 보지 않은 나무였다. 그는 일어서려 했지만 그녀가 손으로 그의 얼굴을 잡고 아래로 끌어당겼다. 그는 자신이 지금 지옥에 있는 것처럼 고통스럽다는 것을 그녀가 왜 이해하지 못하는 건지 곰곰 생각해 보았다. 마침내 그녀가 포기하고 머리카락을 뒤로 넘기며 슬프게 그를 내려다볼 때까지 시간이 얼마나 걸렸는지 그는 알 수 없었다. 그는 눈을 감았다. 그녀가 일어났다.

괜찮아요. 그녀가 작은 소리로 말했다. 제 탓이에요.

그는 머리가 아팠다. 목이 너무 말랐다. 그녀가 나가고 문이 닫히는 소리가 들리고 나서야 그는 비로소 눈을 떴다.

봉플랑은 훔볼트가 온도계와 습도계, 크로노미터<sup>관측, 항해에 쓰던 정밀도 높은 휴대용 태엽 시계</sup>, 다시 제작한 육분의 사이에 파묻혀 책상에 앉아 있는 것을 발견했다. 눈에 루페를 낀 채 그는 야자수 잎을 관찰하고 있었다. 흥미로운 구조야. 대단해! 이제 출발할 때가 됐소.

이렇게 갑자기요?

오래된 보고에 의하면 오리노코 강과 아마존 강 사이에 운하가 있다는군요. 유럽의 지리학자들은 그것을 전설로 여겼소. 주류 학파들은 산맥만이 물길을 가를 뿐 내륙에서는 어떤 하천망도 연결될 수 없다고 주장했죠.

신기하게도 나는 그런 것에 관해 한번도 생각해 본 적이 없었군요. 봉플랑이 말했다.

그건 잘못된 생각이었소. 훔볼트가 말했다. 내가 그 운하를 찾아서 비밀을 풀 거요.

아하. 봉플랑이 말했다. 운하를 찾으시겠다고요.

훔볼트가 말했다. 나는 당신의 그런 태도가 마음에 들지 않소. 항상 불평과 변명만 늘어놓잖아요. 열정을 좀 가지라는 건데 내가 너무 많은 것을 요구하는 건가요?

봉플랑이 물었다. 무슨 일이 있었습니까?

조만간 일식을 볼 수 있을 거요. 일식이 일어나면 이 해안 도시가 천문학적으로 어떤 위치에 있는지 정확히 측정할 수 있을 거요. 그러면 우리는 운하의 끝 지점까지 경위도망을 넓힐 수 있소.

하지만 그곳은 깊은 원시림 아닙니까!

거창한 단어죠. 훔볼트가 말했다. '원시림'이라는 거창한 말 때문에 겁을 먹어서는 안 됩니다. 원시림도 숲에 불과할 뿐이죠. 자연은 어디서든 동일한 언어로 말을 하니까.

그는 형에게 편지를 썼다. 멋진 여행입니다. 발견할 것이 무궁무진합니다. 매일 매일 얼마나 많은 식물들을 새로 발견하게 되는지 모릅니다. 지진의 관찰은 지각에 대한 새로운 이론을 증명해 줍니다. 머릿니의 특성에 관한 지식 역시 엄청나게 확장될 것입니다. 친애하는 동생아. 이 사실을 신문에 실어 주세요!

그는 자신이 손을 떨고 있는지 시험해 보았다. 그리고 이마누엘 칸트에게 편지를 썼다. 자연지리학이라는 새로운 학문의 개념이 끈질기게 저에게 밀려옵니다. 지구 전체를 볼 때 비슷한 기온이라면 고도가 다르더라도 비슷한 식물이 자랍니다. 그래서 기후대는 위도 상에서뿐 아니라 고도 상으로도 펼쳐질 수 있지요. 열대에서 북극까지 1스타디온<sup>고대 그리스의 거리 단위. 1840미터</sup>마다 지표면에 점을 그릴 수 있습니다. 이 점을 선으로 연결하면 거대한 기후대 지도를 얻게 됩니다. 언제나 도움을 주심에 감사 드리며 건강하시기를 간절히 바랍니다. 그는 눈을 감고 깊이 숨을 들이마신 후 가장 힘 있는 필체로 사인했다.

일식이 일어나기 전날 약간 불쾌한 일이 일어났다. 해변에 기압측정기를 설치할 때 삼보<sup>브라질의 흑인과 인디언 혼혈 남자</sup> 한 명이 나무창을 들고 수풀에서 튀어나왔던 것이다. 그는 몸을 구부린 채 으르렁거리며 그들을 쏘아보더니 공격을 시도했다. 며칠 후 새벽 3시경 훔볼트는 카라카스로 향하는 배의 선실에서 험한 파도를 견디며 팔락거리는 촛불 아래 그 일을 매우 유감스러운 사고라고 적었다. 훔볼트는 그의 공격을 왼쪽으로 피했다. 그의 오른쪽에 있던 봉플랑은 재수 없게 창에 맞았다. 봉플랑이 바닥에 쓰러져 움직이지 못하고 누워 있을 때 한 번 더 창에 찔릴 수도 있었다. 그러나 그는 다시 공격하지 않고 떼굴떼굴 굴러가는 봉플랑의 모자를 따라 달려갔다. 그러더니 모자를 머리에 얹고는 성큼성큼 그 자리를 떠났다.

적어도 기압측정기는 무사했다. 봉플랑 역시 스무 시간이 지나자 깨어났다. 얼굴이 부어올랐고 이빨 하나가 부러져 나갔다. 코의 형태도 약간 변하고 입과 턱 주위에는 피가 맺혔다. 내내 그의 병상을 지켰던 훔볼트가 그에게 물을 주었다. 봉플랑은 얼굴을 씻으며 침을 뱉고는 걱정스럽게 거울을 들여다보았다.

일식이 일어날 거요. 훔볼트가 말했다. 갈 수 있겠소?

봉플랑이 고개를 끄덕였다.

정말 괜찮겠소?

봉플랑은 침을 뱉으며 아무렇지도 않다고 속삭였다.

위대한 날들이 올 거요. 훔볼트가 말했다. 오리노코 강에서 아마존 강까지. 내륙의 가장 깊숙한 그곳까지. 손을 줘요. 부축할 테니!

봉플랑은 짓눌리듯 무거운 팔을 힘겹게 들었다.

일식이 있을 거라 예고된 시각이 되자 태양이 사라졌다. 빛이 희미해지고, 한 무리의 새들이 소리를 지르며 푸드득 솟아올라 바람을 타고 날아갔다. 사물들이 빛을 빨아들이고 그림자 하나가 덮쳐 왔다. 둥그런 태양은 어두운 원반이 되었다. 머리에 붕대를 감은 봉플랑이 인공 지평선의 영사막을 잡고 있었다. 훔볼트는 육분의를 그 위에 올려놓고 다른 눈으로 크로노미터를 보고 있었다. 시간이 멈췄다.

그리고 다시 시간이 흐르기 시작했다. 빛이 돌아왔다. 태양이 다시 빛을 뿜었고 태양의 그림자는 언덕, 땅, 지평선으로부터 사라졌다. 새들이 울고, 어디선가 총 소리가 들렸다. 봉플랑은 영사막을 내려놓았다.

훔볼트는 일식이 어땠느냐고 물었다.

봉플랑은 대체 무슨 말이냐는 듯 그를 보았다.

훔볼트가 말했다. 나는 일식을 보지 않았소. 영사막에 투영된 것만 보았지. 육분의에 해를 고정시키고 시계도 지켜봐야만 했거든요. 그래서 하늘을 올려다볼 시간이 없었소.

봉플랑이 쉰 목소리로 말했다. 이런 일식은 평생 두 번 다시 보지 못할 텐데요. 정말 하늘을 보지 않았단 말이오?

 이 지점은 이제 영원히 세계지도에 새겨질 겁니다. 하늘의 도움을 받아 시계의 오작동을 교정할 수 있는 기회는 좀처럼 오지 않습니다. 어떤 다른 일보다 자기가 해야 할 일을 더 중요하게 생각하는 사람들이 있는 법이니까요.

 그렇긴 하지만……. 봉플랑은 한숨을 쉬었다.

 그렇긴 하지만…… 뭐죠? 훔볼트는 천문력 표를 뒤적거리더니, 연필을 재빨리 꺼내어 계산하기 시작했다. 어서 얘기해 봐요.

 그렇게 항상 독일 사람답게만 행동해야 합니까?

# 수

 모든 것을 바꾸어 놓은 바로 그날 그는 어금니가 너무 아파서 미칠 것 같았다. 밤에는 똑바로 누울 수 있었지만 바로 옆방에서 들려오는 집주인 여자의 코 고는 소리에 잠을 설쳤다. 6시 반경 피곤한 몸으로 아침 햇빛에 눈을 깜박였을 때 그는 세상에서 가장 오래된 문제 가운데 하나의 답을 찾았다.
 그는 술 취한 사람처럼 비틀거리며 방 안을 돌아다녔다. 바로 적어 놓아야 해. 잊어버리면 안 돼. 그런데 서랍이 열리지 않았다. 갑자기 종이가 그 앞에서 숨바꼭질을 하고 펜이 부러지면서 얼룩을 남겼다. 그러더니 안이 가득 찬 요강이 발에 걸렸다. 그래도 30분 후, 그는 구겨진 종이 몇 장과 그리스어 교과서의 가장자리, 책상판 위에 모든 것을 적었다. 그는 펜을 놓았다. 숨을 쉬기가 힘들었다. 그는 그제야 자신이 벌거벗고 있었음을 알아차렸고 바닥을 더럽힌 배설물의 악취에 놀랐다. 몸이 얼어붙는 듯했다. 치통은 참을 수 없을 정도였다.

그는 다시 읽어 보았다. 한 줄 한 줄 꼼꼼히 살피고 증명을 검토해 보고 틀린 곳을 찾았지만 실수는 없었다. 그는 마지막 종이를 손으로 쓰다듬으며 자신이 만든 비스듬한 정십칠각형을 들여다보았다. 2,000년 이상 우리는 직선과 원을 가지고 정삼각형과 정오각형을 만들어 왔지. 사각형을 만들거나 다각형의 각을 두 배로 늘리는 것은 아주 쉬웠다. 삼각형과 오각형을 조합하면 십오각형을 만들 수 있었다. 하지만 그 이상은 불가능했다.

그런데 지금 정십칠각형을 만든 것이다. 계속 발전시켜 나갈 방법도 어렴풋이 알 것 같았다. 그 방법을 발견할 사람 역시 틀림없이 그일 터였다.

그는 이발소로 갔다. 이발사는 그의 손을 꽉 묶더니 그렇게 아프지는 않을 거라고 했다. 그리고 재빨리 집게를 그의 입속으로 밀어 넣었다. 건드리기만 해도 통증은 거의 기절할 정도였다. 그가 다시 한 번 생각을 모으려고 집중할 때 그의 머리에서 찰칵 소리가 났다. 따뜻한 피 냄새와 귀를 두드리는 소리를 듣고서야 그는 정신을 차리고 앞치마를 두른 이발사와 자신이 있던 방으로 돌아왔다. 이발사가 말했다. 그렇게 아프지는 않았지요?

집으로 돌아오는 길에는 담벼락을 짚으며 걸어야 했다. 무릎이 후들거렸고 발은 제멋대로 움직였다. 어지러웠다. 몇 년 후면 치과 의사가 생길 것이다. 그러면 이런 고통에서 구원받을 수 있고 염증이 생겼다고 꼭 이를 빼낼 필요도 없어질 것이다. 이 세상은 더 이상 이빨 빠진 사람들로 넘쳐나지 않을 것이다. 마맛자국이 생길 일도 없어지고 머리카락이 빠지지도 않을 것이다. 다른 사람들은 이런 생각을 하지 않는다는 게 이상했다. 그들에게는 모든 것이 지금 있는 그대로인 것이 당연했다. 그는 무표정한 눈으로 치머만의 집을 향했다.

그는 노크도 하지 않고 집 안으로 들어갔다. 그리고 식탁 위에 종이 뭉치를 놓았다.

교수가 그의 고통을 안다는 듯 말했다. 그래, 이는? 많이 아픈가? 나는 운이 좋은 편이야. 다섯 개밖에 빠지 않았거든. 리히텐베르크 교수는 이가 두 개밖에 남지 않았고, 캐스트너는 몽땅 빠진 지 오래됐어. 교수는 종이에 얼룩진 핏자국이 자기 손에 옮겨 묻지 않도록 손가락 끝으로 살며시 맨 위의 종잇장을 집어 들었다. 그는 눈썹을 문질렀다. 그의 입술이 움직였다. 믿을 수 없을 정도로 오랜 시간이 걸렸다. 저렇게 생각이 느린 사람은 다시없을 거야!

위대한 순간이군. 마침내 치머만이 말을 꺼냈다.

가우스는 물 한 잔만 달라고 부탁했다.

감사의 기도를 드리고 싶은 마음이야. 이것은 꼭 출판을 해야 돼. 교수 이름으로 출판하는 게 가장 좋겠지. 학생 신분으로 책을 낸다는 것은 드문 일이니까.

가우스는 대답을 하려 했다. 그런데 치머만이 그에게 물을 가져다주었을 때 그는 마실 수도 말을 할 수도 없었다. 그는 미안하다는 몸짓으로 인사를 하고 비틀거리며 집으로 돌아갔다. 침대에 누워 저 멀리 브라운슈바이크에 있는 어머니를 생각했다. 괴팅겐에 온 것은 실수였다. 여기에 더 좋은 대학이 있긴 하지만 아플 때면 평상시보다 더 어머니가 그리웠다. 한밤중 뺨이 더욱 부어오르고 움직일 때마다 온몸이 욱신거렸을 때, 그는 이발사가 엉뚱한 이빨을 뽑았다는 사실을 깨달았다.

다행히 이른 새벽 거리는 한적했다. 아무도 그가 가던 길을 멈춘 후 머리를 벽에 기대고 흐느끼는 것을 보지 못했다. 진통제와 의사라는 이름에 걸맞은 직업이 존재하는 100년 후에 다시 태어날 수만 있다면, 그는 영혼이라도 내주었을 것이다. 통증을 없애는 것은 어려운 일이 아니다. 통증을 유발하는 신경만 마비시키면 된다. 소량의 독으로도 마비시킬 수 있다면 더할 나위 없이 좋다. 인디언이 화살에 바르는 독인 쿠라레를 더 연구해야 할 것이다. 화학 연구소에 그 독이 한 병 있다. 언제 한번 그것을 관찰해 봐야지. 그러다 불현듯 이런 생각은 사라져 버리고 자신의 신음소리만 더욱 크게 들렸다.

이발사는 아무렇지도 않게 말했다. 그런 일이 가끔 있어요. 통증은 광범위한 영향을 미치지요. 자연은 지혜롭습니다. 인간은 여러 개의 이를 가지고 있지 않습니까. 그가 이를 뺀 순간 가우스는 의식을 잃었다.

통증이 그 사건을 그의 기억에서 혹은 시간에서 분리시킨 것처럼, 그는 몇 시간 후인지 며칠 후인지에 — 그가 어떻게 그것을 알 수 있겠는가. — 헝클어진 침대 위에 누워 있는 자신을 발견했다. 협탁 위에는 반쯤 빈 술병이 있었고 발치에는 고문관 치머만이 정십칠각형의 최신 작도법을 소개한 글이 실린 《일반 학예 신문》이 놓여 있었다. 침대 옆에는 축하해 주기 위해 온 바르텔스가 앉아 있었다.

가우스는 뺨을 만져 보았다. 아, 바르텔스. 그는 모든 사실을 알고 있다. 그도 가난한 가정에서 태어나 신동으로 인정받고 자신이 위대한 인물이 될 줄 알았다. 그러다 그는 가우스를 만났다. 가우스는 바르텔스에게 그들이 처음 만난 뒤 이틀 동안 그가 잠 한숨 자지 못하고, 다시 마을로 돌아가 암소 젖을 짜고 마구간을 치워야 하는지 고민했다는 이야기를 들었다. 셋째 날 밤에 바르텔스는 자신의 영혼을 구제할 방법은 오로지 한 가지뿐이라는 사실을 깨달았다고 했다. 가우스를 좋아해야 한다. 어디에 있든지 그를 도와주어야 한다. 그때부터 그는 있는 힘을 다해 공동 작업에 전념했으며 치머만과 상의하고 공작에게 편지를 쓰고 어느 날 저녁에는 가우스의 아버지를 억척스럽게 졸라서 아들을 김나지움에 보내게 했다. 지난여름 그는 가우스와 함께 그의 부모가 살고 있는 브라운슈바이크로 갔다. 가우스의 어머니가 그를 한구석으로 데려가더니 걱정과 부끄러움이 섞인 소심한 표정으로 물었다. 제 아들이 대학에 다니며 학자들에게 배우고 있는데, 과연 미래가 있는 겁니까? 바르텔스는 질문의 의미를 이해하지 못했다. 어머니는 말했다. 그러니까 그 녀석이 학자로서 뭔가 해낼 수 있을까요? 당신을 믿고 여쭤 보는 거예요. 절대 아무에게도 말을 옮기지 않겠다고 약속합니다. 엄마들은 항상 이렇게 걱정이 많은 법이랍니다. 바르텔스는 잠시 아무 말도 하지 않았다. 그러고 나서 경멸이 묻어나는 어투로 — 그는 나중에 이렇게 말한 걸 무척 부끄러워했다. — 당신 아드님이 세계에서 가장 위대한 학자라는 것을 정말 모르느냐고 물었다. 어머니는 엉엉 울었다. 자신이 몹시 부끄러웠기 때문이다. 가우스는 그 일로 바르텔스를 영원히 용서할 수가 없었다.

결심했어요. 가우스가 말했다.

뭐를? 바르텔스는 당황해서 올려다보았다.

가우스는 참을성 없이 한숨을 내쉬었다. 수학을 하기로 결정했어요. 지금까지는 고전문헌학을 전공하려고 했어요. 베르길리우스 주석, 특히 『아이네이스』의 「지하세계로의 하강」에 관한 주석을 써야겠다고 생각했어요. 그 장의 어떤 것도 제대로 해석되어 있지 않았거든요. 물론 앞으로 그것을 쓸 시간도 있을 거예요. 나는 이제 겨우 열아홉 살이니까요. 우선은 수학에서 뭔가 이룰 수 있을 것 같아요. 어차피 세상에 태어나 살아가야 하는 거라면, 누가 우리에게 시키는 것도 아니지만, 무언가를 이루기 위해 노력할 수 있는 거잖아요. 예를 들면 수란 무엇인가 하는 질문에 대한 답을 찾는 거지요. 그것이 기하학의 기초입니다.

필생의 사업이지. 바르텔스가 대답했다.

가우스는 고개를 끄덕였다. 운이 따라 준다면 5년 후면 완성할 겁니다.

그러나 곧 더 빨리 이룰 수도 있겠다는 확신이 들었다. 일단 작업을 시작하자 새로운 생각들이 쉴 새 없이 밀려왔다. 그는 거의 자지 않았고 학교도 가지 않았다. 필요한 만큼만 먹고 어머니를 찾아가는 일도 드물었다. 작은 소리로 웅얼거리면서 거리를 돌아다닐 때면 자신이 그 어느 때보다도 깨어 있는 것처럼 느껴졌다. 그는 보지 않고도 사람들을 피해 갔다. 발을 헛디디는 법도 없었다. 한번은 무의식 중에 길옆으로 비켜섰는데 바로 그 순간 바로 자신이 피한 자리에 지붕기와가 떨어져 산산조각 나는 것을 보고도 놀라지 않았다. 수는 그를 현실에서 빠져나오게 한 것이 아니라 현실에 더욱 가까이 접근하게 했다. 수는 현실을 그 어느 때보다 더 명확하고 분명하게 만들었다.

그는 항상 수와 붙어 다녔다. 창녀를 찾을 때에도 그는 그것을 잊지 않았다. 괴팅겐에는 창녀가 많지 않았으며 그들은 모두 가우스를 알고 있었다. 그래서 그의 이름을 부르며 인사하고 가끔은 할인을 해 주기도 했다. 그는 젊고 잘생긴 데다 매너도 좋았기 때문이다. 그가 가장 좋아했던 창녀는 니나라는 이름을 가진 시베리아 여자였다. 조산소(助産所)로 쓰였던 건물에 살고 있는 그녀는 검은 머리카락, 보조개, 흙내가 나는 넓은 어깨를 가지고 있었다. 그녀를 안을 때면 시선은 천장에 둔 채 자신의 몸 위에서 흔들리는 그녀를 느끼며 그는 그녀와 결혼하고 그녀의 언어를 배우겠다고 약속했다. 그녀는 그의 말을 비웃었고 그가 진지하게 맹세하면 당신은 아직 너무 어리다고만 말했다.

그의 박사 과정 시험은 파프 교수의 감독 하에서 치러졌다. 서투른 필체로 쓴 청원서 덕분에 구두 시험은 면제받았다. 구두 시험이 치러졌다면 그것 역시 무척 우스꽝스러웠을 것이다. 성적표를 가지러 갔을 때 그는 복도에서 기다려야 했다. 그는 마른 빵 한 조각을 씹으면서 《괴팅겐 학자 소식지》에 실린 기사를 읽었다. 어느 프로이센 외교관이 자기 동생의 뉴안달루시아 체류에 관해 쓴 보고문이었다. 도시 외곽에 있는 하얀 집. 저녁이면 강에서 몸을 식히고, 여자들이 찾아오면 그들의 머리카락에 사는 이의 개수를 센다. 알 수 없는 흥분을 느끼며 그는 잡지를 뒤적거렸다. 카푸친파 수도회 선교단의 벌거벗은 인디언들, 다른 동물들이 눈으로 보는 것을 소리로 감지하며 어두운 동굴 속에서 사는 새들, 일식, 그리고 오리노코 강으로의 출발. 그 남자의 편지는 벌써 1년 반 전에 보내온 것으로, 그가 아직 살아 있는지는 아무도 모른다고 했다. 가우스는 신문을 내려놓았다. 치머만과 파프가 앞에 서 있었다. 그들은 감히 그를 방해할 엄두를 내지 못하고 있었던 것이다.

그가 말했다. 이 남자 정말 대단하군요! 하지만 진리를 어딘가 다른 곳에서 찾으려는 것은 바보 같은 짓이에요. 마치 자기 자신으로부터 도망칠 수 있다고 생각하는 것처럼 말입니다.

파프는 멈칫거리면서 그에게 성적표를 건네주었다. 합격, 숨마쿰 라우데<sup>최우수 졸업</sup>. 치머만이 말했다. 당연한 일이지. 논문이 아주 훌륭하다고 하더군. 자네가 우울함을 몰아내고 관심을 쏟을 수 있는 무언가를 발견했다니 잘됐어.

정말 그런 것 같아요. 가우스가 말했다. 책이 완성되면 저는 떠날 겁니다.

두 교수는 서로 눈빛을 교환했다. 하노버를 떠난다고? 사람들이 좋아하지 않을 텐데.

아닙니다. 가우스가 말했다. 걱정 마십시오. 아주 멀리는 가겠지만 제후국 하노버를 떠나지는 않을 겁니다.

작업은 빨리 진척되었다. 이차상호법칙이 추론되었고, 소수의 빈도 문제도 거의 답을 찾았다. 처음 세 부분을 끝내고 본문으로 들어갔다. 그러나 그는 매번 펜을 다시 놓고 머리를 손으로 감싼 채 자신이 이 작업을 계속해도 되는 것인지 곰곰 생각해 보았다. 너무 깊이 들어간 것은 아닌가? 물리학은 규칙을 토대로, 규칙은 법칙을 토대로, 법칙은 수를 토대로 성립된다. 예리하게 관찰한다면 이들 사이의 관계, 즉 서로 밀치고 끌어당기는 관계를 인식하게 된다. 그 구조 중 몇 가지는 불완전해 보였고, 이상하게도 피상적으로 작성되어 있었다. 하지만 그는 자신이 은근슬쩍 덮어 둔 실수들이 있을 거라고는 생각하지 않았다. 신이 게으름을 부리면서도 아무도 그것을 알아차리지 못하기를 바라는 것처럼 말이다.

그러던 어느 날 그의 수중에서 돈이 다 떨어졌다. 대학에 다니지 않았기 때문에 장학금 지급이 중단된 것이었다. 공작은 그가 괴팅겐으로 가 버린 것을 마음에 들어 하지 않았다. 장학금을 계속해서 받는 일은 불가능해 보였다.

구제책이 있긴 하다. 치머만이 말했다. 임시직으로 토지 측량을 도와줄 성실한 젊은이를 찾고 있다고 하더군.

가우스는 안 하겠다고 고개를 흔들었다.

오래 걸리진 않을 거다. 치머만이 말했다. 게다가 신선한 공기를 쐬면 건강에도 좋을 거야.

가우스는 비를 맞으며 터벅터벅 걷고 있었다. 하늘은 낮고 어두웠으며 땅은 진흙탕이었다. 그는 목초지를 기어올라 갔다. 솔잎을 덕지덕지 붙인 채 숨을 헐떡이고 땀을 비 오듯 흘리면서 올라가 보니 젊은 여자 둘이 서 있었다. 그 여자들은 그에게 도대체 여기서 무얼 할 거냐고 물었다. 그는 신경질적으로 삼각측량법에 관해 설명했다. 삼각형의 한 변의 길이와 두 각의 크기를 알면 다른 두 변의 길이와 나머지 한 각의 크기를 알아낼 수 있습니다. 우선 여기 하나님의 땅에서 삼각형을 하나 골라서 가장 쉽게 접근할 수 있는 변을 측량해 봅시다. 그리고 이 기구로 세 번째 꼭지점과의 각을 잽니다. 그는 경위의를 들어서 그것을 이리저리 돌렸다. 자, 보십시오. 그는 마치 처음인 것처럼 서투른 손놀림으로 이리저리 움직였다. 그다음 삼각형을 끼워 맞춥니다. 프로이센의 어느 연구자가 지금 이 순간 신세계의 상상의 동물들 사이에서 나와 똑같은 작업을 하고 있지요.

두 사람 중 키가 더 큰 여자가 대답했다. 그런데 지형은 평면이 아니잖아요?

그는 그녀를 쳐다보았다. 생각할 틈을 주어야 하는 걸 깜박했군.

물론 아닙니다. 그는 웃으면서 말했다.

그녀가 말했다. 삼각형은 동일한 평면에서는 각도의 합이 180도지만 구 위에서는 그렇지 않습니다. 동일한 평면이냐 아니냐에 모든 게 달려 있지요.

그는 그녀를 지금 처음 보는 것처럼 다시 훑어보았다. 그녀도 눈썹을 치켜세우며 그의 눈을 마주 보았다. 그렇습니다. 그가 말했다. 그것을 상쇄하기 위해 우리는 측량 후에 삼각형을 무한히 작은 크기로 축소시켜야 합니다. 단순한 미분 연산인 셈이지요. 물론 이런 형태로 말입니다……. 그는 바닥에 앉고서는 메모장을 꺼냈다. 메모를 시작하면서 그는 중얼거렸다. 이런 형태로는 아직 아무도 시도해보지 않았습니다. 그가 고개를 들었을 때 그곳엔 아무도 없었다.

몇 주 동안 그는 측지학 기자재들을 가지고 그 지역을 돌아다녔다. 바닥에 말뚝을 박고 거리를 측량했다. 한번은 비탈면 뒤로 굴러떨어져서 어깨가 탈골되기도 했고 쐐기풀에는 여러 번 빠졌다. 겨울이 가까이 다가온 어느 날 오후엔 한 무리의 아이들이 더러운 눈 덩이를 그에게 던졌다. 숲에서 양치는 개가 뛰어나와 그를 바닥에 쓰러뜨리고 그의 장딴지에 상처를 남긴 뒤 귀신처럼 사라진 일도 있었다. 그는 이 일을 그만두기로 결정했다. 그런 위험을 당하기 위해 태어난 것이 아니기 때문이었다.

그는 요하나를 자주 보았다. 마치 그녀는 항상 그의 곁에 있었는데 그가 그것을 미처 깨닫지 못했던 것 같았다. 거리를 걷다 보면 그녀가 앞에 걸어가고 있는 게 보였다. 그녀가 천천히 갔으면 좋겠다고 생각하면 그녀의 걸음이 약간 느려지는 것처럼 느껴졌다. 교회에서 그녀는 그보다 세 줄 뒤에 앉아 있었다. 신부가 그리스도의 고

난을 자신의 것으로, 그의 곤궁을 자신의 곤궁으로, 그의 피를 자신의 피로 받아들이지 않는 사람들에게 영원한 저주를 약속하는 동안 그녀는 피곤하지만 집중하는 표정으로 앉아 있었다. 가우스는 오래전에 그것이 무엇을 의미하는지 생각하기를 포기했다. 그리고 자신이 지금 몸을 돌리면 그녀가 얼마나 아이러니컬한 표정으로 자신을 바라볼지 알고 있었다.

그들은 늘상 낄낄거리며 웃는 미나라는 친구와 함께 시 외곽으로 산책을 나갔다. 그들은 그가 알지 못하는 새 책과 잦은 비, 파리 집정내각의 미래에 관해 이야기를 나누었다. 가끔은 그가 말을 끝내기도 전에 요하나가 대답했다. 그는 그녀를 껴안고 바닥에 넘어뜨리는 장면을 상상했고 그녀가 자신의 생각을 알고 있다는 것도 정확하게 간파했다. 꼭 이렇게 속내를 숨겨야 할 필요가 있는가? 물론 필요한 일이었다. 실수로 그녀의 손을 건드렸을 때 그는 귀족들이 하는 것처럼 몸을 깊게 숙였고 그녀 역시 무릎을 구부리며 절을 했다. 돌아오는 길에 그는 인간들이 서로에게 거짓말을 하지 않고 교제할 날이 올 수 있을지 생각해 보았다. 그때 갑자기 그는 모든 수가 세 개의 삼각형수의 합으로 설명될 수 있음을 알았다. 떨리는 손으로 그는 메모장을 찾았다. 그러나 메모장을 집에 두고 가지고 나오지 않았다. 그는 가장 가까운 음식점에 들어가 종업원의 손에서 석필을 빼앗아 공식을 테이블의 한구석에 적어 놓을 때까지 조그마한 소리로 계속 중얼거리고 있었다.

그때부터 그는 집을 떠나지 않았다. 낮은 저녁이 되고, 저녁은 밤이 되었다. 새벽의 창백한 빛을 흠뻑 빨아들인 밤은 당연하다는 듯 다시 낮이 되었다. 그러나 그것은 당연한 일이 아니었다. 죽음은 빨리 다가온다. 그는 서둘러야 했다. 가끔 바르텔스가 먹을거리를 가져다주었다. 가끔은 그의 어머니도 찾아왔다. 어머니는 그의 머리를 쓰다듬고 사랑에 가득 찬 눈길로 그를 내려다보았다. 그가 뺨에 키스를 하면 어머니는 너무 좋아서 얼굴이 빨개졌다. 그리고 치머만이 찾아왔다. 일하는 데 필요한 것은 없느냐고 물었다. 그는 가우스와 눈이 마주치자 당황하여 투덜대면서 돌아갔다. 캐스트너, 리히텐베르크, 뷔트너, 공작의 비서에게서 편지가 왔다. 그는 편지를 읽지 않았다. 그는 두 번 설사를 했다. 세 번 치통을 앓았고 하루는 밤에 아주 심한 산통(발작적으로 생기는 통증)을 앓으면서 생각했다. 이제 때가 되었나 보다. 신이 허락하지 않는구나. 여기가 끝이다. 어느 날 밤에는 학문, 일, 그의 삶 전체가 갑자기 낯설고 필요 없는 것처럼 느껴졌다. 그에게는 친구도 없고 어머니 외에 중요한 의미를 지니는 사람이 아무도 없었다. 그러나 다른 모든 것처럼 그런 생각 역시 곧 사라졌다.

그리고 비가 오는 어느 날 그는 일을 끝마쳤다. 펜을 옆으로 치우고 요란하게 코를 풀고 이마를 문질렀다. 지난 몇 달간의 기억들, 모든 갈등, 결정과 생각들이 벌써 그와는 아무런 관련이 없는 것처럼 느껴졌다. 그 모든 것이 그가 아닌 다른 누군가가 겪은 일 같았다. 그의 앞에는 그 다른 누군가가 남긴 원고, 빽빽하게 적혀 있는 종이 수백 장이 놓여 있었다. 그는 그것을 뒤적거리면서 자신이 이것을 어떻게 완성할 수 있었는지 의아해했다. 어떤 영감도, 어떤 깨달음도 기억나지 않았다. 단지 일에 매달렸던 기억밖에 없었다.

출판 비용을 마련하기 위해 그는 별로 가진 것이 없기는 마찬가지인 바르텔스로부터 돈을 빌려야 했다. 그런데 조판한 종이를 교정

볼 때 문제가 생겼다. 돌대가리 출판업자는 그것을 교정 볼 수 있는 능력을 가진 사람이 가우스밖에 없다는 사실을 이해하지 못했다. 치머만은 공작에게 편지를 보냈고 공작은 약간의 돈을 더 지원했다. 그렇게 『산술에 관한 논고』가 출판될 수 있었다. 그의 나이 스무 살을 넘은 지 얼마 안 되었을 때였다. 필생의 업적이 이루어졌다. 그는 자신이 오래 산다고 할지라도 이에 필적할 만한 것을 또다시 성취할 수는 없으리라는 것을 잘 알고 있었다.

그는 요하나에게 편지로 청혼했다가 거절당했다. 그녀는 답장에 이렇게 적었다. 내가 거절하는 것은 당신 때문이 아닙니다. 당신 곁에 있는 것을 내가 참아 낼 수 있을지 그것이 의심스럽기 때문입니다. 당신은 주변 사람들에게서 생명력과 힘을 빼앗아 가는 것 같습니다. 마치 땅이 태양에게서, 바다가 강에게서 생명력을 빼앗듯 말입니다. 당신 곁에 있는 사람들은 유령처럼 창백해지고 현실에 없는 존재처럼 존재감을 잃어버리게 될 것이 뻔합니다.

그는 고개를 끄덕였다. 이렇게 설득력 있는 이유까지는 기대하지 않았지만 거절당할 줄은 알고 있었다. 이제 겨우 한 번 거절당했을 뿐이다.

여행은 끔찍했다. 어머니는 작별할 때 마치 그가 중국에라도 가는 것처럼 울었다. 가우스 역시, 울지 않겠다고 단단히 마음을 먹었음에도 눈물을 흘리지 않을 수 없었다. 마차가 출발했다. 처음부터 마차는 악취를 풍기는 사람들로 가득 차 있었다. 여자들은 생달걀을 껍질째 먹었다. 한 남자가 숨도 쉬지 않고 신을 모독하는, 그렇다고 재미있지도 않은 농을 지껄여댔다. 가우스는《지학과 천문학 장려를 위한 월간지》최신호를 읽으면서 그들을 무시하려고 애썼다.

피아치라는 천문학자의 망원경 속에 며칠 밤 동안 유령 행성이 나타났다가 그 궤도를 측정하기도 전에 사라졌다고 한다. 착각일 수도 있고 내행성과 외행성 사이에서 돌아다니는 별일 수도 있을 것이다. 가우스는 그 잡지를 더 이상 읽을 수 없었다. 해가 져서 어두워졌으며 마차가 너무 흔들거렸고 달걀을 먹은 여자가 그의 어깨 너머로 엿보고 있었기 때문이다. 그는 눈을 감았다. 행진하는 군인들이 보였다. 그리고 자장선이 그어진 천공이 나타났다. 그다음 요하나가 나타났고 그는 잠에서 깨었다. 흐린 아침 하늘에서 비가 내렸다. 밤은 아직 다 지나가지 않았다. 열한 번씩 모두 스물두 번의 낮과 밤이 지나야 한다는 것은 상상하기 힘들었다. 여행은 얼마나 끔찍한 일인가!

쾨니히스베르크에 도착했을 때는 피곤과 등의 통증, 지루함으로 인해 거의 정신을 잃을 지경이었다. 그는 여관에서 잘 돈이 없었다. 그래서 바로 대학으로 가 의심스럽게 보는 수위에게 길을 설명해 달라고 했다. 이곳의 다른 모든 사람들처럼 수위는 이상한 사투리를 썼다. 거리들은 낯설었고 상점에는 알아볼 수 없는 간판이 달려 있었다. 선술집에서 나오는 음식에서는 음식 같지 않은 냄새가 났다. 그는 고향에서 이렇게 멀리 떠나온 적이 없었다.

마침내 그는 찾던 집을 발견했다. 문을 두드렸다. 한참을 기다린 뒤에야 온통 먼지를 뒤집어쓴 노인이 문을 열었고, 가우스가 자신을 소개하기도 전에 나리는 손님을 만나지 않는다고 말했다.

가우스는 자신이 누구이며 어디서 왔는지를 이야기하려고 시도했다.

그 하인은 반복해서 말했다. 나리는 손님을 만나지 않습니다. 여기서 오래 일해 왔지만 나리가 손님을 만나는 것은 아직 한번도 본 적이 없습니다. 저는 절대 나리의 명령을 어기지 않습니다.

가우스는 치머만, 캐스트너, 리히텐베르크, 파프의 추천서를 꺼냈다. 이 추천서들을 보여 드려야 합니다.

하인은 아무 대답도 하지 않았다. 그는 추천서들을 거들떠보지도 않은 채 거꾸로 들었다.

추천서를 보여 드려야 합니다. 가우스가 반복해서 말했다. 찾아 오는 사람들이 많을 테니 아무나 다 만나 주시지 않는다는 것은 이해합니다. 하지만 저는 절대로 아무나가 아닙니다.

하인은 잠시 생각을 했다. 그의 입술이 조용히 움직였다. 그는 더 이상은 알고 싶어 하지 않는 것처럼 보였다. 그렇다면 좋습니다. 그는 뭐라고 중얼거리더니 안으로 들어가며 문을 열어 두었다.

가우스는 그를 따라 주춤주춤 짧고 어두운 복도를 지나 작은 방으로 들어갔다. 그의 눈이 어스름에 익숙해지고 커튼이 쳐진 창문, 탁자, 소파, 그 안에 양모 덮개를 휘감고 앉아 미동도 않는 난쟁이를 볼 수 있게 되기까지는 한참이 걸렸다. 불룩한 입술, 앞으로 튀어나온 이마, 날카롭고 가는 코. 반쯤 뜬 눈은 그를 쳐다보지도 않았다. 공기가 너무 탁해서 거의 숨을 쉴 수 없을 정도였다. 그는 쉰 목소리로 이 사람이 그 교수가 맞느냐고 물었다.

그 사람 말고 누구겠어요. 하인이 말했다.

가우스는 소파로 다가가 불안한 손으로 『산술에 관한 논고』 한 권을 꺼냈다. 그리고 그 책의 첫 페이지에 존경과 감사의 글을 적어 그 남자에게 건네주었다. 남자는 손도 꿈쩍하지 않았다. 하인이 책을 탁자 위에 놓으라고 속삭이듯 권했다.

가우스는 기어들어 가는 소리로 자신의 관심사를 이야기했다. 저는 아직 누구에게도 말한 적이 없는 새로운 생각들을 가지고 있습니다. 유클리드 공간은, 『순수이성비판』이 주장하고 있듯이, 인간의 마음에 직관적으로 이미 존재하는 형태가 아니며, 따라서 선험적인 것이 아닙니다. 그것은 오히려 어떤 허구, 아름다운 꿈처럼 보입니다. 진리는 매우 섬뜩합니다. 서로 평행한 두 개의 직선은 결코 만날 수 없다는 명제는 결코 증명된 적이 없습니다. 유클리드뿐만 아니라 어느 누구도 그것을 증명한 적이 없어요. 그 명제는 사람들이 항상 생각했던 것처럼 그렇게 절대 확실한 것이 아닙니다! 저는 그 명제가 틀렸을 거라고 생각하고 있습니다. 평행선은 존재하지 않을지도 모르지요. 어쩌면 하나의 선과 그 옆에 있는 한 점을 통과하는 평행선은 무한하게 많을지도 모릅니다. 한 가지는 확실합니다. 공간은 주름져 있으며 구부러져 있고 매우 기이합니다.

  이 모든 것을 처음으로 표현하고 나니 기분이 좋습니다. 단어들이 금세 금세 생각나고 문장들이 저절로 만들어지는군요. 이것은 사고의 유희가 아닙니다! 저는 저기 멀리 세 개의 별을 연결하는 삼각형도……. 그는 창문 쪽으로 다가갔다. 그러다 그 난쟁이의 놀라운 괴성에 멈춰 섰다. 세 개의 별을 이은 삼각형처럼 거대한 삼각형은 정확하게 측량하면 180도와는 다른 내각의 합을 가지고 있고, 구면 삼각형으로 증명됩니다. 손짓을 하다가 문득 천장을 올려다보니 천장에는 거미줄이 늘어져 있었고 그중의 몇 줄은 펠트처럼 서로 얽혀 있었다. 언젠가는 그런 측량을 할 수 있을 겁니다! 아직 요원한 일이긴 하지만요. 지금은 저를 미쳤다고 여기지 않으며 이해해 줄 한 사람의 의견만 있으면 됩니다. 공간과 시간을 넘어 이 세상에 대해 어느 누구보다도 더 많은 가르침을 주었던 그런 사람의 의견 말입니다. 그는 쪼그리고 앉아 난쟁이와 눈높이를 맞추었다. 그는 기다렸다. 작은 눈이 그에게로 향했다.

소시지. 칸트가 말했다.

네?

람페칸트의 하인 이름는 소시지를 사야 해. 칸트가 말했다. 소시지와 별을. 나도 사야 하는데.

가우스는 일어났다.

문명이 나를 완전히 버리지는 않았어. 칸트가 말했다. 신사 여러분! 침 한 방울이 그의 턱으로 흘러내렸다.

나리는 피곤합니다. 하인이 말했다.

가우스가 고개를 끄덕였다. 하인이 손등으로 칸트의 뺨을 만지자 그는 살짝 웃었다. 그들은 밖으로 나갔고 하인은 아무 말도 없이 절을 했다. 가우스는 그에게 돈을 집어 주고 싶었지만 가진 돈이 한 푼도 없었다. 멀리서 어렴풋이 남자들의 노랫소리가 들렸다. 교도소 합창단입니다. 하인이 말했다. 저 소리가 항상 나리를 괴롭힌답니다.

마차에 오른 가우스는, 다른 승객들과 대화하려고 시도하지만 번번이 실패하는 뚱뚱한 장교와 신부 사이에 끼어 앉아서 미지의 행성에 관한 기사를 세 번째 읽었다. 물론 사람들은 그 궤도를 예측할 수 없었다! 궤도를 원이 아닌 타원이라 생각하고 허수아비보다 조금만 더 머리를 쓰면 되는데. 며칠만 작업하면 그 행성이 언제 어디서 다시 나타날지 예측할 수 있을 텐데. 장교가 프랑스 스페인 동맹에 관해 그의 의견을 묻자 그는 어떻게 대답해야 할지 알 수가 없었다.

장교가 물었다. 그것이 오스트리아의 종말을 가져올 거라고 생각하지 않습니까?

그는 어깨를 으쓱했다.

그리고 보나파르트 그놈!

그가 물었다. 그게 도대체 누군데요?

브라운슈바이크로 돌아온 그는 요하나에게 두 번째 청혼의 편지를 썼다. 그는 화학 연구소의 독극물 진열장에서 쿠라레 병을 꺼내 왔다. 그것은 어떤 탐험가가 얼마 전 식물 및 암석의 표본, 대양에 관해 빽빽하게 쓴 종이와 함께 베를린으로 보냈던 것으로, 한 화학자가 베를린에서 그것을 가져왔다. 아무도 그것으로 무엇을 해야 할지 알지 못했다. 그것은 아주 미량으로도 치명적인 영향을 미칠 것 같았다. 사람들은 어머니에게 그의 사인이 심장마비였다고 말할 수 있을 것이다. 심장마비는 미리 예고되는 것도 아니고 막을 길이 있는 것도 아니다. 단지 신의 뜻일 뿐. 그는 거리에서 심부름꾼을 부른 후, 편지를 봉인하고 마지막 남은 돈을 지불했다. 그러고는 창밖을 내다보며 기다렸다.

그는 쿠라레 병의 코르크 마개를 따 보았다. 용액에서는 아무 냄새도 나지 않았다. 망설이게 될까? 아마도. 그런 일은 실제로 시도해 보기 전까지는 아무도 알 수가 없다. 아무튼 그는 자신이 두려움을 거의 느끼지 않는다는 사실이 놀라웠다. 심부름꾼이 거절의 답장을 가져올 것이다. 그러면 나의 죽음은 하늘조차 예측하지 못한, 장기를 둘 때 쓰는 새로운 수처럼 교묘한 조치가 될 것이다. 나는 모든 인간적인 것을 불가능하게 만드는 이성을 가지고 모든 시도가 힘들고, 어렵고, 떳떳치 못한 시기에 세상에 태어났다. 사람들은 나를 조롱하고 싶어 한다.

필생의 업적이 완성된 지금 다른 가능성이 존재할까? 평범하게 세월을 보내고 굴욕적인 방식으로 돈벌이를 하고 칭찬, 두려움, 분노, 다시 칭찬, 육체와 영혼의 고통을 겪으며 모든 능력이 사라져 버린 허약한 노인이 될 때까지 산다? 안 돼!

그는 자신의 몸이 얼마나 강하게 떨리고 있는지를 아주 확실히 느꼈다. 귀에서 사그락거리는 소리가 들렸고 손이 떨렸다. 그는 심장의 짧은 고동소리에 귀를 기울였다. 듣다 보니 즐겁기조차 했다.

누군가가 문을 두드렸다. 그의 목소리와 비슷한 목소리가 멀리서 들리는 듯했다. 들어와!

심부름꾼이 들어와서 그에게 종이 한 장을 손에 쥐어 준 뒤 뻔뻔스러운 표정으로 심부름값을 기다렸다. 그는 가장 아래에 있는 서랍 바닥에서 동전 하나를 발견했다. 심부름꾼은 그것을 공중에 던지고 몸을 반쯤 돌리더니 등 뒤에서 동전을 잡았다. 잠시 후에 그는 심부름꾼이 골목길을 지나 아래로 달려가는 것을 보았다.

그는 최후의 심판을 생각했다. 그런 일이 일어나리라고는 생각하지 않았다. 최후의 심판을 받는 사람은 자신을 변호할 수 있다. 반대 심문들은 신을 불편하게 할 것이다. 벌레, 오물, 고통. 모든 것이 만족스럽지 않다. 공간과 시간조차 날림으로 만들어졌다. 그는 자신이 최후의 심판을 받게 된다면 몇 가지 말할 것이 있다고 생각했다.

그는 감각이 없는 손으로 요하나의 편지를 펼친 후 옆에 두고는 독극물 병을 잡았다. 갑자기 그는 놓친 게 있는 것 같다는 생각이 들었다. 그는 잠시 생각했다. 기대하지 않았던 일이 일어난 것이다. 병 뚜껑을 닫고 더 생각해 보았지만 여전히 무슨 일인지 떠오르지 않았다. 그때서야 그는 편지에서 청혼을 받아들이겠다는 말을 읽었음을 깨달았다.

# 강

 카라카스에서의 하루하루는 빠르게 지나갔다. 실라 산에 올라 본 경험이 있는 원주민이 아무도 없었기 때문에 그들은 안내자 없이 산에 오르기로 했다. 봉플랑의 코에서 피가 멈추지 않았다. 그들의 가장 비싼 기압계가 바닥에 떨어져 부서졌다. 정상 가까이에서 그들은 석화된 조개를 발견했다. 기이하군. 훔볼트가 말했다. 이렇게 높은 곳까지 물이 올라올 수는 없는데. 그렇다면 이것은 습곡 형성, 즉 지구 내부에서 나오는 힘을 암시하는 거겠지.

 정상에서 그들은 털이 많은 벌 떼에 시달렸다. 봉플랑은 바닥에 몸을 딱 붙이고 엎드렸고, 훔볼트는 손에는 육분의를 들고 벌레로 뒤덮인 얼굴에는 접안렌즈를 낀 채 그대로 똑바로 서 있었다. 벌들은 그의 이마, 코, 턱 위를 기어 다녔고 옷깃 속으로도 들어갔다. 총독이 이미 경고한 적이 있었다. 가장 중요한 것은 움직이지 않는 것이다. 숨도 쉬지 마라. 기다려라.

 봉플랑은 머리를 다시 들어도 되겠느냐고 물었다.

입술을 떼지 않은 상태에서 훔볼트는 아직 아니라고 말했다. 15분 가량이 지나자 벌 떼들이 그에게서 떨어져 시커먼 구름을 이루며 저녁 햇빛 속으로 윙윙거리며 날아갔다. 훔볼트는 가만히 서 있는 것이 쉽지 않았다고 고백했다. 비명을 지를 뻔한 적도 한두 번 있었다고 했다. 그는 앉아서 이마를 마사지했다. 그의 신경은 더 이상 전과 같지 않았다.

그들과의 작별을 기념하기 위해 카라카스 극장에서 야외 음악회가 열렸다. 글루크<sup>1714~1787, 독일의 작곡가</sup>의 화음이 어둠 속으로 올라갔다. 밤은 거대했으며 별들로 가득했다. 봉플랑의 눈에 눈물이 맺혔다. 훔볼트가 속삭였다. 정말 이상하군요. 음악은 나에게 별 감흥을 주지 못해요.

그들은 노새를 타고 오리노코 강 방향으로 출발했다. 수도를 둘러싸고 평지가 사방 수천 미터까지 펼쳐져 있었다. 나무도 없고 덤불도 없고 언덕도 없었다. 반짝이는 거울 위를 걸어가는 것처럼 느껴질 정도로 날씨는 아주 맑았으며 땅에는 그림자가, 머리 위로는 구름 한 점 없는 하늘이 펼쳐져 있었다. 그들은 자신들이 마치 다른 세계에서 온 두 존재의 반영(反影)인 것같이 느껴졌다. 한번은 봉플랑이 우리가 아직 살아 있는 거냐고 물었다.

훔볼트가 말했다. 나도 모르겠어요. 어쨌든 계속 가는 것 외에 달리 할 일이 없지 않아요?

출발 후 처음으로 다시 나무와 습지, 풀숲이 나타났을 때 그들은 얼마나 시간이 흐른 것인지 전혀 감을 잡을 수가 없었다. 두 개의 크로노미터를 읽는 것이 훔볼트에게 힘들게 느껴졌다. 더 이상 시간이 익숙하게 느껴지지 않았기 때문이었다. 오두막이 나타났고, 맞은편에서 다가오는 사람들을 만났다. 그들에게 여러 차례 날짜를 묻고 나서야 출발한 지 두 주밖에 되지 않았다는 사실을 믿을 수 있었다.

칼라보조에서 그들은 평생 마을을 한번도 떠난 적이 없다는 한 노인을 만났는데, 그는 실험실을 소유하고 있었다. 비커와 플라스크, 지진, 습도, 자기를 측량하기 위한 금속 기구들. 옆에서 거짓말이나 멍청한 소리를 하면 바늘이 움직이는 원시적인 기구들도 있었다. 또한 수없이 많은 부속들 사이에서 작은 톱니바퀴가 재깍재깍 맞물려 회전하며 밝은 불꽃을 만들어 내는 기구도 있었다. 노인은 자신이 이 신비스러운 힘을 발견한 장본인이라고 말했다. 이 발견으로 나는 위대한 과학자가 될 겁니다!

훔볼트가 말했다. 물론입니다. 그러나…….

봉플랑이 그를 옆으로 밀쳤다. 노인은 손잡이를 더욱 세게 돌렸다. 불꽃이 더욱 큰 소리를 내며 튀었다. 전압이 엄청나게 높아서 머리카락이 곤두설 정도였다.

훔볼트가 말했다. 인상적이긴 합니다만, 이 현상은 이미 갈바니학설(화학적 에너지의 전기 에너지로의 전환에 관한 학설)이라는 이름으로 전 세계에 알려져 있습니다. 저도 동일한 효과를 내는 것을 가지고 왔습니다. 이게 훨씬 효과적이죠. 그는 라이덴병을 가리켰다. 이걸 털가죽으로 문지르면 머리카락처럼 미세하게 분리되는 불꽃이 발생합니다.

노인은 아무 말 없이 턱을 문질렀다.

훔볼트는 그의 어깨를 두드리면서 잘 지내시라고 말했다. 봉플랑은 노인에게 돈을 찔러 주려 했지만 그는 받지 않았다.

훔볼트가 말했다. 물론 당신은 그 사실을 알 수 없었을 겁니다. 너무 멀리 떨어져 있었으니까요.

당연하지요. 봉플랑이 말했다.

노인은 코를 풀면서 자기는 정말 전혀 몰랐다고 거듭해 말했다. 그들이 시야에서 벗어날 때까지 그는 집 앞에서 허리를 굽히고 서서 그들을 바라보았다.

그들은 한 연못에 도착했다. 봉플랑이 옷을 벗어젖히고 물속으로 뛰어들었는데, 잠시 멈칫하더니 신음을 내며 쓰러졌다. 그곳에 전기뱀장어가 살고 있었던 것이다.

사흘 후 훔볼트는 마비된 손으로 조사 결과를 기록했다. 전기뱀장어는 접촉 없이도 전기 충격을 줄 수 있다. 전기 충격은 불꽃도 일으키지 않고 전위계에 잡히지도 않으며 자침의 편차도 일으키지 않는다. 간단하게 말하면 그 충격은 뱀장어가 가하는 고통 자체 이외의 그 어느 것으로도 파악되지 않는다. 뱀장어를 두 손으로 잡거나 한 손에는 뱀장어를 다른 손에는 금속을 쥐고 있으면 그 효과가 배가된다. 두 사람이 서로 손을 잡고 두 사람 중 한 사람만 뱀장어를 만져도 마찬가지다. 이 경우에 두 사람은 동일한 순간에 동일한 강도로 전기 충격을 느낀다. 위험한 것은 뱀장어의 머리 쪽뿐이다. 뱀장어 자체는 방전에 면역성이 있다. 통증은 엄청나게 심하다. 너무 심해서 무슨 일이 일어났는지 알 수 없을 정도이다. 통증은 무감각, 착란, 어지러움으로 변하기도 하는데 시간이 조금 흐른 뒤에야 지각된다. 그리고 기억 속에서는 더욱 강해진다. 그 통증은 마치 자신의 육체 속에서보다는 외부 세계에서 일어나는 것처럼 느껴진다.

그들은 즐겁게 여행을 계속했다. 훔볼트는 항상 이렇게 말했다. 얼마나 큰 행운인가! 얼마나 귀한 선물인가! 봉플랑은 절룩거리고 손의 감각을 잃었다. 며칠 후 훔볼트에게는 눈을 감으면 시야에 불꽃이 어른거리는 증세가 나타났다. 그의 무릎은 마치 노인의 무릎처럼 뻣뻣해져서 그 상태가 오랫동안 지속되었다.

높게 자란 풀숲에서 그들은 기절한 여자아이 한 명을 발견했다. 열세 살 정도 되어 보였고 옷은 다 찢어져 있었다. 봉플랑은 그 아이의 입에 약을 넣어 주었다. 아이는 침을 뱉고 기침을 하고 비명을 지르기 시작했다. 봉플랑이 아이를 진정시키는 동안 훔볼트는 안절부절 왔다 갔다 했다. 아이는 공포로 인해 멍한 눈으로 그들 사이를 이리저리 쳐다보았다. 봉플랑이 아이의 머리를 쓰다듬었고 아이는 울기 시작했다. 누군가 이 아이에게 끔찍한 짓을 했음에 틀림없군!

무슨 짓이요? 훔볼트가 물었다.

봉플랑은 그를 가만히 보았다.

어쨌든 우리는 계속 가야 합니다. 훔볼트가 말했다.

봉플랑이 물을 주자 아이는 급하게 들이마셨다. 음식은 먹으려고 하지 않았다. 봉플랑은 아이가 일어서도록 부축했다. 아이는 고맙다는 말 한마디 없이 그의 손을 뿌리치더니 도망쳤다.

아마 열기 때문일 겁니다. 훔볼트가 말했다. 아이들은 더위에 못 이겨 길을 잃고 기절하기도 하지요.

봉플랑은 그를 물끄러미 보았다. 그리고 말했다. 그래요, 그럴지도 모르지요.

산페르난도 시에서 그들은 노새를 팔고 나무 칸막이 벽이 있는 넓은 돛단배와 한 달치 식료품, 믿을 만한 무기를 샀다. 훔볼트는 강에 관해 잘 알고 있는 사람들을 수소문했다. 사람들은 술집 앞에 앉아 있는 남자 네 명을 가리켰다. 한 남자는 실크해트를 쓰고 한 남자는 입 언저리에 갈대를 물고 있었다. 또 한 남자는 황동 장신구들을 주렁주렁 달고 있었고 네 번째 남자는 거만해 보이는 창백한 얼굴을 하고 한마디도 하지 않고 있었다.

훔볼트는 그들에게 오리노코 강과 아마존 강 사이의 운하를 알고 있느냐고 물었다.

물론 알고 있지요. 실크해트를 쓴 남자가 말했다.

배를 타고 갔다 온 적이 있는데요. 장신구를 단 남자가 말했다.

실크해트를 쓴 남자가 말했다. 나도 가 본 적이 있지만, 운하 같은 건 없어요. 다 헛소문입니다.

훔볼트는 당황하여 아무 말도 하지 못했다. 잠시 후 그가 말했다. 그렇더라도 나는 그 운하를 측량하고 싶습니다. 그래서 노련한 뱃사공이 필요합니다.

뭘 줄 건데요? 실크해트를 쓴 사람이 물었다.

돈과 지식.

세 번째 사람이 두 손가락으로 입에서 갈대를 빼냈다. 그리고 말했다. 돈이 지식보다 더 좋은데요.

실크해트를 쓴 사람이 말했다. 훨씬 낫지. 어쨌든 인생이 얼마나 짧은데 목숨을 걸겠어?

인생이 짧기 때문이지요. 봉플랑이 말했다.

넷은 서로 눈길을 주고받더니 훔볼트를 쳐다보았다. 실크해트를 쓴 사람이 말했다. 우리 이름은 카를로스, 가브리엘, 마리오, 훌리오이고 착하지만 싸지는 않습니다.

좋소. 훔볼트가 말했다.

숙소로 가는 길에 털이 헝클어진 양치기 개가 그를 쫓아왔다. 훔볼트는 멈춰 섰다. 개가 다가오더니 코를 그의 신에 처박았다. 훔볼트가 귀 뒤를 긁어 주자 개는 트림을 하더니 행복한 듯 낑낑거렸다. 그리고 뒤로 물러나서 봉플랑에게 으르렁거렸다.

개가 마음에 드는군. 훔볼트가 말했다. 틀림없이 주인이 없을 거요. 내가 데리고 가겠소.

보트가 너무 좁아요. 봉플랑이 말했다. 물지도 모르고 또 냄새도 나는데.

사람들이 이해해 줄 거요. 훔볼트가 말했다. 그는 개를 자신의 여관방에서 같이 재웠다. 다음 날 아침 함께 배로 갔을 때 그들은 오래전부터 함께 살았던 것처럼 서로에게 익숙해져 있었다.

개가 있다는 말은 안 했잖아요. 훌리오가 말했다.

저 남쪽에는 말이죠. 실크해트를 똑바로 고쳐 쓰며 마리오가 말했다. 거기 사람들은 모두 말을 거꾸로 하는 미치광이들인데 그곳에는 날개 달린 난쟁이 개도 있어요. 내가 직접 봤어요.

나도 봤어요. 훌리오가 말했다. 그러나 지금은 멸종됐어요. 말하는 물고기한테 잡아먹혔다네요.

훔볼트는 한숨을 쉬며 육분의와 크로노미터로 도시의 위치를 측정했다. 지도는 이곳도 역시 잘못 표시하고 있었다. 그러고 나서 그들은 출항했다.

그들은 곧 사람이 살고 있음을 보여 주는 마지막 흔적을 지나갔다. 사방에 악어가 보였다. 그것들은 물속에서 마치 나무줄기가 떠내려가듯 헤엄을 쳤다. 강변에서 졸다가 입을 크게 벌리는 악어, 등 위에 작은 줄이 그어져 있는 악어도 보였다. 개가 물속으로 뛰어들자 악어들이 바로 개에게 몰려왔다. 봉플랑이 다시 배 위로 끌어올렸을 때 개는 앞발이 피라니아에 물려 피를 흘리고 있었다. 덩굴식물이 수면에 닿을 만큼 우거져 있었으며 나뭇가지들이 강 위로 늘어졌다.

그들은 밧줄로 배를 묶어 두었다. 봉플랑이 식물을 채집하는 동안 훔볼트는 산책을 했다. 그는 나무뿌리 위를 건너뛰고 나무줄기 사이를 뚫고 거미줄을 얼굴에서 걷어 내며 걸었다. 관목의 꽃을 따고 예쁜 충매화의 뒷부분을 능숙하여 꺾어서 조심스럽게 식물 채집함에 넣었다. 그러고 나서야 그는 자기 앞에 재규어가 버티고 있음을 눈치 챘다.

재규어는 고개를 쳐들고 그를 보았다. 훔볼트는 옆으로 한 걸음 비켜 섰다. 맹수는 미동도 하지 않고 처진 입술을 위로 끌어올렸다. 훔볼트의 몸이 굳어 버렸다. 한참 후에 재규어는 머리를 앞발 위에 올려놓았다. 훔볼트는 한 걸음 뒤로 물러섰다. 그리고 또 한 걸음. 재규어는 머리를 앞발 위에 올려놓은 채 그를 뚫어지게 쳐다보았다. 파리 한 마리를 쫓기 위해 꼬리를 휘두르고 있었다. 훔볼트는 몸을 돌렸다. 귀를 기울였지만 뒤에서는 아무 소리도 들리지 않았다. 그는 숨을 죽이고 팔을 몸에 딱 붙이고 머리는 가슴에 처박고 시선은 발에 고정시킨 채, 걸어갔다. 천천히, 한 걸음 한 걸음씩, 그다음에는 조금씩 빠르게. 그는 멈출 수도 없었고 뒤를 돌아볼 수도 없었다. 달리 어떻게 할 도리가 없었다. 그는 뛰기 시작했다. 나뭇가지들이 얼굴에 상처를 냈다. 벌레 한 마리가 이마에 부딪혔다. 그는 여기저기 채어 비틀거리다 덩굴식물을 꽉 붙잡았다. 소매 한쪽이 거기 달라붙어 찢어졌다. 그는 방해가 되는 나뭇가지를 부러뜨렸다. 땀에 뒤범벅이 된 채 숨을 몰아쉬며 마침내 그는 배에 도착했다.

바로 출발합시다. 그가 헐떡이며 말했다.

봉플랑이 총을 잡고 사공들이 일어섰다.

그만둬요. 훔볼트가 말했다. 출발해요!

재규어 송곳니가 얼마나 멋진데요. 봉플랑이 말했다. 그놈을 잡으면 멋진 기념품을 얻을 수 있어요.

훔볼트는 고개를 저었다.

왜 안 되는데요?

나를 놔 주었소.

봉플랑은 미신이라며 뭔가 중얼거리더니 밧줄을 풀었다. 사공들이 씩 웃었다. 배가 강 한가운데에 다다랐을 즈음에는 훔볼트 자신도 그가 무언가를 두려워했다는 것이 이해가 가지 않았다. 그는 그 일을 있는 그대로 일기장에 기록하지는 않기로 했다. 자신이 숲으로 돌아가 재규어를 잡아야 한다고 주장했으며 총을 장전하고 그놈을 찾아다녔지만 끝내 발견하지 못했다고 쓸 것이다.

그가 일기를 다 쓰기도 전에 비가 내리기 시작했다. 배는 물로 가득 찼으며 그들은 급하게 육지 방향으로 노를 저었다. 육지에서는 벌거벗은 채 면도도 하지 않고 너무 더러워 얼굴조차 거의 안 보이는 한 남자가 그들을 기다리고 있었다. 그가 말했다. 여기는 내 농장이니 당신들은 돈을 내야만 여기서 밤을 보낼 수 있소.

훔볼트는 돈을 지불하고 집이 어디냐고 물었다.

집은 없소. 그 남자가 말했다. 내 이름은 돈 이그나치오요. 카스티야의 귀족으로 전 세계가 내 집이오. 덧붙여 이 여자들은 내 아내와 딸이오.

훔볼트는 벌거벗은 두 여자 앞에서 절을 하는데 눈을 어디에 두어야 할지 알 수 없었다. 사공들이 나무에 포장을 치고 그 아래 쪼

그리고 앉았다.

돈 이그나치오는 더 필요한 게 없느냐고 물었다.

지금은 없소. 훔볼트가 지쳐서 말했다.

내 손님들이 불편을 느껴서는 안 되지요. 돈 이그나치오가 말했다. 그는 품위 있게 몸을 돌려 그곳을 떠났다. 그의 머리와 어깨 위에 비가 방울방울 맺혀 있었다. 꽃 냄새, 습기 찬 흙과 오물 냄새가 났다.

봉플랑이 생각에 잠겨 말했다. 가끔은 내가 여기 있다는 사실이 정말 이상하게 느껴집니다. 등 떠민 사람도 없는데 우연히 만난 어느 프로이센 사람 때문에 고향에서 이렇게 먼 곳까지 오게 되다니.

훔볼트는 오랫동안 잠들지 못했다. 사공들이 끊임없이 말도 안 되는 이야기들을 서로 소곤거렸다. 그 이야기들이 그의 머릿속에 선명하게 그려졌다. 날아가는 집, 위협적인 뱀의 혀를 가진 여자들, 목숨을 건 싸움 등에 관한 그림들을 겨우 물리치고 나면 자신을 응시하고 있는 영리하고 잔인한 재규어의 눈이 나타났다. 그러고 나서 정신을 차리면 다시 빗소리와 남자들이 이야기하는 소리, 개가 불안하게 으르렁거리는 소리가 들렸다. 어느 순간 봉플랑이 들어와 몸에 이불을 감고는 바로 잠이 들었다. 훔볼트는 그가 나가는 소리도 듣지 못했는데 말이다.

다음 날 아침엔 태양이 하늘 높이 솟고 언제 비가 왔냐는 듯 화창했다. 돈 이그나치오는 마치 성주나 되는 양 그들과 작별 인사를 했다. 이곳은 언제든 당신들을 환영합니다! 그의 아내가 무릎을 꿇으며 궁중식 절을 했고 그의 딸은 봉플랑의 팔을 쓰다듬었다. 그는 그녀의 어깨에 손을 올려놓고 얼굴에서 머리카락을 떼어 주었다.

바람은 마치 난로에서 나온 것처럼 뜨거웠다. 강변을 따라 나무들이 빽빽이 우거져 있었다. 나무 밑에는 하얀 거북 알들이 있었고 도마뱀이 선체에 딱 달라붙어 나무 장식처럼 보였다. 하늘에는 아무것도 안 보이는데 물 위에는 새 그림자가 비쳤다.

놀라운 시각적 현상이군. 훔볼트가 말했다.

시각과는 상관이 없어요. 마리오가 말했다. 새들은 끊임없이 죽습니다. 매 순간 순간. 죽는다고 달라지는 것은 없습니다. 새의 유령들은 물에 비친 그림자 속에서 계속 살아갑니다. 유령들은 어디로든 가야 하는데 사람들이 하늘에서 그것을 보고 싶어 하지는 않으니까요.

벌레들은요? 봉플랑이 물었다.

그들은 절대 죽지 않습니다. 바로 그것이 문제지요.

정말로 점점 더 많은 모기들이 몰려왔다. 모기들은 나무에서, 공기에서, 물에서 몰려왔다. 사방에서 몰려와서 윙윙거리며 돌아다녔다. 물고 피를 빨아 먹었으며 한 마리를 죽이면 그때마다 수백 마리가 더 생겼다. 그들의 얼굴에서는 계속 피가 났다. 머리에 두꺼운 수건을 덮어쓰고 있어도 소용이 없었다. 모기가 천을 뚫고 피를 빨아 먹었기 때문이다.

훌리오가 말했다. 이 강은 사람들을 싫어합니다. 여기 오기 전에는 아기레도 제정신이었어요. 여기 온 뒤에야 자신을 왕이라고 선언할 생각을 하게 된 거지요.

봉플랑이 말했다. 광기에 빠진 살인마. 그가 오리노코 강을 최초로 탐험했죠! 그것이 이성을 마비시켜 버린 겁니다.

그 불쌍한 인간은 탐험한 게 아무것도 없어요. 훔볼트가 말했다.

새가 공기를 탐구하지 못하고 물고기가 물을 탐구하지 못하는 것처럼 말이오.

독일 사람이 유머를 모르는 것처럼 말이지요. 봉플랑이 말했다.

훔볼트는 눈썹을 둥글게 치켜세우며 그를 쳐다보았다.

농담이에요. 봉플랑이 말했다.

하지만 잘못된 농담이오. 프로이센 사람도 아주 잘 웃습니다. 프로이센 사람들은 많이 웃지요. 빌란트의 소설이나 그리피우스의 탁월한 희극을 생각해 보면 알 수 있습니다. 헤르더 역시 좋은 농담을 집어넣을 줄 알지요.

그건 맞는 말입니다. 봉플랑이 지친 얼굴로 말했다.

그렇다면 됐소. 훔볼트는 이렇게 말하고는 벌레에 물려 피가 나는 개의 가죽을 긁어 주었다.

그들은 오리노코 강으로 접어들었다. 바다 위에 있다고 믿어도 좋을 만큼 강폭이 넓었다. 멀리서 환각처럼 맞은편 강변의 숲이 드러났다. 이곳엔 물새들이 거의 없었다. 하늘은 열기로 인해 흐려 보였다.

몇 시간 후에 훔볼트는 발가락 피부에 벼룩이 파고들어 간 것을 확인했다. 그들은 항해를 중단해야 했다. 봉플랑이 식물을 분류하고 훔볼트는 접의자에 앉아 식초를 넣은 대야에 발을 담근 채 강줄기를 지도에 그려 넣었다. 풀렉스 페네트란스(pulex penetrans), 일반 모래벼룩이다. 나는 이것에 관해 설명을 하겠지만 나 자신이 이 벌레에 공격당했다는 사실은 일기장에 쓰지 않을 거요.

그게 나쁜 일은 아니잖아요. 봉플랑이 말했다.

훔볼트가 말했다. 나는 명성을 얻는다는 것에 관해 많이 생각해 보았소. 발톱 아래 벼룩이 살았다는 것이 알려진 사람은 누구에게도 존중받지 못할 거요. 그가 어떤 업적을 쌓았는가에 상관없이.

다음 날 낮에 불행한 일이 일어났다. 맞은편 강변이 보이지 않을 정도로 강폭이 넓은 지점에서 바람이 돛을 주행 방향과 반대로 돌려놓았다. 배가 기울어지더니 물이 들어왔다. 종이가 여러 장 강물에 쓸려갔다. 배는 점점 더 심하게 기울어져서 물이 무릎까지 차올랐다. 개는 짖어 댔고 사람들은 배에서 뛰어내리려고 했다. 훔볼트는 벌떡 일어나서 번개처럼 빠르게 크로노미터가 달려 있는 허리띠를 풀더니 누구도 움직여서는 안 된다고 명령조로 소리쳤다. 조류로 인해 보트가 뒤뚱거렸고 돛이 아무 쓸모 없이 이리저리 펄럭거렸다. 악어 여러 마리가 회색 등을 보이며 가까이 다가왔다.

봉플랑은 자신이 강변으로 헤엄쳐 가서 도움을 청하겠다고 했다.

훔볼트가 허리띠를 머리 위로 쳐들면서 말했다. 도움을 줄 수 있는 사람은 아무도 없소. 누구도 우리를 보지 못할 거요. 이곳은 원시림이오. 기다리는 것 외에 다른 방도는 없소.

그런데 마지막 순간에 돛이 바람을 제대로 받았다. 배는 천천히 다시 제자리를 찾았다.

물을 퍼내라고 훔볼트가 외쳤다.

사공들은 계속 욕을 퍼부어 대면서 단지, 모자, 물컵 등으로 물을 퍼냈다. 잠시 후 배는 중심을 잡았다. 종이 쪼가리들, 말린 식물, 펜, 책들이 강물에 쓸려 떠내려갔다. 급하게 도망가려는 것처럼 실크해트도 강물에 떠내려갔다.

봉플랑이 말했다. 내가 언젠가는 집으로 돌아갈 수 있는 건지 의심스러워질 때가 있어요.

현실적인 고민이군요. 훔볼트가 대답하며 크로노미터가 망가지지는 않았는지 시험해 보았다.

그들은 악명 높은 폭포에 도달했다. 강바닥은 자갈밭이었고 강물은 거품을 일으키며 끓고 있는 것처럼 보였다. 짐을 실은 배로 계속 나아가는 것은 불가능했다. 그 지역 선교단의 예수회 소속 수도사들은 중무장을 한 건장한 체격의 남자들이라 신부라기보다는 군인처럼 보였다. 수도사들은 의심스러운 눈으로 그들을 맞았다. 훔볼트는 선교단장을 찾았다. 선교단장은 열이 오른 노란 얼굴의 마른 남자였다. 훔볼트는 그에게 여권을 보여 주었다.

좋습니다. 세아 신부가 말했다. 그가 창밖으로 뭔가 지시를 내리자 바로 성직자 여섯 명이 원주민 둘을 데리고 왔다. 세아 신부가 말했다. 이들은 아주 쓸모 있는 사람들로 누구보다 이 폭포에 대해 잘 알고 있소. 이들이 급류를 통과하겠다고 자원했소. 손님들은 배가 준비될 때까지 기다려야 합니다. 배만 준비되면 출발할 수 있을 겁니다. 그는 가 보라는 손짓을 했고 성직자들은 두 명의 원주민을 데리고 나가 그들의 발에 묶인 사슬을 풀어 주었다.

정말 고맙습니다만 신부님의 제안을 받아들일 수가 없군요. 훔볼트가 조심스럽게 말했다.

사양하실 필요 없습니다. 세아 신부가 말했다. 별로 큰 일도 아닌데요. 다만 원주민들의 종잡을 수 없는 괴팍함은 좀 문제가 될 겁니다. 그들은 불쑥 나타났다가는 어느 날 갑자기 사라집니다. 그러면 그들을 찾을 수 없습니다. 그들은 모두 똑같이 생겼으니까요!

그들이 타고 갈 배가 육로로 운반되었다. 배는 아주 좁아서 그들은 기자재를 실은 상자 위에 앞뒤로 나란히 앉아야 했다.

저 배를 타느니 차라리 한 달 동안 지옥에 머무는 게 낫겠소. 봉플랑이 말했다.

세아 신부가 말했다. 당신은 지옥과 배, 두 가지 모두를 겪게 될 겁니다.

저녁에 그들은 몇 주 만에 처음으로 아주 맛있는 음식에 스페인산 포도주까지 제공받았다. 창문을 통해 사공들이 왁자지껄 떠드는 소리가 들렸다. 그들은 어떤 이야기의 줄거리에 관해 의견이 분분했다.

훔볼트가 말했다. 여기서는 사람들이 끊임없이 이야기를 한다는 느낌이 듭니다. 도대체 무엇 때문에 배울 것도 없는 그런 꾸며 낸 인생 이야기를 계속 주절거리는지 모르겠어요.

우리도 할 만한 건 다 해 보았지요. 세아 신부가 말했다. 꾸며 낸 이야기를 적어서 남기는 것은 어느 식민지에서나 금지된 일이니까요. 그러나 사람들은 고집스럽게 이야기를 만들어 냅니다. 교회의 성스러운 힘 역시 한계가 있습니다. 이 땅 사람들의 본성을 바꿀 수는 없어요. 남작께서는 저 유명한 라 콩다민을 만나 본 적이 있는지 궁금하군요.

훔볼트는 고개를 저었다.

나는 만난 적이 있어요. 봉플랑이 말했다. 팔레루아얄에서 웨이터와 싸우던 노인이지요.

맞아요. 신부가 말했다. 이곳에는 그를 연상시키는 노인이 한두 명 더 있습니다. 돌팔이 의사의 가루약 때문에 죽지도 않고 늙기만 해서 아주 끔찍한 외모를 갖게 된 여자도 있고요. 그들에 대한 이야기는 들을 만합니다. 그 이야기를 좀 해도 되겠습니까?

훔볼트는 한숨을 쉬었다.

세아 신부가 말했다. 당시 학회는 적도의 자오선 길이를 확인하기 위해 학회에 소속되어 있는 최고의 측량사 세 명을 보냈지요. 라 콩다민, 부게르, 고댕. 사람들은, 무엇보다도 미학적 이유에서, 지구가 자전으로 인해 평평해졌다는 뉴턴의 못마땅한 명제를 반박하기를 원했습니다. 세아 신부는 잠시 집중해서 탁자 위를 내려다보았다. 큰 벌레 한 마리가 그의 이마 위에 앉았다. 봉플랑은 본능적으로 손을 뻗치더니 그것을 떼어 냈다.

적도를 측량한다. 세아 신부는 말을 계속 했다. 즉 선이 존재하지 않았던 곳에 선을 긋는 거지요. 저 밖을 둘러보셨습니까? 선은 어딘가 다른 곳에 존재합니다. 그는 뼈만 남은 앙상한 팔로 창밖, 벌레가 우글거리는 식물, 덤불 숲을 가리켰다. 여기가 아니지요!

선은 모든 곳에 존재합니다. 훔볼트가 말했다. 선들은 일종의 추상적 개념입니다. 공간 자체가 존재하는 곳에는 선이 있지요.

공간 자체는 다른 곳에 있습니다. 세아 신부가 말했다.

공간은 모든 곳에 있습니다!

어디에나 있는 것은 가짜입니다. 공간 그 자체는 토지 측량사들이 운반해 가는 곳에 존재합니다. 세아 신부는 눈을 감고 포도주 잔을 들었다가 마시지 않고 다시 내려놓았다. 토지 측량사 세 명은 상상을 초월할 정도로 정확하게 작업을 했지요. 그런데도 그들의 데이터는 절대 서로 일치하지 않았습니다. 라 콩다민의 기구 위의 2분은 부게르의 기구에서는 3분이었고, 고댕의 망원경의 0.5도는 라 콩다민의 망원경에서는 1.5도였지요. 선을 긋기 위해 그들은 천문학적 측량을 참고했습니다. 신부는 훔볼트의 허리띠에 달린 크로노미터를 조롱 띤 시선으로 훑어보면서 말했다. 이런 유용한 휴대용 계기는 당시 아직 존재하지 않았지요. 사물들은 아직 측량되는 것에 익숙하지 않았습니다. 돌 세 개와 종이 석 장은 동일한 수가 아니었고, 완두콩 15그램과 흙 15그램도 동일한 무게가 나가는 것이 아니었지요. 게다가 열기, 습도, 모기, 동물들이 서로 싸우는 소리까지. 이유도 없고 목적도 없는 분노가 그들을 지배했습니다. 행실이 바른 라 콩다민조차 부게르의 측량 기구를 망가뜨리고 고댕의 연필을 부러뜨렸지요. 하루가 멀다 하고 싸움이 벌어졌습니다. 결국 고댕이 칼을 뽑아 들었고, 그 결과 그는 절룩거리며 원시림으로 들어갔어요. 몇 주 후에 부게르와 라 콩다민 사이에도 똑같은 싸움이 벌어졌습니다. 세아 신부는 손을 합장했다. 길게 늘어뜨린 남성용 가발을 쓰고 손잡이 달린 단안경을 끼고 향수 뿌린 손수건을 사용하는 그런 종류의 문명화된 사람들! 상상해 보십시오. 라 콩다민이 가장 오래 버티어 냈지요. 숲에서 8년을 보냈습니다. 열병을 앓는 군인 몇 명의 보호를 받으면서 말입니다. 벌채하여 숲에 길을 만들어 놓으면 어느새 그 길은 다시 나무로 뒤덮여 버렸습니다. 나무를 쓰러뜨리면 그 나무는 다음 날 밤 벌써 하늘 높이 솟아오르기 시작합니다. 그럼에도 그는 고집스럽게 저항하는 자연 위로 숫자의 그물망을 씌웠지요. 그는 삼각형을 그었고, 그 내각의 합은 점차 180도에 가까워졌습니다. 호를 삼각측량하면 그것의 곡률은 심지어 공기의 떨림에도 저항했지요. 그러는 와중에 그는 학회로부터 편지 한 통을 받았습니다. 싸움에서 졌다. 자전을 통해 지구가 평평해졌다는 뉴턴의 명제가 증명되었다. 그동안의 모든 작업이 헛수고가 되어 버린 거지요.

봉플랑은 포도주를 병째 들이켰다. 유리잔이 그 옆에 있었는데, 잔에 따라 마시는 것이 예의라는 것을 잊어버린 듯했다. 훔볼트는 비난하는 눈길로 그를 보았다.

세아 신부가 말했다. 그는 상처받은 채 바로 고향으로 향했습니다. 넉 달 동안, 나중에 그 자신이 아마존이라고 이름을 붙인, 강을 따라갔지요. 가는 도중에 그는 지도를 그리고 산에 이름을 붙이고 기온을 기록하고 물고기, 벌레, 뱀, 인간의 특성을 파악했습니다. 그 일이 흥미로워서가 아니라 미치지 않기 위해서였지요. 후에 파리에 가서도 그는 그때의 기억에 관해서는 한번도 언급하지 않았답니다. 목구멍에서 나오는 듯한 소리, 낮은 관목류에서 정확하게 목표를 겨냥하고 튀어나오는 독화살, 밤의 발광 현상, 특히 이 세계가 한순간 비현실적인 것으로 한 발짝 나아갈 때 현실에서 일어나는 아주 사소한 변화들. 나무는 여전히 나무들처럼 보이고 느리게 소용돌이치는 물은 물처럼 보이지만 사람들은 두려움을 느끼면서 그것을 어떤 낯선 것의 보호색으로 인식하게 되지요. 이 시기에 라 콩다민은 미친 아기레가 보고했던 운하를 발견했습니다. 그것은 이 대륙에서 가장 큰 두 강의 연결로였습니다.

그것이 존재한다는 것을 내가 증명할 겁니다. 훔볼트가 말했다. 거대한 강들은 모두 연결되어 있습니다. 자연은 하나의 완전한 전체입니다.

아, 그래요? 세아 신부는 의심스럽다는 듯 고개를 갸우뚱했다. 이제 노인이 된 라 콩다민은 유명 인사가 되고, 오래전부터 학술원 회원을 지내고 있지요. 비명을 지르며 잠에서 깨는 일이 드물어지고 심지어 신을 다시 믿게 되었다고 말했을 때 그는 스스로 운하가 착각이었음을 인정했다고 합니다. 그는 커다란 두 개의 강 사이 내륙에는 어떤 연결로도 존재하지 않으며, 그런 것이 있다면 대륙을 무질서하게 만들 뿐일 거라고 말했지요. 세아 신부는 한순간 아무 말도 하지 않고 있다가 일어나서는 인사를 했다. 좋은 꿈 꾸시오, 남작. 그리고 기분 좋게 일어나세요!

다음 날 아침 그들은 고통에 찬 비명소리에 잠에서 깼다. 마당에 사슬에 묶인 남자들이 있었고 그중 한 사람이 신부 두 명에게 가죽끈으로 채찍질을 당하고 있었다. 훔볼트는 달려가서 무슨 일이냐고 물었다.

아무 일도 아닙니다. 신부 하나가 말했다. 왜 그러시죠?

다른 신부가 말했다. 이것은 아주 오래된 관습입니다. 당신들이 여행을 떠나는 것과는 아무 상관이 없습니다. 그는 인디언에게 발길질을 했다. 잠시 후에 그 인디언이 알아듣고 서투른 스페인어로 이것은 아주 오래된 관습이며 여행과는 아무 상관이 없다고 확인해 주었다.

훔볼트는 주저했다. 그곳으로 달려온 봉플랑은 그를 비난에 가득 찬 눈초리로 보았다. 그러나 우리는 떠나야 해요. 훔볼트가 낮은 소리로 말했다. 내가 달리 무엇을 할 수 있겠소?

세아 신부는 그들을 자기 방으로 불러서 그가 가진 가장 비싼 물건을 그들에게 보여 주었다. 그것은 털이 엉망으로 헝클어진 앵무새였는데 멸종된 종족의 언어로 몇 개의 문장을 말할 줄 알았다. 20년 전에는 이 종족이 존재했는데 지금은 한 명도 남아 있지 않소. 그래서 아무도 이 새가 말하는 것을 이해하지 못하지요.

훔볼트는 손을 뻗었다. 앵무새가 그의 손을 부리로 찍고는 마치 생각이라도 해야 하는 것처럼 바닥을 내려다보고 날개를 흔들더니 이해할 수 없는 말을 몇 마디 내뱉었다.

봉플랑은 왜 그 종족이 사라졌느냐고 물었다.

그런 일이 일어나기도 하지요. 세아 신부가 말했다.

어떻게요?

세아 신부는 눈을 게슴츠레 뜨고 그를 훑어보았다. 그러기는 쉽지요. 사람들은 이곳에 와서 불쌍해 보이는 사람들을 동정하고 고향으로 돌아가서는 나쁜 이야기만 전합니다. 그러나 쉰 명의 인원으로 만 명의 미개인들을 통치하면서 매일 밤 숲에서 나는 소리들이 무엇을 의미하는지 궁리해야 하고 매일 아침 자신이 아직 살아 있다는 것에 놀라야 하는 사람의 판단은 다를 수밖에 없습니다.

오해가 있었던 것 같습니다. 훔볼트가 말했다. 누군가를 비난하려 했던 것은 아닙니다.

아마 그랬을 수도 있지요. 봉플랑이 말했다. 나는 몇 가지를 더 알고 싶습니다. 그러다 그는 말을 멈추었는데, 훔볼트가 방금 자신을 걷어찬 것을 믿을 수가 없었다. 새는 그들을 이리저리 쳐다보더니 무슨 말인가를 한 뒤 기대에 찬 눈으로 그들을 바라보았다.

맞습니다. 새를 무시하고 싶지 않았던 훔볼트가 말했다.

새는 생각에 잠긴 것처럼 보이더니 긴 문장을 덧붙였다.

훔볼트가 손을 뻗자 새는 부리로 손을 쪼고 마음이 상한 듯 몸을 돌렸다.

인디언 두 명이 그들 대신 배를 저어 폭포를 통과하는 동안 훔볼트와 봉플랑은 선교단 위에 있는 화강암 암벽을 올라갔다. 산 정상에 동굴 묘지가 있을 거라고 했다. 발을 디딜 곳이 거의 없었다. 튀어나온 장석 결정만으로 간신히 지탱했다. 위에 도착했을 때 훔볼트는 상당한 집중력으로 — 손으로 모기를 잡아야 할 때만 집중력이 약해졌다.— 급류의 모습, 강 위에 뜬 무지개와 멀리 보이는 습기 찬 은빛 광채(휘은광)에 관해 완벽하게 기록했다. 그다음에 그들은 균형을 유지하며 언덕을 지나 옆 산의 정상과 동굴 입구로 향했다.

각기 야자수 잎으로 만든 바구니에 누워 있는 시체가 수백 구는 되어 보였다. 손뼈는 무릎 옆에 놓여 있고 머리는 흉곽에 바싹 붙어 있었다. 가장 오래된 것은 이미 완전히 해골이 되어 버렸고 다른 시체들은 부패의 여러 단계에 걸쳐 있었다. 쪼글쪼글한 피부 조각, 내장은 덩어리져 말랐다. 눈은 과일 씨처럼 검고 작았다. 많은 사람들의 뼈에서 살 조각이 떨어져 나갔다. 강물이 흐르는 소리는 그곳까지 들려오지 않았다. 그곳은 아주 조용해서 숨소리까지 들릴 정도였다.

평화롭군요. 봉플랑이 말했다. 다른 동굴과는 전혀 다르네요. 그곳엔 저세상으로 간 사람들이 있었는데 여긴 단지 몸만 남아 있군요. 여기서는 안전하다는 느낌이 드는데요.

훔볼트는 바구니에서 시체 여러 구를 꺼내어 척추에서 해골을 분리시키고 턱에서 이를 부러뜨리고 손가락 마디에서 반지를 뺐다. 그는 아이 시체 한 구와 성인 시체 두 구를 천에 싸서 꽉 졸라맸다. 둘이 운반할 수 있도록 하기 위해서였다.

봉플랑은 정말 시체를 가져갈 거냐고 물었다.

훔볼트는 신경질을 내며 말했다. 거들어 주지 않을 겁니까? 나 혼자 이걸 노새 있는 곳까지 운반할 수는 없지 않소!

그들은 상당히 늦은 시간에 선교단에 도착했다. 청명하고 별이 밝은 밤이었다. 벌레의 무리가 붉은빛을 퍼뜨렸고 바닐라 향이 났다. 인디언들은 아무 말 없이 뒤로 물러섰다. 늙은 여자들이 창밖으로 엿보고 아이들은 도망갔다. 얼굴에 그림을 그린 한 남자가 그들의 길을 막고 천 속에 무엇이 들어 있는지 물었다.

이것저것, 여러 가지가 있지요. 훔볼트가 말했다.

암석 표본입니다. 봉플랑이 말했다. 식물도 있고요.

그 남자는 팔짱을 꼈다.

뼈도 있습니다. 훔볼트가 말했다.

봉플랑이 움찔했다.

뼈라고요?

악어와 해우 뼈인데요. 봉플랑이 말했다.

해우 뼈라고. 그 남자가 반복해서 말했다.

훔볼트는 확인해 보겠느냐고 물었다.

안 보는 게 낫겠소. 남자는 멈칫거리면서 옆으로 비켰다. 차라리 당신들을 믿는 편을 택하겠소.

그 뒤 이틀 동안 그들은 어려움을 겪었다. 인디언 안내자를 구할 수 없었기 때문이다. 예수회 수도사들 역시 훔볼트가 말을 걸려고 하면 바쁜 척을 했다. 훔볼트는 이 사람들은 전부 미신을 믿고 있다고, 형에게 보내는 편지에 적었다. 자유와 이성으로 가는 길이 얼마나 요원한 길인지 알게 되었습니다. 적어도 나는 아직 어떤 생물학자도 상술한 적이 없는 작은 원숭이 몇 마리를 잡을 수 있었지요.

셋째 날, 약간 부상을 당하긴 했지만 자원을 한 두 명의 인디언이 온전하게 급류를 통과해 배를 가져다주었다. 훔볼트는 그들에게 약간의 돈을 주었고 다람쥐 과의 마멋 몇 마리, 기자재함, 원숭이가 든 우리와 시체를 배에 싣게 했다. 그리고 세아 신부와 작별하면서 평생 그에게 감사하는 마음을 간직하겠다고 말했다.

부디 오래 사시오. 신부가 말했다. 그렇지 않으면 감사의 마음도 짧게 끝날 테니.

사공 네 명이 나타나 짐 싣는 일을 놓고 격렬한 논쟁을 벌였다. 우선 개를 태우고 나서 저걸 싣자고! 훌리오는 시체를 싼 천 묶음을 가리켰다.

훔볼트는 무섭냐고 물었다.

물론이지요. 마리오가 말했다.

뭐가 무서운데요? 봉플랑이 물었다. 시체가 갑자기 깨어날까 봐?

바로 그겁니다. 훌리오가 말했다.

적어도 값은 오를 겁니다. 카를로스가 말했다.

폭포를 지나고 난 후 강폭이 매우 좁아졌다. 급류로 인해 배가 이리저리 흔들렸다. 물거품 때문에 공기는 무척 축축했고, 위험할 정도로 암석에 가까이 붙어 지나야 했다. 모기들은 무자비했다. 하늘은 사라지고 벌레들만 존재하는 것 같았다. 그들은 모기 잡기를 곧 포기했다. 계속 물리는 데 익숙해져 버렸다.

다음번 선교단 사람들은 개미를 밀가루에 싸서 구운 음식을 먹어 보라고 주었다. 봉플랑은 먹기를 거부했다. 훔볼트는 약간 맛을 보았다. 그러고 나서 미안하다고 말하고는 잠시 나무 아래로 사라졌다. 그는 다시 돌아와서 말했다. 흥미로운데요. 적어도 미래의 식량 문제를 해결할 수 있는 하나의 가능성이군요.

이곳은 사람이 살지 않는 곳입니다. 봉플랑이 말했다. 사방에 널려 있는 유일한 것이 바로 먹을 거란 말입니다!

마을 추장이 천에 싼 것이 무어냐고 물었다. 섬뜩한 의심이 드는데요.

해우 뼈인데요. 봉플랑이 말했다.

그런 냄새가 나지는 않는군요. 추장이 말했다.

좋아요, 고백하겠소. 훔볼트가 외쳤다. 하지만 이건 너무 오래되어서 더 이상 시체라고 부를 수도 없는 그런 것들입니다. 세상은 결국 죽은 육체들로 이루어져 있지요! 한 줌의 흙은 과거에 한 인간이었으며 그 전에는 또 다른 인간이었소. 1온스의 공기 역시 그동안 죽은 사람들이 수천 번 숨으로 들이마시고 내뱉은 결과입니다. 우리가 시체를 가지고 간다 해도 뭐가 문제가 되겠습니까?

그냥 물어보았을 뿐입니다. 추장이 기가 죽어 말했다.

모기의 공격을 피하기 위해 마을 주민들은 입구를 막을 수 있는 진흙 오두막을 지었다. 그리고 그 안에 벌레를 몰아내는 불을 지폈다. 오두막 안에 들어가서 입구를 닫으면 불이 꺼질 때까지 몇 시간 동안은 뜨거운 공기 속에서 모기에 물리지 않을 수 있었다. 봉플랑은 이런 오두막 안에서 식물 분류 작업을 너무 오래 하다가 자욱한 연기 때문에 기절하고 말았다. 그 옆에서 훔볼트는 기침을 하면서, 눈을 반쯤 감은 채 쿨럭이며 숨이 가빠 그르렁거리는 개를 옆에 두고 형에게 편지를 썼다. 연기에 전 옷을 입은 그들이 공기를 쐬기 위해 눈을 깜박이면서 밖으로 나왔을 때 한 남자가 그들에게 다가와 손금을 보고 싶다고 했다. 그는 벌거벗은 몸에 알록달록한 그림을 그리고 머리에는 깃털을 꽂고 있었다. 훔볼트는 거절했지만 봉플랑은 관심을 보였다. 그 예언자는 봉플랑의 손가락을 잡고 눈썹을 높이 치켜세운 채 흥미롭게 손바닥을 들여다보았다.

아. 그는 혼자 중얼거렸다. 아, 그렇군요.

뭐라고요?

예언자는 고개를 흔들었다. 틀림없이 아무 일도 아닐 겁니다. 이런저런 일들이야 일어날 수 있는 거지만 누구나 운명은 자기가 직접 빚는 겁니다. 미래를 누가 알겠습니까!

봉플랑은 신경질적으로 손금에서 무엇을 보았느냐고 물었다.

장수. 예언자는 어깨를 으쓱했다. 분명합니다.

건강은요?

전체적으로 좋습니다.

봉플랑이 외쳤다. 빌어먹을. 나는 당신의 눈빛이 무엇을 의미하는지 알고 싶단 말입니다.

어떤 눈빛이요? 장수와 건강. 거기 그렇게 쓰여 있다고 내가 말하지 않았습니까. 이 대륙이 마음에 들어요?

그건 왜요?

여기 매우 오래 계실 테니까요.

봉플랑은 웃었다. 그거야말로 믿음이 안 가는 얘기군요. 장수한다고요? 하필 여기에서요? 틀림없이 아닐 겁니다. 누군가가 나에게 강요하지 않는다면 말입니다.

예언자는 한숨을 쉬더니 그에게 용기를 주려는 것처럼 한동안 그의 손을 잡고 있었다. 그러다가 훔볼트에게로 몸을 돌렸다.

훔볼트는 고개를 흔들었다.

비싸지 않은데요!

됐소. 훔볼트가 말했다.

예언자는 재빠르게 훔볼트의 손을 잡았다. 그는 손을 빼려고 했지만 그럴수록 예언자는 더 강하게 손을 붙잡았다. 어쩔 수 없이 자신의 운명을 보여 주게 된 그는 쓴웃음을 지었다. 예언자는 이마를 문지른 후 손을 자신의 눈에 더욱 가까이 가져갔다. 그는 몸을 숙였다 다시 뒤로 젖혔다. 눈을 감았다. 뺨을 부풀렸다.

먼저 말해 둘 것이 있는데요. 훔볼트가 소리쳤다. 나에게는 지금 해야 할 일이 많습니다. 안 좋은 예언이 나와도 아무런 상관이 없어요. 어쨌든 나는 한마디도 믿지 않을 테니까.

나쁜 것은 전혀 없습니다.

나쁜 것이 없다면요?

아무것도 나와 있지 않아요. 예언자는 훔볼트의 손을 놓았다. 미안합니다. 돈은 안 주셔도 돼요. 제대로 손금을 읽지 못했으니까요.

이해할 수가 없군요. 훔볼트가 말했다.

나 역시 이해가 되지 않습니다. 손에 아무것도 나와 있지 않아요. 과거도 현재도 미래도 없어요. 아무도 보이지 않아요. 예언자는 훔볼트의 얼굴을 주의 깊게 들여다보았다. 그 누구도요!

훔볼트는 자신의 손을 들여다보았다.

물론 이건 말도 안 되는 소리지요. 틀림없이 내 탓입니다. 아마 내가 미래를 보는 능력을 잃은 것 같소. 예언자는 배 위에 앉은 모기를 잡았다. 아마 그런 능력을 가진 적이 없는지도 모르지요.

저녁에 훔볼트와 봉플랑은 벌레에 물리지 않으려고 양치기 개를 사공들 숙소에 묶어 놓고 연기를 피운 오두막에서 밤을 보냈다. 이른 아침이 되어서야 훔볼트는 충혈된 눈을 하고 땀에 젖어 겨우 잠이 들었다. 생각이 연기와 함께 뒤엉켰다.

부스럭거리는 소리에 그는 잠이 깼다. 누군가 기어들어 와서 그의 옆에 누웠다. 또 뭐야. 그는 중얼거리면서 불안한 손으로 양초의 심지를 켰다. 그리고 자기 옆에 어린 사내아이가 누워 있는 것을 보았다. 뭐 하는 거냐? 그가 물었다. 너는 누구냐, 무슨 일이야?

아이는 찢어진 눈으로 그를 유심히 쳐다보았다.

뭐야. 훔볼트가 물었다. 무슨 일이냐고?

아이는 그로부터 시선을 돌리지 않았다. 그 아이는 완전히 벌거벗고 있었다. 얼굴 앞에 양초를 갖다 대도 아이는 눈을 깜박이지 않았다.

무슨 일이야. 훔볼트가 속삭였다. 무슨 일이냐고, 애야?

아이가 웃었다.

손이 너무 심하게 떨려서 훔볼트는 초를 떨어뜨릴 뻔했다. 어둠 속에 두 사람의 숨소리만이 들렸다. 그는 아이를 쫓아내기 위해 손을 뻗었다. 그러나 손이 아이의 축축한 손에 닿았을 때 그는 마치 벼락이라도 맞은 것처럼 움찔 뒤로 물러섰다. 나가. 그가 속삭였다.

아이는 꼼짝도 하지 않았다.

훔볼트는 벌떡 일어서다 천장에 머리를 부딪혔다. 그리고 아이를 발로 찼다. 모래벼룩 사건 이후로 훔볼트는 밤에도 장화를 신고 잤기 때문에 아이는 비명을 지르며 몸을 웅크렸다. 훔볼트는 다시 한 번 발로 찼다. 이번에는 아이의 머리를 맞혔다. 아이는 낮은 소리로 신음하더니 아무 소리도 내지 않았다. 훔볼트는 헐떡이는 소리를 들었다. 그는 희미하게 자신의 눈앞에서 미동도 하지 않는 육체를 보았다. 그는 아이의 어깨를 잡아 밖으로 내던졌다.

밤공기를 마시니 정신이 맑아졌다. 오두막의 연기 탓인지 밤공기가 차고 신선하게 느껴졌다. 불안한 걸음으로 그는 봉플랑이 자고 있는 바로 옆 오두막으로 갔다. 거기서 여자의 목소리가 들리자 그는 멈춰 섰다. 그는 귀를 기울였다. 여자의 목소리가 다시 들렸다.

그는 몸을 돌려 자기 오두막으로 들어가 입구를 닫았다. 잠깐 입구가 열린 틈을 타 모기들이 들어왔고 박쥐 한 마리가 그의 머리 위에서 고통스럽게 펄럭였다. 맙소사. 그는 웅얼거렸다. 그리고 기진맥진해서 불안한 잠 속으로 빠져 들었다.

깨어났을 때는 환한 아침이었다. 열기는 더욱 강해졌고 박쥐는 온데간데없었다. 그는 깨끗한 옷을 입고 칼을 옆에 차고 팔 아래 모자를 끼고 밖으로 나왔다. 오두막 앞의 광장엔 아무도 없었다. 그의 얼굴에는 여러 개의 벤 자국 때문에 피가 묻어 있었다.

봉플랑이 그에게 무슨 일이 있었느냐고 물었다.

면도를 했소. 모기 때문에 야만인이 되어서는 안 되지요. 우리는 언제나 문명화된 인간으로 지내야 합니다. 훔볼트는 모자를 쓰면서 봉플랑에게 밤에 무슨 소리를 듣지 못했느냐고 물었다.

특별한 소리는 못 들었는데요. 봉플랑이 조심스럽게 말했다. 어둠 속에 있으면 많은 소리가 들리지요.

훔볼트는 고개를 끄덕였다. 아주 이상한 꿈을 꿀 때도 있고요.

들리는 소리에 항상 귀를 기울일 수는 없지요. 봉플랑이 말했다.

잠도 자야 하니까요. 훔볼트가 말했다.

다음 날 그들은 네그루 강 입구로 들어섰다. 시커먼 강물 위에는 모기가 적었다. 공기 역시 이곳이 더 좋았다. 그러나 시체의 존재가 사공들을 불안하게 했다. 훔볼트조차 얼굴이 창백해지고 말이 없어졌다. 봉플랑이 눈을 감고는 말했다. 열병이 재발할까 두렵군. 원숭이들이 우리 안에서 소리를 지르면서 창살을 흔들었고 서로 마주 보고 얼굴을 찡그리기도 했다. 한 녀석은 심지어 문을 열기까지 해서 재주넘기를 하며 사공들을 귀찮게 했다. 원숭이는 배 가장자리를 따라 기어가다가 훔볼트의 어깨 위로 뛰어오르고 으르렁거리는 개에게 침을 뱉었다.

마리오는 훔볼트에게 다시 무슨 이야기라도 해 달라고 부탁했다.

훔볼트는 아는 이야기가 없다고 말하며 원숭이가 돌려놓은 모자를 다시 돌려 썼다. 나는 이야기하는 것을 좋아하지 않소. 하지만 스페인어로 번역된 가장 아름다운 독일 시를 암송할 수는 있지요. 산머리는 고요하다. 나무에서는 어떤 바람도 느낄 수 없다. 새들도 고요하다. 그리고 곧 죽음이 찾아올 것이다.

모두들 그를 쳐다보고 있었다.

끝이오. 훔볼트가 말했다.

그게 끝이라고요? 봉플랑이 물었다.

훔볼트는 육분의를 잡았다.

죄송하지만 그게 다가 아닌 것 같은데요. 마리오가 말했다.

그것은 물론 피, 전쟁, 그리고 변신에 관한 이야기는 아닙니다. 훔볼트가 흥분하여 말했다. 거기서는 어떤 마법도 일어나지 않으며 식물이 되는 사람도 없소. 그 누구도 하늘을 날 수 없으며 다른 사람을 먹지도 않습니다. 그는 빠른 동작으로 원숭이를 잡아서 우리 안으로 집어넣었다. 작은 원숭이가 소리를 지르면서 그를 할퀴었다. 혀를 내밀고 귀를 세우고 그에게 엉덩이를 내보였다. 훔볼트가 말했다. 내가 착각하는 게 아니라면 이 보트에 탄 사람들은 누구나 할 일이 많을 텐데요!

산카를로스에서 그들은 자기적도(磁氣赤道)를 통과했다. 훔볼트는 경건한 표정으로 그 기구를 관찰했다. 나는 어릴 때부터 이곳에 와 보기를 꿈꾸어 왔지요.

저녁 무렵 그들은 전설적인 운하의 입구에 도착했다. 모기 떼가 바로 그들을 공격했다. 열기로 인해 짙은 안개가 끼어 있었다. 하늘이 맑아져서, 훔볼트는 경도를 측정할 수 있었다. 그는 밤새도록 일을 했다. 시험 삼아 남십자성 앞에 있는 달 궤도의 각도를 쟀다. 몇 시간이고 망원경을 목성의 창백한 반점에 고정시켰다. 아무것도 믿을 게 없군. 그는 자신을 유심히 쳐다보고 있는 개에게 말했다. 천문력표도, 기구도, 심지어 하늘조차도 말이야. 정확하게 측량해서 무질서가 우리에게 아무 해도 끼칠 수 없도록 만들어야 해.

새벽이 되어서야 그는 작업을 마쳤다. 그는 손뼉을 쳤다. 일어나시오, 시간을 허비하지 말아요! 운하의 한쪽 끝 지점을 측량했으니 이제 빨리 다른 쪽 끝으로 가야 합니다.

봉플랑이 잠에 취해서 말했다. 누군가 당신보다 먼저 갈까 봐 두려운 겁니까? 이 세계의 변방에, 수천 년 동안 아무도 관심을 가지지 않은 이 빌어먹을 강에 누가 당신보다 먼저 오기라도 할까 봐 두려운 거냐고요.

그거야 알 수 없는 일이죠. 훔볼트가 말했다.

이 지역은 어떤 지도에도 그려져 있지 않소. 이 강이 우리를 어디로 데려갈지도 그저 예측만 할 수 있을 뿐이오. 이곳은 나무들이 너무 다닥다닥 붙어 자라고 있어서 강변으로는 올라갈 수도 없습니다. 몇 시간에 한 번씩은 이슬비가 공기를 적시지만 그렇다고 시원해지거나 벌레들이 잠잠해지는 것도 아닙니다. 봉플랑의 숨소리는 휘파람 소리 같은 소음을 냈다.

그가 기침을 하면서 말했다. 별거 아닙니다. 내가 열이 나는 건지 공기가 무더운 건지 모르겠소. 의사로서 하는 말이니 숨을 깊이 들이마시진 마십시오. 숲이 몸에 안 좋은 증기를 뿜어내는 것 같다는 생각이 드는군요. 어쩌면 시체 때문일지도 모르지요.

시체 때문일 리는 없습니다. 훔볼트가 말했다. 시체와는 아무 상관이 없소.

마침내 그들은 정박할 수 있는 장소를 찾아냈다. 칼과 손도끼로 나무들을 쳐내고 밤을 보낼 수 있는 평평한 야영지를 만들었다. 횃불 위로 모기들이 지지직거리며 타는 소리가 들렸다. 박쥐 한 마리가 개의 코를 물어서 피가 심하게 났다. 개는 신음하면서 데굴데굴 굴렀고 가만히 있으려 하지 않았다. 개는 훔볼트의 해먹 아래로 도망갔다. 개의 신음소리에 그들은 밤이 깊도록 잠들지 못했다.

다음 날 아침 훔볼트와 봉플랑은 면도를 할 수가 없었다. 얼굴이 온통 벌레 물린 자국으로 퉁퉁 부어올랐기 때문이었다. 부어오른 얼굴을 차가운 강물로 진정시키려 했을 때 개가 없어졌다는 사실을 알았다. 훔볼트는 다급히 무기를 장전했다.

카를로스가 말했다. 좋은 생각이 아닙니다. 이 원시림은 그 어느 곳보다 더 빽빽하고 무기를 사용하기에는 공기가 너무 습합니다. 재규어가 개를 물어 간 것 같군요. 우리가 할 수 있는 일은 아무것도 없습니다.

훔볼트는 대답도 하지 않고 나무 사이로 사라졌다.

아홉 시간이 지난 후에도 그들은 여전히 출발하지 못하고 거기 있었다. 훔볼트는 돌아왔다가 다시 가기를 여섯 차례나 했고 일곱 번째 돌아와서는 물을 마시고 강물에 몸을 씻고 다시 출발하려 했다. 봉플랑이 그를 말렸다.

아무 도움도 되지 않아요. 개는 없어졌어요.

절대 죽지 않았소. 훔볼트가 말했다. 나는 그것을 허락하지 않았소.

봉플랑은 그의 어깨에 손을 올려놓았다. 다시 한 번 말하지만 그 개는 죽었소!

완전히 죽었어요. 훌리오가 말했다.

이미 물 건너간 일이지요. 마리오가 말했다.

카를로스가 말했다. 이 세상에서 죽은 것이 가장 확실한 개라고나 할까요.

훔볼트는 그들 모두를 한 사람씩 차례로 보았다. 그는 입을 열었다 다시 닫더니 무기를 바닥에 내려놓았다.

꼬박 하루가 지나서야 다시 마을이 눈에 띄었다. 말이란 걸 해 본 지 너무나 오래돼서 무뚝뚝해진 선교사 한 명이 더듬거리며 그들을 맞아 주었다. 마을 사람들은 벌거벗은 몸에 알록달록한 색칠을 하고 있었다. 몇몇 사람은 몸에 양복을 그려 넣었고, 어떤 사람은 한 번도 본 적이 없을 제복을 그려 넣었다. 그곳에서 독의 일종인 쿠라레가 제조된다는 이야기를 듣자 훔볼트의 표정이 밝아졌다.

쿠라레 전문가는 마치 성직자처럼 말랐지만 위엄 있어 보이는 체격을 가지고 있었다. 그가 설명했다. 나뭇가지를 잘라서 돌 위에 놓고 껍질을 벗깁니다. 그러고 나서 조심스럽게 그 즙을 바나나 잎으로 만든 깔때기에 채우지요. 깔때기가 중요합니다. 유럽에서도 이와 비슷한 인공적인 독이 생산된다는데 저는 좀 의심스럽군요.

훔볼트가 말했다. 매우 인상적인 깔때기로군요.

전문가가 말했다. 그 물질을 질그릇에 담아 증발시킵니다. 조심해야 합니다. 들여다보는 것만으로도 위험하지요. 거기에 우리는 농

축시킨 잎의 진액을 첨가합니다. 그는 훔볼트에게 독이 든 질그릇을 넘겨주었다. 이것은 세상에서 가장 강한 독입니다. 천사도 죽일 수 있을 겁니다!

훔볼트는 그것을 마셔도 되는지 물었다.

그것을 화살에 묻히는 거지요. 전문가가 말했다. 그것을 마셔도 되는지 안 되는지는 지금까지 아무도 확인해 보지 않았습니다. 미치지 않고서는 할 수 없는 일이죠.

그럼 독화살을 맞고 죽은 동물은 바로 먹을 수 있습니까?

그것은 먹을 수 있지요. 전문가가 말했다. 그것이 이 독의 중요한 핵심입니다.

훔볼트는 자신의 집게손가락을 내려다보았다. 그리고 그것을 그릇 안에 집어넣었다 빼서는 핥아 보았다.

전문가가 비명을 내질렀다.

걱정하지 마세요. 훔볼트가 말했다. 내 손가락은 건강하고 내 입 안도 마찬가지입니다. 상처가 없으면 문제 없습니다. 이 물질을 조사해 봐야 합니다. 그러기 위해서는 내가 모험을 하는 수밖에 없지요. 어쨌든 죄송하지만 기운이 좀 빠지는 것 같은 느낌이 드네요. 그는 무릎을 꿇고 잠시 땅에 앉아 있었다. 그는 이마를 문질렀고 가볍게 신음을 토했다. 잠시 뒤 조심스럽게 일어나서는 남아 있는 쿠라레 재고품을 전부 다 구입했다.

출발이 하루 지연되었다. 훔볼트와 봉플랑은 쓰러진 나무 위에 나란히 앉았다. 훔볼트의 눈길이 그의 신발로 향했다. 봉플랑은 수를 헤아리며 부르는 프랑스 노래의 시작 연을 반복했다. 그들은 이제 쿠라레가 어떻게 만들어지는지 알았고 입으로 상당량을 섭취해도 약간의 어지러움과 시각적 환상 이외의 나쁜 일은 일어나지 않는다는 것을 알았다. 그러나 피 속에 들어가면 극소량이라도 정신을 잃게 만들며 0.2그램이면 작은 원숭이를 죽이기에 충분하다는 것, 독이 근육을 마비시키는 동안 인공호흡을 하면 다시 살릴 수 있다는 것도 함께 증명했다. 한 시간이 지나자 독의 효과가 줄어들며 점차 움직이는 능력이 돌아왔다. 가벼운 우울증을 제외하면 별다른 증상이 없었다. 그래서 갑자기 수풀이 갈라지면서 턱수염을 기르고 마셔츠와 가죽 조끼를 입고 땀을 흘리는 사람이 침착하게 그들 앞에 나타났을 때 그들은 그 모습이 당연히 독으로 인한 시각적 환상이려니 하고 생각했다. 그의 나이는 30대 중반쯤 되었고 이름은 브롬바허이고 작센 출신이라고 했다. 그는 말했다. 나는 계획도 목표도 없이 그저 세상을 둘러보기 위해 떠돌아다니고 있습니다.

훔볼트는 그에게 함께 가자고 제안했다.

브롬바허는 거절했다. 혼자 다녀야 많은 것을 경험할 수 있습니다. 그리고 어차피 고향에 돌아가면 독일 사람들은 수없이 만나게 되지 않나요.

독일어를 오랫동안 쓰지 않았던 훔볼트는 더듬대면서 브롬바허의 고향에 대해 물었다. 그곳의 교회 탑은 얼마나 높은지, 그곳엔 얼마나 많은 사람들이 살고 있는지를 물었다.

브롬바허는 조용히 그리고 정중하게 대답했다. 고향은 바트퀴르팅이며 교회 탑의 높이는 16미터 47센티미터이고 주민 수는 832명입니다. 그는 그들에게 동글납작한 더러운 과자를 주었지만 그들은 먹지 않았다. 그는 미개인, 동물 그리고 원시림에서의 고독한 밤에 관해 이야기했다. 잠시 후에 그는 일어나서 모자를 쓰고 터벅터벽 걸어갔다. 그리고 나뭇잎들 뒤로 사라졌다. 훔볼트는 다음 날 형에게 이런 편지를 썼다. 내 삶에서 일어난 많은 부조리한 사건 중에서 이 만남만큼 기이한 것은 없었습니다. 그 일이 진짜 일어났던 건지 아니면 우리 상상력에 부담을 준 독의 영향을 받았던 건지는 확실치 않습니다.

저녁 무렵 쿠라레는 이들이 다시 돌아다닐 수 있을 만큼, 심지어 배고픔도 느낄 정도로 이들을 풀어 주었다. 선교단 주민들이 어린아이의 머리 하나, 작은 손 세 개, 발가락이 뚜렷하게 보이는 발 네 개를 창에 끼워 불 위에서 돌려 굽고 있었다. 선교사가 말했다. 이건 사람이 아닙니다. 우리는 가능한 한 사람은 먹지 않게 하고 있지요. 이건 단지 수풀에서 잡은 작은 원숭이일 뿐입니다.

봉플랑은 맛보기를 거절했다. 훔볼트는 주저하면서 손 하나를 들고 조금 베어 물었다. 맛은 나쁘지 않지만 기분이 별로 안 좋네요. 다 먹지 않아도 이 사람들이 기분 나빠하지 않겠지요?

선교사는 한입 가득 원숭이 고기를 씹으며 머리를 흔들었다. 아무도 관심 없을 겁니다!

밤이 되었지만 동물들 소리 때문에 그들은 잠을 잘 수가 없었다. 우리에 갇힌 원숭이가 창살을 두드리며 계속해서 소리를 질러 댔다. 훔볼트는 한밤중 숲에서 나는 소리와 끊임없이 벌어지는 싸움의 연속, 즉 낙원의 반대 모습으로 이해할 수밖에 없는 동물들의 생존 경쟁에 관해 기술하기 시작했다.

봉플랑은 선교사가 거짓말을 한 것 같다고 말했다.

훔볼트가 그를 올려다보았다.

봉플랑이 말했다. 그 선교사는 여기서 산 지 오래되었습니다. 원시림은 거대한 힘을 가지고 있지요. 아마도 그가 곤혹스러워서 그렇게 단언했을 수도 있습니다. 여기 사람들은 인육을 먹는다고 세아 신부도 이야기했습니다. 누구나 그 사실을 알고 있지요. 선교사 혼자 어떻게 그것을 막을 수 있겠어요?

말도 안 되는 소리요. 훔볼트가 말했다.

하지만. 홀리오가 말했다. 일리가 있어 보이는데요.

훔볼트는 잠시 아무 말도 하지 않았다. 미안하지만 한마디 하겠소. 당신들은 모두 이미 상당히 지쳐 있소. 나는 이해심이 많은 사람이지만 누군가 다시 한 번 브라운슈바이크 공작의 대자가 인육을 먹었을 거라는 의심을 표명한다면 살려 두지 않겠소.

봉플랑이 웃었다.

진지하게 말하는 겁니다. 훔볼트가 말했다.

그러나 정말 죽이지는 않겠지요. 봉플랑이 말했다.

죽일 겁니다.

무거운 정적이 흘렀다. 봉플랑은 심호흡을 했지만 아무 말도 하지 않았다. 사람들은 하나 둘 불 있는 쪽으로 몸을 돌리며 잠든 척했다.

그때부터 봉플랑의 열병이 더 심해졌다. 그는 밤중에 점점 더 자주 깼고 일어나 몇 발짝 걸은 후에 헐떡거리며 주저앉았다. 한번은 훔볼트가 누군가 자기 얼굴 위로 몸을 굽히는 것 같은 느낌을 받았다. 눈을 떠 보니 봉플랑의 얼굴이 희미하게 보였다. 그는 손에는 칼을 쥐고 이를 갈고 있었다. 그는 재빨리 머리를 굴려 보았다. 사람들은 여기서 특별한 꿈을 꾼다. 나는 그것을 너무나 잘 알고 있다. 나는 봉플랑이 필요하다. 나는 그를 신뢰해야 한다. 이것 역시 꿈일 것이다. 그는 눈을 감았다. 미동도 하지 않고 가만히 누워 있었다. 발소리가 들렸다. 그가 다시 눈을 떴을 때 봉플랑은 눈을 감고 그 옆에 누워 있었다.

하루 종일 시간이 어떻게 흘러가는지 알 수 없었다. 태양은 이글거리며 강물 위에 낮게 걸려 있었다. 그것을 바라보고 있으면 눈이 아팠다. 모기들이 사방에서 공격을 했고 사공들조차 지쳐서 아무 말도 하지 않았다. 한동안 둥근 금속판 하나가 그들을 따라왔다. 앞서 날아가다가 다시 그들을 뒤따랐다. 아무 소리 없이 하늘을 지나 미끄러지더니 사라졌다 다시 나타났다. 몇 분 동안은 아주 가까이 다가와서 훔볼트가 망원경으로 강과 배 그리고 자신의 모습이 금속판의 매끄러운 표면에 굴절되어 반사된 것을 볼 수 있을 정도였다. 그러더니 그것은 사라져서 다시 나타나지 않았다.

그들은 어느 맑은 날 운하의 끝에 도착했다. 북쪽에는 눈 쌓인 산이 솟아 있고 다른 쪽에는 초원이 펼쳐져 있었다. 훔볼트는 지는 해를 육분의로 응시하면서 목성 궤도와 달 궤도 사이의 각도를 쟀다.

이제야 이 운하는 진짜 존재하게 된 겁니다. 그가 말했다.

물살을 타고 내려가면 훨씬 빨리 갈 수 있지요. 마리오가 말했다. 소용돌이를 두려워할 필요 없이 강 중간으로 달리면 됩니다. 그러면 모기도 피할 수 있지요.

봉플랑이 말했다. 믿기 힘든데요. 나는 모기가 없는 곳은 이제 상상할 수가 없어요. 내 머릿속에도 모기들이 침투해 들어온 것 같아요. 라 로셸과 비교해 보면 이 도시는 벌레로 가득 찬 것처럼 느껴져요.

이 운하가 지금 지도 위에 기재됨으로써 이제 이 대륙 전체의 복지가 활성화될 겁니다. 훔볼트가 설명했다. 사람들은 이제 대륙을 가로질러 물건을 운반할 수 있습니다. 새로운 무역의 중심지가 생겨날 것이며 예감하지 못했던 사업이 가능할 겁니다.

봉플랑이 기침을 하기 시작했다. 눈물이 그의 얼굴 위로 흘러내렸다. 그는 피를 토했다. 그가 신음하면서 말했다. 이곳엔 아무것도 없소. 지옥보다 더한 더위와 악취, 모기, 뱀밖에 없소. 이런 데가 중요한 곳이 될 수는 없소. 이 더러운 운하는 아무것도 바꾸지 못할 겁니다. 우리는 이제 마침내 집으로 돌아가는 겁니까?

훔볼트는 그를 잠시 바라보았다. 아직 결정하지 않았습니다. 에스메랄다 선교단은 밀림에 들어가기 전에 위치한 마지막 기독교인 마을입니다. 우리는 거기서부터 아직 누구도 탐험해 본 적이 없는 지역을 통과해 몇 주 후면 아마존 강에 도착할 수 있을 겁니다. 그 강의 발원지는 한번도 발견된 적이 없으니까요.

마리오는 성호를 그었다.

생각에 잠겨 훔볼트가 말했다. 이것은 현명하지 못한 계획일지도 모릅니다. 위험한 일이지요. 내가 죽는다면 나와 함께 모든 발굴품과 탐험 결과가 사라져 버리겠죠. 아무도 그에 관해 알 수 없게 됩니다.

그런 위험을 무릅써서는 안 되지요. 봉플랑이 말했다.

무모한 일입니다. 훌리오가 말했다.

저것들에 관해서는 절대 이야기하지 마십시오! 마리오는 시체를 가리켰다. 누구도 저것들을 봐서는 안 됩니다!

훔볼트가 고개를 끄덕였다. 가끔 단념할 때도 있어야겠지요.

에스메랄다 선교단은 거대한 바나나 관목 사이에 지은 여섯 채의 가옥으로 이루어져 있었다. 선교사는 한 명도 없었고 단지 늙은 스페인 군인 한 명이 인디언 열다섯 가구를 통치하고 있었다. 훔볼트는 배의 나무판에서 흰개미를 제거하기 위해 몇 사람을 고용했다.

탐험을 그만두기로 결정한 것은 잘한 일입니다. 군인이 말했다. 선교단 뒤의 밀림 그곳에서는 사람들이 아무 두려움 없이 살인을 합니다. 그들은 머리가 여러 개 달렸고 영원히 죽지 않으며 고양이의 말로 이야기한다고 합니다.

훔볼트는 걱정스러운 듯 한숨을 쉬었다. 다른 누군가가 아마존 강의 발원지를 찾게 될 거라는 생각이 그를 괴롭혔기 때문이었다. 기분 전환을 위해 그는 강물 위로 거의 100미터에 이르는 높이로 솟은 암석에 새겨진 태양과 달의 그림, 복잡하게 똬리를 튼 뱀을 살펴보았다.

전에는 수위가 더 높았겠지요. 군인이 말했다.

그렇게 높지는 않았을 겁니다. 훔볼트가 말했다. 틀림없이 이 바위가 더 낮은 위치에 있었을 거예요. 독일에 선생님이 한 분 계시는데 이 사실을 감히 전할 수가 없겠군요.

날아다니는 사람에 관한 것도 마찬가질 겁니다. 군인이 말했다.

훔볼트는 웃었다.

많은 존재들이 날아다닙니다. 군인이 말했다. 그런데 그것들에게서 무언가를 발견한 사람은 아무도 없습니다. 뿐만 아니라 산이 어떻게 솟아올라 왔는지를 본 사람도 아직 아무도 없지요.

사람들은 날지 못합니다. 훔볼트가 말했다. 내 눈으로 직접 날아가는 사람을 본다 할지라도 나는 그것을 믿지 않을 겁니다.

그것이 학문입니까?

그래요. 훔볼트가 말했다. 그것이 바로 학문입니다.

배가 다시 만들어지고 봉플랑의 열이 가라앉은 뒤 그들은 출발했다. 작별할 때 군인은 훔볼트에게 스페인으로 돌아가면 자기가 다른 곳으로 갈 수 있도록 말 좀 해 달라고 부탁했다. 도저히 참을 수가 없습니다. 얼마 전에는 먹던 음식에서 거미 한 마리를 발견했습니다. 그는 두 손바닥을 나란히 놓았다. 이만했어요! 12년이나 됐습니다. 한 인간에게 이렇게 오랜 세월을 참으라고 해서는 안 되지요. 그는 희망에 부풀어 훔볼트에게 앵무새 두 마리를 선물하고 그들의 등 뒤에서 오랫동안 손을 흔들었다.

마리오가 옳았다. 강을 타고 내려가니 훨씬 빨랐다. 그리고 벌레들도 강 가운데에서는 그렇게 공격적이지 않았다. 잠시 후 그들은 예수회 교단에 도착했다. 세아 신부가 그들을 맞아 주면서 감탄했다.

당신들을 이렇게 빨리 다시 보게 되리라고는 기대하지 않았소. 정말 대단하군요! 도대체 식인종을 어떻게 다룬 겁니까?

식인종은 만난 적이 없는데요. 훔볼트가 말했다.

말도 안 됩니다. 세아 신부가 말했다. 그곳의 모든 종족은 식인종입니다.

글쎄요. 훔볼트가 이렇게 말하고는 이마를 문질렀다.

우리 선교단 주민들은 당신들이 출발한 이후 계속 불안해했소. 세아 신부가 말했다. 그들의 조상을 무덤에서 꺼내 왔다는 사실이 그들을 매우 화나게 했지요. 당신들은 전에 타던 배로 바꾸어서 바로 떠나는 게 좋을 겁니다.

폭풍우가 올 것 같다며 훔볼트가 반대했다.

폭풍우가 멎기를 기다릴 수는 없습니다. 세아 신부가 말했다. 상황이 심각합니다. 나는 아무것도 보증할 수가 없어요.

훔볼트는 잠시 생각에 잠겼다. 그리고 말했다. 당신 말을 따라야겠군요.

오후에 구름이 몰려왔다. 멀리 평지 위로 번개가 내리쳤고 그들은 지금까지 경험한 것 중 가장 심한 폭풍의 한가운데 들어와 있었다. 훔볼트는 돛을 내리고, 상자, 시체, 동물 우리 등을 바위섬에 내려놓으라고 했다.

비를 맞을 텐데. 훌리오가 말했다.

비는 누구에게도 해를 끼치지 않아. 마리오가 말했다.

비는 모든 사람에게 피해를 끼쳐. 카를로스가 말했다. 사람을 죽일 수도 있어. 이미 많은 사람들이 비 때문에 죽었는걸.

우리는 절대 고향으로 돌아가지 못할 거야. 훌리오가 말했다.

고향에 가는 게 뭐 대수로운 건가! 마리오가 말했다. 별로 마음에 드는 곳도 아니었는걸.

죽는 게 바로 고향에 돌아가는 거야. 카를로스가 말했다.

훔볼트는 배를 저쪽 강변에 밧줄로 묶어 두라고 지시했다. 배가 강변 쪽으로 출발했다. 바로 그 순간 해일이 일어나 강물이 불어나면서 배가 휩쓸려 갔다. 봉플랑과 훔볼트는 노가 날아가고 강물이 거품을 일으키며 그들의 시야를 가리는 것을 보았다. 잠시 후 배는 멀리에서 물 위로 반짝거렸다. 그러고는 네 명의 사공과 함께 사라졌다.

이제 어떻게 하지? 훔볼트가 물었다.

여긴 전에 와 본 적이 있는 곳이니 암석을 조사할 수 있을 겁니다. 봉플랑이 말했다.

폭포 아래로 동굴이 연결되어 있었다. 그들 머리 위로 폭포수가 쏟아져 내렸다. 천장의 구멍을 통해 물이 넓은 기둥으로 흘러내렸다. 기둥 사이에 서 있으면 비를 맞지 않을 수 있었다. 봉플랑이 쉰 목소리로 기온을 재 보자고 제안했다.

홈볼트는 기진맥진한 듯 보였다. 설명할 수는 없었지만 그는 여러 번 모든 것을 포기하고 싶었다. 그는 느릿느릿 기구를 다루었다. 지금 밖으로 나가야 해요! 언제 동굴이 물에 잠길지 몰라요!

그들은 급하게 밖으로 뛰어나왔다.

빗줄기는 더욱 강해졌다. 마치 양동이로 물을 들이붓듯 그렇게 비가 쏟아져서 그들은 함빡 젖었다. 신발은 물로 가득 차 저벅저벅 했고 바닥은 거의 발을 디딜 수 없을 정도로 미끄러웠다. 그들은 앉아서 기다렸다. 악어들이 물거품을 뚫고 미끄러져 헤엄쳐 갔다. 우리에서는 원숭이들이 비명을 지르며 문을 두드리고 창살을 잡아당겼다. 앵무새 두 마리는 젖은 손수건처럼 매달려 있었다. 한 마리는 걱정스러운 듯 놀란 눈을 하고 있었고, 다른 한 마리는 억제할 수 없는 공포를 서투른 스페인어로 중얼거렸다.

배가 돌아오지 않으면 어떻게 하지요? 홈볼트가 물었다.

돌아올 거요. 봉플랑이 말했다. 기다려 봅시다.

마치 하늘이 그들을 섬에서 씻어 내려고 작정한 듯 빗줄기는 더욱더 강해졌다. 수평선이 번개로 번쩍였다. 천둥이 강 저편의 바위에 부딪혀 그 메아리가 이어지는 메아리와 뒤섞였다.

상황이 좋지 않은 것 같군요. 홈볼트가 말했다. 우리는 온통 물에 둘러싸인 채 가장 높은 장소에 앉아 있습니다. 프랭클린의 번개 이론이 맞지 않기를 바랄 수밖에요.

봉플랑은 아무 말 없이 술병을 꺼내 들이켰다.

홈볼트가 말했다. 급류 속에 저렇게 많은 도마뱀이 산다는 것이 놀랍군요. 동물학의 가정과는 맞지 않는데요.

봉플랑은 다시 한 모금을 마셨다.

심지어 폭포를 거슬러 올라가는 물고기도 볼 수 있고요.

봉플랑은 눈썹을 높이 치켜세웠다. 천둥은 점점 큰 굉음이 되었다. 섬의 다른 쪽 끝에, 그들로부터 채 쉰 걸음도 떨어지지 않은 돌 위에 크고 시커먼 것이 앉아 있었다.

우리가 여기서 죽는다 해도 아무도 알지 못할 겁니다. 홈볼트가 말했다.

죽는다 하더라도 아무 상관 없어요. 봉플랑이 말하고는 빈 병을 던졌다. 죽는 건 죽는 겁니다.

홈볼트는 걱정스러운 눈길로 악어를 보았다. 우리가 다시 해안으로 돌아간다면 나는 형님에게 모든 것을 보내 버릴 겁니다. 식물, 지도, 일기, 수집품을 배 두 척에 나누어서 말입니다. 그러고 나서 코르디예라 산맥<sup>안데스 산맥</sup>으로 출발할 겁니다.

코르디예라 산맥으로요?

홈볼트는 고개를 끄덕였다. 나는 거대한 화산을 보고 싶어요. 암석수성론 문제는 단번에 해명되어야 하니까요.

그들이 얼마나 오래 기다렸는지 알 수가 없었다. 한번은 죽은 암소가 떠내려갔고 그다음에는 피아노 뚜껑이, 그다음에는 장기판과 부서진 흔들의자가 떠내려갔다. 홈볼트는 조심스럽게 시계를 꺼내 잘 들리지 않는 재깍재깍 소리에 귀를 기울였다. 그리고 방수포 덮개를 통해 시계바늘을 확인했다. 그들은 벌써 열두 시간 이상 꼼짝 않고 거기 앉아 있었던 것이다. 아니면 비가 단순히 강과 숲, 하늘만이 아니라 시간 자체도 뒤죽박죽으로 만들어 버리고 몇 시간을 깨끗이 휩쓸어 가서 정오를 자정으로 만들고, 다시 다음 날 아침과 묶어 버렸거나. 훔볼트는 팔을 무릎 아래로 집어넣었다.

훔볼트가 말했다. 가끔은 내가 여기서 이러고 있다는 사실이 놀라워요. 광산 감독을 했으면 어울렸을 텐데 말입니다. 저택에 살면서 아이를 낳고 일요일이면 순록을 사냥하고 한 달에 한 번 바이마르에 놀러 갔을 텐데. 그런데 지금 나는 여기 앉아 있어요. 홍수가 일어난 낯선 별 아래에서 오지 않을지도 모르는 배를 기다리면서.

봉플랑은 그것이 실수라고 생각하느냐고 물었다. 저택, 아이, 바이마르. 이런 것도 중요한 일이잖소!

훔볼트는 비를 맞아 쓸모 없는 누더기가 되어 버린 모자를 벗었다. 박쥐 한 마리가 숲에서 나와 태풍에 휩쓸리고 비에 눌리며 몇 번 퍼덕거리더니 물에 떠내려갔다.

그런 생각은 해 본 적이 없소.

단 한 순간도 안 해 봤다고요?

훔볼트는 몸을 앞으로 숙이고 악어를 살펴보았다. 그는 곰곰이 생각했다. 그리고 머리를 가로저었다.

# 별들

가우스는 유성이 언제 어디서 나타날 것인지를 예고했지만 아무도 믿지 않았다. 그런데 상당히 큰 유성이 가우스가 예고한 날짜와 시간에 정확하게 나타나자 그는 단박에 유명 인사가 되었다. 천문학은 대중적인 학문이었다. 왕들이 관심을 많이 보였으며 장군들은 천문학의 발전을 추구했고 군주들은 새로운 발견을 위해 상금을 고시했다. 신문은 마스켈라인, 메이슨, 딕슨, 피아치에 관해 그들이 마치 영웅이라도 되는 듯 보고했다. 수학의 지평선을 영원히 확장한 사람은 그저 호기심의 대상이었지만 별 하나를 발견한 사람은 성공한 사람이 되는 것이었다.

공작이 말했다. 이제 알았겠지? 자네는 이제 성공한 거야.

무슨 대답을 해야 할지 생각이 나지 않은 가우스는 아무 말 없이 절을 했다.

그리고 공작은 습관적으로 뜸을 들인 후에 물었다. 그 밖에 다른 일은 없는가? 개인적인 일은? 결혼한다는 소식을 들었는데.

그렇습니다. 가우스가 말했다.

접견실이 바뀌었다. 유행이 지나 버린 게 분명한 천장 거울은 금박을 입힌 잎 모양의 장식으로 대치되었으며 촛불의 수도 줄어 채 몇 개가 안 되는 수만이 타고 있었다. 공작 역시 달라 보였다. 그는 늙었다. 눈꺼풀이 처졌고 뺨이 툭 튀어나왔으며 무거운 몸이 고통스럽게 그의 무릎을 내리 눌렀다.

무두장이의 딸이라고 하던데?

맞습니다. 가우스가 대답했다. 그리고 웃으면서 이렇게 덧붙였다. 전하. 이 무슨 말도 안 되는 호칭인가! 이 장소는 또 어떻고! 그는 무례해 보이지 않도록 정신을 차려야 했다. 그는 공작을 좋아했다. 그는 나쁜 사람이 아니었다. 그는 사물을 제대로 파악하려고 노력했으며 대부분의 다른 사람과 비교해 볼 때 어리석다고 말할 수도 없었다.

공작이 말했다. 결혼이란 한 가족을 부양해야 하는 거네.

그것은 부정할 수 없는 사실이지요. 가우스가 말했다. 그래서 저는 세레스성화성과 목성 사이의 소행성에 전념하고 있습니다.

공작은 이맛살을 찌푸리면서 그를 쳐다보았다.

가우스는 한숨을 쉬었다. 그리고 천천히 힘주어 말했다. 사람들은 그 소행성에 세레스라는 이름을 붙였지요. 피아치가 그 행성을 맨 처음 발견했고 제가 그것의 회전궤도를 측정했습니다. 저는 오로지 결혼 계획 때문에 그 문제에 전념했습니다. 좀 더 실용적인 일을 해야 한다는 것을 알고 있기 때문에 평범한 사람들도 이해할 수 있는 문제에 전념하고 있습니다. 그는 잠시 주저했다. 수학에 관심이 없는 사람들도 이해할 수 있는 일 말입니다.

공작은 고개를 끄덕였다. 가우스는 공작을 똑바로 보아서는 안 된다는 것을 기억하고는 눈을 내리깔았다. 그는 공작이 언제쯤 그의 제안을 꺼내 놓을 것인지 생각하고 있었다. 항상 지루하고 힘들게 오고 가는 말들. 이런 식의 우회적이고 불필요한 말들. 쓸데없는 이야기로 버려지는 아까운 시간들!

그런 의미에서 제안을 하나 하겠소. 공작이 말했다.

가우스는 눈썹을 위로 치켜세웠다. 처음 듣는 소리라는 시늉을 하기 위해서였다. 그는 그것이 몇 시간 동안 공작을 설득했던 치머만의 생각임을 알고 있었다.

브라운슈바이크에 아직 천문대가 없다는 사실을 알고 있는지.

이제야 본론이 나오는군요. 가우스가 말했다.

뭐라고?

알고 있습니다.

이 도시에도 천문대가 하나 있어야 하지 않겠소? 그러니 나이는 비록 어리지만 가우스 박사가 천문대의 초대 관장이 되어 줘야겠소. 공작은 두 손을 허리에 댔다. 활짝 웃는 그의 얼굴에 주름이 잡혔다. 놀라운 소식 아니오?

저는 거기에 교수 직함을 원합니다. 가우스가 말했다.

공작은 아무 말도 하지 않았다.

가우스는 교수 직함을 원한다고 한 음절 한 음절을 강조하면서 다시 말했다. 헬름슈테트 대학에 임용될 수 있게 해 주십시오. 월급을 양쪽에서 받고 싶습니다.

공작은 몸을 앞으로 내밀었다가 뒤로 젖히며 뭐라 웅얼거렸다. 그리고 금박을 입힌 천장을 올려다보았다. 가우스는 그사이 소수 몇 개를 세고 있었다. 그는 벌써 수천 개의 소수를 알고 있었다. 소수를 산출하는 어떤 공식도 발견될 수 없으리라는 것을 그는 확신했다. 수십만을 센다면 소수 출현의 확률을 점근선적으로 측정할 수는 있었다. 한순간 너무 집중하는 바람에, 공작이 군주와는 거래를 하는 게 아니라고 말했을 때 그는 몸을 움찔했다.

저도 공작님과 거래를 하고 싶은 생각은 없습니다. 가우스가 말했다. 그런 제안이 베를린에서도 있었고 페테르부르크 학회에서도 있었다는 것을 말씀드릴 뿐입니다. 저는 항상 러시아에 관심이 많았습니다. 그리고 이미 여러 번 러시아어도 배우려고 했었지요.

공작이 말했다. 페테르부르크는 상당히 먼 곳이오. 베를린 역시 가깝지 않고. 모든 것을 고려한다면 여기 이곳이 가장 가까운 곳일 텐데. 다른 도시는 모두 고향이라고 할 수 없지요. 괴팅겐조차도 말이오. 나는 당신처럼 공부를 많이 한 학자가 아니오. 내 생각이 틀린 거라면 고쳐 주시오.

맞는 말씀입니다. 가우스는 시선을 바닥에 떨어뜨리며 말했다. 공작님 말씀이 다 옳습니다.

설사 고향에 대한 사랑이 없는 사람이라도 적어도 여행이 힘들다는 것은 알 겁니다. 고향이 아닌 다른 곳에 가면 모두 처음부터 다시 마련해야 합니다. 번거로운 일이지요. 이사하는 데도 돈이 들고 또 아주 성가신 일입니다. 게다가 고향에는 늙은 어머님이 계실 수도 있는데 말입니다.

가우스는 얼굴이 빨개졌음을 느꼈다. 누군가 어머니에 관한 말을 꺼내면 항상 그랬다. 부끄러움 때문이 아니라 그가 어머니를 너무 사랑하기 때문이었다. 그럼에도 그는 헛기침을 하고 거듭 말해야 했다. 사람이 항상 편한 대로 할 수만은 없습니다. 가족이 있는 사람은 돈이 필요하고 그러니 돈을 벌 수 있는 곳으로 가야지요.

합의를 봅시다. 공작이 말했다. 교수 직함은 가능하지만 양쪽에서 월급을 받는 것은 곤란하오.

월급 때문에 교수 직함을 원한다면요?

그런 건 직업을 명예롭게 여기는 태도가 아니지. 공작이 냉정하게 말했다.

가우스는 자신이 도가 지나쳤음을 알았다. 그는 절을 했고 공작은 그에게 나가라는 손짓을 했다. 하인이 그의 등 뒤에서 문을 열어 주었다.

궁정에서 서면상의 제안이 오기를 기다리는 동안 그는 궤도 계산 방법을 찾는 일에 전념했다. 그는 요하나에게 말했다. 별의 궤도는 어떤 운동이 아니라 모든 물체가 진공 속에 있는 하나의 물체에 행사하는 영향력의 필수불가결한 결과이다. 그래서 어느 물체를 공중에 내던지면 종이 위에, 그리고 공간 속에 만곡을 이루며 한 치도 어긋남 없이 똑같이 생기는 선이 궤도이다. 그것이 중력의 수수께끼이며 모든 물체의 강인한 인력이다.

물체의 인력. 그녀가 따라 하고는 부채로 그의 어깨를 쳤다. 그는 그녀에게 키스하려 했지만 그녀는 웃으면서 뒤로 비켜섰다. 그는 왜 그녀가 마음을 바꿔 청혼을 받아들였는지 한번도 묻지 않았다. 그녀의 두 번째 편지 이후로 그녀는 모든 것이 당연한 일인 양 행동했다. 그리고 그는 자신이 이해할 수 없는 사건이 존재한다는 것이 마음에 들었다.

결혼식 이틀 전에 그는 니나를 마지막으로 만나기 위해 괴팅겐으로 갔다.

결국 결혼하는군. 니나가 말했다. 당연히 내가 아니라 다른 사람이랑 말이야.

그렇지. 그는 대답했다. 물론 네가 아니지.

그녀는 자신을 사랑하지는 않았던 거냐고 물었다.

그는 그녀의 옷을 벗기면서 조금은 사랑했다고 대답했다. 그리고 모레가 되면 자신이 요하나와 잘 거라는 사실이 믿기지 않는다고 말했다. 하지만 다른 약속은 지킬 거야. 러시아어를 배울 거거든. 그녀가 그것은 아무 의미가 없으며 자기와 같은 직업을 가지고 있으면 감상적이 된다고 말하며 눈물을 흘리는 것이 그는 당황스러웠고 마음에 들지 않았다.

돌아오는 길에 아무것도 없는 들판에서 그가 갑자기 멈춰 서자 말은 신경질적으로 씩씩거렸다. 세레스의 섭동에서 목성의 질량을 어떻게 측량할 수 있는지가 갑자기 명확하게 떠올랐다. 그는 목이 아플 때까지 밤하늘을 올려다보았다. 얼마 전까지만 해도 밤하늘에서는 단순히 반짝이는 점들만이 보였다. 그러나 이제는 별자리를 구별할 수 있었다. 그것들 중의 어떤 것이 바다에서 방향을 잡는 데 중요한 위도를 가르쳐 줄 수 있는지 알았고 그들의 궤도, 사라지고 다시 나타나는 주기를 알았다. 단지 돈이 필요했기 때문에 시작한 일이었지만 어느새 별들은 그의 직업이 되었고 그는 별을 읽는 사람이 되었다.

결혼식에는 손님이 많지 않았다. 나이 들어 허리가 많이 굽은 아버지, 어린아이처럼 훌쩍거리는 어머니, 마르틴 바르텔스와 치머만 교수, 그리고 요하나의 가족, 그녀의 못생긴 여자 친구인 미나와 왜 그의 결혼식에 파견되었는지 몰라 어리둥절해 보이는 궁정의 비서. 소박하게 준비한 음식을 먹는 동안 가우스의 아버지는 어떤 경우에도 절대 몸을 구부려서는 안 된다고 말했다. 그다음에 치머만이 일어나 한마디를 한 후 주위를 둘러보며 사랑스럽게 웃고는 다시 앉았다. 바르텔스가 가우스를 툭 쳤다.

그는 일어나서 침을 한 번 삼키고 말했다. 나는 행복 같은 것을 발견하게 되리라고는 기대하지 않았습니다. 그리고 근본적으로 나는 지금도 그것을 믿지 않습니다. 나에게는 이것이 계산상의 실수, 누구도 알아채지 못 했으면 하는 실수와 같습니다. 그는 다시 자리에 앉았다. 사람들이 당황한 시선으로 쳐다보았다. 그는 작은 소리로 요하나에게 자신이 말을 잘못 한 게 있느냐고 물었다.

왜요. 그녀가 대답했다. 나는 항상 내 결혼식에서 바로 이런 연설을 듣기를 꿈꿔 왔어요.

한 시간 후 마지막 손님들도 떠나자 그와 요하나는 집으로 돌아갔다. 그들은 거의 말을 하지 않았다. 갑자기 그들은 서로에게 낯설어졌다.

침실에서 그는 커튼을 치고 그녀에게 다가갔다. 그녀가 뒤로 물러서려는 것을 감지하고 부드러운 손으로 꼭 붙잡아 그녀의 옷끈을 풀기 시작했다. 불빛 없이 어두운 데서 하기엔 쉬운 일이 아니었다. 니나는 항상 끈을 쉽게 풀 수 있도록 옷을 입고 있었다. 시간이 오래 걸렸다. 요하나의 옷은 아주 뻣뻣했고 끈이 너무 많았다. 아직도 끈을 풀지 못하고 쩔쩔매고 있다는 것이 스스로도 믿기지 않았다. 마침내 그는 성공했다. 옷이 아래로 흘러내렸고 벌거벗은 그녀의 어깨가 어둠 속에서 하얗게 드러났다. 그는 그녀의 어깨에 팔을 둘렀고 그녀는 본능적으로 가슴을 손으로 가렸다. 그가 그녀를 침대로 데리고 갈 때 그녀는 저항했다. 그는 그녀의 페티코트를 어떻게 처리해야 할지 곰곰 생각해 보았다. 겉옷을 벗기는 것만으로도 너무 힘들었다. 왜 여자들은 쉽게 벗길 수 있는 옷을 입지 않을까. 그가 걱정하지 말라고 속삭였다. 그녀는 걱정하지 않는다고 말하면서 한번에, 그가 예상하지 못한 정확성을 가지고 그의 허리띠를 풀러 그를 놀랬다. 그는 해 본 적이 있느냐고 물었다. 그녀는 그 말이 무슨 뜻이냐고 물으면서 웃었다. 그리고 다음 순간 그녀의 페티코트가 바닥으로 떨어졌다. 그녀가 잠시 주저하자 그는 그녀를 안았다. 그들은 나란히 누워서 숨을 거칠게 몰아쉬었다. 그리고 각자 다른 사람의 심장 고동이 안정되기를 기다렸다. 그는 손으로 그녀의 가슴을 거쳐 배를 더듬어 내려가면서 어쩐지 미안한 마음이 들었지만 그대로 감행하기로 결정했다. 그때 동그란 달이 운무에 싸인 채 커튼 사이로 창백하게 나타났다. 그리고 그는 하필 그 순간 항성 궤도의 측정 오차를 어떻게 근사치로 교정할 수 있을지 떠오른 것이 부끄러웠다. 그는 그것을 메모하고 싶었지만 그녀의 손이 그의 등 뒤를 기어오르고 있었다. 그녀는 이런 기분일 줄은 상상도 못 했다고 두려움과 호기심이 뒤섞인 목소리로 말했다. 또 다른 존재가 우리와 함께 있는 것 같아요. 그는 그녀 위에서 어쩔 줄을 몰라 했다. 그리고 그녀가 놀랐다는 것을 감지한 순간 잠시 기다렸다. 그러자 그녀가 다리로 그의 몸을 감았다. 그럼에도 그는 용서를 구하고 일어나 책상으로 갔다. 펜에 잉크를 묻힌 뒤 불도 켜지 않고 적었다. 관측값과 예측값의 오차 제곱의 합→최소치. 그것은 너무 중요해서 잊어버리면 안 되는 것이었다. 그녀가 말하는 소리가 들렸다. 정말 믿을 수도 없고 믿고 싶지도 않네요. 내가 직접 보고 있는 지금 이 순간에조차도. 그는 이미 메모를 끝냈다. 침대로 돌아오다가 침대 기둥에 발을 부딪혔다. 그다음 순간 그는 그녀가 자기 몸 아래에 있는 것을 알았다. 그녀가 그를 끌어안았을 때 그는 자신이 이 순간을 얼마나 두려워했는지 깨달았다. 그리고 서로에 관해 아무것도 모르는 두 사람이 이런 상황에 빠졌다는 것이 놀라웠다. 그럼에도 금세 무엇인가가 달라졌다. 그는 더 이상 부끄러움을 느끼지 않았다. 아침이 되었을 때 그들은 항상 함께 지내 온 것처럼 서로에 대해 잘 알게 되었다.

행복이 사람을 바보로 만드나? 몇 주 뒤 『산술에 관한 논고』를 뒤적거리는데 그는 자신이 이 책을 썼다는 사실이 이상하게 느껴졌다. 자신이 썼던 추론을 이해하기 위해 정신을 집중해야 했다. 그는 자신의 지능이 평균 수준으로 내려간 건지 곰곰 생각해 보았다. 천문학 연구는 수학 연구보다 험한 일이다. 천문학 문제는 사고만으로는 해결할 수가 없다. 누군가 망원경을 통해 눈이 아플 때까지 쳐다봐야 한다. 그리고 다른 사람이 측정한 결과를 피곤할 정도로 긴 표에서 확인해야 한다. 브레멘에서는 베셀 씨가 그를 위해 이 일을 해 주었다. 그의 유일한 재능은 절대 혼동하지 않는다는 것이다. 천문대 관장으로서 가우스는 조수를 채용할 권리가 있었다. 아직 천문대의 주춧돌조차 놓이지 않았지만.

그는 여러 번 접견을 시도했지만 공작은 항상 바빴다. 그는 분노의 편지를 썼지만 아무 답장도 받지 못했다. 그는 두 번째 편지를 보냈다. 그것에도 아무런 반응이 없자 그는 아예 접견실 앞에 앉아서 기다렸다. 헝클어진 머리에 단정하지 못한 제복을 입은 비서는 그를 집으로 돌려보냈다. 거리에서 그는 치머만을 만났고 격하게 불만을 토로했다.

교수는 그를 유령 보듯 보더니 전쟁이 일어난 것을 진짜 모르느냐고 물었다.

가우스는 주위를 둘러보았다. 거리는 햇볕 속에 고즈넉이 놓여 있었다. 빵 굽는 사람이 빵 바구니를 들고 지나가고 교회 지붕 위에서 풍향계의 양철이 희미하게 반짝였다. 라일락 향이 풍겼다. 전쟁이라고요?

그는 몇 주일 전부터 신문을 전혀 읽지 않았다. 모든 것을 보관하는 습관이 있는 바르텔스의 집에 가 그는 철 지난 잡지 더미 앞에 앉았다. 거기서 카하마르카 고원에 관한 알렉산더 폰 훔볼트의 보고서를 보고는 화가 났다. 도대체 이 녀석이 가 보지 못한 곳은 어디란 말인가? 그가 전쟁 소식을 찾아 읽고 있는데 마차 바퀴의 덜거덕거리는 소리가 시끄럽게 들려왔다. 총검, 기사의 투구, 창의 행렬이 30분이나 이어졌다. 바르텔스는 숨을 헐떡이며 집으로 돌아와서는 마차에 공작이 누워 있다고 말했다. 예나에서 총에 맞아 짐승처럼 피를 흘리며 죽어 가고 있다는 것이었다. 모든 것이 끝났다.

가우스는 신문을 접었다. 그럼 이제 집에 가 봐야겠군요.

그 사실을 누구에게도 말할 수 없었지만 그는 보나파르트라는 사람에게 관심이 있었다. 그는 편지 여섯 장을 동시에 받아쓰게 한다고 했다. 과거에는 고정시킨 컴퍼스로 원을 분할하는 문제에 관해 탁월한 논문을 작성한 적도 있다고 했다. 그는 아주 설득력 있게 전쟁에서 이겼다고 주장함으로써 전쟁에서 승리한 최초의 인물이다. 그는 다른 사람보다 더 빠르고 더욱 철저하게 생각했다. 그것이 이

일에 관해 말할 수 있는 전부였다. 가우스는 나폴레옹이 자신에 관해 혹시 알고 있지 않을까 생각해 보았다.

천문대와 관련된 건은 곧 무산될 거요. 그는 저녁 식사를 하면서 요하나에게 말했다. 여전히 거실에서 하늘을 관찰하고는 있지만 수입이 전혀 없소. 괴팅겐에서 제안을 받아 둔 게 있소. 거기서도 천문대를 세우려 한다더군. 그곳에 가면 매주 어머니를 찾아뵐 수 있을 거요. 아이가 태어나기 전에 이사를 마칠 수 있을 것 같은데.

요하나가 말했다. 하지만 괴팅겐은 지금 프랑스에 속해 있잖아요.

괴팅겐이 프랑스에 속해 있다고?

그녀가 외쳤다. 어떻게 모든 사람들이 알고 있는 사건에 대해서 그렇게 모를 수가 있어요? 괴팅겐은 하노버에 속해 있고 하노버와 영국 왕가의 동군연합<sup>동일한 군주를 모실 뿐 각자의 주권을 유지하는 국가 간의 연합 관계</sup>은 프랑스의 승리로 깨졌어요. 그리고 나폴레옹이 하노버를 제롬 보나파르트가 통치하는 새로운 제국 베스트팔렌에 편입시켰지요. 베스트팔렌 관리들이 지금 누구에게 복종의 서약을 하고 있는지 알아요? 바로 나폴레옹이지요!

그는 이마를 문질렀다. 베스트팔렌이라. 그가 다시 말했다. 혼자 중얼거리면 더 명확해지기라도 하는 것처럼. 제롬. 그것이 우리와 무슨 상관이 있소?

독일과 관련이 있지요. 어디를 지지하느냐와도 관련이 있고요. 그녀가 말했다.

그는 어찌할 바를 모른 채 요하나를 바라보았다.

당신이 무슨 말을 할지는 이미 알고 있어요. 훗날 되돌아보면 어떤 쪽이든 상관없을 것이다, 지금은 그것을 위해 목숨이라도 바칠 것 같지만 나중에는 그런 것에 아무도 관심을 갖지 않을 것이다, 라고 말하려 했지요? 그런데 그렇다고 뭐가 달라지나요? 미래에 기대는 것은 일종의 비겁함이에요. 정말 미래에는 사람들이 더 현명해질 거라고 믿어요?

그렇소. 그가 말했다. 지금은 어쩔 수 없지만.

그러나 우리는 지금을 살고 있는 거잖아요!

유감스럽게도 그렇군. 그가 말했다. 그는 촛불을 끄고 망원경 쪽으로 가서 안개에 둘러싸인 목성의 표면을 응시했다. 아주 맑은 밤이어서 그는 전보다 더 정확하게 목성의 조그만 위성들을 볼 수 있었다.

그는 망원경을 파프 교수에게 선물했다. 그리고 그들은 괴팅겐으로 집을 옮겼다. 그곳에서도 무질서가 판을 쳤다. 밤에는 프랑스 군인들이 시끄럽게 돌아다녔다. 천문대가 세워져야 할 곳에는 아직 기초 공사도 시작되지 않았고 단지 양 몇 마리만 풀을 뜯고 있었다. 그는 도시 성벽 위에 있는 리히텐베르크 교수의 낡은 탑방에서 별들을 관찰해야 했다. 그리고 무엇보다 괴로운 것은 강의를 해야 한다는 것이었다. 젊은 사람들이 그의 집으로 왔다. 그가 뭔가를 가르치려고 노력하는 동안 그들은 의자를 흔들고 소파 쿠션을 더럽혔다.

그의 학생들은 그가 지금까지 만나 온 사람들 중 가장 미련했다. 아주 천천히 이야기해야 했기 때문에 그는 결론을 내기도 전에 자기가 무슨 말을 하려 했었는지 잊고 말았다. 아무 소용이 없었다. 그는 어려운 것들은 제쳐 놓고 시작 단계에 머물렀다. 그들은 아무것도 이해하지 못했다. 그는 차라리 울고 싶었다. 혹시 이 모자란 사람들에게는 외국어를 익힐 때 쓰는 것과 같은 어떤 특별한 어법을 사용해야 하는 것이 아닐까 하는 생각이 들었다. 그는 두 손으로 손짓을 하고 자신의 입 모양을 가리키며 마치 귀머거리들에게 가르치는 것처럼 정확한 발음의 형태를 지어 보이려 애썼다. 그러나 흰자위가 많은 눈을 가진 젊은 남자만이 시험에 합격했다. 그의 이름은 뫼비우스였고 유일하게 바보가 아닌 것처럼 보였다. 두 번째 시험에서도 그 학생만 혼자서 합격했다. 학장은 회의가 끝난 후에 가우스를 한 옆으로 데리고 가서 너무 엄격하게 가르치지는 말라고 부탁했다. 가우스가 거의 울고 싶은 기분이 되어 집에 왔을 때 반갑지 않은 손님들이 와 있었다. 의사, 산파, 그리고 그의 장인, 장모였다.

자네 너무 늦게 왔군. 장모가 말했다. 별만 쳐다보고 있었던 모양이지!

그럴 만한 망원경은 가지고 있지도 않은데요. 그가 기분 나빠하며 말했다. 그런데 무슨 일입니까?

사내아이라네.

무슨 사내아이요? 그는 장모의 눈빛을 보고 나서야 이해했다. 그는 장모가 자기를 절대 용서하지 않으리라는 것도 바로 알아챘다.

그 아이를 좋아하는 일이 유감스럽게도 그에게는 무척 힘들었다. 사람들은 자연스럽게 좋아질 거라고 말했다. 그러나 태어나고 나서 몇 주 후에 그가 어떤 이유에선지 요제프라는 이름을 지어 주었던 아이를 팔에 안고 작은 코와 혼란스러울 정도로 완벽한 발가락 열 개를 관찰했을 때 그는 동정심과 부끄러움 이외의 다른 어떤 감정도 느끼지 못했다. 요하나는 아이를 그에게서 빼앗고 걱정스러운 뉘앙스로 행복하냐고 물었다. 그는 물론이라고 대답하고는 망원경 쪽으로 갔다.

괴팅겐으로 이사를 온 뒤부터 그는 다시 니나를 찾았다. 그녀는 더 이상 젊지 않았지만 아내처럼 친근하게 그를 맞아 주었다. 왜 아직 러시아어를 배우지 않는 거예요? 그녀가 비난했다. 그는 미안하다며 곧 배우겠다고 약속했다. 그는 자기가 니나를 찾는 것을 요하나가 알아서는 절대 안 된다고 생각했다. 고문을 받더라도 절대 사실대로 말하지 않으리라고 다짐했다. 그는 그녀를 고통으로부터 보호할 의무가 있었지, 그녀에게 진실을 말할 의무는 없었다. 아는 것은 고통스러운 일이다. 그 고통으로부터 벗어나기를 바라지 않은 날은 하루도 없었다.

그는 천문학에 관한 저서를 쓰기 시작했다. 중요한 저서도, 『산술에 관한 논고』처럼 영원히 읽힐 책도 아니었다. 그러나 이 책에서 그는 이제까지의 그 어느 것보다도 더 정확하게 궤도를 측정하는 지침을 밝혔다. 그는 서둘러야 했다. 이제 겨우 서른 살이 되었음에도 불구하고 그는 자신의 집중력이 점점 떨어지고, 사람들이 답변하기 위해 취하는 것처럼 보이는 휴식 시간은 점점 짧아진다고 느꼈다. 그는 이를 여러 개 더 뽑았다. 그리고 시간이 가면 갈수록 산통이 그를 괴롭혔다. 의사가 매일 아침 파이프 담배를 한 대 피우고 자기 전에 온욕을 할 것을 권했다. 그는 자신이 오래 살지 못할 거라 확신했다. 요하나가 또다시 아이를 임신 중이라는 소식을 전했을 때 별로 기쁘지 않았다. 아이는 아버지 없이 자라야 할 것이 확실했다. 그는 이번에는 잘 처신했다. 아내가 출산하는 동안 걱정을 했고 출산을 마친 후에 마음을 놓았다. 그리고 요하나의 미련한 여자 친구 미나를 기념하기 위해 아이에게 빌헬미네라는 이름을 붙여 주었다. 몇 달 안 되어 그가 아이에게 계산하는 법을 가르쳐 주려 했을 때 요하나가 그것은 정말 너무 이르다고 말했다.

요하나가 또다시 임신했을 때 그는 마지못해 브레멘으로 갔다. 베셀과 함께 목성 일람표를 만들기 위해서였다. 출발하기 일주일 전부터 그는 잠을 잘 자지 못했으며 악몽을 꾸고 하루 종일 화가 난 채 기분이 나빴다. 브레멘으로 가는 길은 쾨니히스베르크로 가는 여행보다 더 힘들었다. 마차는 더 비좁았고 함께 여행하는 사람들은 더 지저분했으며 바퀴 하나가 부러졌을 때 마부가 저주를 퍼부으며 그것을 고치는 네 시간 동안은 진흙 속에 서 있어야 했다. 가우스가 완전히 지쳐 무거운 머리와 등의 통증을 느끼며 마차에서 내렸을 때 베셀이 그에게 세레스 섭동에서 목성 질량을 측량하는 법에 관해 물었다. 그것이 항구적인 궤도를 가지고 있습니까?

가우스는 얼굴이 빨개졌다. 그 일은 아직 끝내지 못했소. 대체 나더러 어쩌란 말이오. 나는 수백 시간을 거기 매달렸습니다. 그 문제는 상상할 수 없을 정도로 까다로워요. 그것은 정말 힘겨운 일인데 나는 이제 젊지도 않습니다. 그러니 나를 좀 내버려 둬요. 나는 어차피 오래 살지 못할 겁니다. 이런 잡동사니에 개입한 것이 실수였소만.

베셀이 작은 소리로 바다를 보러 가지 않겠느냐고 물었다.

원정은 안 갑니다. 가우스가 말했다.

아주 가까워요. 베셀이 말했다. 산책 정도에 불과한데요!

하지만 사실은 멀고도 힘든 여행이었다. 그리고 마차가 너무 심하게 흔들려서 가우스는 내내 멀미를 했다. 비가 내렸고, 창문은 꽉 닫히지 않았다. 그들은 속살까지 다 젖었다.

그래도 고생할 가치가 있어요. 베셀이 거듭 말했다. 바다는 한 번

봐야 하니까요.

봐야 한다고? 가우스가 그런 말이 어디 쓰여 있느냐고 물었다.

해안은 오물로 덮여 있었고 물 역시 지저분했다. 수평선은 좁아 보였으며 하늘은 낮았다. 바다는 마치 더러운 김을 피워올리는 수프 같았다. 차가운 바람이 불어왔다. 근처에서 무언가가 타고 있었다. 그 연기 때문에 숨쉬기가 힘들었다. 파도 위로 대가리가 잘린 닭 몸뚱이가 오르락내리락했다.

자, 됐지요. 가우스는 어두움 속에서 눈을 반짝였다. 이제 돌아갑시다.

하지만 베셀의 모험심은 끝을 몰랐다. 바다를 보는 것만으로는 충분치 않아요. 극장에도 가 봐야지요!

연극은 비싼데. 가우스가 말했다.

베셀이 웃었다. 교수님이야 어딜 가든 귀빈이지요. 저에게는 영광입니다. 개인 마차를 빌리면 눈 깜짝할 사이에 갈 수 있습니다!

여행은 고통스럽게도 나흘이나 걸렸다. 바이마르 여관의 침대는 너무 딱딱해서 가우스는 등통을 참을 수 없었다. 일름 강변의 덤불은 그를 졸게 했다. 궁정 극장은 너무 더워서 몇 시간 동안 앉아 있기가 고역이었다. 그곳에서는 볼테르의 작품을 공연하고 있었다. 한 남자가 다른 남자를 죽인다. 한 여자가 운다. 남자가 한탄한다. 다른 여자가 무릎을 꿇는다. 독백들이 이어진다. 번역은 아름다웠고 멜로디로 가득했다. 가우스는 그 작품을 연극으로 보느니 차라리 책으로 읽는 게 낫겠다고 생각했다. 하품을 하는데 뺨으로 눈물이 흘렀다.

정말 감동적이군요! 베셀이 속삭였다.

배우들은 손을 머리 위로 올려 흔들었다. 끊임없이 앞으로 나왔다 뒤로 들어갔다. 그리고 말하면서 눈을 굴렸다.

괴테는 오늘도 그의 특별석에 앉아 있을걸요. 베셀이 속삭였다.

가우스는 빛에 관한 뉴턴의 이론을 수정한 사람이 그 늙은이냐고 물었다.

사람들이 그들을 돌아보았다. 베셀은 자기 자리에 쪼그라든 채 연극이 끝날 때까지 아무 말도 하지 못했다.

극장 밖으로 나갈 때 깡마른 남자가 그들에게 말을 걸었다. 천문학자 가우스 씨가 맞습니까?

천문학자이며 수학자요. 가우스가 말했다.

그 남자는 자신을 프로이센의 외교관이라고 소개했다. 로마에 주재하고 있었는데 지금 베를린으로 가고 있습니다. 내무부에서 교육부 부장으로 채용될 겁니다. 앞으로 할 일이 많지요. 독일의 교육은 근본부터 개혁되어야 합니다. 저는 최상의 교육을 받았습니다. 이제 그것들 중 일부를 나누어 줄 기회를 발견한 겁니다. 그는 은 지팡이를 가지고 있었지만 그것에 의지하지 않고 꼿꼿이 서 있었다. 어쨌든 우리는 같은 대학의 교수이니 지인들도 비슷할 겁니다. 가우스 당신이 수학도 가르치고 있다는 사실은 몰랐네요. 훌륭하지 않았습니까?

가우스는 그가 무엇이 훌륭하다고 하는 건지 이해하지 못했다.

공연 말입니다.

글쎄요. 가우스가 말했다.

이해합니다. 이런 때에 무대에 올릴 작품은 아니죠. 좀 독일적인 것이 더 적당했을 겁니다. 하지만 괴테한테는 그런 말이 안 통한답니다.

가우스는 외교관에게 그의 이름을 다시 한 번 말해 달라고 부탁했다.

외교관은 기꺼이 그렇게 했다. 어쨌든 저는 학자입니다!

가우스는 호기심을 가지고 몸을 굽혀 인사했다.

고어를 연구하고 있습니다.

아, 그렇습니까. 가우스가 말했다.

실망한 것처럼 들리는데요. 외교관이 말했다.

언어학이라. 가우스는 고개를 흔들었다. 기분을 상하게 하려는 의도는 전혀 없습니다.

아닙니다, 아닙니다. 편하게 말씀하셔도 됩니다.

가우스는 어깨를 한 번 으쓱했다. 언어학은 수학에 필요한 꼼꼼함은 갖추었지만 지능은 갖지 못한 사람들을 위한 것입니다. 자기들의 논리라도 궁여지책으로 만들어 내는 그런 사람들을 위한 것이지요.

외교관은 아무 말도 하지 않았다.

가우스는 그에게 여행에 관해 물었다. 정말 여러 곳을 가 보셨다고 하더군요!

그 외교관은 퉁명스럽게 말했다. 그것은 제 동생입니다. 사람들이 종종 착각하곤 하지요. 그는 인사를 하고 종종걸음으로 그 자리를 떴다.

밤이 되었지만 등과 배의 통증 때문에 가우스는 잠들 수가 없었다. 그는 몸을 이리저리 굴리면서 낮은 소리로 자신의 운명을 저주했다. 바이마르와 베셀에 대해. 다음 날 꼭두새벽 베셀이 아직 일어나지도 않았을 때 그는 마차에 말을 매게 하고 마부에게 바로 괴팅겐으로 떠나자고 했다.

마침내 괴팅겐에 도착하자 그는 여행 가방을 손에 든 채로 복통이 일면 몸을 앞으로 굽혔다가 등이 뻣뻣해지면 뒤로 젖히기를 반복하면서 천문대 공사가 언제 시작될지를 대학 당국에 물었다.

현재로서는 장관으로부터 들은 바가 아무것도 없습니다. 관리가 말했다. 하노버는 먼 곳입니다. 상세한 것은 알 수가 없습니다. 지금은 전쟁 중이라는 사실을 잊으셨습니까?

가우스가 말했다. 군인들은 전함을 타고 항해를 해야 합니다. 그러기 위해서는 행성 지도가 필요한데 그것을 우리 집 부엌에서 만들 수는 없지 않습니까?

관리는 곧 소식을 주겠다고 약속했다. 덧붙여 말씀드리자면, 베스트팔렌 제국을 근본적으로 다시 측량할 계획이 있습니다. 교수님은 이미 측량사로 일한 적이 있고 해서, 이 사업을 지휘할 나머지 한 명의 성실한 계산가를 구하는 중입니다.

가우스는 입을 벌렸다. 그 남자에게 소리를 지르고 싶은 것을 있는 힘을 다해 참았다. 그는 다시 입을 다물고 인사도 없이 그 방을 나왔다.

그는 집으로 들어서며 이제 돌아왔다고, 당분간은 다시 나가지 않을 거라고 외쳤다. 그가 복도에서 장화를 벗을 때 의사, 산파 그리고 장모가 침실에서 나왔다. 아, 잘됐군. 이번에는 혼쭐나지 않아도 되겠군. 그는 활짝 웃으면서 과장되게 물었다. 벌써 낳았습니까? 사내아이입니까 여자아이입니까? 몸무게는 얼마나 되지요?

의사는 사내아이라고 대답했다. 그런데 사산입니다. 산모 역시 사망했습니다.

할 수 있는 것은 다 시도해 보았어요. 산파가 말했다.

그의 기억은 그 후에 일어난 일들을 오랫동안 제대로 보여 주지 못했다. 시간은 마치 앞으로도 가고 뒤로도 흐르는 것처럼 느껴졌다. 여러 개의 가능성이 열리고 다시 사라졌다. 어떤 기억은 그에게 요하나의 침대를 보여 주었다. 그녀가 잠깐 눈을 뜨고 그를 쳐다보았는데 그를 전혀 알아보지 못했다. 머리카락이 얼굴에 달라붙어 있었고 축축한 손에는 힘이 없었다. 갓난아이가 담긴 바구니는 의자 옆에 놓여 있었다. 또 하나의 기억은 그것과 달랐다. 그가 방으로 들어섰을 때 그녀는 벌써 의식이 없었다. 세 번째 기억에서 그녀는 이미 사망했고 그녀의 육체는 창백한 밀랍 같았다. 그리고 네 번째 기억에서 그는 그녀와 끔찍할 정도로 명확한 대화를 나누었다. 그녀는 자기가 죽을 것 같으냐고 물었다. 잠시 주저한 후에 그는 고개를 끄덕였다. 너무 오래 슬퍼하지 말라고 그녀가 부탁했다. 사람들은 모두 언젠가 한 번은 죽어요. 요하나가 죽은 지 엿새째 되는 날 오후가 되어서야 모든 기억들이 다시 짜 맞추어졌다. 그는 그녀의 침대 곁에 앉았다. 사람들은 복도에서 귓속말을 했다. 요하나가 죽었어.

그는 의자를 뒤로 밀고 다시 결혼해야 한다는 생각에 익숙해지려고 노력했다. 나에게는 아이들이 있다. 아이들을 어떻게 키워야 하는지 나는 모른다. 나는 살림도 할 줄 모른다. 하녀를 쓰려면 돈이 많이 든다.

그는 조용히 문을 열었다. 그렇다. 그는 생각했다. 모든 것이 지나감에도 불구하고 살아야 한다. 계획하고 관리해야 한다. 매일, 매 시간, 매 분. 마치 그것이 아직도 의미가 있는 것처럼 말이야.

어머니가 다가오는 발소리가 들리자 그의 마음이 약간 진정되었다. 그는 별을 생각했다. 모든 별의 운동을 한 줄로 요약한 짧은 공식을 생각했다. 그는 자신이 그 공식을 발견하지 못할 거라는 것을 처음 깨달았다. 점차 날이 어두워졌다. 그는 천천히 망원경이 있는 곳으로 걸어갔다.

# 산

바람이 점점 더 많은 눈송이를 몰고 오는 동안 에메 봉플랑은 어둠침침한 석유램프 아래에서 집에 보낼 편지를 쓰고 있었다. 지나온 몇 달을 생각하니 그는 반복할 가치가 없는 흔해 빠진 삶을 살아온 것 같았다. 오리노코 강을 지나온 것은 그가 직접 체험한 게 아니라 책 속에서 읽은 일처럼 느껴졌다. 뉴안달루시아는 선사 시대의 전설이며 스페인은 단어 하나에 불과했다. 그동안 몸은 좋아졌다. 며칠 전부터 열이 내렸다. 그가 훔볼트 남작의 목을 조르고, 때리고, 총을 쏘고, 불을 지르고, 독살하거나 돌 아래 묻는 꿈을 꾸는 일도 드물어졌다.

그는 생각에 잠겨 펜대를 물었다. 산 위로 조금 더 높이 올라간 훔볼트는 잠자는 노새에 둘러싸여 머리가 서리와 눈으로 덮인 채 목성의 위성들의 도움으로 위치 측정 계산을 하고 있었다. 그는 무릎을 꿇고 기압계 유리 실린더의 균형을 잡았다. 그 옆에서 안내인 세 명이 양모 모포를 두르고 자고 있었다.

봉플랑은 계속 편지를 썼다. 내일 우리는 침보라소로 출발하려고 합니다. 훔볼트 남작은 우리가 거기서 살아남지 못할 경우를 대비해서 작별 편지를 쓰라고 저에게 끈질기게 권했습니다. 유서도 한 장 못 남기고 죽는 것은 체면 상하는 일이니까요. 우리는 산에서 돌과 식물을 수집하게 될 겁니다. 여기 정상에도 우리가 모르는 식물들이 자라고 있습니다. 저는 지난 몇 달간 아주 많은 식물들을 잘라 보았습니다. 남작은 식물의 유형이 열여섯 가지 기본 유형밖에 없다고 주장합니다. 남작은 유형을 인식하는 데 아주 탁월합니다. 저에게는 무수히 많은 것처럼 보이는데 말입니다. 표본 대부분은 ─ 그중에는 매우 오래된 시체 세 구도 포함되어 있지요. ─ 하바나에서 프랑크푸르트로 가는 배에 실었습니다. 우리는 말린 식물 표본과 모든 기록을 다른 배에 실어 훔볼트 남작의 형님에게 보냈지요. 세 주 전인지 아니면 여섯 주 전인지 하루하루가 너무 빨리 지나가니 언제인지 정확하게 모르겠군요. 두 선박 중 하나가 물에 잠겼다는 소식을 들었지요. 훔볼트 남작은 그걸로 액땜을 했다고 생각하고는 우리의 작업은 이제 시작이라고 말했습니다. 저는 그 사고를 심각하게 받아들일 겨를이 없었습니다. 당시 저는 열이 너무 심해서 제가 어디에 있는지, 누구인지, 왜 여기에 와 있는지에 대해서도 잊을 정도였기 때문입니다. 시간의 대부분을 저는 악몽 속에서 파리와 기계 거미와 싸웠지요. 그때는 다시 생각하고 싶지도 않군요. 단지 물에 잠긴 배가 시체를 선적한 배가 아니기를 바랍니다. 아주 많은 시간을 그 시체들과 함께 보낸 탓에 강의 끝에 이르렀을 무렵에는 시체가 뱃짐이 아니라 말 없는 동료로 보였기 때문입니다.

봉플랑은 이마의 땀을 닦아 내고 황동 술병에서 술을 한 모금 벌

켁 들이켰다. 전에 가지고 있던 은 술병은 어디로 갔는지 사라지고 없었다. 그는 편지에 이렇게 썼다. 우리의 작업은 이제 시작입니다. 그는 그 문장이 두 번 들어간 것을 확인하고 한 문장을 지웠다. 우리의 작업은 이제 시작입니다! 그는 눈을 감았다 뜨고는 두 번째로 그 문장을 지웠다. 유감스럽게도 우리가 지나온 상세한 경로는 기술할 수가 없군요. 모든 것이 저에게는 불분명하고 단지 몇 장면만 기억이 나는데 그들 사이의 연관성을 파악하기가 어렵습니다. 예를 들면 하바나에서 남작은 악어 두 마리를 잡아 한 무리의 개 떼와 함께 가두었지요. 악어의 사냥 습관을 관찰하기 위해서였습니다. 개들의 울부짖음은 참기 힘들 정도였습니다. 마치 아이들의 울음소리처럼 들렸지요. 나중에는 그 방의 벽이 피로 물들어서 훔볼트 남작이 비용을 대고 새로 칠을 해 주어야 했습니다.

그는 다시 눈을 감았다 떴다. 그리고 한순간 자신이 어디 있는지 잊어버린 것처럼 놀라서 주위를 둘러보았다. 그는 기침을 하고 술을 또 한 모금 들이켰다. 카르타헤나 앞에서 우리 배는 거의 전복될 뻔했습니다. 막달레나 강의 모기들은 오리노코 강의 모기들보다 더 심하게 우리를 공격했습니다. 마침내 우리는 사라져 버린 잉카 민족이 만든 수천 개의 계단을 지나 코르디예라 산맥의 차가운 정상에 올랐습니다. 거기서는 보통 짐꾼들이 끌어 올려 주지만 훔볼트 남작은 그것을 거절했지요. 인간의 품위 때문이랍니다. 자존심이 상한 짐꾼들은 우리에게 주먹을 휘두를 것처럼 보였습니다. 봉플랑은 숨을 깊이 들이마셨다. 그러고 나서 자기도 모르게 낮게 한숨을 쉬었다. 산타페데보고타에서는 도시의 유지들이 우리를 맞아 주었습니다. 우리의 명성이 틀림없이 우리보다 앞서 그곳에 닿은 모양인데 이상하게도 남작에 대해서는 잘 알고 있었지만 에메 봉플랑에 대해서는 전혀 알지 못했습니다. 아마도 그것은 열병 때문인 듯합니다. 그는 잠시 멈췄다. 마지막 문장이 비논리적으로 보였기 때문이었다. 그는 그 문장을 지울까 생각했다. 그러나 그러지 않기로 했다. 그들은 모두 귀족 출신이었는데 남작이 기압계를 손에서 놓기 위해 일어섰을 때 웃음이 터져 나왔습니다. 그들은 남작처럼 유명한 사람이 키가 그렇게 작다는 것에 놀랐던 거지요. 우리는 생물학자 무티스의 집에서 묵었습니다. 남작은 계속해서 식물에 관한 이야기를 꺼냈고 무티스는 그런 주제는 모임에 적당하지 않다고 답변했지요. 저는 열이 날 때면 항상 무티스의 약초를 해열제로 사용했답니다. 무티스는 고원 출신의 인디언 여자를 하녀로 고용했지요. 나는 그녀와 ─ 봉플랑은 잠시 멈추고 다시 한 번 상당량의 술을 들이켜고 나서 이마를 문지르며 어둠 속에서 거의 보이지 않는 훔볼트의 모습을 살폈다. ─ 이런저런 것들에 관해 훌륭한 대화를 나눌 수 있었습니다. 그동안 남작은 광산을 시찰하고 지도를 그렸지요. 아주 훌륭한 지도입니다. 그 사실에 대해서는 의심치 않습니다.

　의지와는 상관없이 그는 고개를 몇 번 끄덕거렸다. 그러고 나서 계속 편지를 썼다. 노새 열한 마리를 끌고 우리는 강을 건너 운하를 따라 갔습니다. 비가 많이 왔기 때문에 바닥은 진흙과 가시투성이였습니다. 훔볼트 남작은 짐꾼들에게 업혀 갈 생각이 전혀 없었기 때문에 우리는 장화를 벗어 손에 든 채 맨발로 걸어야 했지요. 발에서 피가 흘렀고 노새들은 말을 듣지 않았습니다! 구역질과 어지러움 때문에 우리는 피친차 등반을 중단해야 했습니다. 훔볼트 남작은 혼자서라도 계속 올라가겠다고 했지만 그 역시 기절해 버렸지요. 어쨌든 우리는 계곡까지 돌아가야 했습니다. 남작은 정상에 올라가 본 적이 없는 안내자와 함께 다시 한 번 등반을 시도했지요. 아무도 강요하지 않는다면 이 나라 사람들은 절대 산에 올라가지 않을 겁니다. 세 번째 시도에서야 그들은 성공했습니다. 그리고 이제 우리는 이 산의 높이가 얼마인지, 안개의 온도는 몇 도나 되는지, 돌에는 어떤 이끼가 끼는지 알게 되었지요. 훔볼트 남작은 다른 어떤 것보다 화산에 관심이 많았습니다. 그것은 독일에 있는 그의 선생과 그가 신처럼 존경하는 바이마르의 어느 위인 때문입니다. 이제 마지막 일정인 침보라초에 가기만 하면 됩니다. 봉플랑은 술병을 다 비우고 모포 속으로 깊숙이 파고들었다. 그리고 황동 깔때기를 대고 땅바닥에서 무슨 소리가 나는지 귀를 기울이고 있는 훔볼트를 건너다보았다.

우르릉 소리가 들렸소. 훔볼트가 외쳤다. 지구 내부의 단층이 일어나는 소리요! 운이 좋다면 분출을 기대할 수도 있소.

그렇다면 좋겠네요. 봉플랑이 말했다. 그는 편지를 접어서 호주머니에 집어넣었다. 그리고 누운 채로 팔다리를 쭉 폈다. 얼어붙은 땅의 냉기가 뺨에 느껴졌다. 열이 내린 것 같았다.

언제나 그렇듯이 그는 바로 잠이 들었고 꿈을 꾸었다. 그는 파리에 있었다. 가을 아침, 비가 유리창을 부드럽게 두드렸다. 어렴풋이 보이는 여자가 그에게 물었다. 그가 정말 열대 지방을 통과하는 여행을 했다고 생각하느냐고. 그는 그렇지 않다고 대답했다. 했다면 기껏해야 한순간일 거라고. 그는 꿈에서 깨었다. 훔볼트가 그의 어깨를 흔들면서 왜 꾸물대고 있느냐고, 벌써 4시가 지났다고 말했기 때문이었다. 봉플랑은 일어났다. 훔볼트가 몸을 돌렸을 때 그는 훔볼트를 붙잡아 절벽으로 밀고 가서 있는 힘을 다해 절벽 끄트머리에서 넘어뜨렸다. 그때 누군가 그의 어깨를 흔들며 도대체 왜 꾸물대고 있느냐고 물었다. 벌써 4시다. 출발해야 한다. 봉플랑은 눈을 비비고 머리카락에서 눈을 털어 낸 다음 일어났다.

인디언 안내자는 잠에 취한 눈으로 그를 보았다. 훔볼트는 그들에게 봉인된 편지봉투를 건넸다. 형에게 보내는 작별 편지였다. 그는 오랫동안 편지를 다듬었다. 그가 돌아오지 않을 경우 다음번 예수회 선교단에 그 편지를 확실히 배달해 달라고 부탁했다.

안내자는 하품을 하면서 약속했다.

이것은 내 편지요. 봉플랑이 말했다. 편지봉투를 붙이지 않았으니 몰래 읽어도 좋소. 배달하지 않는다 해도 상관없고.

훔볼트는 안내자에게 적어도 사흘 동안은 기다리라고 지시했다. 그들은 지루한 듯 고개를 끄덕이고 양모 판초를 똑바로 끌어 올렸다. 그는 크로노미터와 망원경을 확인한 뒤 팔짱을 끼고 한동안 멍하니 어둠 속을 바라보았다. 그러더니 갑자기 출발했다. 봉플랑은 급하게 식물채집함과 지팡이를 들고 그를 쫓아갔다.

훔볼트는 자신의 어린 시절에 관해 이야기했다. 이렇게 기분이 좋은 게 얼마 만인지. 어렸을 적 나는 피뢰침을 만들고 숲 속으로 고독한 답사를 다녔소. 답사 후에 처음 잡은 딱정벌레를 정리해서 모아 놓았소. 그리고 헨리에테 헤르츠의 살롱. 그런 정서를 누리지 못한 사람들이 불쌍하게 느껴지는군.

봉플랑이 말했다. 나의 영혼은 이웃에 사는 여자아이를 통해 성숙해졌지요. 그녀는 모든 것을 허용했답니다. 그녀의 남자 형제들 앞에서만 조심하면 됐지요.

개가 머릿속에서 떠나지 않는군요. 훔볼트가 갑자기 말했다. 나는 여전히 죄책감에서 벗어날 수가 없소. 그놈은 내가 책임졌어야 했는데!

그 시골 소녀는 놀라웠어요. 채 열네 살도 되지 않았는데 아주 능숙했지요. 믿을 수 없을 정도로요.

하바나 개들의 경우는 좀 다르지요. 물론 그 개들에게도 미안하게 생각합니다. 그러나 그 일은 연구를 위한 거였고 덕분에 이제 우리는 악어의 사냥 습관에 관해 더 많은 것을 알게 되었소. 게다가 그 개들은 잡종이었소. 볼품없고 상당히 비루먹은 개들이었지요.

이제 그들이 접어든 곳부터는 식물이 눈에 띄지 않았다. 눈 위로 튀어나온 돌에 낀 황갈색 이끼가 전부였다. 봉플랑에게는 자신의 심장 박동 소리와 눈밭 위로 불어오는 바람 소리가 매우 크게 들렸다. 작은 나비 한 마리가 그의 앞으로 날아왔을 때 그는 매우 놀랐다.

훔볼트는 숨을 헐떡이면서 우르키호의 실각에 관한 소식을 언급했다. 유감스러운 일이지요. 아직은 소문에 불과하지만 장관이 왕비의 총애를 잃어버렸다는 징후가 점점 많이 나타나고 있다는군요. 그러니 노예 제도는 앞으로 몇십 년간 더 지속될 것 같소. 우리가 고향으로 돌아가면 나는 몇 가지 일에 관해 글을 쓸 것이오. 물론 이 지방 사람들은 좋아하지 않겠지만요.

눈은 점점 더 높이 쌓였다. 봉플랑이 눈에 미끄러지면서 산 아래쪽으로 밀려 내려갔다. 잠시 후 훔볼트도 마찬가지였다. 그들은 추위에 곱은 손을 보호하기 위해 숄을 둘렀다. 훔볼트는 자신의 가죽 신발 바닥을 관찰했다. 그가 생각에 잠겨 말했다. 발톱이 신발 바닥을 뚫고 밖으로 자라 있으면 좋으련만.

눈이 무릎까지 닿았다. 갑자기 안개가 그들을 휘감았다. 훔볼트는 자침의 편차를 측정하고 기압계로 고도를 쟀다. 내 생각이 옳다면 정상으로 가는 가장 빠른 길은 북동쪽으로 편평한 언덕을 지나 약간 왼쪽으로 방향을 튼 뒤 거기서 가파르게 위로 올라가는 길입니다.

북동쪽이라. 봉플랑이 따라 말했다. 안개 속에서는 정상이 어디고 계곡이 어딘지 알 수가 없지요.

저기요. 훔볼트가 이렇게 말하면서 결연하게 어느 곳인가를 가리켰다.

그들은 몸을 앞으로 숙인 채 갈라진 암벽의 기둥을 따라 걸어갔다. 순간적으로 보였다가 다시 사라지는 정상으로 눈 덮인 산등성이가 이어졌다. 그들은 걸어가면서 본능적으로 왼쪽으로 몸을 기울였다. 왼쪽에는 얼어서 반짝거리는 산비탈이 비스듬하게 서 있었고 오른쪽으로는 수직 협곡이 열려 있었다. 처음에 봉플랑은 슬픈 얼굴로 그들 옆에서 터벅터벅 걷고 있는 검은 옷차림의 남자에게 그다지 신경을 쓰지 않았다. 그런데 그 남자가 기하학적 형체로, 즉 웅웅거리며 들썩이는 벌집으로 변하자 오싹한 기분이 들었다.

봉플랑이 물었다. 왼쪽에 뭐가 있지 않나요?

훔볼트는 잠깐 옆을 바라보았다. 없는데요.

알겠습니다. 봉플랑이 말했다.

봉플랑의 코에서 피가 났기 때문에 그들은 기다랗고 편평한 돌 위에서 휴식을 취했다. 봉플랑은 그들 위에서 아주 천천히 어른거리는 벌집을 불안하게 흘겨보았다. 그는 기침을 하고 황동 술병에서 술을 한 모금을 마셨다. 코피가 그치고 그들이 다시 발걸음을 뗄 수 있었을 때에는 그의 마음이 조금 가벼워져 있었다. 훔볼트의 시계를 보니 그들이 출발한 지 이제 몇 시간밖에 되지 않았다는 것을 알 수 있었다. 안개가 너무 심해서 위와 아래를 분간할 수 없었다. 끊임없이 이어지는 흰 안개로 인해 모든 것이 똑같아 보였다.

이제 눈이 엉덩이까지 닿았다. 훔볼트가 비명을 지르면서 바람에 밀리더니 눈 속에 빠졌다. 봉플랑이 손으로 눈을 파서 그의 프로코트를 잡아 그를 밖으로 끌어냈다. 훔볼트는 옷에서 눈을 털어 내고 기구가 손상되지 않았는지 확인했다. 눈 밖으로 튀어나온 돌 위에 앉아 그들은 안개가 완전히 걷힐 때까지 기다렸다. 곧 태양이 안개를 뚫고 나타날 것이다.

믿음직한 친구. 훔볼트가 말했다. 감상적이 되고 싶지는 않지만 함께 긴 여정을 보내고 나서 이런 위대한 순간을 맞으니 이 말을 해야 할 것 같군요.

봉플랑은 귀를 기울였다. 그러나 훔볼트는 더 이상 아무 말도 하지 않았다. 훔볼트는 벌써 할 말을 잊어버린 것 같았다.

당신 기분을 깨고 싶지는 않지만요. 봉플랑이 말했다. 무언가 이상해요. 저기 우리 오른쪽으로, 아니요, 약간 더 가서요, 아니요, 왼쪽으로, 맞아요, 거기요. 솜으로 만든 별처럼 보이는 저 물체요. 집처럼 보이기도 하는군요. 그것이 나한테만 보이는 거라는 생각이 드는데요?

훔볼트는 고개를 끄덕였다.

봉플랑은 자신이 걱정해야 할 정도의 상황이냐고 물었다.

견해상의 문제지요. 훔볼트가 말했다. 아마 압력이 약해지고 공기가 달라졌기 때문일 겁니다. 대기 중에 전염병이 떠돌고 있는 건 아닐 거예요. 어쨌든 내가 의사는 아니지만요.

달리 누가 있겠소?

훔볼트가 말했다. 공기의 밀도가 위로 올라가면서 얼마나 낮아지는지 고려해 봐야 할 것 같소. 전체 수치를 산출해 보면 어떤 시점에서 무가 시작되는지 추론해 낼 수 있을 것이오. 아니면 낮아지는 비등점으로 인해 동맥의 피가 끓어오르기 시작하는 지점을 알아보든가. 나도 얼마 전부터 잃어버린 개가 보입니다. 그 개는 비루먹은 것처럼 보이고 다리 하나와 귀 하나가 없지요. 그 개는 눈 속에 빠지는 법이 없어요. 개의 눈은 아주 검고 생명이 없습니다. 보기 좋은 모습이 아니어서 나는 비명을 지르지 않기 위해 정신을 바싹 차려야 합니다. 그리고 우리가 게을렀던 나머지 그 개에게 이름도 붙여 주지 않았다는 생각이 떠나질 않네요. 그러나 이름은 필요 없었겠죠. 우리가 키운 건 그 녀석뿐이었잖아요?

다른 개는 키운 적이 없죠. 봉플랑이 말했다.

훔볼트는 조용히 고개를 끄덕이더니 계속 올라갔다. 눈에 덮여 보이지 않는, 바위 사이의 크레바스 때문에 그들은 천천히 걸어야 했다. 한번은 안개가 잠시 옅어지면서 그들 바로 옆에 있는 협곡이 나타났다 다시 사라졌다. 잇몸에 나는 피, 이건 아무것도 아니야. 우리는 부끄러워해야 해. 훔볼트가 누군가를 꾸짖듯 혼자 중얼거렸다.

봉플랑의 코에서 다시 피가 났다. 그의 손은 숄을 둘렀음에도 불구하고 아무 감각이 없었다. 그는 미안하다고 말하고는 무릎을 꿇고 구토를 했다.

그들은 가파른 벽을 조심스럽게 기어올라 갔다. 봉플랑은 빗속에서 오리노코 강의 바위섬에 갇혀 있던 그날을 떠올렸다. 우리가 어떻게 거기서 벗어났던가? 기억이 나지 않았다. 그가 훔볼트에게 물어보려던 바로 그때 훔볼트의 신발 아래서 돌 하나가 떨어져 내리더니 그의 어깨를 맞혔다. 너무 아파서 그는 암벽에서 떨어질 뻔했다. 그는 눈을 감고 얼굴에 눈을 문질렀다. 그랬더니, 여전히 윙윙거리는 벌집이 옆에 매달려 있긴 했지만, 기분이 훨씬 나아졌다. 하지만 그가 붙잡을 곳을 찾을 때마다 가파른 암벽은 뒤로 조금씩 물러섰다. 비바람에 시달린 암석에서 그를 경멸하는 듯한 지루한 표정의 얼굴들이 그를 보고 있었다. 다행히 안개 때문에 까마득한 절벽 아래는 보이지 않았다.

그가 외쳤다. 그 섬에서 우리가 어떻게 탈출했었죠?

훔볼트가 마침내 얼굴을 그에게 돌려 대답하기까지 너무 오랜 시간이 걸렸기 때문에 봉플랑은 자신이 질문을 했다는 사실조차 잊어버렸다. 나도 아무리 기억하려 해도 생각나지 않는군요. 도대체 어떻게 빠져나왔을까요?

가파른 암벽 위쪽으로 안개가 사라지고 있었다. 그들은 파란 하늘과 산의 정상이 서서히 드러나는 것을 보았다. 차가운 공기 속에는 산소가 매우 희박했다. 아무리 깊이 숨을 들이쉬어도 폐 속으로 들어가는 것은 아무것도 없는 것 같았다. 봉플랑은 자신의 맥박을 재 보았다. 그러나 매번 잘못 셌다. 그리고 마침내 포기했다. 그들은 협곡 위로 이어지는 눈 덮인 좁은 다리를 만났다.

앞을 봐요. 훔볼트가 말했다. 절대 아래를 내려다보면 안 돼요!

봉플랑은 바로 아래를 내려다보았다. 세상이 거꾸로 핑그르르 도는 것 같았다. 협곡의 바닥이 머리 위에서 닫히고 다리가 갑자기 아래로 튕겨지는 것 같았다. 그는 놀라서 지팡이를 잡았다. 다리군요.

그가 더듬거렸다.

계속 갑시다. 훔볼트가 말했다.

디딜 곳이 없어요. 봉플랑이 말했다.

훔볼트는 멈춰 섰다. 그 말이 맞았다. 눈 밑에 돌다리가 있을 거라 생각했는데 그게 아니었다. 그들은 공중에 떠 있는 다리 모양의 눈 위에 서 있었던 것이다. 그는 아래를 내려다보았다.

생각할 필요 없어요. 봉플랑이 말했다. 계속 가요.

계속 갑시다. 훔볼트가 미동도 하지 않고 반복해서 말했다.

계속 가는 거예요. 봉플랑이 말했다.

훔볼트가 다시 출발했다.

봉플랑은 한 발 앞에 다른 발을 살며시 갖다 댔다. 발아래서 눈이 빠지직거리는 소리를 몇 시간은 들은 것 같았다. 그와 절벽 사이에는 눈의 결정체밖에 없다는 것을 그는 알고 있었다. 파라과이의 고독 속에서 빈궁하게 살았던 그의 생애 마지막까지 그는 이 장면 장면들을 아주 상세하게 기억할 수 있었다. 섬유의 올이 풀린 것 같은 안개구름들, 맑은 공기, 그의 시야가 닿았던 가장 깊은 협곡. 그는 노래를 흥얼거리기 시작했다. 그러나 귀에 들리는 것은 그의 목소리가 아니었다. 그는 노래를 그만두었다. 협곡, 정상, 하늘과 빠지직거리는 눈. 그들은 아직 도착하지 못했다. 여전히 아니었다. 언제인지 모르지만 먼저 맞은편에 도착한 훔볼트가 그에게 손을 내밀었다.

봉플랑. 훔볼트가 그의 이름을 말했다. 그는 작아 보였다. 머리가 하얗게 세어 있었고 갑자기 늙어 보였다.

훔볼트. 봉플랑이 그의 이름을 말했다.

잠시 그들은 아무 말 없이 나란히 서 있었다. 봉플랑이 손수건을 코피가 흐르는 코에 대고 눌렀다. 붕붕거리는 벌집이 돌아가는 것이 흐릿하게 보이다가 점점 더 또렷이 보였다. 눈이 만들어 놓은 다리의 길이는 3.5미터, 기껏해야 4.5미터 정도였고 몇 초면 건널 수 있을 것 같았다.

발로 조금씩 디디어 보면서 그들은 암석 능선을 따라 갔다. 봉플랑은 자기 안에는 세 사람이 있다고 생각했다. 걸어가는 사람, 걸어가는 사람을 보는 사람, 아무도 이해할 수 없는 언어로 끊임없이 말하는 사람. 그는 시험 삼아 따귀를 때려 보았다. 조금 도움이 되었다. 몇 분 동안은 의식이 조금 또렷해졌다는 느낌이 들었다. 그러나 하늘이 있어야 할 그곳에 지금 땅바닥이 걸려 있으며 그들이 거꾸로, 즉 머리를 아래로 해서 아래쪽으로 내려가고 있다는 느낌에는 변함이 없었다.

이것도 의미는 있는 일이겠죠. 봉플랑이 큰 소리로 외쳤다. 어쨌거나 우리는 지구의 반대편에 와 본 거니까요.

그는 훔볼트의 답변을 알아들을 수가 없었다. 그의 안에 존재하는 동반자가 계속 웅얼거리는 바람에 그 소리에 묻혀 잘 들리지 않았기 때문이다. 봉플랑은 다시 노래하기 시작했다. 처음에는 첫 번째 동반자가, 그다음에는 다른 동반자가 함께 불렀다. 봉플랑은 그 노래를 학교에서 배웠다. 여기 지구의 반대쪽에서 이 노래를 아는 사람은 아무도 없을 것이다. 그 두 사람이 이 노래를 따라 부를 수 있다는 것은 그들이 정말 존재하는 사람들이며 사기꾼이 아니라는 증거였다. 그렇지 않다면 누가 그들에게 이 노래를 가르쳐 주었단 말인가? 이 생각도 어딘가 논리적이지 않았지만 그는 무엇이 논리적이지 않은지는 알 수 없었다. 게다가 자신이 생각하는 사람이고 다른 두 사람 중의 한 명이 아니라는 것을 보증할 수 없기 때문에 결국 그것은 아무 상관이 없는 일이기도 했다. 그의 숨소리는 짧고 컸다. 그의 심장이 뛰었다.

훔볼트가 갑자기 멈춰 섰다.

무슨 일입니까. 봉플랑이 흥분해서 외쳤다.

훔볼트가 그도 그것을 보았는지 물었다.

무엇을 말하는지 알지도 못하면서 봉플랑은 물론 봤다고 대답했다.

당신에게 물어볼 수밖에 없어요. 훔볼트가 말했다. 내 감각을 믿을 수가 없어요. 그 개가 계속 끼어들고 있소.

봉플랑이 말했다. 나는 그 개가 정말 싫었어요.

여기 이 협곡은 진짜 협곡이지요? 훔볼트가 물었다.

봉플랑은 아래를 내려다보았다. 그들의 발아래 대략 120미터 깊이의 협곡이 있었다. 그것을 건너야 한다. 정상이 거기서 멀어 보이지 않았다.

우리는 절대 넘어가지 못할걸요!

봉플랑은 놀랐다. 그가 아니라 그의 오른편에 있던 남자가 그렇게 말했기 때문이다. 그럼에도 그것이 타당한 말이었기 때문에 그는 그것을 반복해서 말했다. 우리는 절대 넘어가지 못할걸요!

절대로. 그의 왼쪽에 있던 남자가 못 박아 말했다. 날아가지 않는 이상 절대로.

훔볼트는 힘겹게 무릎으로 기어가서 기압계가 든 상자를 열었다. 그의 손이 너무 심하게 떨려서 기압계가 떨어질 뻔했다. 그의 코에서도 피가 흘러나와서 재킷 위에 떨어졌다. 여기서 실수하면 절대 안 돼. 그는 주문을 외듯 말했다.

물론이지요. 봉플랑이 대답했다.

훔볼트는 불을 붙이고 작은 냄비에 물을 데울 수 있었다. 기압계를 믿을 수가 없소. 내 머리도 마찬가지고. 그가 이야기했다. 비등점을 보고 고도를 측정해야겠소. 그는 눈을 가늘게 뜨고 정신을 그러모으느라 애쓰며 입술을 떨었다. 물이 끓자 그는 온도를 재고 계기를 확인했다. 그다음 필통을 꺼냈다. 종이 여섯 장을 구기고 나서야 그의 손은 숫자를 쓸 수 있을 정도로 말을 들었다.

봉플랑은 의심스러운 눈으로 협곡을 보았다. 하늘은 그들 아래 낮게 걸려 있고 표면이 거칠었다. 물구나무서는 건 어느 정도 익숙해질 수 있지만 훔볼트 당신이 그렇게 느리게 계산하는 것에는 익숙해질 수가 없네요. 봉플랑은 결과가 오늘 나올 수 있겠느냐고 물었다.

미안합니다. 훔볼트가 말했다. 정신을 차릴 수가 없군요. 제발 누군가 개를 좀 붙들어 맬 수 있다면!

봉플랑이 말했다. 나는 그 개가 정말 싫었어요. 그는 그 말을 한 것이 부끄러웠다. 그 말을 이미 한 번 했었기 때문이었다. 너무 곤혹스러워서 속이 메슥거릴 정도였다. 그는 몸을 앞으로 숙이고 다시 한 번 토했다.

끝났소. 훔볼트가 말했다. 우리는 지금 5,700미터 고도에 있는 거라고 당신에게 말할 수 있소.

할렐루야. 봉플랑이 말했다.

이제 우리는 세상에서 가장 높은 곳까지 올라와 본 사람이 되었소. 누구도 해수면으로부터 이렇게 멀리 떨어져 본 적은 없소.

그러면 정상은?

정상에 올라가든 못 올라가든 상관없이 이것이 세계 기록이오.

나는 정상에 오르고 싶어요. 봉플랑이 말했다.

이 협곡이 보이지 않소? 훔볼트가 소리를 질렀다. 우리는 둘 다 제정신이 아니오. 지금 내려가지 않는다면 우리는 절대 돌아가지 못할 거요.

그냥 우리가 정상에 올라가 보았다고 주장할 수도 있겠지요. 봉플랑이 말했다.

훔볼트가 말했다. 그 말은 못 들은 걸로 하겠소.

내가 말한 게 아니에요. 다른 사람이 했습니다!

아무도 진실을 확인할 수는 없을 테죠. 훔볼트가 생각에 잠겨 말했다.

그러니까요. 봉플랑이 말했다.

내 말은 그 말이 아닙니다. 훔볼트가 외쳤다.

무슨 말 말입니까? 봉플랑이 물었다.

그들은 어찌할 바를 모르고 서로를 보았다.

고도는 기록해 놓았소. 훔볼트가 말했다. 이제 암석 표본을 모아서 빨리 내려갑시다!

내려가는 길은 길었다. 눈다리 위로 건너왔던 협곡을 멀리 돌아가야 했다. 그러나 시야는 아주 맑았다. 그리고 훔볼트는 쉽게 길을 찾았다. 봉플랑은 그를 터벅터벅 쫓아갔다. 무릎에 이상이 있는 것 같았다. 마치 흐르는 물 속을 걸어가는 것 같았다. 그리고 시각적 굴절이 그의 다리를 아주 부담스러울 정도로 비뚤어져 보이게 했다. 손에 든 지팡이는 아무 소용이 없었다. 훔볼트를 따라가는 것 외에 달리 어떻게 할 수가 없었기 때문이다. 태양은 이미 낮게 걸려 있었다. 훔볼트는 조약돌 길에서 미끄러졌다. 그의 손과 얼굴이 쓸렸다. 외투가 찢어졌다. 그럼에도 기압계는 말짱했다.

통증이 유리한 점도 있군요. 그는 이를 깨물며 말했다. 순간적으로 눈앞이 맑아지네요. 개가 사라졌어요.

봉플랑이 말했다. 나는 정말 그 개를 싫어했어요.

우리는 오늘 안에 내려가야 합니다. 훔볼트가 말했다. 밤이 되면 추워질 겁니다. 우리는 제정신이 아닙니다. 여기서는 아마 살아남지 못할 겁니다. 그는 피를 뱉었다. 그 개가 그토록 싫었다니 정말 유감이군요. 나는 정말 그 개를 사랑했는데.

봉플랑이 말했다. 우리가 다시 정신을 차리고, 내일 모든 것을 고소증 탓으로 돌릴 수 있을 때 나는 당신이 저 눈다리 위에서 무슨 생각을 했는지 듣고 싶어요.

생각하지 말라고 나 자신에게 명령을 했었소. 훔볼트가 말했다. 그래서 나는 아무 생각도 하지 않았소.

정말 아무것도 생각하지 않았어요?

조금도 하지 않았소.

봉플랑은 점차 희미해져 가는 벌집 쪽으로 눈을 돌렸다. 그의 동반자 두 명이 도망을 갔다. 한 사람을 더 풀어 주어야 하는데. 아마 그럴 필요는 없을지도 몰라. 그가 나 자신이라는 의심이 드는데.

훔볼트가 말했다. 우리 둘은 세상에서 가장 높은 산에 올라갔소. 우리 삶에서 무슨 일이 일어난다 할지라도 그 사실은 변하지 않소.

완전히 정복하지는 못했어요. 봉플랑이 말했다.

말도 안 되는 소리!

산을 정복하려면 정상에 올라가야 합니다. 정상에 오르지 못한 사람은 그 산을 정복하지 못한 겁니다.

훔볼트는 말없이 피가 흐르는 손을 내려다보았다.

봉플랑이 말했다. 아까 다리 위에서 불현듯 내가 당신 뒤를 따라가는 것이 유감스럽다는 생각이 들었습니다.

아주 인간적인 생각이지요. 훔볼트가 말했다.

앞서 걷는 사람이 먼저 안전한 곳에 도달하기 때문이 아닙니다. 나에게 이상한 생각이 떠올랐어요. 내가 먼저 갔다면 그 다리를 건너자마자 내 안에 있는 무엇인가가 발길질을 해 그 다리를 무너뜨렸을 겁니다. 그러고 싶은 마음이 아주 간절했지요.

훔볼트는 아무 말도 하지 않았다. 그는 자기만의 생각에 빠진 듯 보였다.

봉플랑은 머리가 아팠고 다시 열이 오르는 것을 느꼈다. 그는 죽을 것같이 피곤했다. 그가 이날의 피로에서 완전히 회복되기까지는 오랜 시간이 걸릴 것이다. 그가 말했다. 먼 곳으로 여행을 한 사람은 많은 것을 경험합니다. 그중의 몇 가지는 자기 자신에 관한 거지요.

훔볼트는 무슨 말을 했느냐고 물었다. 유감스럽게도 아무 소리도 듣지 못했어요. 바람 때문에!

봉플랑은 잠시 아무 말도 하지 않았다. 중요한 말은 아니었어요. 그는 만족스럽게 말했다. 쓸데없는 소리죠.

자, 이제 지체할 이유가 없소. 훔볼트는 굳은 얼굴로 말했다.

두 시간 후에 그들은 기다리고 있던 안내자와 만났다. 훔볼트는 자기 편지를 돌려받고선 그것을 바로 찢었다. 이런 일은 지체해서는 안 됩니다. 아직 살아 있는 사람이 쓴 유서보다 더 황당한 것은 없기 때문이지요.

 나는 아무 상관 없소. 봉플랑은 이렇게 말하고는 아픈 머리를 붙잡았다. 내 편지는 그냥 가지고 있든지 버리든지 마음대로 하시오. 편지를 보내도 됩니다.

 그날 밤 훔볼트는 눈보라를 피하기 위해 모포 속에 몸을 웅크리고서 여러 장의 편지를 썼다. 그는 자신이 가장 높은 곳에 올라가본 인간이 되었다는 사실을 유럽에 알렸다. 그는 조심스럽게 모든 편지를 봉인했다. 그러고 나서 의식을 잃었다.

# 정원

늦은 저녁 가우스 교수는 어느 귀족 저택의 문을 두드렸다. 젊고 호리호리한 하인이 문을 열어 주더니 말했다. 폰데어오예추어오예 백작은 아무도 만나지 않으십니다.

가우스는 백작의 이름을 다시 한 번 말해 달라고 부탁했다. 힌리히 폰데어오예추어오예 백작이십니다.

가우스는 웃음을 참을 수가 없었다.

하인은 마치 소똥을 밟은 것 같은 얼굴을 하고 그를 보았다. 백작 나리의 성은 1,000년 전부터 이어 온 겁니다.

독일이 어느새 해학을 즐기는 나라가 되었군요. 가우스가 말했다. 나는 토지 측량 문제 때문에 왔습니다. 측량에 방해가 되는 것들을 제거해야 하는데, 국가가 백작 나리에게……. 그는 다시 웃음을 터뜨렸다. 국가가 백작 나리에게서 나무 몇 그루와 별 쓸모없는 숲을 매입해야 하게 돼서요. 이것은 금세 처리할 수 있는 절차상의 문제입니다.

아마도 그렇겠지요. 하인이 말했다. 하지만 오늘 저녁은 안 됩니다.

가우스는 자신의 더러운 신발을 내려다보았다. 그는 그것이 부끄러웠다. 좋소. 그러면 여기서 묵겠으니 방을 하나 준비해 주시오!

방이 없는데요. 하인이 말했다.

가우스는 벨벳 모자를 벗어 이마의 땀을 훔치고 옷깃을 손가락으로 만지작거렸다. 온몸이 땀으로 젖어 불쾌했다. 오해가 있는 모양인데 나는 청원하러 온 것이 아닙니다. 나는 국립측량위원회의 위원장입니다. 나를 이대로 돌려보낸다면 나는 수행원들과 함께 다시 올 겁니다. 내 말을 알아들었습니까?

하인은 한 걸음 뒤로 물러섰다.

내 말을 이해했느냐고요?

물론이지요. 하인이 말했다.

물론이지요, 교수님! 하인이 한 번 더 말했다.

나는 지금 백작을 만나고 싶습니다.

하인이 눈살을 몹시 찡그리는 바람에 그의 이마 전체에 주름이 졌다. 제가 말씀을 제대로 드리지 못했나 봅니다. 백작님은 이미 잠자리에 드셨습니다. 주무신다고요!

잠깐이면 됩니다. 가우스가 말했다.

하인은 머리를 흔들었다.

잠은 운명이 아닙니다. 자고 있으면 깨우면 됩니다. 내가 여기 오래 서 있으면 서 있을수록 백작이 잠자리에 드는 시간이 늦어질 텐데요. 그러면 내 기분도 더 나빠질 것 같고요. 나는 지금 정말 피곤합니다.

하인은 쉰 목소리로 자기를 따라오라고 했다.

그는 촛대를 들고 아주 빨리 걸었다. 마치 가우스로부터 도망가기라도 하는 것처럼. 평상시라면 그 정도 속도로 걷는 것쯤 힘들지 않았을 것이다. 그러나 가우스는 지금 발이 아팠다. 신발 가죽이 너무 딱딱했다. 양모 셔츠 속은 따끔거렸다. 목덜미에 느껴지는 화끈거림은 새로운 화상을 입었다는 증거다. 그들은 빛바랜 벽걸이들이 걸린 천장 낮은 복도를 지나갔다. 몸매가 아름다운 하녀가 요강을 들고 지나갔다. 가우스는 슬픈 눈으로 그녀를 뒤쫓았다. 그들은 계단을 내려갔다. 그리고 다시 올라갔다. 그리고 다시 내려갔다. 이런 구조는 방문객들을 아주 혼란스럽게 할 것이다. 추측건대 기하학적인 상상력이 없는 사람들은 종종 길을 잃을 것이다. 가우스는 자기들이 지금 현관문에서부터 대략 3.6미터 위, 12미터 서쪽으로 온 거라고 추측했다. 하인은 문을 두드리더니 안에 대고 몇 마디 말을 전했다. 그리고 가우스를 들어가게 했다. 한 늙은 남자가 나막신에 잠옷을 입고 흔들의자에 앉아 있었다. 그는 키가 컸고 뺨이 움푹 들어갔으며 매서운 눈초리를 하고 있었다.

폰데어오예추어오예 백작이오. 반갑소. 왜 웃는 거요?

웃지 않았는데요. 가우스가 말했다. 저는 나라에서 보낸 토지측량사입니다. 저는 웃는 법이 없는 사람입니다. 제 소개를 드리고 재워 주셔서 감사하다는 말씀을 전하고 싶었습니다.

백작은 그것 때문에 자기를 깨운 거냐고 물었다.

바로 그것 때문입니다. 가우스가 말했다. 편한 밤 보내십시오! 그는 만족스럽게 하인을 따라 또 다른 계단을 내려와서 탁한 공기로 가득 찬 복도를 따라 걸었다. 이 사람들은 이제 나를 절대 하인처럼 취급하지 않을 것이다.

그러나 그의 승리는 오래가지 않았다. 하인은 그를 끔찍하게 좁고 어두운 방으로 안내했다. 역한 냄새가 진동했으며 바닥에는 썩은 짚더미가 길게 놓여 있었다. 침대라고 놓여 있는 것은 나무 판때기 하나였고 녹슨 양동이에 담아 둔 물은 더럽기 그지없었다. 변소는 보이지 않았다.

내가 이런저런 경우를 당해 보긴 했지요. 가우스가 말했다. 두 주 전에는 어느 농부가 개집에서 자라고 하더군요. 그런데 그 개집이 이 방보다는 나은 것 같소.

그럴 수도 있겠지요. 벌써 방을 나서면서 하인이 말했다. 어쨌거나 다른 방은 없습니다.

가우스는 화를 삭이며 나무 판때기 위에 앉을 수밖에 없었다. 베개는 딱딱했고 불쾌한 냄새가 났다. 모자로 베개 위를 덮어 보았지만 소용이 없었다. 그는 오랫동안 잠을 이루지 못했다. 등은 아팠고 공기는 탁했다. 유령들이 나올까 무서웠다. 그리고 매일 밤 그렇듯이 요하나가 그리웠다. 그럴 때면 한동안 집중력을 잃기 쉬웠다. 그는 관할 구역 내의 숲을 돌아다니며 비틀린 나무를 사기 위해 농부들과 흥정을 했지만 오늘 오후가 되어서야 늙은 배나무를 본래 가격의 다섯 배나 주고 구입할 수 있었다. 그의 조수들이 굵은 배나무 줄기를 톱질해 쓰러뜨리고 그가 경위의로 오이겐이 보내는 발광 신호의 위치를 찾아낼 수 있기까지는 상당히 오랜 시간이 걸렸다. 물론 그 바보 같은 녀석이 애초에 잘못된 방향으로 신호를 보냈기 때문이었다! 그들은 내일 만날 것이다. 그는 거기서부터 최대 두 개의 직선거리만을 이용해 다음 교차점까지 가려면 어떻게 해야 하는지 고민해야 했다. 그것은 이제 그의 직업이 되었다. 천문학 책은 오래

전에 출간되었고 그는 대학에서 휴가를 받았다. 이 일은 보수가 좋았으며 조금만 머리를 굴리면 다양한 방식으로 약간의 부수입을 올릴 수도 있었다. 그는 그런 생각을 하면서 잠이 들었다.

다음 날 아침 악몽 때문에 일찍 잠에서 깼다. 그는 자신이 나무 침상 위에 누워 있는 것을 보았다. 그리고 나무 침상 위에 누워 있는 꿈을 꾸는 것도 보았다. 그 꿈속에서도 나무 침상에 누워 있는 꿈을 꾸었다. 그는 가슴이 답답해서 일어나 앉았고 이제 잠에서 깨야 한다는 것을 알았다. 그는 몇 초 후에 한 현실에서 다음 현실로, 다시 그다음 현실로 옮겨갔다. 어떤 현실도 바닥에 짚이 깔려 있는 더러운 방과 구석에 있는 양동이보다 더 나은 현실을 제공하지 않았다. 한번은 문가에 키가 크고 음침한 인물이 서 있었고, 한번은 죽은 개가 구석에 누워 있었다. 나무 가면을 쓴 아이 하나가 길을 헤맸다. 정확하게 살펴보기도 전에 그 아이는 다시 사라졌다. 마침내 진이 다 빠진 채 침대 가장자리에 앉아서 해가 떠 있는 아침 하늘을 바라보았을 때 그는 자신이 현실에서 한 발짝 비껴갔다는 느낌을 벗어던질 수 없었다. 그는 차가운 물을 얼굴에 끼얹고 오후에 만나게 될 오이겐을 생각했다. 오이겐에게 소리를 지르고 나면 기분이 좀 나아질 것 같다. 그는 옷을 입고 하품을 하면서 방에서 나왔다.

그는 오래된 그림들이 걸려 있는 방들을 통과했다. 진지한 사람들의 초상화. 서툰 솜씨로 그린 그림이었고, 색도 너무 두껍게 칠해져 있었다. 얼룩진 나무로 만들어진 가구들. 뿌얀 먼지. 그는 생각에 잠겨 거울 앞에 섰다. 거울에 보이는 자신의 모습이 마음에 들지 않았다. 그는 서랍을 서너 개 열어 보았다. 모두 비어 있었다. 홀가분해진 그는 정원에서 격자문을 보았다.

이 격자문은 놀라울 정도로 섬세하게 짠 것이었다. 야자수, 난초, 오렌지 나무, 기이한 형태의 선인장, 가우스가 그림에서도 보지 못한 여러 가지 식물들의 문양을 볼 수 있었다. 자갈들이 신발 아래서 뽀드득 소리를 냈으며 덩굴이 그의 모자를 머리에서 벗겨 냈다. 달콤한 냄새가 진동해서 살펴보니 바닥에 과일들이 짓이겨진 채 깔려 있었다. 나무들이 갈수록 빽빽해졌고 길은 좁아졌다. 그는 몸을 구부리고 가야 했다. 얼마나 큰 사치인가! 그는 이곳에 낯선 종류의 벌레들이 없기만을 바랐다. 두 그루의 야자수 사이를 지나갈 때 그의 재킷이 나무에 걸렸다. 그는 가시덤불 속으로 넘어질 뻔했다. 풀밭 위로 나오니 그곳엔 여전히 잠옷을 입고 헝클어진 머리와 맨발을 한 백작이 안락의자에 앉아 차를 마시고 있었다.

인상적이군요. 가우스가 말했다.

전에는 훨씬 아름다웠지요. 백작이 말했다. 요즘은 정원사 임금이 비쌉니다. 그리고 프랑스 군이 이곳을 많이 파괴했어요. 나도 얼마 전에 돌아왔습니다. 스위스에 망명을 가 있었죠. 이제 상황이 조금씩 바뀌고 있어요. 측량사 선생도 앉으시지요?

가우스는 주위를 둘러보았다. 의자는 하나밖에 없었고 거기엔 백작이 앉아 있었다. 괜찮습니다. 그가 주저하면서 말했다.

그래요. 백작이 말했다. 그럼 우리 빨리 얘기를 끝내지요.

단순히 형식적인 문제입니다. 가우스가 말했다. 샤른호르스트 측량점까지 자유로운 시야를 확보하기 위해서는 백작의 숲에 있는 나무 세 그루를 잘라 내고 수년 전부터 비어 있는 것으로 보이는 헛간을 철거해야 합니다.

샤른호르스트라고요? 그렇게 멀리까지는 아무도 볼 수 없지요!

볼 수 있습니다. 가우스가 말했다. 다발로 묶은 빛을 사용하면요. 제가 새로 발명한 기구는 발광 신호를 상상할 수 없을 정도로 멀리 보낼 수 있습니다. 그것으로 지구와 달 사이의 소통이 처음으로 가능해질 겁니다.

지구와 달이라. 백작이 반복해서 말했다.

가우스는 웃으면서 고개를 끄덕였다. 지금 이 늙은 돌대가리의 머릿속에 무엇이 들어 있는지 정확히 보였다.

나무와 헛간에 대한 판단은 잘못된 것 같군요, 백작이 말했다. 헛간은 꼭 필요합니다. 나무들도 귀중하고요.

가우스는 한숨을 쉬었다. 그는 앉고 싶었다. 그런 대화를 얼마나 많이 해 왔던가? 그는 피곤해하며 말했다. 물론이지요. 그러나 과장해서도 안 됩니다. 나무 몇 그루와 오두막 한 채의 가치가 얼마인지 잘 알고 있습니다. 이런 시기에 국가에 부당한 부담을 주어서는 안 되지요.

애국주의군요. 백작이 말했다. 흥미로운데요. 얼마 전까지 프랑스 관리였던 사람이 나에게 그런 것을 요구하다니 말입니다.

가우스는 그를 뚫어지게 보았다.

백작은 마시던 차에 코를 박으면서 자기를 오해하지는 말라고 부탁했다. 누구도 비난할 마음은 없소. 그땐 어려운 시절이었소. 누구나 자기에게 주어진 가능성에 따라 행동하지요.

가우스가 말했다. 나 때문에 나폴레옹은 괴팅겐 포격을 포기했습니다!

백작은 고개를 끄덕였다. 전혀 놀란 것처럼 보이지 않았다. 누구나 그 코르시카 사람으로부터 인정받는 행운을 누린 건 아니지요.

인정받아 마땅한 사람도 없습니다. 가우스가 말했다.

백작은 생각에 잠겨 찻잔을 들여다보았다. 어쨌든 업무에 있어서는 보기보다 능숙하시군요.

가우스는 그 말을 어떻게 이해해야 하는지 물었다.

전국에서 유통되는 협정주화로 보상금을 지불하실 거라고 생각해도 될까요?

물론이지요. 가우스가 말했다.

그렇다면 국가의 공금이 측량사 선생에게는 금으로도 지급이 되는지 궁금하군요. 그렇다면 상당한 시세 차익이 생길 텐데요. 그것을 알기 위해 수학자가 될 필요는 없지요.

가우스는 얼굴이 붉어졌다.

소위 수학의 황제일 필요도 없고요. 가우스의 명성 따위는 안중에도 없을 것 같은 백작이 말했다.

가우스는 손을 등 뒤로 깍지 끼고는 야자수 줄기에서 자라는 난초과 식물을 보았다. 법에 위배되는 일은 절대 하지 않습니다. 그는 쥐어짜는 목소리로 말했다.

물론 그렇겠지요. 백작이 말했다. 측량사 선생은 그것을 검증해 보았으리라고 확신합니다. 어쨌든 나는 측량 작업에 대해 아주 감탄하고 있습니다. 몇 달씩이나 기구를 가지고 돌아다니며 작업을 한다는 것이 놀랍지요.

독일에서 할 경우만 그렇지요. 동일한 작업을 코르디예라 산맥에서 하는 사람은 탐험가 대접을 받습니다.

백작은 고개를 갸우뚱했다. 고향에 가족이 있다면 상당히 힘들 텐데요. 측량사 선생은 가족이 있습니까? 착한 아내가 있나요?

가우스는 고개를 끄덕였다. 태양이 그에게는 너무 밝게 느껴졌다. 그리고 풀밭의 풀들이 그를 불안하게 만들었다. 그는 나무 매입에 관한 이야기를 해도 좋은지 물었다. 저는 또 가야 할 곳들이 있거든요. 시간이 없습니다!

시간이 그렇게 빠듯하지는 않을 텐데요. 백작이 말했다. 이미 『산술에 관한 논고』를 완성한 사람이라면 더 이상 서두를 일은 없을 것 같소만.

가우스는 당황해서 백작을 보았다.

불필요하게 겸손한 척하지 마시오. 백작이 말했다.

원의 분할을 다룬 장은 내가 지금까지 읽어 본 것 중에 가장 주목할 만한 것이더군요. 거기서 나도 좀 더 배워야 할 사상들을 발견했어요.

가우스는 웃음을 터뜨렸다.

정말이에요. 백작이 말했다. 진지하게 말하는 겁니다.

여기서 그런 것에 관심을 가진 사람과 만나다니 놀랍군요. 가우스가 말했다.

차라리 나는 지식에 관해 토론해야 할 것 같은데요. 백작이 말했다. 나의 관심사는 매우 제한적이지요. 그래도 나는 항상 내 지식을 내 관심의 한계를 넘어서 확장시켜야 한다고 생각합니다. 그러던 차에 측량사 선생이 나를 만나고 싶어 한다는 소리를 들었소.

뭐라고요?

벌써 오래전 일이지요. 불평과 분노를 터뜨리다가 심지어 고발까지 했다던데요.

가우스는 이마를 문질렀다. 점점 얼굴이 달아올랐다. 이 남자가 무슨 이야기를 하는지 도무지 알 수가 없었다.

그렇지 않았습니까?

가우스는 이해하지 못하겠다는 듯 그를 바라보았다.

아니라면 아니겠지요. 백작이 말했다. 나무는 그냥 드리지요.

헛간은요?

그것도요.

이유가 뭡니까? 가우스는 이런 질문을 한 자기 자신에 대해 경악했다. 이 무슨 어리석은 실수인가!

매번 이유가 필요한 것인가요? 국민의 한 사람으로서 국가에 대한 사랑에서 그럴 수도 있고 측량사에 대한 존중에서 그럴 수도 있을 겁니다.

가우스는 허리를 숙여 감사의 뜻을 전했다. 저는 이제 출발해야 합니다. 아무짝에도 쓸모 없는 아들놈이 기다리고 있습니다. 오늘 안에 칼프스로까지 상당히 먼 거리를 가야 합니다.

백작은 그의 가느다란 손을 흔들며 가우스의 인사에 답했다.

백작의 저택으로 돌아가는 길에 가우스는 한순간 자신이 방향을 잃은 것 같다는 느낌이 들었다. 그는 집중했다. 그리고 오른쪽, 왼쪽, 다시 오른쪽으로 격자문을 통과해서 다시 두 번 오른쪽, 또다시 문을 하나 통과하니 오전에 나섰던 현관이 보였다. 하인은 벌써 그를 기다리고 있었다. 그는 현관문을 열고 나가며 방에 대해 사과의 말을 했다. 나리를 몰라뵈었습니다. 그곳은 유랑인이나 부랑자들을 재우는 방이었지요. 저기 위쪽 방은 전혀 더럽지 않아요. 거울과 세숫대야, 침대 시트까지 구비되어 있습니다.

유랑인이나 부랑자들이라. 가우스가 반복해서 말했다.

그렇습니다. 하인이 무표정한 얼굴로 말했다. 구제할 길 없는 저질 패거리들이요. 그리고 그는 부드럽게 문을 닫았다.

가우스는 깊이 숨을 들이마셨다. 밖으로 나오니 한결 마음이 가벼워졌다. 이 괴짜 백작이 마음을 바꾸기 전에 빨리 출발해야 한다. 그가 『산술에 관한 논고』를 읽었다고 했던가! 그는 자신이 유명하다는 것이 아직 익숙지 않았다. 전쟁이 극에 달했을 무렵 한 보좌관이 나폴레옹의 인사를 전해 주었을 때도 그는 오해라고 여겼다. 어쩌면 오해일 수도 있을 것이다. 진실은 결코 알 수 없다. 그는 빠른 걸음으로 언덕을 내려가 숲으로 갔다.

어제 표시해 놓았던 나무들이 교묘하게도 몸을 숨겼다. 날씨는 후덥지근해서 그는 땀을 줄줄 흘렸다. 파리도 너무 많았다. 잘라야 하는 모든 나무 위에 분필로 십자가 표시를 해 놓았다. 이제 그는 그 위에 나무를 베라는 허락이 떨어졌다는 두 번째 표시를 해야 했다. 오이겐은 얼마 전, 이 나무들에게 미안한 마음이 들지 않느냐고 물었다. 이 큰 나무들은 오랫동안 커다란 그늘을 제공하면서 그렇게 오래 살았는데. 이 아이는 감정이 지나치게 풍부하고 이해력은 부족했다. 애석한 일이다. 그는 자식들의 재능을 키우고, 그들이 배우는 것을 용이하게 해 주고, 그들의 특별한 재능을 장려할 준비가 되어 있었다. 그러나 그들에게는 특별한 재능이 아무것도 없었다. 그들은 특별히 똑똑하지도 않았다. 요제프는 장교수습생으로 아주 잘 지내고 있다. 어쨌거나 그 아이는 요하나의 아들이지 않은가. 빌헬미네는 항상 순종적이고 집을 깨끗하게 가꾼다. 그런데 오이겐은?

마침내 그는 헛간을 발견하고 거기에 표시를 할 수 있었다. 조수들이 그것을 허물기까지는 추측건대 며칠이 더 걸릴 것이다. 그리고 난 후에야 그는 기준선과의 각도를 측정할 수 있을 것이며 그물망은 또 다른 삼각형으로 확대될 것이다. 그렇게 그는 한 걸음 한 걸음 덴마크 국경까지 힘들게 올라갔다.

조만간 이 모든 것들이 하찮은 일이 될 것이다. 기구를 타고 떠다니고 자장의 지침반에서 거리를 읽을 수 있을 것이다. 한 측량 지점에서 다음 측량 지점까지 전기 신호를 보내 전기 강도가 떨어지는 정도를 보고 거리를 알 수 있을 것이다. 그러나 미래의 일들이 지금 나에게 도움이 되는 것은 아니다. 나는 지금 이 일을 해야만 한다. 진흙이 묻은 장화를 신고 측량 밴드, 육분의와 경위의를 사용해서 말이다. 게다가 수학적 방법만으로 측량의 부정확성을 배제할 수 있는 길을 찾아야 한다. 매번 사소한 실수가 파국으로 이어진다. 아직 그 어느 땅의 정확한 지도도 존재하지 않는다.

코가 간질거렸다. 모기 한 마리가 코 한가운데를 물었다. 그는 땀을 훔쳤다. 그는 훔볼트가 쓴, 오리노코 강의 모기에 대한 보고를 떠올렸다. 인간과 동물은 지속적으로 함께 살 수 없다. 영원히. 미래에도 마찬가지다. 지난주 오이겐은 말벌에게 물렸다. 통계적으로는 인간 한 사람이 벌레 100만 마리를 담당해야 한다. 아무리 운이 좋아도 우리는 그 곤충들을 모두 멸종시킬 수 없다. 그는 나무 그루터기 위에 앉아 주머니에서 딱딱한 빵 조각을 꺼내어 조심스럽게 베어 물었다. 잠시 후 벌 한 마리가 그의 머리 위에서 윙윙거렸다. 합리적으로 생각하면 승리는 결국 곤충들의 것임을 인정해야 할 것이다.

그는 자기 아내 미나를 생각했다. 그는 절대 그녀를 속이지 않았다. 처음에 그는 니나와 결혼할 생각이었다. 그러나 바르텔스가 장문의 편지를 보내 그래서는 안 된다고 그를 설득했다. 그래서 그는 미나에게 이야기했다. 아이와 살림을 위해, 그리고 어머니를 위해 누군가가 필요하다고. 더 이상 혼자 살아갈 수는 없다고. 누가 뭐래도 그녀는 요하나의 가장 친한 친구가 아니었냐고. 당시 미나는 어떤 바보와의 약혼이 막 깨진 상태였다. 그녀는 더 이상 젊지 않았으며 결혼 기회는 점점 적어지고 있었다. 그녀는 부끄러운 듯 킥킥거리며 웃더니 밖으로 나갔다 다시 들어왔다. 그런 다음 자기 옷을 물어뜯었다. 그리고 조금 울더니 그의 청혼을 받아들였다. 그는 그들의 결혼식을 기억했다. 흰 웨딩드레스를 입은 그녀를 보았을 때, 큰 이를 드러내며 행복한 웃음을 짓는 그녀를 보았을 때, 그에게 다가왔던 공포를 기억했다. 그때 그는 자신의 실수를 인정했다. 문제는 그가 그녀를 사랑하지 않는 것이 아니었다. 그녀를 참을 수 없다는 것이었다. 그녀가 근처에 있으면 그는 화가 나고 불행했다. 그녀의 목소리는 마치 칠판에 분필이 긁히는 소리 같았다. 멀리서 그녀의 얼굴이 보이기만 해도 그는 고독하다고 느꼈다. 그녀에 대해 생각만 해도 차라리 죽는 것이 낫겠다는 기분이 들었다. 그가 왜 토지 측량사가 되었던가? 집에 가기 싫어서였다.

  그는 다시 길을 잃었다는 것을 알아차렸다. 위를 올려다보았다. 나무들이 하늘로 높이 솟아 있었다. 숲의 바닥은 폭신폭신했다. 그는 조심해야 했다. 습기를 머금은 뿌리를 잘못 밟으면 넘어지기 십상이기 때문이었다. 한낮에 그는 농부의 집에서 식사를 하게 될 것이다. 그리고 언제나처럼 빵 수프와 기름진 우유를 먹고 복통에 시달리게 될 것이다. 땀을 흘리는 것은 건강하지 못한 징후라고 그 나라의 모든 의사가 말했다.

  몇 시간 후 오이겐이, 투덜대며 숲을 돌아다니고 있는 그를 발견했다.

왜 이제야 오는 거냐. 가우스가 화를 냈다.

오이겐은 늦은 게 자기 탓이 아니라고 단언했다. 농부가 그를 잘못된 방향으로 보냈고, 헛간에 표시를 너무 낮은 데 그린 데다가 하필이면 염소 한 마리가 바로 그 앞에 누워 있어서 그 표시를 보지 못했다. 그다음 십자가 표시를 발견했을 때는 염소가 그를 공격했다. 그는 염소에 물려 본 적이 없었다. 그런 일이 일어날 수도 있으리라는 것을 그는 짐작도 못 했다.

가우스는 한숨을 쉬면서 손을 뻗었다. 아이는 따귀를 맞을까 봐 뒤로 피했다. 가우스는 단지 아이의 어깨를 다독여 줄 생각이었다. 그는 화가 머리끝까지 났다. 체면을 구기지 않으려면 그 제스처를 마무리해야 했다. 그래서 그는 손바닥으로 오이겐의 뺨을 때려야 했다. 그런데 그만 너무 심하다 싶을 정도로 강하게 맞았다. 오이겐은 눈을 크게 뜨고 그를 쳐다보았다.

너는 맞을 짓을 하고도 어떻게 거기 그렇게 서 있느냐? 가우스가 말했다. 똑바로 서! 그는 오이겐의 손에서 헬리오트로프(허브의 일종)를 빼앗았다. 의심의 여지 없이 이 아이는 미나의 머리와 자신의 감상적인 경향을 물려받았다. 가우스는 회광기, 지침반, 방향 전환이 가능한 망원경을 부드럽게 쓰다듬었다. 인간은 이런 발명품을 오래 사용하게 될 것이다! 그가 말했다. 이 기구들을 백작에게 보여 주었더라면 좋았을걸.

어떤 백작이요?

가우스는 한숨을 쉬었다. 그는 어려서부터 다른 인간들의 멍청함에는 익숙해져 있었다. 그러나 아들의 멍청함은 그냥 참아 넘길 수가 없었다. 멍청한 놈. 그는 이렇게 말하고 자리를 떴다. 해야 할 일이 아직 많이 남아 있다는 생각에 그는 어지러웠다. 독일은 도시로 이루어진 나라가 아니었다. 그곳엔 농부들이 변덕스러운 귀족 몇 명과 살고 있었다. 독일은 수천 개의 숲과 마을로 이루어져 있었다. 그는 이 많은 숲과 마을을 전부 가 봐야 할 것 같았다.

# 수도

뉴스페인에서 첫 번째 리포터가 기다리고 있었다.

하마터면 그들은 그곳에 도착하지 못할 뻔했다. 아카풀코로 가는 유일한 배의 선장이 외국인을 배에 태우지 않겠다고 했기 때문이었다. 추천서야 어찌 됐든 나는 뉴그라나다 사람이고 스페인에 아무 관심도 없소. 우르키호의 도장은 여기서는 아무 의미가 없소. 지금은 저쪽에서도 마찬가지겠지만. 훔볼트는 원칙적으로 뇌물을 줄 생각이 전혀 없었다. 결국 훔볼트가 봉플랑에게 돈을 주고 봉플랑이 그것을 선장에게 찔러 줌으로써 일을 해결했다.

도중에 코토팍시 화산이 분출하면서 폭풍이 일었다. 선장이 훔볼트의 제안을 무시했기 때문에—그는 이렇게 말했다. 나는 수십 년간 항해를 해 왔다. 나의 항해술에 대해 왈가왈부하는 것은 해상법에 위배된다. 승무원이라면 교수형에 처할 수도 있다.—그들은 항로에서 멀리 이탈했다. 훔볼트는 태풍을 그냥 보낼 수 없었다. 그는 수면 위 5미터 높이 뱃머리에 자신을 매달게 했다. 어떤 해안에서도 다시 볼 수 없을 파도의 높이를 재기 위해서였다. 그는 하루 종일 매달려 있었다. 아침부터 밤까지. 얼굴에 육분의의 접안렌즈를 끼고. 그 후에 그는 약간 제정신이 아니었다. 그러다 다시 얼굴에 홍조를 띠고 원기가 회복되며 기분이 좋아졌다. 그는 왜 선원들이 그때 이후로 그를 악마로 여기는지 이해할 수가 없었다.

아카풀코의 선착장에는 턱수염을 기른 남자가 서 있었다. 내 이름은 고메스이며 뉴스페인과 모국의 여러 신문에 글을 쓰고 있습니다. 백작 나리와 동행할 수 있게 해 주시기를 간곡히 부탁드립니다.

백작이 아니라 남작인데요. 봉플랑이 말했다.

내 여행에 관해서는 내가 직접 기록하고 싶기 때문에 그럴 필요는 없다고 생각하는데요. 훔볼트는 이렇게 말하면서 봉플랑을 나무라는 듯한 눈으로 보았다.

고메스는 그림자처럼, 정말 눈에 보이지 않는 환영처럼 따라다닐 것이며, 그러면서도 증인이 필요한 일이 생기면 모두 지켜보겠다고 약속했다.

훔볼트는 우선 베라크루스의 지리학적 위치를 측정했다. 그는 등을 바닥에 대고 똑바로 누워서 망원경으로 밤하늘을 관찰하면서 고메스에게 받아쓰게 했다. 뉴스페인의 정확한 지도는 식민지의 주거지역 조성을 촉진할 수 있고 자연의 정복을 가속시키며 이 나라의 운명을 유리한 방향으로 이끌어갈 수 있습니다. 어느 독일 천문학자가 새로운 행성의 궤도를 측정한 것 같습니다. 유감스럽게도 그에 관해 더 정확한 소식을 들을 수가 없습니다. 이곳의 잡지는 아주 수준이 낮거든요. 가끔은 고향에 가고 싶습니다. 그는 망원경을 내리고 고메스에게 그의 메모에서 마지막 두 문장을 지우라고 했다.

그들은 산으로 이동했다. 봉플랑은 열병에서 완전히 회복되었다. 그는 약간 더 야위었고 햇빛을 받고 있는데도 창백해 보였다. 얼굴에는 첫 번째 주름이 생겼으며 몇 년 전보다 머리숱이 훨씬 줄어들었다. 그는 손톱 씹는 버릇이 생겼으며 아직도 가끔씩 습관적으로 기침을 했다. 그리고 이가 많이 빠져서 식사하기가 힘들었다.

그에 비해 훔볼트는 달라진 것이 없어 보였다. 그는 부지런하게 대륙의 평면도 작업을 하고 있었다. 그는 식물대, 고도가 높아질수록 낮아지는 기압, 땅속 암석들의 뒤섞임에 관해 기록했다. 암석층을 구분하기 위해 그는 돌구멍으로 기어들어 갔다. 구멍들이 너무 작아서 그는 여러 번 몸이 끼어 꼼짝을 못 했고 봉플랑이 그의 발을 잡고 끄집어내야 했다. 한번은 나무를 기어오르다가 가지가 부러지는 바람에 기록을 하고 있던 고메스 위로 떨어지기도 했다.

그는 훔볼트가 도대체 어떤 사람이냐고 봉플랑에게 물었다.

나는 어느 누구보다도 그를 잘 알지요. 봉플랑이 말했다. 그의 어머니, 아버지, 어쩌면 훔볼트 자신보다도 더 잘 알고 있을걸요. 그럴 생각은 없었는데 그렇게 되었어요.

그런데요?

봉플랑은 한숨을 내쉬었다. 아무 생각도 나지 않았다.

고메스는 그들이 함께 여행을 다닌 지 얼마나 되었느냐고 물었다.

모르겠는데요. 봉플랑이 대답했다. 아마 누군가의 일생만큼이 아닐까요. 그보다 더 오래일 수도 있고요.

당신은 왜 그 모든 것을 감수했습니까?

봉플랑은 붉게 충혈된 눈으로 그를 바라보았다.

왜 당신이 그 모든 것을 감수했느냐고요? 고메스가 반복하여 물었다. 왜 당신은 조수로…….

조수가 아닙니다. 봉플랑이 말했다. 동료지요.

그러면 왜 그 모든 고생에도 불구하고 이 남자의 동료로 남아 있는 겁니까?

봉플랑은 생각에 잠겼다. 여러 가지 이유에서입니다.

예를 들자면요?

봉플랑이 말했다. 처음엔 단순히 라로셸에서 떠나고 싶었어요. 그리고 나서는 사건들이 꼬리를 물고 이어졌지요. 시간이 정말 빨리 지나가네요.

고메스가 말했다. 그것은 대답이 아닌데요.

나는 지금 선인장을 잘라야 해요. 봉플랑은 몸을 돌려 재빨리 가까운 언덕으로 기어올라 갔다.

훔볼트는 그동안 탁스코 광산에 들어가 있었다. 거기서 며칠 동안 은 채굴을 관찰하고 수평갱의 널빤지를 검사하고 돌을 두드려 보고 감독과 이야기를 나누었다. 산소마스크를 쓰고 휴대용 안전등을 손에 든 그의 모습은 마치 악마처럼 보였다. 그가 나타나는 곳마다 일꾼들은 무릎을 꿇고 신에게 구원해 달라고 외쳤다. 작업반장들이 그를 돌팔매질에서 구해 준 것도 여러 번이었다.

그를 가장 많이 놀라게 한 것은 일꾼들이 도둑질에서 발휘하는 창의성이었다. 일꾼들은 아주 꼼꼼한 검사를 받고 나서야 광석 운반용 쇠바구니에 들어갈 수 있었다. 그런데도 그들은 어떻게든 광석을 가지고 나올 수 있는 방법을 찾아냈다. 훔볼트는 연구를 위한 거라는 구실을 대며 신체 검사에 참여해도 좋으냐고 물었다. 머리카락, 겨드랑이, 입속, 심지어 항문에서도 은 조각이 발견됐다. 이런 종류의 일은 정말 하기 싫군요. 그는 광산 관리자인 돈 페르난도 가르시아 우티야라고 하는 사람에게 말했다. 그는 훔볼트가 작은 사내아이의 배꼽을 검사하는 모습을 정신을 놓고 지켜보았다. 학문과 국가의 번영을 위해서는 어쩔 수 없습니다. 사적인 이득을 위해 광석을 몰래 가지고 나가려는 일꾼들을 막지 못한다면 광석의 정상적인 채굴은 불가능합니다. 그는 고메스가 받아쓸 수 있도록 그 문장을 반복해서 말했다. 무엇보다 시설을 개선하는 것이 좋겠군요. 사고가 너무 많이 일어나고 있습니다.

일할 사람들은 많습니다. 돈 페르난도가 말했다. 누군가 죽으면 다른 사람이 그 자리를 바로 채울 수 있으니까요.

훔볼트는 혹시 칸트를 읽어 보았느냐고 물었다.

조금은요. 돈 페르난도가 말했다. 변명 같습니다만 라이프니츠가 내 취향에 더 맞아요. 선조 중에 독일인이 있는 덕분에 그런 아름다운 망상들을 잘 알고 있지요.

그들이 떠나는 날 태양 옆에 동그랗게 반짝이는 두 개의 계류 기구가 떠 있었다. 요즘엔 저게 유행이에요. 고메스가 말했다. 용기가 있는 귀족들은 누구나 한번은 날아 보고 싶어 한답니다.

수년 전에 독일 상공에 뜬 최초의 기구를 본 적이 있습니다. 훔볼트가 말했다. 당시 그 기구에 탔던 사람은 운이 좋았지요. 기구는 이제 더 이상 기적 같은 일이 아니지만 그렇다고 누구나 탈 수 있는 것도 아니지요. 새로 발견되는 별처럼 말입니다.

쿠에르나바카에서 젊은 북아메리카 사람이 그들에게 말을 걸었다. 둥근 모양으로 세련되게 턱수염을 기른 그 남자의 이름은 윌슨이고 《필라델피아 연대기》에 글을 쓰고 있다고 했다.

지금은 너무 힘이 드는군. 훔볼트가 말했다.

물론 미합중국은 거대한 이웃 국가들의 그늘에 가려 빛을 못 보고 있지요. 윌슨이 말했다. 하지만 이 젊은 국가에도 지대한 관심을 가지고 훔볼트 장군의 행보를 지켜보는 대중이 있답니다.

봉플랑이 나서기 전에 훔볼트가 먼저 말했다. 장군이 아니라 광산 시보입니다.

수도 외곽에서 훔볼트는 예복을 착용했다. 총독의 사절이 언덕 위에서 시의 열쇠를 들고 그들을 기다렸다. 파리를 떠난 이후로 그들은 이런 규모의 대도시에 들른 적이 없었다. 대학, 서점, 식물원, 예술 아카데미, 그리고 프로이센의 모델을 모방한 광업학교. 그곳에는 훔볼트의 프라이베르크 대학 동창인 안드레스 델 리오가 학장으로 있었다. 그는 훔볼트와의 재회를 별로 기뻐하는 것 같지 않았다. 그는 훔볼트의 어깨에 손을 올려놓고 팔 길이만큼 멀찍이 서서 눈을 게슴츠레 뜨고 훔볼트를 보았다.

그러니까 그게 사실이군. 그가 서투른 독일어로 말했다. 그 모든 낭설에도 불구하고 말이지.

어떤 낭설 말인가? 브롬바허와의 만남 이후 훔볼트는 독일어를 사용하지 않았다. 그의 독일어는 어설프고 불안하게 들렸다. 그는 매번 단어를 찾아야 했다.

소문이지. 안드레스가 말했다. 예컨대 자네가 미국의 스파이라든가 스페인의 스파이라는.

훔볼트는 웃었다. 스페인 식민지에 스페인 스파이라니?

그렇지만 그런 소문이 있었다네. 안드레스가 말했다. 그리고 이곳은 이제 더 이상 식민지가 아닐세. 사람들은 알고 있으면서도 여기에 와서야 그 사실을 제대로 인식하지.

광장 근처에서, 코르테스에 의해 파괴된 사원의 잔해를 발굴하는 작업이 시작됐다. 성당의 그늘 속에 일꾼들이 하품을 하며 서 있었으며 옥수수 빵 냄새가 코를 찌르며 진동했다. 바닥에는 보석 눈을 단 해골이 놓여 있었고, 흑요석 칼 십여 자루, 인간 살육의 현장을 정교하게 새겨 넣은 돌, 흉곽을 드러낸 작은 점토 동상. 그곳에는 거칠게 깎은 해골로 만든 돌 제단도 있었다. 훔볼트는 옥수수 냄새가 거슬렸다. 속이 좋지 않았다. 몸을 돌리니 윌슨과 고메스가 메모장을 들고 서 있었다.

그는 집중해야 하니 자기를 좀 혼자 놔둬 달라고 부탁했다.

위대한 탐험가는 그렇게 일하는군요. 윌슨이 말했다. 집중하기 위해 혼자 있는다. 고메스가 말했다.

이런 걸 세상 사람들도 알아야 하는데요!

훔볼트는 돌로 만든 거대한 바퀴 앞에 서 있었다. 도마뱀, 뱀의 머리, 인간의 형상이 부서지고 남은 기하학적인 파편들이 빙 둘려 있었다. 가운데에는 혀를 내밀고 속눈썹이 없는 눈을 가진 얼굴이 있었다. 그는 오랫동안 들여다보았다. 점차 혼란스러운 것들이 정리되었다. 그는 일치하는 것, 서로를 보충해 주는 그림들, 섬세한 규칙에 따라 반복되며, 숫자를 암호화한 상징을 알아보았다. 여기 이것은 달력이군요. 그는 그것을 그려 보려 했지만 실패했다. 돌바퀴 한가운데 있는 얼굴 때문인 듯 했다. 그는 이 눈빛을 어디서 본 적이 있는지 곰곰이 생각해 보았다. 재규어가 생각났다. 그리고 진흙 오두막에서 만난 사내아이가 떠올랐다. 그는 불안해하며 자신의 메모장을 내려다보았다. 이것을 그리기 위해서는 전문적인 화가가 필요할 것 같았다. 그는 얼굴을 응시했다. 그리고 열기 때문인지 옥수수 냄새 때문인지 그는 갑자기 몸을 돌려야 했다.

일꾼은 즐거운 듯이 말했다. 2만 명이요. 이 사원을 봉헌하기 위해 2만 명이 희생되었습니다. 한 사람씩 차례차례. 심장을 꺼내고 머리를 잘랐대요. 차례를 기다리는 사람들의 줄이 도시 외곽까지 이어졌다더군요.

이보시오. 훔볼트가 말했다. 말도 안 되는 소리 하지 마시오.

그 일꾼은 모욕을 당했다는 듯 그를 보았다.

하루에 한 장소에서 2만 명이라니. 상상할 수도 없군요. 희생자들이 가만히 있었을 리 없습니다. 구경꾼들도 보고만 있지는 않았을 거고요. 세계의 질서라는 것이 있는데 그런 것이 용납될 리 없습니다. 그런 일이 실제로 일어난다면 우주는 종말을 맞이할 겁니다.

일꾼이 말했다. 빌어먹을, 우주와는 아무 상관이 없는 얘깁니다.

저녁에 훔볼트는 총독의 집에서 식사를 했다. 안드레스 델 리오와 정부 요원 여러 명이 왔고 박물관장, 장교 몇 명과 키가 작고 말이 없는 남자 한 명이 함께했다. 그는 검은 피부에 특히 우아하게 차려입고 있었는데 마지막 신왕의 증손이며 스페인 제국의 장군인 콘데 데 목테수마였다. 그는 카스티야 지방의 한 성에서 살고 있었는데 사업상 업무로 몇 달간 식민지에 와 있었다. 체격이 큰 미인인 그의 아내는 관심을 숨기지 않은 채 훔볼트를 보았다.

2만 명이 맞소. 총독이 말했다. 어쩌면 그 이상일 겁니다. 의견들이 분분하지요. 마지막 대제사장인 틀라카엘렐 치하에서 제국은 완전히 피바다가 됐지요.

대제사장이 바람직한 행동을 했다는 말은 아닙니다. 안드레스가 말했다. 사람들은 정기적으로 스스로 자기 몸을 훼손했습니다. 예를 들면— 그는 말을 계속 하기 전에 여인들에게 양해를 구했다. —중요한 축제에서는 상당량의 피를 뽑았지요.

훔볼트는 헛기침을 하더니 괴테에 관해, 자기의 형과 옛 민족의 언어에 대한 그들의 공동 관심사에 대해 이야기하기 시작했다. 제 형님과 괴테는 고대 민족들의 언어를 일종의 더 나은 라틴어, 더 순수하고 세계의 근원에 더 가까운 것으로 여기지요. 이것이 아즈텍어에도 해당되는지 알고 싶습니다.

총독은 어떻게 해야 하느냐는 눈빛으로 콘데를 보았다.

총독은 그의 접시에서 눈을 떼지 않고 말했다. 나는 말씀 드릴 만한 것이 없습니다. 나는 스페인어밖에 할 줄 모릅니다.

화제를 바꾸기 위해 총독은 훔볼트에게 은 광산에 대한 그의 의견을 물었다.

비효율적입니다. 훔볼트는 아무 생각 없이 말했다. 주먹구구식으로 일하는 사람들뿐이더군요. 한순간 눈을 감자 그의 눈앞에 돌 얼굴이 나타났다. 무엇인가가 그를 보고 있음을 느꼈다. 그것은 그를 절대 잊지 않을 것이다. 훔볼트는 자신이 이렇게 말하는 소리를 들었다. 은이 어마어마하게 나오고 있으니 효율적으로 일하고 있는 것처럼 보이긴 하지요. 그러나 기구들은 낡았고 도난율도 엄청나게 높고 직원들은 교육을 충분히 받지 못했더군요.

한동안 정적이 흘렀다. 총독은 창백해진 안드레스 델 리오를 한 번 흘낏 보았다.

물론 과장된 표현이긴 합니다. 훔볼트가 자기 자신이 한 말에 놀라서 말했다. 인상적인 것들도 많았습니다!

콘데는 어렴풋이 웃으면서 그를 바라보았다.

뉴스페인에는 능력 있는 광산부 장관이 필요합니다. 총독이 말했다.

훔볼트는 염두에 둔 사람이 있느냐고 물었다.

총독이 아무 대답도 하지 않았다.

불가능합니다. 훔볼트가 이렇게 말하고 손을 저었다. 저는 프로이센 사람입니다. 다른 나라의 관리가 될 수는 없습니다.

저녁이 되어서야 그는 콘데와 몇 마디 말을 나눌 수 있었다. 훔볼트는 자그마한 목소리로 돌로 된 거대한 달력 바퀴에 관해 아는 것이 있느냐고 콘데에게 물었다.

지름이 대략 5엘레<sup>독일의 옛 길이 단위로 약 66cm</sup> 정도 되는 그것 말입니까?

훔볼트는 고개를 끄덕였다.

날개 달린 뱀, 한가운데 무표정한 얼굴이 새겨져 있는 것 말이지요?

네. 훔볼트가 소리쳤다.

나는 그것에 관해서 아는 게 없는데요. 콘데가 말했다. 나는 인디언이 아니고 스페인 장군이니까요.

집안에 전해 내려오는 이야기 같은 것이 있지 않느냐고 훔볼트가 물었다.

콘데가 있는 힘껏 몸을 펴니 키가 훔볼트의 가슴까지 닿았다. 나의 조상은 코르테스에게 납치되었습니다. 그는 여자처럼 살려달라고 간청했으며 한탄하고 눈물을 흘렸답니다. 결국 그는 감금된 지 몇 주 만에 종족을 배반했습니다. 돌을 던져 그를 죽인 것은 아마 아즈텍인들일 겁니다. 나, 콘데 데 목테수마는 지금 광장으로 나간다면 단 5분도 살아 있지 못할 겁니다. 목테수마는 생각에 잠겼다. 그러고 나서 말했다. 어쩌면 아무 일도 일어나지 않을지 모릅니다. 이미 오래전에 지나간 일이고 사람들은 거의 기억하지 못할 테니까요. 그는 아내의 팔꿈치를 잡고, 가는 눈으로 훔볼트를 올려다보았다. 나를 만나는 사람은 누구나 나의 얼굴에서 신왕의 흔적을 찾습니다. 내 이름을 들은 사람은 누구나 나를 통해 과거를 보려고 합니다. 당신은 위대한 조상의 그림자로 사는 것이 어떤 것인지 상상할 수 있습니까?

조금은 할 수 있을 것 같은데요. 훔볼트가 말했다.

집안에 전해 내려오는 이야기라. 콘데가 냉소적으로 반복해서 말했다. 그와 그의 아내는 인사도 없이 가 버렸다.

아침 일찍 훔볼트는 봉플랑이 사라져 버린 것을 알아챘다. 그는 바로 찾아 나섰다. 거리는 상인들로 넘쳐 났다. 어떤 남자는 마른 과일을 팔고, 어떤 남자는 통풍만 빼고 모든 병에 효과가 있다는 치료제를 팔고, 어떤 남자는 자기 왼손을 도끼로 잘랐다. 그는 잘라 낸 손을 사람들에게 돌려 확인시켰다. 그리고 고통을 느끼면서 그것을 돌려받을 때까지 기다렸다. 그런 다음 그는 잘라 낸 손을 손목에 붙이고 팅크제를 발랐다. 피를 많이 흘려 창백해진 그는 손이 다시 손목에 붙은 것을 보여 주기 위해 책상 위를 몇 번 내리쳤다. 주위에 둘러서 있던 사람들은 손뼉을 쳤고, 팅크제는 금방 동이 났다. 또 다른 남자는 통풍 치료제를 팔았다. 또 다른 사람은 싸구려 삽화가 들어간 소책자를 팔았다. 그중 한 권에는 기적을 행하는 신부 이야기가 적혀 있었고 다른 책에는 과달로프의 성모 마리아를 만난 인디언 젊은이의 삶이 묘사되어 있었다. 또 다른 책에는 어느 독일 남작의 모험이 나와 있었는데 그는 배를 타고 오리노코 강의 지옥을 통과했으며 세상에서 가장 높은 산을 정복했다. 삽화들이 꽤 괜찮았는데 특히 훔볼트의 제복은 똑같이 그려져 있었다.

훔볼트는 그가 예상했던 곳에서 봉플랑을 발견했다. 그 집은 화려하게 장식되어 있었고 전면이 중국 타일로 덮여 있었다. 문지기가 그에게 기다려 달라고 요청했다. 몇 분이 지나자 봉플랑은 급히 옷을 걸치면서 나타났다.

훔볼트는 얼마나 더 그들의 약속을 상기시켜야 하는 거냐고 물었다.

저긴 그냥 호텔인데요. 봉플랑이 말했다. 그리고 약속은 서로가 동의해야 하는 것 아닙니까? 나는 절대 동의한 적이 없습니다.

훔볼트가 말했다. 어쨌든 그것은 약속이오.

봉플랑은 설교 좀 그만 하라고 요구했다.

다음 날 그들은 포포카테페틀 화산으로 올라갔다. 좁은 길 하나가 거의 정상까지 이어졌다. 고메스와 그 도시 시장인 윌슨, 화가 세 명과 거의 100명에 이르는 구경꾼들이 그들을 따라왔다. 봉플랑은 식물을 자를 때마다 모두에게 보여 주기 위해 자른 것을 돌려야 했다. 그러고 나면 대부분의 식물들이 채집함에 넣을 수 없을 정도로 너덜너덜해져서 돌아왔다. 훔볼트가 땅굴 앞에서 산소마스크를 쓰자 환호 소리가 터져 나왔다. 그가 기압계로 정상의 높이를 측량하고 온도계를 땅굴 안으로 내리는 동안 상인들은 음료수를 팔았다.

땅굴로 내려가는데 프랑스 사람 한 명이 그들에게 말을 걸었다. 제 이름은 뒤프레이고 파리에서 발간되는 여러 잡지에 글을 기고하고 있습니다. 원래 저는 보댕이 이끄는 아카데미 원정대를 취재하기 위해 이곳에 왔습니다. 그런데 보댕이 나타나지 않아 거의 포기하고 있을 때 이 나라에 훨씬 더 위대한 인물이 체류하고 있다는 소식을 들었습니다.

그 순간 훔볼트는 자아도취감에 흠뻑 젖어 터져 나오는 웃음을 억누르기가 힘들었다. 나는 보댕의 원정대에 합류하여 그와 함께 필리핀으로 가려고 합니다. 축복받은 섬의 탐색을 함께 하기 위해 아카풀코의 선장을 사로잡겠다는 생각에는 변함이 없습니다.

공동으로. 뒤프레가 반복해서 말했다. 섬의 축복받은 탐색이라.

축복받은 섬의 탐색이오!

뒤프레는 그 문장을 지우고 새로 고쳐 쓰고는 감사의 말을 전했다.

그들은 테오티우아칸 유적지를 방문했다. 그것은 인간이 세웠다고 보기에는 너무나 거대했다. 직선으로 나 있는 대로를 따라 그들은 사원으로 둘러싸인 광장에 도착했다. 훔볼트는 바닥에 앉았다. 그는 사람들이 멀리서 자기를 바라보고 있음을 알았다. 곧 몇몇 사람이 지루해했고 여러 사람들이 욕을 하기 시작했다. 한 시간 후에는 대부분의 사람들이, 반 시간이 더 흐른 뒤에는 마지막 남아 있던 사람들까지 가 버렸다. 남은 건 기자 세 명뿐이었다. 봉플랑은 가장 큰 피라미드의 꼭대기에서 땀을 흘리며 돌아왔다.

이렇게 높으리라고는 상상하지 못했어요!

훔볼트는 손에 육분의를 들고 고개를 끄덕였다.

네 시간 후에도, 이미 날이 저물었는데도 그는 여전히 그곳에 동일한 자세로 종이 위로 몸을 굽힌 채 앉아 있었다. 봉플랑과 기자들은 몸이 언 채로 잠이 들었다. 훔볼트는 태양이 하지 또는 동지 날에 정확하게 가장 큰 피라미드의 정상을 거쳐 두 번째 큰 피라미드의 꼭대기를 통과해 저무는 것을 확인한 뒤에 기자재를 정리했다. 도시 전체가 하나의 달력이었다. 누가 이것을 고안해 냈을까? 그들은 별들에 대해 얼마나 잘 알고 있었던 것일까? 그들이 전하려 했던 것은 무엇일까? 그는 수천 년 만에 그들의 메시지를 읽어 낸 최초의 인간이었다.

왜 그렇게 우울해 보입니까? 기자재를 싸고 있는 소리에 깨어난 봉플랑이 물었다.

이렇게 거대한 문명과 이렇게 엄청난 잔인함이라니. 훔볼트가 말했다. 너무나 어울리지 않는 조합이 아닌가! 동시에 독일이 지향하는 모든 것의 반대편에 있군요.

돌아갈 시간이 된 것 같은데요. 봉플랑이 말했다.

시내로요?

이 도시 말고요.

훔볼트는 잠시 별이 빛나는 밤하늘을 보았다. 좋아. 그가 말했다. 놀라울 정도로 지혜롭게 쌓아 올린 이 돌들을 마치 자연의 일부인 것처럼 여기고 이해하는 법을 배우겠다. 보댕은 혼자 필리핀으로 떠나보내고, 나는 북아메리카로 가는 첫 번째 배를 타야지. 그리고 거기서 유럽으로 돌아갈 것이다.

그 전에 그들은 50년 전 천둥번개, 거센 비바람 같은 불꽃과 재를 뿌리면서 평지에서 아주 갑자기 솟아오른 호룰로 화산으로 갔다. 멀리서 산이 보이자 훔볼트는 흥분하여 손뼉을 쳤다. 나는 저 산에 올라가야 합니다. 그는 기자들에게 받아쓰게 했다. 거기서 암석수성론 명제의 결정적인 반증을 찾게 될 것입니다. 위대한 아브라함 베르너를 생각하면—그는 그 이름의 철자를 하나씩 기자들에게 불러 주었다. ─ 유감이지만 말입니다.

화산 기슭에서 과나후아토 지방 총독이 많은 수행원들을 데리고 그들을 맞아 주었다. 수행원들 중에는 화산의 최초 정복자인 돈 라몬 에스펠데라는 이름의 노인도 있었다. 그는 자신이 원정대를 이끌겠다고 주장했다. 문외한에게 넘기기에 이 일은 너무 위험합니다!

훔볼트는 자신이 다른 누구보다도 많은 산을 올라가 보았다고 자신만만하게 말했다.

돈 라몬은 그의 호언에 아무 관심도 보이지 않은 채 태양을 직접 보지 말고 오른발을 내디딜 때마다 과달로프의 성모 마리아에게 기도하라고 조언했다.

그들은 천천히 앞으로 나아갔다. 뒤처지는 사람들을 매번 기다려야 했다. 특히 돈 라몬은 미끄러지거나 지쳐서 걷기 힘들어했다. 경탄의 시선을 받으면서 훔볼트는 확성기로 암석 바닥의 소리를 들으며 기어갔다. 산꼭대기에 도착한 그는 밧줄을 매고 분화구로 내려갔다.

돈 라몬이 말했다. 완전히 미쳤구만. 저런 녀석은 여태까지 한번도 본 적이 없어.

훔볼트를 끌어 올렸을 때 그의 얼굴은 새파랗게 질려 있었다. 그리고 불쌍할 정도로 기침을 했다. 그의 옷이 살짝 불에 탄 것 같았다. 암석수성론은 오늘로 폐기되어야 합니다! 그는 눈을 깜박이면서 외쳤다.

슬픈 일이군. 봉플랑이 말했다. 암석수성론에는 시적인 정취가 있었는데 말이야.

베라크루스에서 그들은 하바나로 돌아가는 첫 배를 탔다. 해안이 안개 속으로 사라지는 동안 훔볼트가 말했다. 이제 끝이 나서 기쁘다는 것을 고백하지 않을 수 없소. 그는 난간에 기대어 눈을 가늘게 뜨고 하늘을 올려다보았다. 그가 처음으로 젊은이처럼 보이지 않는다는 사실이 봉플랑의 눈에 띄었다.

그들은 운이 좋았다. 하바나에서는 방금 배 한 척이 정박한 참이었다. 그 배는 대륙을 거슬러 올라가다가 델라웨어 강을 따라 필라델피아로 운항하게 될 거라고 했다. 훔볼트는 선장에게 가서 자신의 스페인 여권을 보여 주며 배에 태워 달라고 부탁했다.

세상에. 선장이 말했다. 당신이군요!

맙소사. 훔볼트가 말했다.

그들은 어찌할 바를 모르고 서로를 바라보았다.

그것은 전혀 좋은 생각이 아닙니다. 선장이 말했다.

하지만 나는 그곳에 한 번은 가 보아야 합니다. 도중에 어떤 위치 측정도 하지 않겠다고 약속합니다. 당신을 완전히 신뢰하겠습니다. 당신과 함께했던 대양 횡단을 나는 항해술의 위대한 업적으로 기억하고 있습니다. 전염병, 무능한 의사, 잘못된 측량에도 불구하고 말입니다.

그런데 왜 하필 필라델피아입니까? 선장이 말했다. 불만을 가진 식민주의자들이 당신 때문에 여기저기서 반란을 일으킬 수 있습니다.

나는 암석 표본과 식물 표본이 든 상자 열네 개를 가지고 있습니다. 훔볼트가 말했다. 게다가 원숭이와 새 들을 가둔 우리 스물네 개와 벌레와 거미가 든 유리 보석함들도요. 다루기가 상당히 까다로운 것들입니다. 허락하신다면 바로 선적할 수 있습니다.

여기는 배의 왕래가 잦은 항구입니다. 선장이 말했다. 틀림없이 곧 다른 배가 도착할 겁니다.

맞는 말씀입니다. 훔볼트가 말했다. 그러나 나는 여권은 이것 하나밖에 가지고 있지 않으며, 가톨릭 왕 부처가 내가 빨리 오기를 기다리고 계십니다.

훔볼트는 자기가 한 약속을 지켜서 항해에 간섭하지 않았다. 원숭이 한 마리가 도망쳐 혼자 비상식량의 반을 먹어 치운 뒤, 독거미의 일종인 타란툴라 두 마리를 풀어 주고, 선장의 선실에 있는 것들을 죄다 갈기갈기 찢어 놓은 것만 제외한다면, 그 여행은 별문제 없이 끝났을 것이다. 그는 여행하는 내내 갑판에서 시간을 보냈다. 여느 때보다 잠을 많이 잤으며 괴테와 자기 형, 토머스 제퍼슨 대통령에게 편지를 썼다. 필라델피아에서 짐을 내리는 동안 그는 선장과 다시 작별 인사를 나누었다.

정말 다시 만났으면 좋겠군요. 훔볼트가 무뚝뚝하게 말했다.

그러길 바라는 마음이 나보다 더 크진 않을 겁니다. 여기저기 겨우 기워 놓은 제복을 입은 선장이 대답했다.

두 사람은 경례를 했다.

마차 한 대가 그들을 수도로 데려가기 위해 기다리고 있었다. 사절 한 명이 형식적인 초대장을 건네주었다. 대통령으로서 나는 새로 건축한 정부 청사에 당신들을 모실 수 있는 영광을 얻기를 바랍니다. 훔볼트 씨의 전설적인 여행에 관해 모든 것을 듣고 싶습니다.

감동적이군요. 뒤프레가 말했다.

아주 겸손한 표현인데요. 윌슨이 말했다. 훔볼트와 제퍼슨이라! 나도 함께 갈 수 있다면 좋을 텐데!

봉플랑이 물었다. 어떻게 훔볼트의 여행입니까? 왜 한 번도 훔볼트와 봉플랑의 여행이라고 말하지 않는 겁니까? 아니면 봉플랑과 훔볼트의 여행 혹은 봉플랑 원정대라고요? 누가 나에게 설명 좀 해주겠어요?

세상물정 모르는 대통령이지요. 훔볼트가 말했다. 그가 어떻게 생각하는지에 누군들 관심이나 있겠소!

워싱턴 시 곳곳은 한창 건축 공사 중이었다. 사방에서 골조, 움푹 파낸 구덩이, 벽돌 더미가 보였고 들리는 거라곤 오직 톱질하는 소리와 망치질하는 소리뿐이었다. 정부 청사는 완공된 지 얼마 안 돼 아직 페인트도 칠해지지 않은 상태였다. 그것은 기둥 위에 고전주의 양식의 둥근 지붕을 얹은 건물이었다. 마차에서 내렸을 때 훔볼트는 다시 한 번 위대한 빙켈만<sub>독일의 미학자, 미술사가</sub>이 끼친 영향에 대한 증거를 볼 수 있어 기쁘다고 말했다.

길 양쪽으로 어설프게 경례를 붙이는 군인들이 줄지어 서 있었고 트럼펫 신호가 하늘로 울려 퍼졌다. 깃발 하나가 바람에 펄럭이고 있었다. 훔볼트는 자세를 똑바로 취하고 손등이 모자 가장자리에 닿도록 손을 올렸다. 건물 앞에 서 있던 검은 프록코트를 입은 사람들이 다가왔다. 맨 앞에 선 사람이 대통령, 그 뒤가 외무부 장관 매디슨이었다. 훔볼트는 여기 오게 된 영광, 진보적인 이념에 대한 존경, 전제주의에서 벗어나게 된 기쁨에 대해 이야기했다.

대통령은 그가 이미 식사를 했는지를 물어보면서 그의 어깨를 쳤다. 만찬을 준비해 두었습니다, 남작!

국빈용 성찬은 보잘것없었다. 그러나 그 공화국의 고위 관직자들은 모두 참석했다. 훔볼트는 코르디예라 산맥의 얼음 같은 추위와 오리노코 강에서 당했던 모기의 공격에 관해 이야기했다. 그는 설명을 잘했다. 다만 매번 너무 세부적인 사실들에 몰두하기는 했다. 그가 강물과 기압의 변화, 고도와 식물 분포의 관계, 곤충의 종류에 따른 섬세한 차이 등에 관해 너무나 상세하게 보고하는 바람에 몇몇 부인들은 하품을 하기 시작했다. 그가 메모장을 꺼내 측량 결과를 발표하려 했을 때 봉플랑이 식탁 아래서 그에게 발길질을 한 번 했다. 훔볼트는 포도주를 한 모금 마시고 전제주의의 압박과 광물의 약탈에 관한 이야기를 꺼냈다. 광물의 무분별한 채굴은 짧은 시간에 엄청난 부를 가져오지만 결국은 경제적 이익을 남기지 못할 거라고 말했다. 그는 노예 제도의 악몽에 관해서도 이야기했다. 그는 다시 누군가가 자기를 발로 차는 것을 느꼈다. 그는 화난 얼굴로 봉플랑을 보고 나서 이번에는 외무부 장관이 발로 찬 것임을 알았다.

제퍼슨 대통령에게는 광대한 소유지가 있습니다. 매디슨이 속삭였다.

그런데요?

거기에 속하는 것 역시 모두 그의 소유지요.

훔볼트는 주제를 바꾸었다. 그는 하바나의 지저분한 항구, 카하마르카의 고원, 아타후알파<sub>잉카 제국의 13대 황제이자 마지막 황제</sub>의 물에 잠긴 황금 정원, 잉카 민족이 수많은 언덕을 연결시켜 수천 킬로미터에 걸쳐 깔아 놓은 긴 돌길에 대해 이야기했다. 그는 평상시보다 술을 많이 마셨다. 얼굴이 붉어졌고 움직임이 부담스러워졌다. 저는 여덟 살 때 이후로 항상 떠돌아다녔습니다. 한 장소에서 여섯 달 이상 머물러 본 적이 없지요. 저는 모든 대륙에 가 보았으며 동방의 동화작가들이 이야기한 동화 같은 존재들을 모두 보았습니다. 날아다니는 개, 여러 개의 머리가 달린 뱀, 수많은 언어를 할 줄 아는 앵무새 등. 그는 혼자 낮은 소리로 웃으면서 잠자리에 들러 갔다.

다음 날 그는 두통에도 불구하고 대통령의 타원형 서재에서 긴 담화를 벌였다. 제퍼슨은 뒤로 기대면서 안경을 벗었다.

이중 초점 렌즈입니다. 그가 말했다. 아주 쓸모가 있지요. 제 친구 프랭클린이 발명한 여러 가지 물건들 중 하나입니다. 솔직히 말하자면 그 친구는 항상 무시무시하게 느껴졌어요. 나는 절대 그를 이해할 수 없었습니다. 당연한 일이었지요. 자, 보십시오. 여기 있습니다!

훔볼트가 안경을 살펴보는 동안 제퍼슨은 손을 가슴 위에 얹고 질문을 하기 시작했다. 훔볼트가 잠시 주제에서 벗어나면 그가 부드럽게 고개를 흔들며 얘기를 중단시켰다. 그리고 다시 한 번 질문을 했다. 탁자 위에는 마침 중부 아메리카의 지도가 놓여 있었다. 그는 뉴스페인에 관해 모든 것을 알고 싶어 했다. 그곳의 운송로와 산맥에 관해. 관리들은 어떻게 일을 하는지, 명령이 내륙과 대양을 거쳐 어떻게 전달되는지, 귀족들의 분위기는 어떤지, 군대는 얼마나 크고 얼마나 장비를 잘 갖추었으며 얼마나 교육을 잘 받았는지 궁금해 했다. 이웃한 대국에 대해서는 많이 알아 둘수록 좋은 법입니다. 그래도 남작께서는 스페인 왕가의 위임을 받아 여행 중이라는 사실을 기억하십시오. 그리고 가능하면 이 일을 입 밖에 내지 않으셨으면 합니다.

왜요? 훔볼트가 말했다. 그것이 누구에게 해가 됩니까? 그는 지도 위로 몸을 구부렸다. 그는 지도 위에 그려진 수많은 오류들을 교정하고 정확한 십자가로 가장 중요한 요새의 위치를 표시했다.

제퍼슨은 안도의 숨을 내쉬며 감사했다. 여기서도 벌써 드러나지 않습니까? 우리는 세상의 변방에 있는 청교도들의 공동체입니다. 모든 것으로부터 아주 멀리 떨어져 있는…….

훔볼트는 창밖을 내다보았다. 일꾼 두 명이 사다리를 끌고 지나갔다. 또 다른 일꾼은 자갈 구덩이를 파고 있었다. 솔직하게 말하면 저는 다시 고향으로 돌아갈 수 없을 것 같아요.

베를린 말입니까?

훔볼트는 웃었다. 이성을 가진 인간이라면 누구도 그런 끔찍한 도시를 자기 고향이라고 말하지 않을 겁니다. 제가 말한 고향은 물론 파리입니다. 베를린에서 다시 사는 일은 — 이건 정말 확실히 말해 둘 수 있는데 — 절대로 없을 겁니다.

## 아들

가우스는 불만스럽게 냅킨을 옆으로 치웠다. 음식이 정말 맛이 없었다. 그러나 음식에 대해 직접적으로 불평하기는 그래서 대신 애먼 도시를 욕하기 시작했다. 그는 사람들이 어떻게 이런 곳에서 버티어 낼 수 있는 거냐고 물었다.

장점도 있지요. 훔볼트가 애매하게 말했다.

어떤 점인가요?

훔볼트는 몇 초 동안 멍하니 식탁을 내려다보더니 이렇게 말했다. 지구를 자기 관측소의 그물망 하나로 덮을 수 있을 거라는 생각이 드는군요. 나는 지구 내부에 자석이 하나가 있는지, 두 개가 있는지, 아니면 셀 수 없이 많은지 밝히고 싶습니다. 저는 벌써 영국왕립협회의 동의를 얻어 놓은 상태입니다. 이제 수학의 황제께서 도와주셔야 합니다!

그것을 위해서라면 특별한 수학자가 필요하지 않은데요. 가우스가 말했다. 나는 열다섯 살 때부터 자기학을 연구해 왔습니다. 어린

아이의 집착 같은 것이었죠. 여기서 차를 마실 수 있을까요?

훔볼트는 깜짝 놀라 손가락을 튕겨 하인을 불렀다. 이른 오후였고, 가우스 교수가 열여섯 시간이나 자고 난 후였다. 훔볼트는 여느 때처럼 새벽 5시에 일어났으며 아침 식사도 하지 않고 지구 자장의 파동에 관련된 몇 가지 실험을 했다. 그다음 바르네뮌데에서 물개를 사육할 경우의 비용과 유용성에 관한 보고서를 받아쓰게 했다. 학회 두 곳에 보낼 편지 네 통을 썼고 동판 위에 화학적으로 상을 고정시킬 방법을 어떻게 찾을지에 관해 다게르와 의논했다. 커피 두 잔을 마셨으며 10분간 휴식을 취하고 여행기의 세 챕터에 코르디예라 산맥의 식물계에 관한 주석을 붙였다. 그는 자연과학자협회의 비서와 함께 저녁에 예정된 환영 만찬의 진행에 관해 이야기했으며 새로 취임한 멕시코 수상을 위해 갱내의 물을 펌프로 퍼내는 것에 관해 짧은 기념논문을 작성하고 전기 작가 두 명이 보낸 질의서에 답장을 썼다. 그러고 나니 잠에 취한 채 기분이 안 좋아 보이는 가우스가 손님방에서 나와 아침을 요구했다.

훔볼트가 말했다. 베를린에서 살게 되기까지 저에게는 선택의 여지가 없었습니다. 파리에서 오랜 시간을 보낸 후에 나는⋯⋯. 그는 얼굴에서 흰 머리카락을 쓸어 올렸다. 손수건을 꺼내 조용히 코를 풀고, 그것을 접어서 매끈하게 주름을 편 다음 다시 주머니에 집어넣었다. 그것을 어떻게 표현해야 할까요?

돈이 떨어졌습니까?

너무 과격한 표현이군요. 어쨌든 원정 기록을 출판하느라 자금이 완전히 소진되었습니다. 총 서른네 권에 달하니까요. 도표와 동판화, 지도와 삽화까지 넣었고요. 게다가 전쟁 중이라 물자도 부족하고 임금도 많이 올랐습니다. 저 혼자서 학회 하나가 하는 일을 다 해야 합니다. 그래서 얼마 전부터는 시종 직을 맡아 궁정에서 숙식을 해결하고 매일 왕을 접견하지요. 그나마 다행스러운 일이지요.

그럼요. 가우스가 말했다.

어쨌든 프리드리히 빌헬름 왕은 제 탐험을 인정해 줍니다! 나폴레옹은 저와 봉플랑을 항상 증오했습니다. 그가 이집트에 보낸 학자 300명이 한 일이 우리 둘이 남미에서 한 것보다 못했기 때문이지요. 파리에 돌아온 후 우리는 몇 달 동안 도시의 화젯거리였지요. 나폴레옹에게는 그것이 아주 못마땅했습니다. 뒤프레는 이 시기에 아주 아름다운 회상 몇 가지를 『훔볼트 — 위대한 탐험가』에 기록했지요. 윌슨의 『과학자와 여행가 — 중앙 아메리카에서 훔볼트와 함께한 여행』보다는 사실을 덜 왜곡한 책입니다.

오이겐이 봉플랑 씨는 어떻게 됐느냐고 물었다. 내 얼굴을 보면 지난밤에 잠을 잘 못 잤다는 것을 알 수 있을 겁니다. 하인 두 명과 함께 옆 건물에 있는 냄새 나는 방에서 밤을 보내야 했지요. 인간이 그렇게 큰 소리로 코를 골수 있다는 사실을 어제 처음 알았습니다.

훔볼트가 설명했다. 딱 한 번 황제를 알현한 적이 있는데 황제가 내게 식물을 수집하느냐고 묻더군요. 내가 그렇다고 대답했더니 황제는 내 아내와 똑같군, 이라고 말하고는 무뚝뚝하게 몸을 돌렸습니다.

가우스가 말했다. 나 때문에 보나파르트는 괴팅겐의 포격을 포기했습니다.

나도 그런 얘기를 들은 적이 있습니다. 훔볼트가 말했다. 그러나 아마 거기엔 어떤 전략적인 이유가 있었을 거라는 생각이 듭니다.

나폴레옹은 나중에 나를 프로이센의 스파이라며 국외로 추방하려고 했습니다. 학회 전체가 그것을 막기 위해 연합을 해야 했습니다. 그때 나는 누구의 비밀도 — 훔볼트는 비서에게 눈짓을 했다. 비서는 바로 메모장을 펼쳤다. — 자연 이외에는 누구의 비밀도 캐내려 한 적이 없습니다. 아주 명백한 창조의 진리 외에는 어떤 다른 비밀도 알아내려고 하지 않았습니다.

명백한 창조의 진리. 비서는 입을 쑥 내밀며 반복했다.

아주 명백한!

비서는 고개를 끄덕였다. 하인이 은 찻잔이 올려진 쟁반을 들고 왔다.

오이겐이 다시 물었다. 그런데 봉플랑은요?

유감스러운 일이지요. 훔볼트는 한숨을 쉬었다. 아주 슬픈 이야기입니다. 마침내 차가 준비됐군요. 이 차는 러시아 황제가 보내온 선물입니다. 러시아의 경제부 장관이 나를 다시 러시아로 초대했지만 나는 물론 거절했습니다. 정치적 이유에서도 그렇지만 나이 때문이기도 합니다.

잘하셨습니다. 오이겐이 말했다. 러시아 황제는 지구상에서 가장 악독한 전제군주입니다! 그는 자신이 한 말에 놀라서 얼굴이 붉어졌다.

가우스는 몸을 구부리고 기침을 하면서 마디가 있는 지팡이를 집어 들었다. 그리고 식탁 아래서 오이겐의 발을 때렸다. 한 번 빗나가자 다시 한 번 때렸다. 오이겐은 몸을 움칠했다.

그 말이 완전히 틀렸다고는 할 수 없습니다. 훔볼트가 말했다. 그는 신호를 보냈다. 비서는 바로 받아쓰는 것을 중지했다. 왕정 복고는 식물의 노균병처럼 유럽을 잠식해 가고 있습니다. 거기에 나의 형님 역시 책임이 있다는 사실을 숨길 수가 없군요. 청년기에 품었던 나의 희망은 비현실적인 것이 되었습니다. 한쪽에는 폭정이 있고 다른 한쪽에는 바보들의 자유가 있습니다. 남자 세 명이 거리에 함께 서 있기만 해도 그들은 모반을 위해 규합했다는 소리를 듣습니다. 그런데 서른 명이 뒷방에서 유령을 불러내도 그것은 아무도 트집 잡지 않습니다. 줏대 없는 사람들이 나라 전체를 돌아다니면서 자유를 설교하고 아무것도 모르는 바보들에게 얹혀삽니다. 유럽은 누구도 더 이상 깨어날 수 없는 악몽의 장이 되었습니다. 수년 전부터 저는 인도 여행을 준비하며 돈과 기자재, 지도를 수집했습니다. 그것은 내 평생 가장 훌륭한 도전이 되었을 겁니다. 그런데 영국 사람들이 그것을 방해했습니다. 영국의 식민지인 인도에 노예 제도를 반대하는 사람이 들어오는 것을 원하지 않는답니다. 라틴아메리카에서는 새로운 국가들이 수없이 탄생했습니다. 목적도 의미도 없이 말입니다. 나의 친구 볼리바르의 필생의 업적은 완전히 파괴되어 버렸습니다. 어쨌든 라틴아메리카의 그 위대한 해방가가 나에게 어떤 칭호를 붙여 주었는지 아십니까?

그는 아무 말도 하지 않았다. 잠시 시간이 지나서야 그가 대답을 기다리고 있다는 것을 알 수 있었다.

어떤 칭호인데요? 가우스가 물었다.

남아메리카의 진정한 탐험가! 훔볼트는 자기 찻잔을 들여다보며 웃었다. 그 말은 고메스의 『훔볼트 남작』에 나와 있습니다. 평가 절하된 책이지요. 교수님은 지금 확률 계산에 전념하고 계시다고 들었습니다.

사망률 통계지요. 가우스가 말했다. 그는 차를 한 모금 마시고는 역겹다는 듯 얼굴을 찡그리며 할 수 있는 한 멀리 찻잔을 밀어 놓았다. 우리는 스스로 자신의 존재를 규정한다고 생각합니다. 물건을 만들고 발견하고 자산을 획득합니다. 목숨보다 더 사랑하는 사람을 발견하고 아이를 낳습니다. 아이는 영리할 수도 있고 바보 같을 수도 있죠. 사랑하는 사람이 죽는 것을 보고, 늙고 어리석어지고, 병들고 죽어서 땅에 파묻힙니다. 우리는 모든 것을 스스로 결정했다고 생각합니다. 수학이 비로소 우리가 쉬운 길을 선택해 왔다는 것을 가르쳐 줍니다. 전제 정치, 그 말은 듣기만 해도 소름이 끼치는군요! 전제 군주들 역시 살면서 고통받고 다른 사람들처럼 죽어 가는 가련한 인간에 불과합니다. 진짜 폭군은 자연법칙입니다.

이성이 법칙을 만듭니다. 훔볼트가 말했다.

그것은 말도 안 되는 칸트 식 구닥다리 사고지요. 가우스는 머리를 흔들었다. 이성은 아무것도 만들지 못하며 아무것도 이해하지 못합니다. 공간은 구부러져 있고 시간은 확장됩니다. 직선을 멈추지 않고 그리는 사람은 언젠가는 다시 직선의 출발점에 도달하게 됩니다. 그는 창문에 낮게 걸려 있는 태양을 가리켰다. 이런 타는 듯한 행성의 빛조차도 직선으로 내려오지 않습니다. 세상은 아쉬운 대로 측량될 수는 있겠지만 그것이 우리가 어떤 것을 이해했다는 것을 의미하지는 않습니다.

훔볼트는 팔짱을 꼈다. 첫째, 태양은 타서 사라져 버리는 것이 아닙니다. 태양은 그것의 플로지스톤을 복구해 가며 영원히 빛을 발할 것입니다. 둘째, 이것이 공간과 무슨 관계가 있습니까? 오리노코 강에서 나는 비슷한 농담을 하던 사공들을 만났지요. 나는 그들의 엉뚱한 소리를 전혀 이해하지 못했습니다. 그들은 정신을 혼미케 하는 그런 물질을 자주 먹었을 겁니다.

가우스는 훔볼트에게 시종이 하는 일이 무엇이냐고 물었다.

여러 가지입니다. 이것저것이요. 시종들은 어쨌든 왕이 중요한 결정을 내릴 때 조언을 해 주고 그의 경험을 유용한 쪽에서 활용합니다. 가끔은 외교적 대화에 조언을 하기도 합니다. 폐하는 거의 매일 저녁 만찬 때마다 내가 함께하기를 원합니다. 폐하는 신세계에 관한 보고에 흠뻑 빠져 계시거든요.

그렇다면 같이 밥을 먹어 주고 이야기를 해 주는 일로 돈을 받는 거네요?

비서는 킥킥거리다 얼굴이 창백해져서는 기침을 한 거라고 용서를 구했다.

어색한 침묵이 흐를 때 오이겐이 말했다. 진짜 폭군은 자연법칙이 아닙니다. 나라 안에 거센 움직임이 일어나고 있습니다. 자유는 더 이상 실러의 책에나 나오는 말이 아닙니다.

어리석은 녀석들의 움직임이지. 가우스가 말했다.

나는 괴테와 마음이 잘 맞았습니다. 훔볼트가 말했다. 실러는 제 형님과 더 마음이 잘 맞고요.

아무짝에도 쓸모없는 어리석은 녀석들의 움직임이지. 가우스가 말했다. 돈이나 명성은 물려받았을지 모르지만 지성이라고는 털끝만큼도 없는 녀석들.

훔볼트가 말했다. 제 형님은 얼마 전에 실러에 관한 심오한 논문을 완성했습니다. 저는 문학에 별로 흥미를 못 느낍니다. 숫자가 없는 책은 나를 불안하게 합니다. 연극을 볼 때면 나는 항상 따분했습니다.

맞아요. 가우스가 외쳤다.

예술가들은 그들의 과제가 무엇인지를 너무 쉽게 잊어버립니다. 그것은 바로 존재하는 것을 보여 주는 것입니다. 예술가들은 일탈적 행동을 능력이라고 착각합니다. 그들의 작품은 인간을 혼란스럽게 하고 양식화는 세상을 오염시키지요. 예컨대 판지로 만들어진 것임을 드러내고 보여 주는 무대 미술, 배경이 유화 물감으로 뭉개져 버린 영국 그림, 작가가 역사적인 인물의 이름을 자신의 허튼 생각과 연결시키기 때문에 거짓 동화로 빠져 드는 소설들.

끔찍하죠. 가우스가 말했다.

나는 식물과 자연의 특징에 관한 도록을 작성하고 있습니다. 화가들이 그림을 그릴 때 그 특징들을 지키도록 의무화해야지요. 연극에도 그와 비슷한 법을 제안할 수 있습니다. 중요한 인물의 특징 목록을 작성하는 게 어떨까요? 작가들이 그것에서 벗어나지 못하도록 말입니다. 다게르의 발명품이 완성되는 날이면 어쨌거나 그런 예술은 필요 없는 것이 되어 버릴 테지만요.

저기 저 녀석은 시를 씁니다. 가우스는 턱으로 오이겐을 가리켰다.

정말요? 훔볼트가 물었다.

오이겐은 얼굴이 빨개졌다.

시 나부랭이와 잡글을 쓰지요. 가우스가 말했다. 아주 어렸을 때부터요. 그것을 보여 주는 일은 없지만 칠칠맞지 못하게 여기저기 흘리고 다닙니다. 학자로서도 무능하지만 문학가로서는 더 형편없지요.

날씨가 좋군요. 훔볼트가 말했다. 지난달에는 비가 많이 왔어요. 이제는 아름다운 가을을 기대해도 좋겠네요.

저 녀석을 먹여 살려야 합니다. 저 아이 형은 적어도 군인은 되었지요. 그런데 저기 저 녀석은 아무것도 배우지 않고 아무것도 할 줄 모릅니다. 그런 주제에 시라니!

저는 법학을 전공했어요. 오이겐이 작은 소리로 말했다. 그리고 수학도요!

뭐라고? 가우스가 말했다. 발을 걷어차야만 비로소 미분 방정식을 이해하는 수학도라니. 대학에 다닌 게 아무것도 아니라는 것은 누구나 아는 사실이다. 수십 년간 나는 젊은 놈들의 멍한 얼굴을 봐와야 했다. 그러나 내 아들에게서는 더 나은 것을 기대했지. 왜 하필이면 수학이지?

제가 원한 게 아니에요. 오이겐이 말했다. 저도 어쩔 수 없이 한 거라고요.

아, 그래? 누가 하라고 했는데?

훔볼트가 말했다. 날씨와 계절의 변화는 이 지역에 독특한 아름다움을 부여하고 있습니다. 열대 지방이 갖가지 화려한 꽃들을 자랑한다면 유럽에는 매년 다시 깨어나는 창조의 장관이 있습니다.

누구에게 강요당했겠어요. 오이겐이 외쳤다. 측량을 도울 조수가 필요하다고 했던 사람이 누구였는데요?

훌륭한 조수지. 매번 실수를 해서 두 번씩 측량하게 만들었지.

소수점 아래 다섯 번째 자리의 실수예요! 그것들은 아무런 영향도 미치지 않아요. 아무 상관 없다고요.

잠깐만요. 훔볼트가 말했다. 측량 실수는 절대 아무 상관 없는 게 아닙니다.

부서진 회광기는? 가우스가 물었다. 그것도 아무 일 아니냐?

측량은 고도의 기술입니다. 훔볼트가 말했다. 쉽게 생각해서는 안 되는 막중한 책임이 따르지요.

정확히 말하면 '두 개의 부서진 회광기'지. 가우스가 말했다. 그중 하나는 이 녀석이 심지어 땅에 떨어뜨렸답니다. 어떤 어리석은 놈이 이 아이를 엉뚱한 숲길로 안내했기 때문이지요.

오이겐은 벌떡 일어나서 마디가 있는 지팡이와 붉은 모자를 들고 밖으로 뛰쳐나갔다. 그의 등 뒤로 거실 문이 탕 소리를 내며 닫혔다.

저렇다니까요. 가우스가 말했다. 고맙다는 말은 외래어가 되어 버렸나 보군요.

젊은 사람을 대하는 것은 쉬운 일이 아니지요. 훔볼트가 말했다. 그러나 너무 엄격해서도 안 됩니다. 가끔은 격려가 비난보다 더 도움이 됩니다.

아무것도 없는 녀석은 아무것도 할 수가 없습니다. 그리고 아까 자장과 관련된 그 질문은 잘못 제시된 겁니다. 지구 속에 얼마나 많은 자석이 존재하는지가 중요한 게 아닙니다. 어쨌든 우리는 두 개의 극과 자력의 강도와 자침의 편차각을 통해 설명할 수 있는 자장을 가지고 있습니다.

나는 항상 경침<sup>지자기의 복각을 측정하는 자침</sup>을 가지고 다녔죠. 훔볼트가 말했다. 그래서 수만 개 이상의 결과를 수집했지요.

세상에. 가우스가 말했다. 힘들게 들고 다니는 것만으로는 충분치 않습니다. 생각도 해야 합니다. 자력의 수평적 분력은 지리학적 위도와 경도의 함수로 표시될 수 있습니다. 수직적 분력은 지구 반경에 따라 멱급수에서 유도하는 것이 가장 좋습니다. 간단한 구의 함수지요. 그는 나지막하게 웃었다.

아들 231

구의 함수라. 훔볼트가 웃었다. 그는 한마디도 이해하지 못했다.

그것은 연습에서 나온 겁니다. 가우스가 말했다. 스무 살 때 나는 이런 어린아이 장난 같은 문제를 푸는 데 하루도 걸리지 않았습니다. 그런데 지금은 일주일 이상을 끙끙대야 합니다. 그는 이마를 툭툭 쳤다. 여기 이것이 이제 전처럼 활동하지 않습니다. 쿠라레를 마시고 죽는 게 좋았겠다 생각한 적도 있는데. 인간의 뇌는 매일 조금씩 죽어 가지요.

쿠라레는 아무리 마셔도 죽지 않습니다. 훔볼트가 말했다. 죽으려면 그것을 피 속에 떨어뜨려야 하지요.

가우스는 그를 보았다. 정말요?

그럼요. 훔볼트가 흥분하여 말했다. 내가 그 사실을 실제로 발견했는데요.

가우스는 잠시 침묵을 지켰다. 그리고 물었다. 봉플랑이라는 사람은 정말 어떻게 된 겁니까?

시간이 되었군요! 훔볼트가 일어섰다. 사람들을 기다리게 해서는 안 됩니다. 저의 개회 선언에 이어 귀빈들을 위한 작은 환영회가 열릴 겁니다. 그는 가택 연금을 당했지요!

뭐라고요?

봉플랑은 파라과이에서 가택 연금 중에 있습니다. 파리로 귀향한 후에 그는 잘 지낼 수가 없었어요. 알코올, 여자들. 그의 삶은 명료함과 방향 감각을 잃었고, 절대 일어나지 말아야 할 사건이 벌어졌습니다. 한동안 그는 왕궁의 식물원장으로 있었으며 난초과 식물들을 훌륭하게 재배했습니다. 나폴레옹이 패배한 후 그는 다시 대양을 건넜습니다. 거기서 그는 영지와 가족을 얻었지만 시민전쟁에서 사람들을 잘못 만났지요. 옳은 사람들이었는지는 모르겠습니다만 어쨌든 패배한 사람들이었지요. 프란시아라는 이름의 미치광이 독재자가 그를 궁정에 감금해 놓고 계속해서 죽이겠다고 위협하고 있답니다. 시몬 볼리바르조차 봉플랑을 위해 아무 일도 할 수가 없었지요.

끔찍한 일이군요. 가우스가 말했다. 그런데 봉플랑이라는 사람이 도대체 누구입니까? 나는 그런 사람에 관해 들어 본 적이 전혀 없는데요.

# 아버지

 오이겐 가우스는 베를린을 헤매고 다녔다. 거지가 그에게 손을 내밀고 개 한 마리가 그의 다리에 매달렸다. 마차를 끄는 말이 그의 얼굴에 대고 기침을 했다. 빈둥거리며 돌아다니지 말라고 경찰이 그에게 호통을 쳤다. 길모퉁이에서 그는 그와 마찬가지로 시골에서 왔으며 매우 수줍어하는 젊은 신부와 대화를 나누게 되었다.
 수학이라. 신부가 말했다. 흥미롭군요!
 그렇지요. 오이겐이 말했다.
 저는 율리안이라고 합니다. 신부가 말했다.
 그들은 서로 잘 지내라고 말하고는 헤어졌다.
 몇 걸음을 더 가자 어떤 여자가 그에게 말을 걸어 왔다. 그의 무릎이 공포로 인해 후들거렸다. 그런 일에 관해 이미 들은 적이 있었기 때문이었다. 그는 서둘러 계속 걸었으며 그녀가 그를 쫓아왔을 때에도 몸을 돌리지 않았다. 그래서 그는 그녀가 단지 모자를 떨어뜨렸다는 말을 해 주려고 따라왔던 것임을 알지 못했다. 어느 음식점에서 그는 맥주 두 잔을 마셨다. 팔짱을 끼고 젖어 있는 탁자를 내려다보았다. 그는 아직 이렇게까지 슬퍼 본 적이 없었다. 아버지 때문이 아니었다. 아버지는 항상 그랬으니까. 고독 때문도 아니었다. 그 슬픔은 이 도시 때문이었다. 많은 사람들, 높은 건물, 더러운 하늘. 그는 시 몇 줄을 썼다. 마음에 들지 않았다. 멍하니 앞을 바라보고 있는데 축 늘어진 바지를 입고 유행을 좇아 머리를 기른 대학생 두 명이 그의 옆자리에 와서 앉았다.

괴팅겐에서 오셨나요? 한 대학생이 물었다. 악명 높은 도시지요. 대단한 도시에서 오셨군요!

오이겐은 무슨 말인지 전혀 알아듣지 못했음에도 불구하고 맞다는 듯 고개를 끄덕였다.

다른 학생이 말했다. 그래도, 어떤 일이 있더라도 자유는 반드시 올 겁니다.

자유는 틀림없이 올 겁니다. 오이겐이 말했다.

지체하지 않고, 밤도둑처럼 말이지요. 첫 번째 대학생이 말했다.

이제 그들은 서로 무언가를 공유하고 있음을 알았다.

한 시간 후 그들은 함께 걷고 있었다. 대학생들이 보통 그러하듯이 오이겐은 그들 중 한 사람과 팔짱을 꼈고, 다른 사람은 서른 걸음쯤 뒤에서 그들을 쫓아왔다. 경찰이 그들을 불러 세우지 못하도록 하기 위해서였다. 오이겐은 이렇게 넓은 도시가 있다는 것이 놀라웠다. 매번 새로운 도로, 또다시 교차로. 그리고 돌아다니는 사람들의 물결이 끝도 없이 이어졌다. 그들 모두는 어디로 가는 것이며 어떻게 저렇게 살 수 있는가?

훔볼트의 새 대학이 세계에서 가장 좋은 대학이라고, 오이겐 옆의 대학생이 말했다. 다른 어떤 대학보다도 독일의 저명한 교수들이 많지요. 정부는 그들을 마치 지옥처럼 두려워합니다.

훔볼트가 대학을 설립했어요?

형 훔볼트를 말하는 겁니다. 대학생이 설명했다. 행실이 바른 사람이지요. 전쟁 내내 파리에 눌러앉아 프랑스의 종으로 봉사했던 동생 훔볼트가 아닙니다. 형이 동생을 공개적으로 병역에 소집했지만 그는 조국이 아무것도 아닌 것처럼 처신했지요. 점령군이 주재하는 동안 그는 자신의 베를린 저택 입구에 다음과 같은 글을 내걸었답니다. '약탈하지 마시오. 이 저택의 소유주는 파리아카데미의 회원입니다.' 구역질 나지요!

도로는 가파르게 위로, 그다음에는 비스듬하게 아래로 이어졌다. 어느 집 현관 앞에 남자 두 명이 서서는 암호를 물었다.

자유 쟁취.

그건 지난번 암호요.

다른 대학생이 그들에게 다가갔다. 두 사람은 서로 속삭였다. 게르마니아?

그 암호도 쓰지 않은 지 꽤 되었는데요.

독일어와 자유?

아, 맞아요. 파수꾼들은 서로 눈빛을 교환했다. 그러고 나서 그들은 안으로 들어갈 수 있었다.

그들은 계단을 거쳐 곰팡내 나는 지하실에 도착했다. 바닥에 상자들이 놓여 있었고, 구석에는 포도주 통이 쌓여 있었다. 두 대학생이 재킷 소매를 걷어붙이고 금사로 짠 암적색 휘장을 보여 주었다. 그들은 바닥에 있는 통풍창을 열었다. 좁은 통로가 더 아래에 위치한 두 번째 지하실로 이어졌다.

흔들거리는 단상 앞에 여섯 줄로 의자가 놓여 있었다. 벽에는 암적색의 작은 삼각형 깃발이 걸려 있었고, 이미 스무 명 정도 되는 학생들이 기다리고 있었다. 모두들 손에 지팡이를 들었고 몇 명은 폴란드 식 모자를, 어떤 사람은 고대 독일식 모자를 쓰고 있었다. 몇몇 사람은 직접 재단한 늘어지는 바지를 입고 넓은 중세식 벨트로 그것을 묶고 있었다. 벽에 걸려 있는 횃불들이 수천 개의 그림자를 던졌다. 오이겐은 자리에 앉았다. 나쁜 공기와 흥분으로 인해 어지러움증이 일었다. 그가 직접 올 거라는데. 누군가가 속삭였다. 그 사람인지 아니면 그와 비슷한 사람인지 우리는 알 수가 없지. 프라이부르크 운스트루트 강 근처에 감금되었다던데, 그런데도 매번 익명으로 여기저기서 나타난단 말이야. 진짜 그 사람이 아닐 거야. 실제로 그를 본다면 아마 심장이 터져 버릴걸.

점점 더 많은 학생들이 모여들었다. 두 명씩 짝을 지어 팔짱을 끼고 누구도 분명하게 알지 못하는 구호에 관해 토론을 벌였다. 시집을 뒤적거리거나 『체조론』을 읽고 있는 사람도 있었다. 사람들은 마치 기도를 하듯 입술을 움직였다. 오이겐의 가슴이 심하게 뛰었다. 오래전에 빈자리가 다 찼다. 지금부터 오는 사람들은 구석에 서 있어야 했다.

한 남자가 무거운 걸음걸이로 계단을 내려왔다. 그러자 방 안이 조용해졌다. 그는 호리호리하고 키가 매우 컸으며, 대머리에 긴 회색 턱수염을 기르고 있었다. 그는 — 이상하게도 오이겐은 놀라지 않았다. — 일전에 음식점에서 그들 옆 탁자에 앉아 식사하다 경찰과의 싸움에 개입했던 사람이었다. 그는 천천히 팔을 흔들면서 단상 앞으로 향했다. 거기서 그는 몸을 꼿꼿이 세우고 한 학생이 떨리는 손으로 초에 불을 붙일 때까지 기다렸다. 그 학생은 불을 밝히는 데 실패해서 여러 번을 다시 시도해야 했다. 그는 건조하고 날카로운 목소리로 말했다. 여러분들은 내 이름을 알아서는 안 됩니다!

뒤에 서 있던 한 학생이 짧은 신음을 내뱉었다. 그 소리를 제외하고는 모든 것이 쥐 죽은 듯 조용했다.

턱수염이 난 사람이 팔을 높이 들어 구부렸다. 그리고 다른 손으로 팔을 가리키고선 그것이 무엇인지 아느냐고 물었다.

아무도 대답하지 않았다. 숨도 쉬지 않았다. 그가 직접 대답했다. 이것은 근육입니다.

한동안 침묵한 후에 그는 이야기를 계속했다. 이 근육의 용기, 젊음, 강력함을 보십시오! 이 근육은 더욱 강해져야 합니다! 그는 속삭였다. 생각하기를 원하는 사람, 본질까지 깊이 생각하기를 원하는 사람은 육체를 긴장시켜야 합니다. 근육이 없는 사고는 빈약하고 건조하며, 맥 못 추는 프랑스 남자들의 물건과 같습니다. 아이는 조국을 위해 기도하고 젊은이는 꿈을 꾸면 되지만 남자라면 투쟁하고 고통을 감내해야 합니다. 그는 몸을 굽히고 한순간 꼼짝도 하지 않았다. 그런 다음 리드미컬한 동작으로 바짓자락을 높이 끌어 올렸다. 여기를 보십시오! 그는 주먹으로 자기 장딴지를 두들겼다. 순수하고 강하며 회전 도약을 할 수 있을 정도로 힘이 좋으며, 철봉처럼 단단합니다. 원하는 사람은 만져 봐도 좋습니다! 그는 일어서서 잠시 먼 곳을 응시하더니 천둥 같은 목소리로 소리쳤다. 독일은 이 다리처럼 되어야 합니다!

오이겐은 주위를 둘러보았다. 여러 명의 청중들이 입을 크게 벌리고 서 있었고 많은 사람들의 얼굴에 눈물이 흘렀다. 어떤 사람은 떨면서 눈을 감았고 그의 옆 사람은 흥분으로 인해 손가락을 깨물었다. 오이겐은 눈을 깜박였다. 공기는 더욱 나빠졌고 촛불이 만든 흔들리는 그림자 때문에 실제보다 훨씬 많은 군중이 있는 것처럼 느껴졌다. 그는 자신의 내면에서 솟구치는 흐느낌을 억누르려고 노력했다.

  턱수염을 기른 사람이 말했다. 어떤 것도 청년들을 굴복시킬 수 없습니다. 친구들이 아니라 적과 맞서야 합니다. 이 민족을 괴롭히는 것은 적의 강력함이 아니라 자신의 허약함입니다. 이것이 좁아들어 있습니다. 그는 손바닥으로 자기 가슴을 쳤다. 숨을 쉴 수도 없고 움직일 수도 없습니다. 원래의 의지와 순수한 경건함을 가지고 어디로 가야 하는지 모릅니다. 영주, 프랑스 사람, 사이비 성직자가 여러분을 미혹하여 독일을 유약함에 빠지게 하고 자장가를 불러 엄지손가락을 빨며 잠들게 합니다. 그러나 청년들이여, 경건하고 순결하게 버티고 서시오. 생각을 하시오! 그는 주먹을 쥐고 이마를 두드렸다. 생각, 그것의 성스러운 단결은 어떤 악마도 파괴할 수 없습니다. 그것은 마침내 진실한 독일 교회를 이끌어 내고 존재를 극복하게 될 겁니다. 청년들이여, 그것이 무엇을 의미합니까? 그는 팔을 뻗었다. 천천히 무릎으로 걷다가 다시 일어났다. 그것은 육체를 파악하고 육체를 훈련시키는 것을 의미합니다. 도약을 통해, 뛰어내림을 통해, 턱걸이, 철봉 운동을 통해. 육체가 완전해질 때까지 말입니다. 그런데 오늘날 우리는 어떻습니까? 숨어서 여행을 다니던 중 나는 어떤 노인과 대학생, 독일인 아버지와 아들, 진실한 두 남자가 여권을 가지고 다니지 않는다는 이유로 경찰에게 시달리는 장면을 목도했습니다. 올바른 독일 사람으로서 나는 용감하게 개입했습니다. 그리고 신의 은혜로 폭정의 사슬을 제압했습니다. 매일 우리는 부당한 일들과 부딪히고 있습니다. 언제 어디서나. 알코올과 여자를 거부하고 자신의 힘에 전념하는 선한 젊은이들이 신선하고 경건하게, 즐겁고 자유롭게 기꺼이 독일의 수도사가 되지 않는다면 누가 그런 부당함을 막을 수 있겠습니까? 우리는 프랑스 사람들을 몰아냈습니다. 이제는 군주를 몰아낼 차례입니다. 소위 신성 동맹1815년 프랑스 파리에서 러시아와 오스트리아, 프로이센 간에 체결된 동맹. 독일은 이 동맹을 이용하여 자유주의와 민족주의 운동을 탄압했다.은 더 오래 지속되어서는 안 됩니다. 철학은 현실을 붙잡고 흔들어야 합니다. 여러분의 시대가 다시 한 번 오기를! 그는 탁자를 내리쳤다. 그리고 오이겐은 자신과 다른 사람들이 환호하는 소리를 들었다. 턱수염이 난 사람은 조용히 서서 팔을 위로 뻗고 청중을 예리한 눈으로 바라보았다. 갑자기 그의 표정이 바뀌고 그는 뒤로 물러섰다.

문이 열리며 바깥공기가 안으로 밀려 들어왔다. 사람들이 외치는 소리가 사그라졌다. 남자 다섯 명이 들어왔다. 키가 작은 노인과 경찰 네 명이었다.

맙소사. 오이겐의 옆 사람이 말했다. 건물 관리인이군!

내가 알아냈소. 노인이 경찰에게 말했다. 죄다 두 명씩 짝을 지어 다니는 것을 보았을 때 벌써 알아차렸지요. 다행히 이놈들은 아무것도 몰랐어요.

경찰 세 명이 계단 앞을 지키고 한 사람은 단상 위로 올라갔다. 턱수염을 기른 사람은 갑자기 훨씬 말라 보이고, 왜소해졌다. 그는 손을 머리 위로 올렸다. 위협하는 제스처를 했지만 별 소용이 없고 그에게는 벌써 수갑이 채워졌다.

나는 물러서지 않을 거요. 경찰에게 끌려가는 동안 그가 외쳤다. 어떤 위협에도, 그 누가 애걸한다 해도 물러서지 않을 겁니다. 여기 있는 용감한 청년들이 그것을 허용하지 않을 겁니다. 지금은 태풍이 시작되는 순간이오. 그러던 그가 계단으로 밀려 올라가면서 이렇게 말하기 시작했다. 모든 것이 오해요. 내가 설명하겠소. 그는 순식간에 밖으로 끌려 나갔다.

증원군을 데려오겠소. 건물 관리인이 이렇게 말한 후 급히 계단을 올라갔다.

경찰 중 한 명이 말했다. 입 닥쳐. 한마디도 하지 마. 누구에게도. 그렇지 않으면 너희들 해골에 믿지 못할 일이 일어날 것이다.

오이겐은 울기 시작했다.

우는 사람은 그뿐만이 아니었다. 젊은 남자들이 흐느끼고 있었다. 몇 명은 벌떡 일어났다 다시 앉았다. 마디가 있는 지팡이를 든 쉰 명의 학생들과 세 명의 경찰. 오이겐은 생각했다. 한 사람이라도 먼저 공격을 하면 다른 사람들도 따라 할 텐데. 그것을 내가 한다면? 나는 그렇게 할 수 있다. 그는 잠시 생각했다. 자신이 너무 나약하다는 생각이 들었다. 그는 눈물을 훔치고 아무 말 없이 그대로 앉아 있었다. 건물 관리인이 해마 수염을 한 키 큰 장교가 지휘하는 경찰 스무 명과 함께 돌아왔다.

데려가. 장교가 명령했다. 신분을 확인해야 하니 첫 번째 취조실로 데려가. 내일 담당 부서로 넘길 거야.

허약해 보이는 젊은이가 그의 앞에 무릎을 꿇었다. 그의 장화를 껴안고 동정을 구걸했다. 장교는 곤혹스러운 듯 천장을 쳐다보았고 경찰이 그 젊은이를 데려갔다. 오이겐은 그 순간을 이용하여 메모장한 장을 찢어 아버지에게 전할 쪽지를 썼다. 수갑이 그의 손에 채워지기 전에 그는 종이를 구겨서 주먹 안에 숨겼다.

거리로 나오니 경찰 마차가 기다리고 있었다. 붙잡힌 사람들은 긴 의자에 빽빽하게 끼어 앉았고 그들 뒤에는 경찰이 서 있었다. 우연히 오이겐은, 멍하니 앞을 바라보고 있는 턱수염 기른 남자의 맞은편에 앉게 되었다.

도망쳐야 하지 않을까. 한 학생이 속삭였다.

이건 오해입니다. 턱수염 기른 남자가 말했다. 나는 슐레지엔 출신의 쾨셀리더라고 합니다. 거기서 잘못된 꾐에 빠진 겁니다. 경찰이 쇠막대기로 그의 어깨를 내리쳤다. 그는 낮은 신음소리를 내면서 주저앉았다.

누구 또 할 말 있는 놈 있어? 경찰이 물었다.

아무도 움직이지 않았다. 문이 달가닥 소리를 내면서 닫히고 마차가 출발했다.

# 에테르

눈을 반쯤 감은 채 훔볼트는 별과 강에 관해 이야기를 했다. 그의 목소리는 작았지만 홀 전체에 울려 퍼졌다. 그는 별들이 동심원을 이루며 배열되어 있는 거대한 밤하늘을 배경으로 서 있었다. 모차르트의「마술 피리」를 위해 싱켈독일의 건축가이자 화가이 제작한 무대가 이번 일을 계기로 다시 한 번 설치되었다. 별들 사이에는 독일 탐험가의 이름이 적혀 있었다. 부흐, 자비니, 후펠란트, 베셀, 클라프로트, 훔볼트, 가우스. 그 홀은 마지막 자리까지 꽉 차 있었다. 단안경과 안경, 제복들, 부드럽게 움직이는 부채, 중앙 관람석에 꼼짝 않고 앉아 있는 왕자와 왕자비의 모습. 가우스는 맨 앞줄에 앉아 있었다.

기분이 좋은 다게르가 그의 귀에 대고 속삭였다. 제가 사진을 찍을 수 있게 되기까지 몇 년은 더 걸릴 것 같습니다. 노출 방법은 조만간 어떻게든 해결될 겁니다. 그런데 저와 제 동료 니엡스는 옥화은판을 어떻게 정착 처리해야 할지 조금도 감을 못 잡고 있어요.

가우스는 쉿 소리를 냈고 다게르는 어깨를 으쓱하더니 입을 다

물었다.

훔볼트가 말했다. 밤하늘을 보면 이 천공의 범위에 관해 전혀 상상할 수 없을 겁니다. 남반구에서 올려다보는 마젤란 성운의 빛 안개는 비결정질의 물질이나 안개 혹은 가스가 아니라 항성으로 이루어져 있습니다. 다만 이곳에서 헤아릴 수 없이 멀리 떨어져 있기 때문에 우리에게는 시각적으로 한 덩어리로 보일 뿐입니다. 위도 2도와 경도 15도의 은하수 단면에는 망원경의 렌즈를 통해 볼 수 있는 약 5만 개에 이르는 별과 약한 광도 때문에 구별할 수 없는 10만 개의 별이 포함되어 있습니다. 은하수 전체는 2000만 개의 항성으로 이루어져 있으며, 그것의 지름만큼 멀리 떨어져 있는 우리의 눈은 그것을 희미한 빛으로, 안개 반점의 하나로 지각할 수 있을 뿐이며, 천문학자라도 그중 3,000개 정도밖에 구별할 수 없습니다. 그렇게 많은 별들이 있는데 왜 하늘 전체가 빛으로 가득 차 있지 않고, 저렇게 어두운 걸까요? 공간에 밝음과 대치되는 원칙, 즉 빛을 소멸시키는 에테르가 있지 않을까 가정하지 않을 수 없습니다. 자연에 그런 합리적인 장치가 존재한다는 사실이 다시 한 번 증명된 겁니다. 결국 인간의 모든 문화는 천체 궤도의 관찰과 함께 시작되었기 때문입니다.

훔볼트가 눈을 크게 떴다. 이 검은 에테르 속에 떠다니는 물체 중 하나가 지구입니다. 생명체가 태어날 수 있는 환경을 가능하게 하는 세 가지 덮개, 고체, 액체, 반고체형 덮개로 둘러싸인 불핵이 지구입니다. 저는 깊은 지하 동굴 속에서 빛이 없이도 성장하는 식물을 발견했습니다. 지구의 불핵에 화산은 자연스러운 통풍구의 역할을 합니다. 암석으로 이루어진 지구 껍데기는 두 개의 바다로 덮여 있습니다. 하나는 물로 된 바다이고 다른 하나는 공기로 된 바다입니다. 그리고 이 두 바다 사이에 지속적인 흐름이 있습니다. 저 유명한 골프만의 조류를 보십시오. 이 조류는 대서양의 물을 니카라과와 유카탄의 지협을 거쳐 바하마 운하를 북동쪽 뉴펀들랜드 뱅크 방향으로 통과해 거기서부터 남동쪽으로 아조렌 군도까지 몰아갑니다. 이 조류로 인해 우리는 아일랜드 해안에서 야자수 열매, 날아가는 물고기 그리고 노를 젓는 보트에서 살아가는 에스키모를 볼 수 있는 것입니다. 저도 태평양에서 중요한 조류를 발견한 적이 있습니다. 그 조류는 칠레와 페루를 따라 차가운 북해의 물을 회귀선으로 끌어 갑니다. 제가 극구 사양했음에도 불구하고 ── 그는 허영심과 난처함이 뒤섞인 웃음을 띠었다. ── 선원들은 거기에 훔볼트 조류라는 이름을 붙였습니다. 공기의 흐름도 비슷하게 작용합니다. 공기의 흐름은 태양열의 편차에 의해 유지되며, 거대한 암석 산맥의 나지막한 언덕에 의해 중단되는데, 이러한 움직임 때문에 식물의 분포는 위도에 따르는 것이 아니라 등온선을 따라 형성됩니다. 이런 흐름들이 대륙들을 효과적인 통일체로 서로 연결합니다. 떠오르는 생각에 감동한 듯 훔볼트는 한순간 침묵을 지켰다. 지구의 동굴 속에서도, 바다에서도, 공기에서도 마찬가지입니다. 어디에서든 식물들이 자랍니다. 식물, 그것은 말도 없이, 움직임도 없이 펼쳐지는 생명의 명백한 증거들입니다. 식물은 어떤 내면성도 소유하고 있지 않지요. 숨겨진 것도 없습니다. 식물의 모든 것은 외적인 것입니다. 식물은 이 세상에 내맡겨진 채 거의 보호를 받지 못하고, 지구와 지구의 조건에 매여서 살아왔고 앞으로도 그렇게 살아갈 겁니다. 그에 비해 벌레와 동물, 인간들은 보호를 받고 방어를 합니다. 그들의 체온은 그들이 변화하는 조건을 견디어 낼 수 있도록 해 주었습니다. 동물을 보는 사람은 아무것도 알 수 없는 반면 식물은 모든 사람의 시선에 자기 존재를 드러냅니다.

이제 감상적이 되는군요. 다게르가 속삭였다.

그렇게 생명은 유기체의 은폐 단계를 통해 우리가 자신 있게 최상의 단계라고 말할 수 있을 때까지 도약합니다. 그것은 바로 이성이 벼락처럼 탄생하는 순간이지요. 거기까지 발전하는 데 단계별 발전은 절대로 일어나지 않습니다. 두 번째로 큰 인간의 굴욕은 노예 제도입니다. 그러나 가장 큰 굴욕은 인간이 원숭이에서 진화했다는 생각입니다.

인간과 원숭이라! 다게르는 웃었다.

훔볼트는 목을 움츠리고 자신의 말에 귀를 기울이는 것처럼 보였다. 우주에 대한 이해는 계속 발전했습니다. 우리는 망원경으로 우주를 탐색했지요. 우리는 지구의 구조, 지구의 무게와 그 궤도를 압니다. 우리는 빛의 속도를 측정했습니다. 우리는 바다의 조류와 생명의 조건을 알고 있습니다. 그리고 우리는 곧 마지막 수수께끼인 자력을 해결하게 될 겁니다. 그 길의 끝이 보입니다. 지구의 측량은 거의 마무리되었습니다. 우주는 이해하기 쉬워졌고, 두려움, 전쟁, 약탈처럼 초기 인류가 당면했던 어려움들도 과거로 사라질 겁니다. 거기에 독일과 특히 이 모임에 참석하신 분들이 가장 크게 기여하실 거라 믿습니다. 학문은 복지의 시대를 불러올 겁니다. 그러다 보면 어느 날 학문이 죽음의 문제까지 해결할 수 있을지 누가 알겠습니까. 훔볼트는 잠시 움직이지 않고 그대로 서 있었다. 그리고 나서 그는 허리를 구부리며 인사했다.

파리에서 돌아온 이후 남작은 더 이상 옛날의 그 남작이 아닙니다. 다게르가 사람들의 환호성을 들으며 속삭였다. 남작은 집중하는 것이 힘들어졌어요. 그리고 같은 말을 반복하는 경향이 생겼지요.

가우스는 그가 정말 자금이 부족해서 돌아온 것인지 물었다.

왕의 명령 때문이었지요. 다게르가 말했다. 왕은 독일의 가장 유명한 신하가 외국에 머무는 것을 더 이상 참을 수 없었어요. 훔볼트는 궁정의 모든 편지에 건성으로 답을 했지만 마지막 편지에는 그가 다시 한 번 저항을 한다면 왕과 공개적으로 결별하게 되리라는 암시가 들어 있었습니다. 그리고 왕과 결별하기에는. 다게르가 웃었다. 저 나이 든 신사는 자금이 부족했지요. 오랫동안 기대를 모았던 그의 원정 보고서는 독자를 실망시켰습니다. 개인적인 이야기도 없고 모험담도 없이 측량 결과로만 가득 채운 수백 페이지짜리 책. 그의 명성을 퇴색시키는 비극적 결과였죠. 재미있는 이야기를 남긴 사람들만이 결국 유명한 여행가로 기억되는 겁니다. 그런데 저 불쌍한 인간은 그런 책을 어떻게 써야 하는지 전혀 감을 잡지 못했지요. 그는 이제 베를린에서 천문대를 세우고 수많은 계획을 시도하고, 시 고문관들의 신경을 건드리고 있습니다. 젊은 학자들은 그를 비웃고 있고요.

물론 나는 베를린의 상황이 어떤지 전혀 모릅니다. 가우스가 일어섰다. 그러나 괴팅겐에서 내가 만난 젊은 학자들은 어리석기 짝이 없던데요.

심지어 가장 높은 산을 정복했던 일도 이제는 아무것도 아니지요. 다게르가 이렇게 말하면서 가우스를 따라 출구로 나갔다. 그 사이에 히말라야가 훨씬 더 높다는 것이 밝혀진 거지요. 저 노인에게는 심각한 타격이에요. 수년간 그는 인정하지 않았습니다. 그는 자기의 인도 원정이 무산되었다는 사실에서도 벗어나지 못했습니다.

로비로 가는 도중에 가우스는 한 여인과 세게 부딪쳤다. 어느 남자의 발을 밟고 큰 소리를 내며 두 번 코를 풀었다. 장교 여러 명이 경멸에 찬 시선으로 그를 쳐다보았다. 그는 그렇게 많은 사람들과 함께 움직이는 데 익숙하지 않았다. 다게르가 돕기 위해 그의 팔꿈치를 잡으려 했지만 가우스는 그의 도움을 뿌리쳤다. 그때 그의 머릿속에 무언가가 떠올랐다. 그는 잠시 생각하고 나서 말했다. 소금 용액.

괜찮으세요? 다게르는 동정하듯 그를 바라보았다.

가우스는 자신을 그렇게 멀뚱히 보지 말라고 말했다. 옥화 은판에 소금 용액으로 정착 처리를 할 수 있을 겁니다.

다게르는 급작스레 멈춰 섰다. 가우스는 사람들 사이를 뚫고 로비 입구에 서 있던 훔볼트에게로 다가갔다. 소금 용액이요? 다게르는 그의 뒤에다 대고 소리쳤다. 어떻게요?

그런 걸 알기 위해 화학자일 필요는 없지요. 가우스가 얼굴만 뒤로 돌린 채 소리쳤다. 머리만 조금 굴리면 충분합니다. 그는 멈칫거리면서 로비로 들어섰다. 박수가 터져 나왔다. 훔볼트가 그의 팔을 재빨리 붙잡아 안으로 끌지 않았더라면 그는 그 자리에서 바로 달아나 버렸을 것이었다. 300명이 넘는 사람들이 그를 기다리고 있었다.

다음 30분 동안은 고통 그 자체였다. 한 사람씩 차례로 그의 앞으로 밀려왔고 차례차례 그의 손을 잡고는 다음 사람에게 넘겨 주었다. 훔볼트는 속삭이는 목소리로 아무 의미도 없는 이름들을 그의 귀에 나열했다. 가우스는 고향에서 이렇게 많은 사람들과 만나려면 정확하게 1년하고도 일곱 달이 걸릴 거라고 추정했다. 그는 집으로 가고 싶었다. 남자들의 반수는 제복을 입고 있었으며 3분의 1은 턱수염을 기르고 있었다. 여자는 전체의 7분의 1밖에 되지 않았다. 그중 4분의 1이 30대 이하였고 두 명만이 못생기지 않았으며 한 여자만은 기꺼이 만지고 싶었다. 그러나 그녀는 그 앞에서 무릎을 굽혀 인사하고는 곧장 다른 곳으로 가 버렸다. 서른두 개의 훈장을 단 남자가 성의 없게 손가락 세 개로 가우스의 손을 잡았다. 가우스는 기계적으로 절을 했고 왕자는 고개를 끄덕이고 지나갔다.

기분이 좋지 않군요. 가우스가 말했다. 자러 가야겠어요.

그는 자신의 벨벳 모자가 없어졌다는 사실을 알았다. 누군가 그에게서 모자를 벗겨 갔다. 그곳에서 모자를 벗고 있는 것이 예의였기 때문인지, 아니면 누군가 모자를 훔쳐 간 건지 알 수가 없었다. 한 남자가 수년 전부터 알고 있던 사이처럼 그의 어깨를 다독거렸다. 어쩌면 그는 정말 수년 전에 알았던 사람일지도 몰랐다. 제복을 입은 사람이 발뒤축을 딱 붙이면서 차려 자세를 취하고, 안경을 쓰고 프록코트를 입은 사람이 이것이 자기 생애 최고의 순간이라고 단언하는 동안 가우스는 눈물이 솟구치는 것을 느꼈다. 그는 어머니를 생각했다.

갑자기 조용해졌다.

창백한 얼굴에 삐쩍 마르고 어색할 정도로 똑바른 자세를 한 노인이 들어왔다. 그는 다리조차 움직이지 않는 것처럼 종종걸음을 치면서 훔볼트에게로 다가왔다. 두 사람은 팔을 뻗어 서로의 어깨를 잡고 머리를 약간 숙였다. 그다음 각자 한 걸음 뒤로 물러섰다.

깜짝 놀랐어요. 훔볼트가 말했다.

놀랄 일이고말고. 다른 사람이 말했다.

주위에 있던 사람들이 환호성을 질렀다. 두 사람은 박수갈채가 끝날 때까지 기다렸다. 훔볼트는 가우스에게 몸을 돌렸다.

그가 말했다. 이분은 나의 친애하는 형님으로 현재 장관이십니다.

가우스가 말했다. 알고 있어요. 수년 전에 바이마르에서 만난 적이 있지요.

프로이센을 이끄는 교육자이십니다. 훔볼트가 말했다. 형님은 독일에는 대학을, 이 세상에는 유효한 언어 이론을 선사했습니다.

장관이 말했다. 바로 제 동생이 형태를 밝혀낸 그 세상 말입니다. 그의 손은 차갑고 생명이 없는 것처럼 느껴졌으며 시선에는 인형처럼 초점이 없었다. 저는 이미 오래전부터 교육자가 아닙니다. 관직을 떠나 지금은 시를 쓰고 있지요.

시라고요? 가우스는 손을 놓을 수 있게 되어 기뻤다.

저는 비서에게 매일 저녁 7시와 7시 반 사이에 소네트를 받아쓰게 합니다. 12년 전부터 이 습관을 지켜 오고 있으며 생이 끝날 때까지 계속할 생각입니다.

가우스는 그것이 좋은 소네트인지를 물었다.

저는 그렇다고 생각합니다. 장관이 말했다. 그런데 이제 그만 자리를 떠야 합니다.

아쉽군요. 훔볼트가 말했다.

어쨌든. 장관이 말했다. 기분 좋은 저녁이었다. 아주 즐거웠어.

두 사람은 팔을 뻗어 앞서 나누었던 인사를 반복했다. 장관은 몸을 문 쪽으로 돌리더니 다시 종종걸음으로 사라졌다.

예상하지 않았던 기쁨이군요. 훔볼트가 반복했다. 갑자기 그는 우울해 보였다.

집으로 가고 싶소. 가우스가 말했다.

조금 더 계시지요. 훔볼트가 말했다. 학문에 큰 공헌을 한 지방 경찰대 지휘관인 포크트 씨입니다. 그는 모든 베를린 경찰이 나침반을 휴대하는 방안을 짜고 있지요. 그렇게 되면 우리는 수도의 자장 편차에 관한 새로운 자료를 수집할 수 있을 겁니다. 지방 경찰대 지휘관은 키가 2미터나 되는 장신에 해마의 턱수염을 기르고 있었다. 악수할 때 느껴지는 그의 아귀힘은 끔찍할 정도로 셌다. 그리고 여기 이분은 동물학자 말차허 씨입니다. 이 사람은 화학자 로터 씨, 이 사람은 아내와 함께 온 할레 출신의 물리학자 베버 씨입니다. 훔볼트가 말했다.

반갑습니다. 가우스가 말했다. 정말 반가워요. 그는 거의 울음이 터질 지경이었다. 젊은 부인은 키가 작고, 예쁜 얼굴과 검은 눈에 가슴이 깊이 파인 드레스를 입고 있었다. 그는 그녀를 뚫어지게 쳐다보았다. 그녀를 보고 있으면 기분이 좋아질지도 모른다는 희망을 품고서.

저는 실험물리학자입니다. 베버가 말했다. 전력을 연구하고 있습니다. 전력은 숨어 있으려고 하지만 제가 가만히 놔두지 않을 거예요.

나도 그랬었지요. 가우스가 아름다운 부인에게서 눈을 떼지 않고 말했다. 수를 가지고요. 오래전에.

알고 있습니다. 베버가 말했다. 저는 『산술에 관한 논고』를 성경보다도 더 철저히 공부했습니다. 물론 제가 철저히 공부하지 않은 것이 무엇이겠습니까마는.

그의 부인은 부드럽고 매우 동그란 눈썹을 가지고 있었다. 그녀는 어깨가 드러난 드레스를 입고 있었다. 가우스는 자신의 입술을 이 어깨 위에 대 보면 어떨까 혼자 생각해 보았다.

저는 이런 기대를 하고 있습니다. 그는 할레 출신의 베버 박사가 계속 이야기하는 것을 들었다. 교수님처럼, 즉 수학에만 한정된 정신이 아니라 어떤 문제가 주어지더라도 해결할 수 있는, 보다 보편적인 정신을 가진 분이 실험적인 세계 탐색에 기여하실 거라고 기대합니다. 여쭤 보고 싶은 것이 아주 많습니다. 가우스 교수님께 그 질문들을 드리는 것이 저의 가장 큰 소망입니다.

나는 시간이 별로 없는데요. 가우스가 말했다.

그러시겠지요. 베버가 말했다. 그러나 아무리 시간이 없다고 해도 그것은 필요한 일입니다. 그리고 저는 아무나가 아닙니다.

가우스는 처음으로 그를 보았다. 그의 앞에는 길쭉한 얼굴에 맑은 눈을 한 젊은이가 서 있었다.

본론을 말씀 드리기 전에 제가 전기의 파장 운동을 연구했다는 점부터 알려 드려야 할 것 같습니다. 베버가 웃으면서 이야기했다. 제 책은 앞으로 계속 읽힐 겁니다.

가우스는 그의 나이를 물었다.

스물넷입니다. 베버는 얼굴이 붉어졌다.

아름다운 부인을 두셨군요. 가우스가 말했다.

베버는 고맙다고 했다. 그의 아내는 감사의 뜻으로 무릎을 굽히며 하는 궁중식 절을 했지만 당황한 것 같지는 않았다.

당신 부모님은 당신에게 자부심을 느끼겠지요?

그러실 거라고 생각합니다. 베버가 말했다.

내일 오후 방문해도 좋습니다. 가우스가 말했다. 출발하기 전에 한 시간 정도 시간을 낼 수 있을 겁니다.

충분합니다. 베버가 말했다.

가우스는 고개를 끄덕이고 문으로 갔다. 훔볼트는 이렇게 소리쳤다. 더 계셔야 합니다. 폐하를 뵈어야 하거든요. 하지만 나는 아무것도 할 수 없습니다. 진짜로 피곤하거든요. 턱수염을 기른 지방 경찰 지휘관이 그의 길을 막았다. 각자 오른쪽으로, 왼쪽으로 가려고 시도하다 이번에는 다시 오른쪽으로 서로 지나치려고 했다. 그들이 서로를 비껴가는 데 성공하기까지는 상당히 오랜 시간이 걸렸다. 옷 보관소에서는 뚱뚱한 사람 하나가 학생들에 둘러싸인 채 세련되지 못한 슈바벤어로 불평을 하고 있었다. 자연과학자, 아는 체하는 사람들뿐이구만. 자기 생각에 빠져서 논리적이지도 않고, 유머도 없잖아. 별이물질에 불과하다니! 가우스는 밖으로 뛰어나갔다.

그는 복통을 느꼈다. 대도시에는 집에 갈 때 불러 세우기만 하면 되는 교통수단이 있다고 했던가? 그런데 아무것도 보이지 않았다. 악취가 났다. 집에서라면 그는 오래전에 잠자리에 들었을 것이다. 미나를 좋아하지 않음에도 불구하고, 그녀의 목소리를 듣고 싶지 않고, 그녀가 옆에 있는 것보다 짜증나는 일은 없음에도 불구하고 그는 정말 습관상 그녀가 아쉬웠다. 그는 눈을 문질렀다. 어쩌다 내가 이렇게 늙어 버렸지? 더 이상 잘 걷지도 못하고 더 이상 제대로 보지도 못한다. 그리고 생각도 느려졌다. 늙는다는 것, 그것은 비극적인 것이 아니라 우스꽝스러운 것이다.

그는 집중해서 전에 훔볼트의 마차를 타고 파크호프 4번지에서 합창 협회까지 갔던 길을 자세히 떠올려 보았다. 어떤 모퉁이를 돌았는지는 잘 기억이 나지 않았지만 방향은 확실히 알 것 같았다. 왼쪽으로 비스듬히, 아마 북동쪽일 것이다. 집에서라면 별을 보면서 확실하게 알 수 있었을 것이다. 그러나 이런 똥구덩이에서는 별이 전혀 보이지 않는다. 빛을 사라지게 하는 에테르. 여기서 산다면 어리석은 생각들만 떠오를 것 같았다!

한 걸음 걸을 때마다 그는 주위를 둘러보았다. 그는 도둑, 개, 그리고 쓰레기가 무서웠다. 그는 이 도시가 너무 커서 더 이상 길을 찾지 못할까 두려웠다. 이 도시의 미로가 그를 붙잡고 집으로 돌려보내지 않을 것 같아 두려웠다. 안 돼, 어떤 것에도 정신이 팔려선 안 돼! 도시, 거기에는 집들뿐이다. 100년 후에는 아주 작은 도시도 이 도시보다 커질 것이다. 그리고 300년 후에는……. 그는 이마를 문질렀다. 신경질이 나고 슬플 때, 그리고 배가 아플 때에 잠재적인 성장 곡선을 예측하는 것은 쉬운 일이 아니다. 300년 후에는 대부분의 도시에서 지금 독일 인구를 전부 합한 것보다 더 많은 주민이 살게 될 것이다. 벌레 같은 인간들이 벌집 같은 집에 살면서 하찮은 일에 종사하고 아이들을 낳고 죽어 가면서. 물론 그때는 시체를 소각해야 할 것이다. 아무리 큰 묘지도 시체를 다 수용할 수 없을 테니까. 그렇다면 배설물은? 그는 재채기를 한 번 하고는 자기가 여전히 아픈지 생각해 보았다.

두 시간 후 훔볼트가 집으로 돌아왔을 때 가우스는 커다란 소파에 앉아 파이프를 피우면서 발을 멕시코의 돌 탁자 위에 올려놓고 있었다.

갑자기 어디로 사라지셨던 겁니까? 훔볼트가 외쳤다. 사람들이 당신을 찾느라 소동을 피우고 나쁜 일이 벌어진 건 아닌지 걱정했는데 말입니다. 훌륭한 음식도 있었는데! 폐하께서 실망하셨습니다.

음식을 못 먹어서 유감이군요. 가우스가 말했다.

그것은 예의가 아닙니다. 많은 사람들이 당신을 만나기 위해 일부러 먼 걸음을 했던 겁니다. 그렇게 하시면 안 됩니다!

베버라는 사람이 마음에 들더군요. 가우스가 말했다. 하지만 빛을 삼키는 에테르. 말도 안 되는 일이지요.

훔볼트는 팔짱을 꼈다.

오캄의 면도날무언가를 설명할 때 불필요하게 복잡한 가정을 세워서는 안 된다는 원리. 가우스가 말했다. 설명하는 데 필요한 가정의 수는 가능한 한 적어야 합니다. 어쨌든 공간은 비어 있지만 구부러져 있습니다. 별은 어마어마한 천공을 지나갑니다.

또 시작입니까? 훔볼트가 말했다. 천문기하학. 나는 당신 같은 사람이 그런 이상한 분야에 발을 들여놓았다는 것이 놀랍습니다.

그럴 생각은 없습니다. 가우스가 말했다. 나는 일찍부터 그것과 관련된 책은 절대로 출판하지 않겠다고 결심했지요. 사람들의 조롱거리가 되고 싶은 생각은 조금도 없습니다. 너무 많은 사람들이 자신들의 관습을 세계의 기본 원칙으로 간주하고 있습니다. 그는 담배 연기 두 줄을 뿜어 천장으로 올려 보냈다. 얼마나 기분 좋은 저녁인가요! 나는 집을 못 찾을 뻔했습니다. 그리고 게으른 하인들 덕분에 집에 들어오기 위해 집 전체를 깨울 정도로 큰 소리를 내야만 했지요. 그렇게 더러운 도로는 세상에 두 번 다시 존재하지 않을 겁니다.

멀리로 돌아서 오신 것 같군요. 훔볼트가 날카롭게 말했다. 물론 이보다 더 더러운 도로도 존재한다고 저는 단언합니다. 그리고 프로젝트를 함께 계획할 수 있는 많은 사람들이 왔는데 그 자리를 그냥 떠난 것은 커다란 실수입니다.

프로젝트라. 가우스가 비웃었다. 어디엔가 기압계 하나를 설치할 수 있을 때까지 연설, 계획, 계략을 반복하는 것. 군주 열 명과 학회 백 개가 참여한 장황한 회담. 그것은 학문이 아니지요.

아, 그래요. 훔볼트가 외쳤다. 그렇다면 학문은 도대체 뭡니까?

가우스는 파이프를 빨았다. 홀로 책상에 앉은 한 남자. 종이 한 장을 앞에 놓고, 때에 따라서는 망원경을 가지고 맑은 하늘이 보이는 창문 앞에 서는 남자. 이 남자가 무엇인가를 이해하기 전에는 결코 포기하지 않는다면, 그것이 아마도 학문일 겁니다.

그 남자가 여행을 한다면요?

가우스는 어깨를 으쓱했다. 먼 곳에 숨겨져 있는 것, 즉 동굴이나 화산, 광산 속에 있는 것은 우연에 불과하고 중요하지 않습니다. 세계의 본질은 그렇게 밝혀지는 게 아닙니다.

책상에 앉아 있는 이 남자에게는 물론 발을 따뜻하게 해 주고 음식을 만들어 주는, 자신을 보살펴 주는 아내가 필요하겠지요. 그의 기자재를 닦아 놓고 말을 잘 듣는 아이들도 필요하고요. 그리고 그를 어린아이처럼 돌보아 주는 부모도 필요할 겁니다. 훔볼트가 말했다. 비를 막아 줄 튼튼한 지붕이 있는 안전한 집도요. 또 귀가 시리지 않도록 보호해 줄 모자도 필요할 거고요.

가우스는 그게 누구를 말하는 거냐고 물었다.

일반적으로 그렇다는 겁니다.

맞습니다. 그 모든 것과 그 이상이 나는 필요합니다. 그렇지 않고서 한 남자가 어떻게 버틸 수 있겠습니까?

잠옷을 입은 하인이 들어왔다.

훔볼트가 물었다. 예의 없이 노크도 하지 않고 들어오는 법이 어

더 있나?

하인은 그에게 종이 한 장을 건네주었다. 어떤 부랑아가 이걸 가져왔는데요. 중요해 보여서요.

중요한 일은 아닐걸세. 훔볼트가 말했다. 한밤중에 중요한 사람한테서 편지를 받아 본 적은 없었어. 그런 것은 코체부의 작품에나 나오는 설정이지. 그는 마지못해 종이를 펼치고 읽었다. 이상한데. 그가 말했다. 시야. 운율이 서툰 시. 나무, 바람 그리고 바다에 관한 시. 독수리도 나오고, 중세의 왕도 나오는군. 그리고 갑자기 중단되었는데. 틀림없이 실버(Silber)와 운율을 맞출 만한 단어가 없어서 그런 것 같아.

하인은 그 종이를 뒤집어 보라고 했다.

훔볼트는 그 종이를 뒤집어서 읽었다. 맙소사. 그는 작은 소리로 말했다.

가우스가 일어섰다.

당신 아들 오이겐이 곤경에 빠진 것 같군요. 이 종이는 유치장에서 몰래 전달한 것 같고요.

가우스는 움직이지 않고 천장을 올려다보았다.

정말 곤란한 일이군요. 훔볼트가 말했다. 나는 어쨌거나 국가에 소속된 공무원입니다.

가우스는 고개를 끄덕였다.

나 역시 도울 수가 없을 겁니다. 이 사건은 정해진 절차에 따라 처리될 겁니다. 어쨌든 프로이센 법정은 믿을 만합니다. 거기에서는 어떤 부당한 일도 일어나지 않으니까요. 나쁜 짓을 하지 않았다면 걱정하지 않아도 될 겁니다.

가우스는 자신의 파이프에서 눈길을 떼지 않았다.
부끄럽기도 하고 매우 불쾌하기도 합니다. 훔볼트가 말했다. 아무튼 우리 집 손님이 문제를 일으킨 거니까요.
그 아이하고는 되는 일이 없습니다. 가우스가 말했다. 그는 입술 사이에 파이프를 밀어 넣었다.
잠시 그들은 아무 말도 하지 않았다. 훔볼트는 창가로 가서 어두운 마당을 내려다보았다.
무슨 일이라도 해야 하지 않을까요?
글쎄요. 가우스가 말했다.
긴 하루였군요. 훔볼트가 말했다. 우리는 둘 다 무척 지쳤어요.
더 이상 젊지 않으니까요. 가우스가 말했다.
훔볼트는 문가로 가더니 잘 자라고 말했다.
담배를 마저 피우고 자겠습니다. 가우스가 말했다.
훔볼트는 촛대를 가지고 나가면서 문을 닫았다.
가우스는 양손을 머리 뒤에서 깍지 꼈다. 어둠 속에서 그의 파이프 불빛만이 보였다. 거리에서 마차가 쇳소리를 내며 굴러갔다. 가우스는 입에서 파이프를 빼고 그것을 손가락 사이에 끼워 돌렸다. 그는 입술을 뾰족하게 내밀고 귀를 기울였다. 발소리가 가까워지더니 문이 열렸다.
안 되겠습니다. 훔볼트가 외쳤다. 가만히 있을 수가 없군요!
그래서요? 가우스가 말했다.
시간이 별로 없습니다. 오늘 밤까지는 오이겐이 지방 경찰의 보호를 받을 겁니다. 내일 새벽에 비밀 경찰이 그를 심문하고 나면 더 이상 어찌할 도리가 없습니다. 그를 빼내려면 지금 데리고 와야 합니다.

가우스는 지금이 몇 시인지 아느냐고 물었다.

훔볼트는 그를 뚫어지게 바라보았다.

나는 이 시간에 밖에 나가 본 적이 없습니다! 다시 생각해 봐도 한번도 없단 말입니다.

훔볼트는 믿지 못하겠다는 표정으로 촛대를 내려놓았다.

그렇다면 좋습니다. 가우스는 파이프를 옆에 내려놓고 일어섰다. 틀림없이 몸이 더 안 좋아질 겁니다.

아주 건강해 보이는데요. 훔볼트가 말했다.

됐습니다. 가우스가 외쳤다. 더 나빠질 것도 없습니다. 거기다 모욕까지 받을 필요는 없지 않습니까!

# 유령

지방 경찰 지휘관 포크트는 외출하고 집에 없었다. 자다 일어나 얼굴과 머리카락이 부스스한 그의 아내가 실내복을 입고 나와 그들에게 말했다. 남편은 합창 협회에서의 환영 만찬이 끝난 후 잠깐 집에 들렀다가 다시 불려 나갔습니다. 틀림없이 체포령이 내려졌던 것 같습니다. 자정이 조금 못 되어 다시 한 번 집에 돌아왔지만 사복을 입고 또 나갔습니다. 일주일에 한 번 꼴로 그런 일이 있답니다. 어디로 가는지는 나도 모릅니다.

할 수 없군요. 훔볼트가 말했다. 그는 인사를 하고는 가려고 했다.

할 수 있을 겁니다. 가우스가 말했다.

훔볼트와 포크트 부인은 가우스를 의아한 눈으로 보았다.

우리가 더 할 수 있는 일이 있을 거라는 뜻입니다. 훔볼트 씨는 결혼한 적이 없으니 결혼 생활이 어떤 건지 전혀 모를 겁니다. 남편이 일주일에 한 번 밤에 외출을 한다면 그 아내는 그가 어디 박혀 있는지 정확하게 알고 있습니다. 남편이 그것을 말하지 않아도 아내는 알게 됩니다. 당신은 지금 여기 두 노인에게 커다란 호의를 베풀 수 있습니다.

나는 정말 아무것도 말해선 안 됩니다. 포크트 부인이 중얼거렸다.

가우스는 한 걸음 가까이 다가가서 손을 그녀의 팔 위에 올려놓고 왜 그렇게 어렵게 생각하느냐고 물었다. 저와 제 친구가 밀고자처럼 보입니까? 어떤 비밀도 지킬 수 없는 사람들처럼 보입니까? 그는 고개를 숙이고 그녀를 보고 웃었다. 이것은 정말 중요한 일입니다.

하지만 저에게 들었다는 말은 정말 아무에게도 하시면 안 됩니다.

당연하지요. 가우스가 말했다.

그것이 법에 어긋나는 일은 아니지요. 그리고 그렇게 하기 시작한 건 할머니가 돌아가시고 난 후부터예요. 할머니가 어딘가 숨겨놓은 돈이 있다고 하셨는데 그것이 어디 있는지는 아무도 모릅니다. 그럴 경우 사람들은 할 수 있는 모든 것을 시도하게 되지요.

잘 보셨겠죠? 그들이 포크트의 집을 나섰을 때 가우스가 말했다. 여자들은 비밀을 간직할 수가 없습니다. 아내가 아는 것은 세상 사람 누구나 알게 되어 있지요. 유치장에 잠깐 들를 수 있을까요? 그 녀석을 한번 보았으면 합니다.

불가능합니다. 훔볼트가 말했다. 저는 그런 곳에서 눈에 띄면 안 됩니다.

유럽의 지도적인 공화당원은 유치장에 들어갈 수 없습니까?

바로 지도적인 공화당원이라 안 되는 겁니다. 훔볼트가 말했다. 내 지위는 겉으로 보이는 것보다 훨씬 위태롭습니다. 명성 역시 항상 보호되는 것은 아니지요. 방향을 정하는 것 역시 이 도시에 있을 때보다 오리노코 강에 있을 때가 훨씬 쉬웠어요. 그는 목소리를 낮추었다. 경찰들은 체포된 사람들을 그들의 신분에 따라서만 분리합니다. 수감자들은 다음 날 아침이 되어야 비밀 경찰들에게 넘겨집니다. 포크트가 젊은이를 바로 집으로 보내 주면 아무 흔적도 남지 않습니다.

그 녀석은 아무 희망이 없습니다. 가우스가 말했다. 베버란 사람이 마음에 들더군요.

마음대로 고를 수 있는 문제가 아니잖아요. 훔볼트가 말했다.

그렇겠지요. 가우스가 말했다. 그리고 마차가 멈출 때까지 아무 말도 하지 않았다.

그들은 더러운 마당을 지나 계단을 올라갔다. 가우스가 숨을 고를 수 있도록 그들은 두 번 멈춰 서야 했다. 5층에 도착했다. 훔볼트가 그 집 문을 두드렸다. 뾰족하게 꼰 수염을 한 창백한 남자가 문을 열어 주었다. 그는 금수가 놓인 셔츠와 벨벳 바지를 입고 낡아 빠진 슬리퍼를 신고 있었다.

로렌치. 그가 말했다. 몇 초가 지난 후에야 그들은 그가 자기 이름을 말한 것임을 알아차렸다.

훔볼트는 지방 경찰 지휘관이 여기 있는지를 물었다.

여기 있는데요. 로렌치가 서투른 독일어로 말했다. 그리고 다른 사람들도 많이 있습니다. 들어오려면 이 모임에 끼어야 합니다.

좋아요. 가우스가 말했다.

이 모임은 중단되어서는 안 됩니다. 로렌치가 말했다. 이승과 저승의 영역이 뒤섞이면 안 됩니다. 다른 말로 하자면 돈을 내야 한다는 겁니다.

가우스는 고개를 저었다. 그러나 훔볼트는 로렌치에게 금화 몇 개를 집어 주었다. 그러자 그 사람은 약간 몸을 굽히면서 옆으로 물러섰다.

복도에는 낡아 빠진 양탄자가 깔려 있었다. 반쯤 열린 문틈으로 여자의 신음소리가 들렸다. 그들은 안으로 들어갔다.

그 방의 조명은 촛불 한 개밖에 없었다. 사람들이 둥근 탁자 주위에 둘러앉아 있었다. 그 절규는 대략 열일곱 살쯤 되어 보이는 여자아이에게서 나온 것이었다. 그녀는 흰색 잠옷을 입고 있었고 얼굴은 땀으로 젖어 있었다. 머리카락이 이마에 들러붙어 있었다. 그녀의 왼쪽에 지방 경찰 지휘관이 눈을 감고 앉아 있었다. 그 옆에는 대머리 남자와 나이 든 부인 세 명이 앉아 있었다. 그중 한 명은 상복을 입었다. 남자들 여러 명은 어두운 색 양복을 입고 앉아 있었다. 그 여자아이는 머리를 돌리면서 신음을 했다. 훔볼트는 다시 나가려고 했다. 가우스가 그를 붙잡았다. 로렌치는 의자를 두 개 더 가져왔다. 주저하면서 그들은 탁자에 가서 앉았다.

자, 지금 모두 서로 손을 잡아야 합니다! 로렌치가 말했다.

이런 짓은 목에 칼이 들어와도 안 할 겁니다. 훔볼트가 말했다.

더 나빠질 것도 없잖소. 가우스가 말하고 로렌치의 손을 잡았다. 사람들이 우리를 밖으로 내던진다면 우리는 아무 일도 할 수가 없습니다.

싫습니다. 훔볼트가 말했다.

손을 잡지 않으면 안 됩니다. 로렌치가 말했다.

가우스는 한숨을 쉬며 훔볼트의 왼손을 잡았다. 동시에 다른 쪽에서 한 여자가 훔볼트의 오른손을 잡았다. 그녀는 예순 살 정도 되어 보였는데 마치 번개 맞은 동상처럼 보였다. 훔볼트는 몸이 굳었다.

그 여자아이는 머리를 뒤로 젖히더니 소리를 질렀다. 몸을 비틀자 그녀의 잠옷이 미끄러졌다. 가우스는 눈썹을 치켜세우고 그녀를 관찰했다. 그녀의 육체가 높이 튀어올랐다. 마치 벌떡 일어나려는 것 같았다. 그러나 그녀 옆에 있는 남자 두 명이 그녀를 꽉 붙잡고 있었다. 그녀는 이빨을 드러냈고 눈이 돌아갔다. 중얼거리면서 이러저리 움칠거렸다. 나는 솔로몬 왕을 보았다. 그녀가 신음했다. 그러나 왕이 오려고 하지 않는다. 지금 다른 사람이 올 거라고 알려 왔다.

더 이상은 참을 수가 없군요. 훔볼트가 말했다.

아주 재미있는데요. 가우스가 말했다. 그리고 저 여자아이는 꽤 괜찮은데요.

그녀는 소리를 질렀다. 경련으로 인해 그녀의 몸이 뒤로 젖혀졌다. 남자들이 그녀를 꼭 붙잡고 있지 않았다면 그녀는 의자와 함께 뒤로 넘어졌을 것이었다. 그녀가 조용해졌다. 그녀는 머리를 비스듬하게 기울이더니 탁자를 보았다. 한 사람이 여기 있어요. 그녀가 말했다. 그의 삼촌이 모든 것을 용서했다고 전하라고 합니다. 아들이 어머니를 기다리고 있군요. 또 보나파르트가 보이는군요. 인간의 탈을 쓴 악마가 지옥 속에서 불타오르는 게 보여요. 그는 끔찍한 비명을 지르지만 후회는 하지 않아요. 그녀는 무언가를 들으려고 하면서 고개를 돌렸다. 그녀의 잠옷은 가슴 아래까지 풀어졌다. 그녀의 피부가 땀으로 축축하게 젖은 채 반짝였다. 다른 사람에게서 형이 보여요. 형이 말합니다. 자기 죽음은 자연사이고 아무 문제가 없답니다. 그것을 조사할 필요가 없답니다. 다른 사람에게서 어머니가 보입니다. 어머니가 그의 작품은 아무 의미가 없다고 매우 실망

하고 있어요. 그녀는 지금 아들이 단지 자기가 죽기만을 기다려 왔다는 것을 알고 있어요. 방랑자처럼 떠돌아다니기 위해서 말입니다. 그는 동굴에서 마치 어머니를 보지 못한 것처럼 행동했어요. 그리고 자기 부모에게 안부를 전해 달라고 하는 아이가 보이네요. 자기는 아주 잘 지낸답니다. 활동 무대는 넓고 계속 출세하겠군요. 조심한다면 고통을 피해 갈 수 있을 겁니다. 그리고 할머니가 말하라고 합니다. 그녀는 돈을 숨기지 않았으며 도와줄 게 없답니다. 그 여자아이는 신음소리를 냈고 모두들 몸을 굽혔다. 이제 더 이상 아무도 오지 않아요. 그녀는 목이 조이는 듯한 소리를 내더니 고개를 들고 가벼운 움직임으로 남자들에게 잡혀 있던 손을 풀었다. 그녀는 잠옷을 위로 끌어 올리고 당황스러운 듯 혼자 웃었다.

이제 됐군. 가우스가 말했다.

포크트는 탁자 너머 그를 보고 깜짝 놀랐다. 이제야 그들을 알아본 것이었다.

잠시 이야기 좀 하고 싶은데요. 훔볼트가 말했다. 그는 창백해졌다. 그의 얼굴은 가면처럼 굳어졌다.

검은 옷을 입은 부인이 말했다. 멋지군요.

두 세계 간에 의사소통을 하는 유일무이한 순간입니다. 로렌치가 말했다. 모두들 비난에 찬 눈길로 그를 보았다. 그가 이탈리아 어 액센트 없이 말을 했기 때문이었다. 그는 허둥지둥 서투른 독일어로 다시 말했다. 여자아이는 당황하여 주위를 둘러보았다. 가우스는 주의 깊게 그녀를 관찰했다.

포크트는 자신을 미행한 거냐고 물었다.

그렇다고 할 수 있죠. 훔볼트가 말했다. 한 가지 부탁할 게 있기 때문입니다. 단둘이 이야기합시다. 그는 가우스에게 그곳에 잠깐 있으라는 신호를 보냈다. 그리고 포크트와 함께 복도로 나갔다.

저는 할머니 때문에 여기 왔습니다. 포크트가 속삭였다. 아무도 돈이 어디 있는지 알지 못해서요. 제 형편이 좋지 않거든요. 신사라면 빚을 갚아야지요. 어떤 일이 일어나든지요. 그래서 나는 가능한 모든 시도를 한 겁니다.

훔볼트가 뭐라고 속삭였다. 그는 마치 정신을 차리려는 듯이 잠시 눈을 감았다. 그러고 나서 말했다. 한 젊은이가, 그러니까 저기 저 천문학자의 아드님이 어리석은 집회에서 체포되었소. 아직은 그를 그냥 집으로 돌려보낼 시간이 있소.

포크트는 자신의 턱수염을 쓰다듬었다.

우리는 국가에 봉사해야 합니다. 이분과의 공동 작업에 프로이센의 많은 것이 달려 있습니다. 무슨 수를 써서라도 이분을 붙잡아 두어야 합니다.

무슨 수를 써서라도. 포크트가 반복해서 말했다.

그런 것을 위한 포상도 어디엔가 있지요. 훔볼트가 말했다.

포크트가 벽에 기댔다. 그들이 저지른 죄는 사소한 죄가 아닙니다. 아주 심각한 비밀 집회였지요. 처음에 사람들은 『체조론』의 저자가 직접 나왔다고 믿었습니다. 다행히도 그 연설자는 그의 이름을 사칭하며 전국을 돌아다니는 수많은 사기꾼 중의 한 명인 것 같습니다. 어쨌든 급사를 프라이부르크로 보냈습니다. 확실한 사실을 알아 오기 위해서요.

가짜들이 판을 치는 세상이군요. 훔볼트가 말했다. 나의 동료인 다게르와 니엡스는 그에 대한 방비책이 될 수 있는 발명에 전념하고 있습니다. 그것만 완성되면 사람들은 더 이상 유명인 행세를 할 수 없을 겁니다. 얼마 전에는 티롤에서 한 남자가 몇 달 동안 공동체 경비로 살았다는 이야기를 들었습니다. 자기가 훔볼트라며 금을 어떻게 발견하는지 안다고 주장하면서요.

어쨌든 상황이 심각합니다. 포크트가 말했다. 방법이 전혀 없다고 말하지는 않겠습니다. 그는 기대에 찬 얼굴로 훔볼트를 바라보았다. 그러나 쉽지는 않을 겁니다.

유치장으로 가서 젊은이를 집으로 돌려보내 주기만 하면 됩니다. 훔볼트가 말했다. 그의 이름은 아직 어디에도 기록되지 않았을 겁니다. 아무도 그 일을 알지 못할 겁니다.

위험한 일입니다. 포크트가 말했다.

아주 사소한 위험이지요.

사소하든 아니든 양식 있는 사람들 사이에서는 그런 일에 대한 보상이 있는 법입니다.

훔볼트는 은혜를 잊지 않겠다고 약속했다.

그것은 다양한 방식으로 표현될 수 있습니다.

훔볼트는 앞으로 평생 그를 친구로 여기겠다고 단언했다. 나 역시 어떤 호의라도 베풀 용의가 있소.

호의라. 포크트는 한숨을 쉬었다. 호의에는 이런 호의도 있고 저런 호의도 있지요.

훔볼트는 그게 무슨 의미냐고 물었다.

포크트는 한숨을 쉬었다. 그들은 어찌할 바를 모르고 서로를 바라보았다.

세상에. 가우스의 목소리가 그들 옆에서 들려왔다. 정말 이해를 못 하는 겁니까? 저 녀석이 뇌물을 원하지 않습니까?

포크트는 창백해졌다.

뇌물을 원한다고요. 가우스가 조용히 말했다. 더러운 녀석, 음흉한 놈.

그게 아닙니다. 포크트가 날카로운 목소리로 외쳤다. 그렇게 이해하시면 안 됩니다!

훔볼트는 가우스에게 급하게 손짓을 했다. 사람들이 호기심에 못 이겨 살롱에서 나왔다. 대머리와 검은 옷을 입은 부인이 귓속말을 하고 잠옷 입은 여자아이는 어깨 너머로 그들을 보았다.

지금 당신이 한 말이 그렇게 들리지 않소. 가우스가 말했다. 우리가 더러운 놈, 거짓말쟁이 입술곰, 욕심 많은 난쟁이라면 이런 진실을 참을 수 있을 겁니다.

이제 됐습니다. 포크트가 외쳤다.

아직 멀었소. 가우스가 말했다.

내일 일찍 내 결투 입회인을 보내겠소!

세상에. 훔볼트가 외쳤다. 모두 오해입니다.

입회인들을 모두 밖으로 내던져 버리겠소. 가우스가 말했다. 그들은 분명 범법자들의 심부름이나 하는 진짜 무위도식자들일 거요. 그런 녀석들에게는 발길질이나 해 줘야지. 볼기짝이든 어디든 걷어차 줘야지.

애써 가라앉힌 목소리로 포크트는, 자신이 받은 모욕에 대해 명예 회복을 할 기회를 거부하는 거냐고 물었다.

물론이오. 더러운 녀석에게 총에 맞아 죽을 생각은 추호도 없소.

포크트는 입을 열었다 다물고 주먹을 쥐고는 천장을 올려다보았다. 그의 턱이 떨렸다. 내가 제대로 이해한 거라면 교수 나리의 아드님이 곤경에 처해도 좋다는 거로군요. 교수 나리께서는 아들을 다시 볼 생각은 버리셔야 되겠는데요. 그는 비틀거리며 옷걸이로 가서는 자신의 외투와 모자를 들고 밖으로 나갔다.

저건 내 모잔데. 대머리가 외치며 그를 뒤쫓아 나갔다.

이제 끝났군요. 가우스가 침묵을 깨고 말했다. 그는 한동안 계속해서 영매를 쳐다보았다. 그리고 나서는 손을 주머니에 밀어 넣고 그 집을 떠났다.

끔찍한 실수를 한 겁니다. 그를 계단에서 따라잡으면서 훔볼트가 말했다. 그 남자는 돈을 원하지 않았어요!

하! 가우스가 말했다.

프로이센의 고위 관리는 돈으로 매수되지 않습니다. 그런 일은 절대 없습니다.

하!

그렇다면 내 손에 장을 지지겠소!

가우스는 웃었다.

그들이 밖으로 나가니 마차는 이미 떠나고 없었다.

그럼 걸어가지요. 훔볼트가 말했다. 멀지 않아요. 젊어서는 아주 먼 거리도 걸어 다녔는걸요.

그 이야기를 또 꺼내지는 마십시오. 가우스가 말했다. 더 이상 듣고 싶지 않습니다.

두 사람은 화가 나서 서로를 보았다. 그러고 나서 출발했다.

나이 탓입니다. 훔볼트가 잠시 후에 말했다. 전에는 모든 사람을 설득할 수 있었지요. 어떤 방해도 극복했고, 내가 원하면 어떤 통행증도 받아 냈습니다. 그리고 아무도 나에게 반대하지 않았습니다.

가우스는 아무 말도 하지 않았다. 그들은 말없이 나란히 걸었다.

좋아요. 가우스가 마침내 말했다. 인정합니다. 내가 한 일이 현명한 처사는 아니었습니다. 그러나 그것 때문에 너무 화가 났어요!

그런 영매는 장사를 못 하게 해야 하는데. 훔볼트가 말했다. 죽은 사람을 그런 식으로 만날 수는 없습니다. 뻔뻔하고 상스러워요! 나는 유령들과 함께 자랐기 때문에 유령들을 어떻게 다루어야 하는지 알고 있습니다.

이 가로등. 가우스가 말했다. 가로등을 가스로 밝힐 때가 곧 올 겁니다. 그러면 밤이 없어지겠지요. 우리는 둘 다 보잘것없는 시대에 늙어 버린 겁니다. 이제 오이겐은 어떻게 될까요?

학교에서 퇴학당할 겁니다. 감옥에 갈지도 모르고요. 추방을 당할 수도 있겠네요.

가우스는 아무 말도 하지 않았다.

때로는 인정할 수밖에 없죠. 훔볼트가 말했다. 인간이 다른 인간을 도울 수 없다는 것을요. 내가 봉플랑을 위해 아무것도 할 수 없다는 걸 확인하는 데 여러 해가 걸렸습니다. 그렇다고 매일 슬퍼할 수도 없는 노릇입니다.

나는 이 사실을 미나에게 알릴 일이 걱정이오. 미나는 어리석게도 그 아이만 의지하고 사는데.

몰락하려고 하는 것은 몰락하도록 내버려 둬야 합니다. 훔볼트가 말했다. 아름답게 들리지는 않지만 그건 성공한 삶의 가장 혹독한 면, 말하자면 그런 삶의 잔인한 면일 뿐입니다.

나는 이미 오래 살았어요. 가우스가 말했다. 나에게는 아무 의미도 없는 고향이 있습니다. 누구도 원하지 않는 딸이 있고요. 불행에 빠진 아들도 있습니다. 그 아들의 엄마 역시 오래 살지 못할 겁니다. 최근 15년 동안 나는 언덕을 측량했지요. 그는 갑자기 멈춰 서서 밤하늘을 올려다보았다. 왜 이렇게 마음이 가벼워지는지 설명할 수 없군요.

나도 설명할 수 없습니다. 훔볼트가 말했다. 나도 마찬가지로 기분이 가벼워지는군요.

아마도 이런저런 일들이 아직 가능할지 모릅니다. 자기. 공간의 기하학. 내 머리는 이제 전과 같지 않습니다. 그래도 전혀 쓸모없지는 않을 겁니다.

나는 아직 아시아에 가 본 적이 없습니다. 훔볼트가 말했다. 이대로는 안 됩니다. 무언가 달라져야 합니다. 나는 갑자기 러시아의 초청을 거절한 것이 실수가 아니었나 하는 생각이 듭니다.

물론 나는 새로운 동료가 필요합니다. 혼자서는 더 이상 할 수 없습니다. 장남은 군대에 있고 막내는 너무 어리고 오이겐은 탈락입니다. 빌헬름 베버라는 사람이 내 마음에 드는데! 게다가 아름다운 부인까지 있고. 괴팅겐에 물리학 교수 자리 하나가 빈다고 하던데.

쉽지 않은 일입니다. 훔볼트가 말했다. 정부는 나의 모든 발걸음을 통제하고 싶어 하지요. 나를 허약하거나 비겁하다고 여긴다면 그들을 잘 모르고 있는 겁니다. 사람들은 나를 인도로부터 멀리 떨어뜨려 놓았습니다. 러시아로 가야겠습니다.

실험물리학이라. 가우스가 말했다. 그것은 새로운 것이군요. 그것에 관해 생각 좀 해 봐야겠어요.

훔볼트가 말했다. 운이 좋다면 나는 중국까지 갈 수 있을 겁니다.

## 초원 지대

신사 숙녀 여러분, 죽음이 무엇입니까? 근본적으로 죽음은 소멸이나 변화의 순간이 아니라 죽기 이전에 오랫동안 계속되는 쇠퇴 현상, 수년 동안 지속되는 무기력함이며 한 인간이 여전히 존재하면서도 동시에 더 이상 존재하지 않는 시간, 그리고 자신의 위대함이 이미 사라졌다 하더라도 그것이 존재하는 것처럼 보이게 할 수 있는 시간입니다. 신사 숙녀 여러분, 자연은 우리의 죽음을 그렇게 용의주도하게 만들어 놓았습니다!

박수는 훔볼트가 강당을 떠난 뒤에도 이어졌다. 합창 협회 앞에 대기하고 있던 마차가 그를 형수의 병상으로 데려다 주었다. 그녀는 큰 소리도 내지 않고 통증도 없이 죽어 가고 있었다. 잠에 취한 채 의식이 희미해질 때 다시 한 번 눈을 뜨고 훔볼트를 쳐다보았다. 그러고는 조금 놀란 듯 자기 남편을 쳐다보았다. 두 사람을 구별하기 힘든 것처럼 보였다. 잠시 후 그녀는 사망했다. 형제는 서로 마주 보고 앉았다. 훔볼트는 형의 손을 잡았다. 이 상황이 그것을 요구한다는 것을 알았기 때문이다. 그러나 그들은 한동안 똑바로 앉아서 서로 상투적인 이야기를 나누어야 한다는 것은 완전히 잊고 있었다.

그날 저녁을 아직 기억하고 있냐? 마침내 형이 물었다. 우리가 아기레의 이야기를 읽고, 네가 오리노코 강에 가겠다고 결심했던 날 말이다. 그 날짜는 기록해야 하는데!

물론 기억하지요. 훔볼트가 말했다. 그러나 후세 사람들이 그것에 관심이 있을 거라고는 생각하지 않아요. 지금은 그 여행의 의미 자체가 의심스러워요. 운하는 그 대륙의 상황을 조금도 개선하지 못했어요. 전과 똑같이 여전히 황량하고 모기 떼로 가득 차 있지요. 봉플랑이 옳았어요. 적어도 그의 삶은 지루하지는 않았거든요.

내겐 지루함이 나쁘지 않았어. 형이 말했다. 단지 혼자 있고 싶지 않았을 뿐이다.

나는 항상 혼자 있었어요. 훔볼트가 말했다. 하지만 지루한 것은 끔찍하게 두려워요.

나는 수상이 되지 못한 것 때문에 무척 괴로웠지. 형이 말했다. 하르덴베르크가 그것을 방해했어. 그것이 내 운명이었나 봐!

훔볼트가 말했다. 운명이란 건 없습니다. 단지 우리가 어떤 것을 운명이라고 생각하기로 결정하면 언젠가는 그것이 정말 운명이었다고 믿게 될 뿐입니다. 하지만 그렇게 되지 않는 일들도 많아서 억지로 운명이라고 믿었던 것에 끼워 맞추어야만 하지요.

형은 몸을 뒤로 기댔다. 그리고 그를 오래 바라보았다. 여전히 소년 같군!

알고 있었어요?

물론이지.

오랫동안 그들 중 누구도 말을 꺼내지 않았다. 훔볼트가 일어나서 항상 그랬던 것처럼 형식적인 포옹을 했다.

다시 만날 수 있을까요?

물론이지. 살아서든 죽어서든.

협회에서는 그의 원정 동반자인 동물학자 에렌베르크와 광물학자 로제가 기다리고 있었다. 에렌베르크는 키가 작고 뚱뚱하며 뾰족한 수염을 기르고 있었다. 로제는 키가 2미터가 넘고 항상 머리가 젖어 있는 것처럼 보였다. 두 사람은 두꺼운 안경을 썼다. 궁정에서는 그들을 훔볼트의 조수로 파견했다. 그들은 함께 기자재를 시험했다. 시안계, 망원경, 열대 지방을 여행할 때 사용하던 라이덴병, 오래된 프랑스 시계보다 더 정확하게 가는 영국 시계, 자기 측정을 더 정밀하게 하기 위해 마련한 경사각 측정기 및 쇠가 들어 있지 않은 천막. 그리고 나서 훔볼트는 샬로텐부르크 성으로 갔다.

내 사위의 나라로 가는 것을 축하하오. 프리드리히 빌헬름 왕이 힘겹게 말했다. 그래서 나는 시종 훔볼트를 추밀고문관으로 임명하겠소. 이제부터 각하라는 호칭을 듣게 될 거요.

훔볼트는 감격하여 몸을 돌려야 했다.

알렉산더, 무슨 일이 있소?

형수님이 돌아가셨습니다. 훔볼트가 말했다.

나는 러시아를 알 만큼 알고 있소. 왕이 말했다. 나는 훔볼트의 명성도 알고 있소. 고생하지 않기를 바라오! 불쌍한 농부를 만날 때마다 눈물을 흘릴 필요는 없소.

러시아 황제에게 약속했습니다. 훔볼트는 미리 외워 둔 것을 읊는 듯한 어조로 말했다. 생명이 없는 자연 연구에만 전념할 것이며 낮은 계급의 민생에는 관심을 두지 않겠다고요. 그는 이런 문장을 벌써 러시아 황제에게 두 번, 프로이센 궁정 관리에게 세 번 써 보냈다.

집에는 편지 두 통이 와 있었다. 하나는 형이 보낸 편지였다. 병원에 와 자리를 지켜 주어 고맙다는 내용이었다. 우리가 다시 만나든 못 만나든 어쨌든 이제 우리 둘만 남았다. 사람들은 우리에게 삶에는 관객이 필요하다는 것을 일찍부터 엄하게 가르쳤다. 우리는 둘 다 우리의 관객이 온 세계라고 생각했다. 시간이 흐르면서 그 범위는 점점 작아지고 이제 우리는 그 모든 노력들이 세상 사람들에게 보여 주기 위한 것이 아니라 서로에게 보여 주기 위한 것이었음을 알았다. 너 때문에 나는 장관이 되려고 했고 나 때문에 너는 가장 높은 산에 오르고 깊은 동굴에 들어갔다. 너를 위해 나는 최고의 대학을 설립했고 나를 위해 너는 남아메리카를 여행했다. 떼려야 뗄 수 없는 두 사람의 인생이 의미하는 것이 무엇인지를 이해하지 못하는 어리석은 사람들만이 그것에 라이벌이라는 단어를 사용할 것이다. 네가 존재했기 때문에 나는 한 국가의 스승이 되었다. 내가 존재했기 때문에 너는 한 대륙의 탐험가가 되기를 원했다. 다른 모든 것은 우리에게 맞지 않았을 것이다. '맞는 것'에 관한 한 우리는 누구보다도 정확한 감각을 지니고 있었다. 이 편지는 너와 내가 주고받았던 다른 편지들과는 달리 후세에 전하지 않기를 부탁한다. 네가 나에게 말했던 것처럼 네가 미래를 중요하게 생각하지 않는다 할지라도 말이다.

다른 편지는 가우스에게서 온 것이었다. 그 역시 잘 다녀오라는 인사와 함께 훔볼트가 한 줄도 이해하지 못하는 자기 측정을 위한 공식 몇 가지를 보내왔다. 덧붙여 러시아어를 배워 보라고 했다. 나 자신도 오래전에 했던 약속 때문에 러시아어를 배우기 시작했습니다. 그리고 혹시 푸슈킨이라는 사람을 만나면 그에게 경의를 표해 주기 바랍니다.

하인이 들어와서 모든 준비가 끝났다고 알려 주었다. 말먹이를 충분히 주었고 기자재도 실었으니 내일 아침 동이 틀 무렵이면 출발하실 수 있을 겁니다.

실제로 러시아어는 집에서 가우스가 짜증을 내지 않는 데 도움이 되었다. 미나의 지속적인 한탄과 비난, 딸의 우울한 얼굴, 오이겐에 대한 모든 질문들. 니나는 작별 선물로 그에게 러시아어 사전을 주었다. 그녀는 동프로이센에 있는 여동생의 집으로 갔다. 괴팅겐을 영원히 떠난 것이다. 한동안 그는 요하나가 아니라 그녀가 평생 동안 그의 아내가 되어 주지 않았나 하는 생각이 들었다.

그는 온유해졌다. 이제는 미나를 보아도 화가 솟구치지 않았다. 그녀가 갑자기 사라진다면 그녀의 마르고 늙고 항상 부루퉁한 얼굴이 그리울 것이다.

베버는 자주 그에게 편지를 썼다. 제가 곧 괴팅겐으로 갈 것 같습니다. 교수 직이 비었는데 가우스 교수님의 추천이 힘이 된 것 같습니다. 그는 딸에게 말했다. 너는 그렇게 못생기고 그에게는 벌써 아내가 있다니 정말 슬픈 일이다!

베를린에서 돌아오는 길에 마차가 흔들거리는 바람에 그의 상태가 이전의 그 어떤 때보다도 더 안 좋아졌을 때 그는 떨림, 앞뒤로 흔들림, 좌우로 흔들림에 대해 아주 깊이 생각하면서 어떻게든 문제를 해결해 보려고 했다. 시간이 흐르며 공동 작용 속에서 부분들의 움직임을 설명하는 것이 가능해졌다. 그것이 멀미를 잠재우는 데 도움이 되지는 않았지만 그 순간 그는 최소 억제의 원리를 확실하게 깨달았다. 개개의 움직임은 최대 허용 가능 한도 내에서 혹은 최소 억제 가능 한도 내에서 전체 시스템의 움직임과 일치한다. 이른 새벽 괴팅겐에 도착하자마자 그는 베버에게 그것에 관한 메모를 보냈고 그는 지혜로운 논평을 붙여서 돌려보내 주었다. 몇 달 후면 그것을 주제로 쓴 논문이 발간될 것이다. 그렇게 그는 물리학자가 되었다.

오후가 되면 그는 숲 속에서 오랜 시간 산책을 했다. 이제 그는 길을 잃지 않았다. 그는 이 지역을 그 누구보다도 더 잘 알고 있었으며 모든 것을 지도에 담아 놓았다. 가끔 그에게는 자신이 땅을 측량한 것이 아니라 무언가를 발명했다는 생각이 들었다. 땅이 그를 통해서 비로소 현실이 된 것처럼 느껴졌다. 나무, 이끼, 돌, 풀들만 있던 곳에 이제는 직선과 각과 수의 그물망이 펼쳐졌다. 누군가에 의해 일단 측정된 것은 측정되기 전과 같이 존재하지 않고 그렇게 존재할 수도 없다. 가우스는 훔볼트가 그것을 이해할 수 있을까 곰곰 생각해 보았다. 비가 내리기 시작했다. 그는 나무 아래로 비를 피했다. 풀잎이 흔들렸고 신선한 흙 냄새가 올라왔다. 그리고 그는 이곳 이외의 어느 다른 곳에도 가 본 적이 없는 것처럼 느꼈다.

훔볼트의 보급품 수송 마차는 앞으로 잘 나아가지 못했다. 마차가 출발한 시기가 하필이면 눈이 녹는 시기였던 것이다. 전에는 없었던 실수였다. 마차는 진흙 속에 빠졌고 툭하면 젖은 도로에서 이탈했다. 매번 그들은 멈춰 서서 기다려야 했다. 대열은 너무 길었고 인원은 너무 많았다. 그들은 예상보다 늦게 쾨니히스베르크에 도착했다. 베셀 교수는 호들갑을 떨며 훔볼트를 맞아 주었고 그들을 새로운 천문대로 안내해서 프로이센에서 가장 큰 호박(琥珀) 수집품을 보여 주었다.

훔볼트는 그에게 전에 가우스 교수와 일한 적이 있느냐고 물었다.

내 삶의 정점이었지요. 베셀이 말했다. 쉽지는 않았지만 말입니다. 수학의 황제가 브레멘에서 나에게 학문을 포기하라면서 가능하다면 요리사가 되거나 대장장이가 되는 게 어떻겠느냐고 권했던 그 순간의 충격에서 나는 오랫동안 헤어날 수 없었습니다. 그래도 나는 운이 좋았지요. 페테르부르크에 있는 친구 바르텔스는 가우스 교수와의 만남으로 더욱 심한 충격을 받았으니까요. 가우스 교수의 그런 탁월함에 상처를 받지 않으려면 그냥 인정하고 공감하는 수밖에 없습니다.

틸시트로 가는 도로는 얼어 있었다. 마차는 여러 번 멈춰 섰다. 러시아 국경에는 그들을 수행하라는 명령을 받은 코르시카 군대가 서 있었다.

정말 그러실 필요 없습니다. 훔볼트가 말했다.

사령관이 말했다. 저를 믿으셔야 합니다. 필요한 조치입니다.

나는 호위 행렬 없이도 황야에서 수년간을 잘 보냈습니다!

이곳은 황야가 아닙니다. 이곳은 러시아입니다. 사령관이 말했다.

도르파트 앞에 기자들과 자연과학 전문가들이 구름처럼 몰려들어 당신을 기다리고 있습니다. 그들은 당신에게 광석과 식물 수집품을 보여 주고 싶어 합니다.

기꺼이 구경하겠소. 훔볼트가 말했다. 하지만 나는 박물관 때문이 아니라 러시아의 자연을 관찰하기 위해 온 겁니다.

자연 관찰은 당분간 저에게 맡겨 주십시오. 로제가 지나치게 열

성적으로 말했다. 실수는 없을 겁니다. 그것 때문에 제가 따라온 건데요!

로제가 도시 주변에 있는 언덕을 측량하는 동안 시장, 대학의 학장과 장교 두 명이 믿을 수 없을 정도로 길게 늘어선 방들을 통과해 통풍이 잘 안 되는 방으로 훔볼트를 안내했다. 그곳에는 호박 시금석들이 가득 차 있었다. 어떤 호박 안에는 훔볼트가 아직 한 번도 본 적이 없는 거미 한 마리가 들어 있었고 다른 호박에는 사람들이 전설의 동물이라고 불러야 할 듯한 날개 달린 전갈이 들어 있었다. 훔볼트는 그것들을 눈앞에 바싹 갖다 대고 눈을 깜박였다. 그러나 도움이 되지 않았다. 이제 잘 보이지가 않았다. 이것을 그려야 하는데 말입니다!

당연하지요. 갑자기 그의 뒤에 서 있던 에렌베르크가 말했다. 그는 훔볼트의 손에서 호박을 빼앗아 가지고 갔다. 훔볼트는 돌아오라고 그를 부르고 싶었다. 그러나 그냥 내버려 두었다. 그랬다면 많은 사람들 앞에서 이상하게 보였을 테니까. 그는 호박을 그린 그림을 받아 보지 못했다. 그 호박을 두 번 다시 보지도 못했다. 그가 나중에 에렌베르크에게 그것에 관해 묻자 그는 전혀 기억을 하지 못했다.

그들은 도르파트를 떠나 수도로 향했다. 왕실 마차가 앞서 갔고 장교 두 명이 그들과 합류했다. 교수 세 명과 볼로딘이라는 페테르부르크 학회의 지질학자도 동행했다. 훔볼트는 그가 옆에 있다는 것을 매번 잊고 있다가 볼로딘이 나지막한 목소리로 무언가 이의를 제기하면 깜짝 놀라곤 했다. 이 희미한 존재의 무엇인가가 그의 기억 속에 고정되기를 거부하거나 아니면 그가 위장 기술을 아주 능숙하게 발휘하는 것 같았다. 나르바 강에서 그들은 이틀 동안 얼음이 녹기를 기다렸다. 그동안 인원이 많이 늘어서 이동을 하려면 커다란 뗏목이 필요했기 때문이었다. 그래서 그들은 예정보다 늦게 페테르부르크에 도착했다.

프로이센의 외교관이 훔볼트를 접견실로 안내했다. 러시아 황제는 한참을 그의 손을 붙잡고 그의 방문이 러시아에 영광임을 확인해 주었다. 그리고 자신이 빈 회의에서 만났던 훔볼트의 형에 관해 물었다.

형님에 대해 좋은 기억을 가지고 계십니까?

물론이오. 황제가 말했다. 그러나 솔직하게 말하자면 그가 조금은 무서웠소.

유럽의 모든 사절들이 훔볼트를 위해 환영 만찬을 열었다. 그는 황제 가족과 여러 번 저녁 식사를 함께했다. 경제부 장관인 캉크린 백작이 약속한 여비를 두 배로 지급했다.

감사합니다. 훔볼트가 말했다. 원정 경비를 직접 조달했던 날들을 생각하니 우울하군요.

이제 우울해할 이유가 없지요. 캉크린이 말했다. 당신은 모든 자유를 누리게 될 겁니다. 그리고 이것이 계획된 경로입니다. 그는 훔볼트에게 종이 한 장을 건네주었다. 가는 내내 경호를 받을 것이며 모든 역에서 당신을 맞아 줄 것이며 모든 지방 총독들이 당신의 안전을 배려할 겁니다.

잘 모르겠군요. 훔볼트가 말했다. 나는 자유로이 움직이고 싶습니다. 탐험가는 즉흥적이어야 합니다.

내 계획이 좋지 않을 경우에는 그렇게 하십시오. 캉크린이 웃으면서 반박했다. 아주 탁월한 계획일 겁니다. 보증합니다.

모스크바로 출발하기 전에 훔볼트는 다시 우편물을 받았다. 자신의 고독에 관해 수다스럽게 떠들고 있는 형의 편지 두 통과 베셀에게서 온 한 통의 긴 편지였다. 그리고 자기 실험에 깊이 빠진 가우스의 엽서 한 장이 있었다. 나는 이제 이 일에 진지하게 임하고 있습니다. 나는 창문 없는 관측소를 짓게 했습니다. 공기가 통하지 않는 문을 달고 자력을 띠지 않는 동으로 만든 못을 사용했습니다.

처음에 시 고문관들은 그가 미쳤다고 생각했다. 가우스는 그들에게 화를 내기도 하고 위협하기도 하고 우는 척하며 매달리기도 했다. 그리고 그의 실험이 무역, 국가의 명성, 경제적 이익에 기여하게 될 점들을 꾸며 댔다. 시 고문관들은 결국 그에게 동의하고 천문대 옆에 관측소를 짓게 했다. 이제 그는 하루의 대부분을 증폭기 코일 속에서 진자 운동을 하는 긴 철침 앞에서 소일하며 보내고 있었다. 그것의 운동은 너무나 미세해서 맨눈으로는 볼 수가 없었다. 움직이는 편차의 섬세한 운동을 보기 위해서는 바늘 위에 장착된 거울에 망원경을 고정시켜야 했다. 훔볼트의 추측이 들어맞았다. 지장은 편차를 보이고, 그것의 강도는 주기별로 달라진다. 가우스는 훔볼트보다 더 짧은 간격을 두고 측정했다. 그는 더 정확하게 측량했으며 계산도 물론 더 잘했다. 훔볼트가 바늘이 매달려 있는 끈의 확장을 고려하지 못했다는 사실이 그를 기분 좋게 했다.

가우스는 석유램프의 희미한 빛 속에서 몇 시간이고 이 진자를 관찰했다. 어떤 소리도 그에게는 들리지 않았다. 필라트르와 함께 했던 기구 비행이 공간이 무엇인지를 그에게 보여 주었다면 이 실험은 그가 지구의 중심에 존재하는 흔들림을 이해할 수 있게 만들 것이다. 인간은 이제 산에 오를 필요가 없고 밀림을 통과하며 고통

받을 필요가 없다. 이 바늘을 관찰하는 것은 곧 지구의 내부를 들여다보는 것과 같다. 가끔 그의 생각은 가족에게로 향한다. 오이겐이 보고 싶었다. 오이겐이 떠난 이후로 미나는 상태가 좋지 않았다. 막내는 곧 학교를 끝마치게 될 것이다. 그 아이 역시 특별히 똑똑하지는 않다. 그 아이는 대학에 가지 않을 것이다. 그는 그것으로 만족해야 했다. 인간을 과대평가해선 안 된다. 적어도 베버와는 의사소통이 잘되었다. 그리고 얼마 전에는 한 러시아 수학자가 유클리드의 기하학이 진리에 어긋나며 평행선은 서로 만난다는 가설을 표명한 논문을 그에게 보내왔다. 그가 이것은 자신에게 전혀 새로울 것이 없다는 답장을 쓴 이후로 그는 러시아 사람들 사이에서 잘난 체만 하는 인간으로 통하게 되었다. 그가 오래전부터 알고 있던 것을 다른 사람이 세상에 공표해서 유명해질 거라는 생각에 그는 날카로운 것에 찔리는 듯한 낯선 통증을 느꼈다. 그렇게 나이가 들고 난 후에야 명예심이 무엇인지를 배우게 된 것이다. 바늘을 응시하면서, 그것이 소리 없이 추는 춤을 방해하지 않기 위해 거의 숨도 쉬지 못할 때, 그는 문득 자신이 알 수 없는 시대의 마술사처럼, 오래된 동판화 위에 그려져 있는 연금술사처럼 느껴졌다. 왜 아니겠는가? 신과학(Scientia Nova)은 마술에서 나온 것이며 그것은 항상 마술과 관련이 있었을 것이다.

그는 조심스럽게 러시아 지도를 펼쳤다. 우리는 이런 관측소를 황량한 시베리아에 설립해야 한다. 기구를 다룰 줄 알며, 시간 시간을 망원경 앞에서 보내며, 조용하지만 주목할 만한 삶을 이끌어 갈 수 있는, 그런 믿음직한 사람들이 거기 거주해야 한다. 훔볼트라면 관리할 수 있을 것이다. 그것까지도. 가우스는 생각에 잠겼다. 그가 관측소를 세우기에 적합한 장소의 목록을 완성했을 때 그의 막내아들이 문을 열고 편지를 가져왔다. 문으로 들어온 바람에 종이들이 공중으로 날아올랐다. 바늘이 급작스럽게 흔들렸다. 가우스는 문을 열 때 조심해야 한다는 사실을 잊지 않도록 아들의 따귀를 두 대 때렸다. 조용히 앉아 30분 정도 기다렸더니 나침반이 다시 제자리를 찾았다. 가우스는 그때서야 몸을 움직여 편지를 펼쳐 볼 엄두를 내었다. 훔볼트는 편지에 이렇게 썼다. 우리는 계획을 바꿔야 합니다. 나는 내가 원하는 대로 갈 수가 없습니다. 그들이 나에게 경로를 지정해 주었으며 그 경로에서 벗어나는 것은 이성적인 행동으로 생각되지 않습니다. 지정된 경로 위에서는 측량할 수 있지만 다른 곳에서는 측량할 수가 없습니다. 계획에 맞추느라 애를 먹고 있습니다. 가우스는 슬프게 웃으면서 편지를 옆으로 치웠다. 처음으로 그는 훔볼트가 불쌍하다는 생각을 했다.

모스크바에서 모든 것이 중단되었다. 시장이 말했다. 귀빈께서 이렇게 가 버리신다는 것은 말도 안 됩니다. 작업에 유리한 계절이야 또 올 테고, 어쨌든 사람들이 당신을 기다리고 있습니다. 당신이 페테르부르크에서 베풀었던 것을 모스크바에도 베풀어 주셔야만 합니다. 그래서 훔볼트는 로제와 에렌베르크가 주변 지역에서 호박을 수집하는 동안 매일 저녁 환영 만찬에 참석해야 했다. 연미복을 입은 사람들이 안경을 반짝이며 건배와 만세를 외쳤고 관악기 연주자들은 조율이 되지 않은 악기를 연주했다. 그리고 매번 누군가가 훔볼트에게 기분이 좋지 않으냐고 물었다. 아닙니다. 그는 대답하면서 지는 태양을 쳐다보았다. 단지 음악이 나에게 별 감동을 주지 못하기 때문이지요. 그런데 음악 소리가 정말 이렇게까지 커야 합니까?

몇 주가 지난 후 러시아 사람들은 그들이 우랄 산맥으로 떠날 수 있도록 허락했다. 더 많은 사람들이 원정에 합류했고 마차가 출발 준비를 하는 데만도 하루가 걸렸다.

믿을 수 없군. 훔볼트가 에렌베르크에게 말했다. 참을 수가 없어. 이것은 더 이상 원정이 아니야!

항상 우리가 원하는 대로만 할 수는 없습니다. 로제가 참견했다.

그리고 반대할 이유가 뭡니까? 에렌베르크가 물었다. 모두들 지혜롭고 존경할 만한 사람들인데. 우리가 해야 할 힘겨운 일들을 그들이 덜어 줄 수도 있는데요. 훔볼트는 얼굴이 붉어졌다. 그러나 그가 무언가를 말하기도 전에 마차가 움직이기 시작했다. 그리고 그의 대답은 덜거덕거리는 마차 바퀴 소리와 말발굽 소리에 파묻혔다.

니주니노브고로드 주에서 그는 육분의를 가지고 볼가 강의 너비를 쟀다. 반 시간 동안 그는 접안렌즈를 들여다보았다. 앨리데이드 조준의를 흔들고 측정치를 중얼거렸다. 함께 여행하는 사람들은 존경심에 가득 찬 눈으로 그를 보았다. 볼로딘이 로제에게 말했다. 마치 역사책 속으로 들어가 당시의 여행을 체험하는 것 같군요. 너무 멋집니다. 눈물이 나오려고 하는군요!

마침내 훔볼트는 강폭이 15,973킬로미터라고 알려 주었다.

알겠습니다. 로제가 흥분을 가라앉히면서 말했다.

정확하게 말하면 15,974킬로미터지요. 에렌베르크가 말했다. 그러나 오래된 방법으로 측정한 것을 고려할 때 상당히 정확한 결과임을 인정하지 않을 수 없군요.

훔볼트는 시내에서 소금, 빵, 금 열쇠를 받았고 명예시민 칭호를 수여받았다. 어린이 합창단의 공연을 들어야 했으며 공식 만찬 열네 곳과 개인 만찬 스물한 곳에 참석해야 했다. 그러고 나서야 그들은 경비정을 타고 볼가 강을 따라 올라갈 수 있었다. 그는 카산에서 자기 측정을 실시하겠다고 고집했다. 야외에서 그는 쇠가 없는 천막을 설치하게 하고는 조용히 해 달라고 부탁했다. 그는 천막 안으로 기어들어 가 규정된 장착법에 따라 나침반을 고정시켰다. 평상시보다 더 오랜 시간이 걸렸다. 손이 떨렸고 바람 때문에 눈에서 눈물이 나기 시작한 까닭이다. 나침반 바늘은 멈칫거리다가 흔들리더니 멈추었다. 그리고 몇 분간 꼼짝 않고 있다가 다시 흔들리기 시작했다. 훔볼트는 지구 둘레의 6분의 1만큼 떨어진 곳에서 똑같은 일을 하고 있을 가우스를 생각했다. 그 불쌍한 인간은 세계에 관해 아무것도 보지 못했다. 훔볼트는 감상적으로 웃다가 갑자기 가우스가 불쌍하다는 생각을 했다. 로제는 밖에서 천막을 두드리면서 일을 좀 더 빨리 끝낼 수는 없느냐고 물었다.

원정 중에 그들은 창기병의 호위를 받고 있는 여죄수들의 행렬을 지나치게 되었다. 훔볼트는 멈춰 서서 그들과 이야기를 하고 싶어 했다.

안 됩니다. 로제가 말했다.

생각할 수도 없는 일입니다. 에렌베르크가 동의했다. 그는 마차 지붕을 두드렸고 마차는 출발했다. 잠시 후 그들의 마차가 일으킨 흙먼지 속으로 죄수들의 행렬이 사라졌다.

페름에서 에렌베르크와 로제는 광석 채집을 시작했다. 그것은 이미 일상적인 일이 되었다. 반면 훔볼트는 총독과 저녁 식사를 했다. 총독에게는 형제 넷, 아들 여덟, 딸 다섯, 손자 스물일곱, 증손자 아홉 및 셀 수 없이 많은 조카들이 있었다. 모두들 바다 너머의 나라에 관한 이야기를 듣고 싶어 했다. 나는 아무것도 모릅니다. 훔볼트가 말했다. 거의 기억이 나지 않는군요. 자고 싶습니다.

다음 날 아침 그는 채집품을 나누라는 지시를 내렸다. 각각의 표본마다 두 개의 샘플이 필요합니다. 그것을 분리해서 이송해야 합니다.

우리는 이미 오래전부터 샘플 분리 작업을 해 왔는데요. 로제가 말했다.

내내 그렇게 해 왔습니다. 에렌베르크가 말했다.

생각이 있는 탐험가라면 누구나 그렇게 할 겁니다. 로제가 말했다. 당신의 여행기를 읽어 보았으니까요.

그들은 예카테린부르크에 도착했다. 훔볼트는 그곳에서 어느 상인의 집에 머물렀는데 그 상인은 그곳의 남자들이 그렇듯 턱수염을 길렀고 긴 코트에 허리띠를 차고 있었다. 훔볼트가 늦은 저녁 시장의 저택에서 열린 만찬에 참석하고 집으로 돌아왔을 때 그 상인은 그와 함께 술을 마시고 싶어 했다. 훔볼트가 거절하자 그 남자는 어린아이처럼 훌쩍거리기 시작했다. 그리고 가슴을 치며 서투른 프랑스어로 외쳤다. 나는 비참해, 비참해, 비참해. 죽고 싶어.

그렇다면 좋아요. 훔볼트가 당황하여 말했다. 딱 한 잔만 합시다!

보드카 탓에 훔볼트의 상태가 아주 나빠져서 그는 이틀간 침대에 누워 있어야 했다. 누구도 이해할 수 없는 이유로 정부는 코르시카 경비병을 집 앞에 배치했고, 장교 두 명은 집에 갈 생각도 안 하고 그의 방 구석에서 코를 골면서 밤을 보냈다.

그가 다시 일어났을 때 에렌베르크, 로제, 볼로딘은 그를 사금광

상유용한 광물이 땅속에 많이 묻혀 있는 부분 광산으로 데리고 갔다. 오시포프라는 이름의 광산 감독국장은 광산에 고인 물을 어떻게 처리해야 하느냐는 문제로 골치를 썩이고 있었다. 그는 훔볼트를 물이 가득 차 있는 광산으로 데리고 갔다. 물이 엉덩이 높이까지 올라와 퀴퀴한 냄새가 났다. 훔볼트는 기분 나쁘게 젖은 바지를 내려다보았다.

펌프로 퍼내야 합니다!

기구가 부족합니다. 오시포프가 걱정스럽게 말했다.

그렇다면 기구 하나를 여러 번 사용하면 되지요. 훔볼트가 말했다.

오시포프는 그 비용을 어떻게 지불해야 하겠느냐고 물었다.

훔볼트가 느릿느릿 말했다. 물이 덜 나오면 그만큼 더 많은 광석을 채굴할 수 있습니다.

오시포프는 무슨 말인지 못 알아듣겠다는 듯 그를 바라보았다.

그러니까 펌프는 돈이 드는 만큼 그 값어치를 합니다. 그렇지 않습니까?

오시포프는 잠시 생각하더니 훔볼트를 붙잡고 그를 꼭 껴안았다.

원정 중에 훔볼트는 열에 시달렸다. 목에 통증을 느꼈고 코에서는 끊임없이 콧물이 흘렀다. 감기인가 봐요. 그는 이렇게 말하고 양모 덮개를 꼭 여몄다. 마부가 조금 천천히 달릴 수는 없나? 소나무 숲을 전혀 볼 수가 없군요.

유감스럽게도 러시아 마부들은 천천히 달릴 줄을 모릅니다. 로제가 말했다. 그들은 빠르게 달리는 것만 배웠기 때문이지요.

그들은 자석 산러시아의 남우랄에 있는 산 앞에 다다라서야 멈추었다. 비소카야 고라의 평지 한가운데에 담황색 점토로 만들어진 커다란 광석이 솟아 있었다. 나침반들은 방향을 잡지 못했고 훔볼트는 그 산에 올라가기 시작했다. 감기 때문인 듯 전보다 더 힘들었다. 한번은 에렌베르크에게 의지해야 했다. 돌 하나를 주우려고 몸을 굽혔을 때는 등이 너무 아파서 로제에게 그 돌을 채집해 달라고 부탁해야 했다. 그러나 그 돌은 필요 없었다. 지방 철광산의 간부 한 명이 세심하게 분류해 놓은 광석 샘플이 든 작은 상자를 건네주기 위해 이미 정상에서 그들을 기다리고 있었기 때문이었다. 훔볼트는 쉰 목소리로 고맙다는 말을 전했다. 바람이 그의 양모 숄 안으로 사납게 파고들었다.

그러면 다시 내려갈까요? 로제가 말했다.

철광산에서 작은 사내아이 한 명을 데려왔다. 이 아이 이름은 파벨이고 나이는 열네 살인데 좀 모자라지요. 광산 간부가 말했다. 그런데 얘가 이 돌을 발견했어요. 아이는 더러운 손을 벌렸다.

분명 다이아몬드군요. 훔볼트가 검사해 본 후에 말했다.

엄청난 환호성이 터졌다. 광산 감독들은 서로 어깨를 치고 일꾼들은 춤을 추었고 남성 합창단이 다시 노래하기 시작했다. 여러 명의 일꾼들이 기쁨에 들떠 파벨의 뺨을 한 번씩 때렸다.

나쁘지 않군요. 볼로딘이 말했다. 이 나라에 온 지 몇 주 되지 않았는데 벌써 러시아의 첫 번째 다이아몬드를 발견하다니. 거기서 사람들은 장인의 솜씨를 느낄 수 있지요.

내가 발견한 게 아닙니다. 훔볼트가 말했다.

주제넘게 조언을 한다면 그 말은 절대 다시 하지 않으시는 게 좋을 겁니다. 로제가 말했다.

피상적인 진실이 있고 보다 심오한 진실이 있지요. 에렌베르크가 말했다. 독일 사람이라면 알고 있을 겁니다.

사람들에게 그들이 원했던 것을 잠시 갖도록 해 주는 것이 그렇게 어려운 일입니까? 로제가 물었다.

며칠 후에 황제의 감사 편지를 가지고 녹초가 되도록 먼 길을 달려온 기사가 그들을 방문했다.

훔볼트의 감기는 나아지지 않았다. 그들은 모기가 윙윙거리는 시베리아의 침엽수림 지대를 통과했다. 하늘은 매우 높고 태양은 지지 않아서 밤은 희미한 기억이 되어 가고 있었다. 풀로 뒤덮인 늪, 나지막한 나무들, 시냇물의 구불구불한 선들의 경계가 멀리 흰색 안개 속에서 사라졌다. 훔볼트가 잠깐 눈을 붙였다 놀라 깨어서 보면 크로노미터의 지침이 다시 한 시간을 뛰어넘어 있었다. 실오라기 같은 구름이 떠 있고 태양이 이글이글 타고 있는 하늘이 조각조각 나뉘어 균열이 생기고 그가 머리를 돌리면 그의 시야와 함께 하늘의 갈라진 틈이 이리저리 옮겨 다니는 것처럼 느껴졌다.

에렌베르크는 이불이 하나 더 필요하지 않겠느냐고 조심스럽게 물었다.

나는 지금껏 담요가 두 개 필요했던 적은 없었소. 훔볼트가 말했다. 그래도 에렌베르크는 모르는 척하고 그에게 담요를 건네주었다. 분노보다는 신체적 허약이 앞섰다. 그는 담요를 받아서 몸에 단단히 휘감았다. 그리고 토볼스크까지 얼마나 먼 거냐고 물었다. 단지 잠을 쫓아 보려고 던진 질문 같았다.

아주 멀어요. 로제가 말했다.

멀다고 말할 수 없을 정도로요. 에렌베르크가 말했다. 이 나라는 엄청나게 커서 거리라는 게 무의미합니다. 거리는 추상적인 수치로 변해 버리지요.

이 대답에서 훔볼트는 주제넘은 무엇인가를 느꼈다. 그러나 그런 것까지 생각하기에는 너무 피곤했다. 가우스가 절대적인 길이에 관해 이야기했던 것이 떠올랐다. 거기에 다른 직선이 이어질 수도 없고, 모든 가능한 거리가 그 직선의 일부에 불과한 그런 직선. 그는 비몽사몽간에 이 직선이 자신의 삶과 관련이 있으며, 그가 무엇인가 파악하기만 하면 모든 것이 명확해지리라는 느낌이 들었다. 답은 가까이 있는 것처럼 보였다. 그는 가우스에게 편지를 쓰려고 했다. 그러나 쓰지 못하고 다시 잠이 들었다.

가우스는 훔볼트가 아직 3년에서 5년은 더 살 거라고 예측했다. 얼마 전부터 그는 다시 사망률에 전념했다. 그것은 국립 보험기관의 위탁을 받은 일로 보수도 톡톡히 챙길 수 있고 수학적으로도 꽤 흥미로운 작업이었다. 그는 자기 친지들의 수명을 모두 어림잡아 보았다. 한 시간 동안 천문대를 지나가는 사람들의 수를 세어 보면 그 중의 몇 명이 올해, 3년 후 아니면 10년 후에 땅 밑에 들어가게 될지 판단할 수 있었다. 그는 말했다. 점성술사들이 따라 하게 생겼군!

베버가 대답했다. 점성술을 과소평가해서는 안 됩니다. 완전한 학문은 점성술을 적용할 줄 알아야 합니다. 갈바니 전류를 이용하기 시작한 것처럼 말입니다. 종 모양의 확률 곡선을 그릴 줄 안다 해도 언제 죽는지 아는 사람은 아무도 없다는 단순한 진리는 바뀌지 않습니다. 모든 사건은 언제나 처음 일어나는 것이니까요.

가우스는 바보 같은 이야기 좀 그만 하라고 부탁했다. 내 아내 미나는 병이 들었기 때문에 나보다 앞서 죽을 것이오. 그다음이 어머니, 그다음이 나요. 통계학이 그것을 말해 주고 있소. 그렇게 될 것이오. 그는 잠시 더 망원경을 통해 수신기의 거울 눈금을 들여다보았다. 그러나 바늘은 움직이지 않았다. 베버는 더 이상 대답하지 않았다. 아마도 임펄스가 도중에 사라졌나 봅니다.

그렇게 그들은 자주 이야기를 나누었다. 베버는 시내 물리학 실험실에서 동일한 바늘이 달린 또 다른 코일 앞에 앉았다. 그들은 약속한 시간에 감응 장치로 신호를 이리저리 보냈다. 가우스는 몇 년 전에 오이겐과 회광기를 가지고 비슷한 것을 시도한 적이 있었다. 그러나 오이겐은 다이애드를 제대로 기억하지 못했다. 베버는 그 전체를 독특한 발명품으로 여겼으며 가우스 교수가 부자가 되고 유명해지기 위해서는 이를 발표해야만 한다고 했다. 가우스는 말했다. 나는 이미 유명하며 원래 상당히 부자이기도 하지요. 이 아이디어는 거의 증명된 것이나 마찬가지이니 기꺼이 어리석은 사람들에게 넘겨주겠소.

베버가 아무 말도 하지 않자 가우스는 일어섰다. 벨벳 두건을 목에 걸치고 산책을 나갔다. 하늘은 투명한 구름으로 뒤덮여 있었다. 곧 비가 쏟아질 것처럼 보였다.

얼마나 많은 순간을 이 수신 장치 앞에서 그녀의 신호를 기다리며 보냈던가? 요하나가 거기 밖에 있다면, 단지 거리만 더 멀리 떨어져 있을 뿐 어딘가 다른 곳에 있는 거라면 왜 그녀는 이 기회를 이용하지 않는 것인가? 죽은 사람들은 잠옷 입은 여자아이를 찾아왔다가 물러가면서 왜 이런 훌륭한 기계는 이용하지 않는가? 가우스는 눈을 깜박였다. 눈이 이상했다. 천공이 갈라진 틈에 의해 무너지는 것처럼 보였다. 빗방울이 떨어지기 시작했다. 아마도 죽은 사람들은 더 강한 현실 속에 있기 때문에, 그들에게는 여기 이곳이 꿈처럼, 불완전함처럼, 그리고 오래전에 해결된 수수께끼처럼 보이기 때문에 더 이상 말하지 않는지도 모른다. 그들이 그 안에서 움직이고 자신을 표현한다면 복잡한 수수께끼 속으로 다시 한 번 얽혀 들어가야 할 것이기 때문이다. 그는 돌 위에 앉았다. 빗물이 그의 머리와 어깨를 타고 흘러내렸다. 죽음은 현실을 초월한 인식으로 다가올 것이다. 그러고 나면 그는 공간과 시간이 무엇인지, 점선의 성격이 무엇인지, 수의 본질이 무엇인지 파악하게 될 것이다. 왜 자신이 항상 성공하지 못한 발명품처럼 느껴지는지, 비교할 수 없을 정도로 훨씬 더 현실적인 사람들의 사본처럼 느껴지는지, 보잘것없는 발명가에 의해 기이하게도 이류 세계로 밀려나야 하는지 그 이유를 알 수 있을 것이다. 그는 주위를 둘러보았다. 반짝이는 무엇인가가 하늘 위 매우 높은 곳을 직선으로 지나갔다. 그의 앞에 있는 길이 갑자기 넓어진 것 같았다. 도시 성벽은 온데간데없이 집들 사이에 유리로 만든 탑들이 높이 솟아올랐다. 금속 상자들이 개미들의 군체 속에서 도로를 따라 밀려갔다. 낮게 중얼거리는 소리가 공기를 가득 채우며 하늘 아래 걸려 있었다. 심지어 약하게 진동하는 땅에서 소리가 솟아나는 것처럼 들리기까지 했다. 바람에서는 쓴 맛이 났다. 탄 냄새가 났다. 거기에 그가 전혀 예측할 수 없는, 보이지 않는 무엇인가가 있었다. 전기 진동, 그것은 희미한 불쾌감, 현실 속에서의 흔들림으로만 지각할 수 있었다. 가우스는 몸을 숙였고 그의 움직임으로 모든 것이 사라졌다. 비명을 지르며 그는 깨어났다. 그는 흠뻑 젖은 채로 천문대를 향해 걸음을 재촉했다. 늙는다는 것, 그것은 어떤 장소에서나 졸 수 있다는 것을 의미한다.

훔볼트는 수없이 마차를 갈아타야 했고, 마차를 끄는 말들은 끝도 없이 바뀌었다. 마차 밖으로 흘러가는 풍경은 오직 잡풀이 우거진 평야뿐이었다. 지평선은 어디에서나 똑같아 보여서 더 이상 현실로 느껴지지 않았다. 그의 동행들은 모기를 피하기 위해 마스크를 썼지만 모기의 공격도 그를 방해하지는 못했다. 모기들은 그의 젊은 시절, 그가 가장 생생하게 느꼈던 시절을 기억나게 했다. 호위병의 수는 점점 더 많아졌다. 거의 100명에 달하는 군인들이 채집과 측량은 더 이상 생각할 수 없는 속도로 시베리아 침엽수림 지대를 통과했다. 토볼스크 행정 구역에서 그들은 어려움을 겪었다. 이심에서 훔볼트가 폴란드 죄수들과 이야기를 나누자 경찰들이 몹시 불쾌해했다. 그는 그곳을 빠져나와 언덕으로 올라가 망원경을 설치했다. 그런데 잠시 후에 군인들이 그를 에워쌌다. 도대체 무엇을 하는 겁니까? 왜 도시를 향해 포구를 겨누는 겁니까? 훔볼트와 함께 온 사람들이 해명을 하고 나서야 그는 풀려날 수 있었다. 로제는 모든 사람들이 보는 앞에서 그를 비난했다. 혼자 다니시면 안 됩니다. 도대체 무슨 생각을 하신 겁니까!

그들의 채집품은 계속 늘어났다. 사방에서 탐험가들이 그들을 기다리고 있다가 조심스럽게 설명을 적어 놓은 돌 표본과 식물 표본을 넘겨주었다. 턱수염을 기르고, 둥근 안경을 쓴 대머리 대학 교수는 그들에게 우주의 에테르가 든 유리병을 선물했다. 복잡한 필터 시설을 통해 공기에서 분리한 거라고 했다. 그 병은 아주 무거워서 꼭 두 손으로 들어 올려야 했다. 병 안에 든 내용물은 어두운 색이라 약간만 멀리 떨어져도 잘 보이지 않았다. 이 물질은 조심스럽게 운반해야 합니다. 교수는 이렇게 말하고 더러워진 안경을 닦았다. 이것은 쉽게 불이 붙습니다. 그래서 그것과 관련해서 나는 실험 규정 조건을 포기했습니다. 그것 외에는 여기 아무것도 남아 있지 않습니다. 그것은 땅속 깊이 묻어 두는 것이 가장 좋을 겁니다. 그리고 오래 쳐다보지 않는 것이 좋습니다. 오래 보고 있으면 기분이 나빠지니까요.

탑 모양의 지붕이 있는 나무 오두막이 점점 더 자주 눈에 띄었다. 사람들의 눈은 더욱 가늘어졌고 키르기스 족 유목민의 펠트로 만든 둥근 지붕 천막이 황량한 대지에 펼쳐져 있었다. 국경 앞에는 경례를 하고 있는 코르시카 정부 관리 한 명이 서 있었다. 깃발이 펄럭였고 트럼펫 소리가 울렸다. 그들은 이끼로 덮인 중립 지대를 통과했다. 건너편에선 중국 장교가 그들에게 인사를 했다. 훔볼트는 저녁과 아침, 동양과 서양, 전체로서의 인류에 관한 연설을 했다. 그다음 중국 장교가 무슨 이야기인가를 했다. 통역사는 없었다.

훔볼트는 에렌베르크에게 작은 소리로 말했다. 나에게는 이 언어를 공부한 형이 있어요.

중국 사람은 웃으면서 두 손을 높이 올렸다. 훔볼트는 그에게 파란색 옷감 한 두루마리를 선물로 주었다. 중국 사람은 그에게 양피지 두루마리를 주었다. 훔볼트는 그것을 펼쳐 보았다. 안쪽에 글이 쓰여 있었다. 그는 불안하게 그 글자들을 응시했다.

이제 돌아가야 합니다. 에렌베르크가 속삭였다. 여기 계속 머무는 것은 황제의 호의에 벌써 과도한 부담을 주는 겁니다. 국경을 넘은 것 자체가 말도 안 되는 일이었습니다.

그들은 돌아오는 길에 칼미크<sup>러시아 남부에 있는 공화국</sup> 사원을 지나갔다. 여기서 비밀스러운 제식이 벌어집니다. 볼로딘이 말했다. 그것을 한 번은 꼭 봐야 합니다.

갈색 옷을 입고 머리를 깎은 승려가 그들을 안으로 안내했다. 금상들이 웃고 있었고 약초 탄 냄새가 났다. 오렌지색 옷을 입은 라마가 그들을 기다렸다. 라마는 중국어로 승려와 이야기를 나누었고 승려는 볼로딘에게 서투른 러시아어로 말했다.

세상의 모든 지식을 갖춘 한 남자가 여행 중이라는 소식을 들었어요.

훔볼트는 반박했다. 내가 아는 것은 보잘것없습니다. 다만 나는 그런 상황을 바꾸기 위해 평생을 보냈지요. 지식을 얻으며 세계를 돌아다녔습니다. 그것이 전부입니다.

볼로딘과 승려가 통역을 했고 라마가 웃었다. 그는 주먹으로 자신의 뚱뚱한 배를 두드렸다. 세상은 항상 여기에 있지요!

뭐라고요? 훔볼트가 물었다.

여기 이 안이 강력해지고 커지는 것. 라마가 말했다.

바로 그것을 얻으려고 나는 항상 노력했지요. 훔볼트가 말했다.

라마는 어린아이의 연약한 손으로 훔볼트의 가슴을 만졌다. 여기에 무(無)가 있습니다. 무를 이해하지 못하는 사람은 어찌할 바를 모르고 온 세상을 돌아다닙니다. 모든 것을 뒤흔들어 놓지만 아무 영향도 미치지 못하는 태풍처럼.

나는 무를 믿지 않습니다. 훔볼트가 당황한 목소리로 말했다. 나는 자연의 충만함과 풍부함을 믿습니다.

자연은 구원되지 않습니다. 라마가 말했다. 자연은 절망을 뱉어 냅니다.

훔볼트는 당황하여 볼로딘이 제대로 통역한 것인지를 물었다.

빌어먹을. 볼로딘이 대답했다. 내가 어떻게 알겠어요. 아까부터 쓸데없는 말뿐이잖아요.

라마는 훔볼트에게 자기 개를 깨워 줄 수 있는지 물었다.

죄송합니다만. 훔볼트가 말했다. 이 은유는 이해하지 못하겠는데요.

볼로딘은 승려와 이야기를 했다. 그리고 말했다. 은유가 아니랍니다. 라마가 사랑하는 개가 어제 죽었다네요. 누군가 잘못해서 그 개를 밟아 죽였답니다. 라마가 죽은 개를 보관해 놓았는데 매우 학식이 높다는 훔볼트에게 그 동물을 다시 살려 달라고 부탁하는 겁니다.

훔볼트가 말했다. 그런 건 할 수 없습니다.

볼로딘과 승려는 통역을 하고 라마는 절을 했다. 현자는 그런 일을 아무 때나 하시지 않는다는 걸 알아요. 그래서 이렇게 은총을 베풀어 줄 것을 간곡히 부탁하는 겁니다. 나는 이 개를 정말 사랑했습니다.

훔볼트는 반복해서 말했다. 나는 정말 할 수 없습니다. 약초 냄새 때문에 점차 어지러워졌다. 나는 어떤 것도, 어떤 사람도 죽음에서 되살릴 수 없습니다!

현자의 그 말에 무슨 의미가 있는지는 이해했습니다. 라마가 말했다.

훔볼트가 외쳤다. 나는 무슨 의미를 전하고 있는 게 아닙니다. 그것을 할 수 없단 것뿐입니다!

알았습니다. 라마가 말했다. 지혜로운 분에게 차 한 잔은 대접해도 되겠습니까?

볼로딘은 조심하라고 충고했다. 이 지역에서는 차에 버터를 잔뜩 넣습니다. 거기에 익숙해 있지 않은 사람에게는 끔찍한 맛이죠.

훔볼트는 고맙지만 사양하겠다고 말했다. 저는 차를 마시지 않습니다.

이 메시지 역시 이해합니다. 라마가 말했다.

아무 메시지도 없습니다. 훔볼트가 외쳤다.

이해합니다. 라마가 말했다.

훔볼트는 망설이다 절을 했다. 라마가 그를 똑같이 따라 했다. 그들은 다시 길을 떠났다.

오렌부르크 앞에서 코르시카 사람들 수백 명이 기마단의 공격에서 그들을 보호하기 위해서 합류했다. 그들은 이제 200명이 넘는 군인의 호위를 받으며 마차 열두 대에 나눠 타고 있는 쉰 명이 넘는 여행객이었다. 그들은 줄곧 전속력으로 달렸다. 훔볼트의 부탁에도 불구하고 중간 휴식은 없었다.

너무 위험하군요. 로제가 말했다.

길이 멀기 때문이지요. 에렌베르크가 말했다.

할 일이 많습니다. 볼로딘이 말했다.

오렌부르크에서는 키르기스 술탄 세 명이 기다리고 있었다. 그들은 많은 수행원들을 거느리고 모든 것을 알고 있는 남자를 만나기 위해 왔던 것이다. 훔볼트는 작은 소리로 그가 언덕 몇 개를 올라가 봐도 되겠느냐고 물었다. 돌에 아주 관심이 많고, 또 오랫동안 기압을 측정하지 못했거든요.

나중에요. 지금은 더 중요한 일이 있습니다! 에렌베르크가 말했다.

출발하기 전날 저녁에 훔볼트는 침실에서 몰래 자기 측량을 할 수 있었다. 다음 날 아침에 그는 등에 통증을 느꼈다. 그때부터 그는 허리를 약간 굽히고 다녔다. 로제는 조심스럽게 그가 마차에 올라타는 것을 도와주었다. 죄수들을 태운 마차를 지나쳤을 때 그는 못 본 척 창밖을 내다보지 않으려 애썼다.

훔볼트는 아스트라칸에서 평생 처음으로 증기선에 타 보았다. 모터 두 개가 공기 속으로 냄새 나는 연기를 뿜어냈다. 쇠로 된 선체가 무겁게 출렁거리며 바다로 나아갔다. 물거품이 달빛 어스름에 희미하게 빛났다. 그들은 조그만 섬에 상륙했다. 모래에 파묻힌 독거미들의 발이 밖으로 튀어나와 있었다. 훔볼트가 그것을 만지자 거미들이 움칠거렸다. 그러나 거미들은 도망가지 않았다. 그는 행복한 표정으로 몇 가지 메모를 했다. 그에 관해 그는 원정기의 한 챕터를 기꺼이 할애할 것이다.

정말 이해가 되지 않는군요. 로제가 말했다. 쓰는 것은 나에게 맡기십시오. 선생님께서 그것까지 하실 필요는 없지 않습니까.

훔볼트가 말했다. 내가 직접 쓰고 싶소.

주제넘게 굴고 싶지는 않습니다. 로제가 말했다. 그러나 저는 왕의 위임을 받고 온 겁니다.

배가 출항했다. 잠시 후 섬은 더 이상 보이지 않았다. 짙은 안개가 그들을 에워쌌다. 바다와 하늘이 더 이상 구분되지 않았다. 수염이 난 해마의 머리만 가끔씩 나타났다. 뱃머리에 서서 바다를 바라보고 있을 때 로제가 이제 돌아갈 시간이라고 말하자 훔볼트는 처음에는 아무런 반응도 보이지 않았다.

어디로 돌아가는데?

우선은 해안으로요. 로제가 말했다. 그리고 모스크바로, 그다음에는 베를린이지요.

그렇다면 이것이 끝이군. 훔볼트가 말했다. 정점, 결정적인 전환점? 더 멀리 갈 수는 없을까?

이 세상에서는 불가능하죠. 로제가 말했다.

곧 배가 항로에서 벗어났다는 사실이 밝혀졌다. 아무도 안개를 예상하지 못했다. 선장은 지도를 가져오지 않았다. 아무도 어떤 방향에 육지가 놓여 있는지 몰랐다. 그들은 목적지도 없이 지그재그로 운항을 했다. 안개가 모든 소리를 삼켜 버렸다. 점점 더 위험해지고 있소. 선장이 말했다. 연료가 곧 바닥날 텐데, 만약 우리가 항로에서 너무 멀리 이탈한 거라면 하나님조차도 우리를 도와줄 수 없을 거요. 볼로딘과 선장은 서로를 껴안았다. 여러 명의 교수들이 술을 마시기 시작했다. 비관적인 분위기가 퍼져 갔다.

로제는 뱃머리에 서 있는 훔볼트에게 다가왔다. 이제 위대한 항해자의 도움이 필요합니다. 당신이 도와주지 않는다면 우리는 죽을 겁니다.

그리고 절대 돌아가지 못하겠지. 훔볼트가 말했다.

로제는 고개를 끄덕였다.

그냥 사라져 버리는 거지. 훔볼트가 말했다. 인생의 정점에서 카스피 해를 항해하고 절대 돌아오지 못한다?

바로 그겁니다. 로제가 말했다.

광활함과 하나가 되어 우리가 어려서부터 꿈꾸어 왔던 풍경 속으로 영원히 사라져 버리는 거. 그 풍경 속으로 들어가 거기서 떠돌며 절대 돌아오지 않는 거?

그런 거라고 말할 수 있겠죠. 로제가 말했다.

저쪽으로 가야 하네. 훔볼트는 왼쪽을 가리켰다. 그곳의 어둠은 하얀 아지랭이가 번져 있는 것처럼 다른 곳보다 밝아 보였다.

로제는 선장에게 가서 선장이 운항하던 방향의 반대 방향을 가리켰다. 30분 후에 그들은 해안에 도착했다.
그들이 지금까지 보았던 무도회 중 가장 큰 무도회가 모스크바에서 열렸다. 훔볼트는 파란색 연미복을 입고 나타나서 이리저리 사람들에게 끌려 다녔다. 장교들이 그 앞에서 거수경례를 했다. 여자들은 무릎을 굽히며 궁중식 절을 했고 교수들도 머리를 숙였다. 그리고 조용해졌다. 글린카 장교가 시를 낭독했다. 그 시는 모스크바의 방화로 시작해서 새로운 시대의 프로메테우스인 훔볼트 남작에 관한 연으로 끝났다. 박수가 15분 이상 지속되었다. 훔볼트가 약간 쉬고 떨리는 목소리로 지구의 자장에 관해 이야기하려 할 때 학장이 그에게 표트르 대제의 머리카락으로 만든 변발을 선물하며 그의 말을 중단시켰다. 연설과 수다. 훔볼트는 에렌베르크의 귀에 대고 속삭였다. 학문은 없군요. 가우스 교수에게 꼭 말해야겠어요. 이제야 이해가 된다고요.
당신이 이해한다는 것을 알고 있소. 가우스가 대답했다. 가련한 친구여, 당신은 항상 당신이 생각하는 것보다 더 많은 것을 이해하고 있었소. 미나는 어디가 안 좋으냐고 물었다. 그는 생각을 소리 내서 한 것뿐이니 자신을 그냥 놔두라고 부탁했다. 그는 아주 화가 난 상태였다. 빙글거리며 밤새도록 그를 쳐다보았던 중국 사람 때문이었다. 그런 행동을 그는 꿈에서도 수용할 수 없었다. 게다가 그는 공간의 천문기하학에 관한 논문을 또 받았다. 이번에는 다름 아닌 늙은 마르틴 바르텔스가 쓴 것이었다. 몇십 년이 지나서야 그가 나를 능가했군. 그가 말했다. 그러자 그에게 옆에 있는 미나가 아니라 이미 페테르부르크 행 특급마차에 타고 미친 듯이 달리고 있는 훔볼트가 대답하는 것 같았다. 사물은 그대로 있습니다. 우리가 사물을 인식한다고 하는 것은 다른 누군가가 인식한 대로 인식하거나 아직 아무도 인식하지 못한 대로 인식한다는 뜻입니다. 그게 무슨 말입니까? 훔볼트에게 상트 아넨 교단의 띠를 둘러 주려던 황제가 이렇게 묻고는 움직임을 멈추었다. 훔볼트는 짧게 둘러댔다. 저는 단지 어떤 학자의 업적을 과대평가해서는 안 된다고 말했을 뿐입니다. 탐험가는 창조자가 아닙니다. 탐험가는 아무것도 발명하지 않고 어떤 땅도 획득하지 않으며 어떤 열매도 기르지 않습니다. 씨를 뿌리지도 않고 수확하지도 않습니다. 그리고 언젠가는 더 많이 알고 있는 다른 사람이 그의 뒤를 잇고, 더 많은 것을 알고 있는 또 다른 사람이 그 뒤를 잇겠지요. 러시아 황제는 이맛살을 찌푸리면서 그의 어깨에 띠를 둘렀다. 만세와 브라보 소리가 터져 나왔다. 훔볼트는 몸을 구부리지 않고 서 있으려고 노력했다. 화려한 단상 위에 오르기 전에 프록코트의 단추가 풀어진 것이 그의 눈에 띄었다. 그는 얼굴을 붉히며 로제에게 그것을 잠가 달라고 부탁했다. 얼마 전부터 그의 손가락이 말을 듣지 않았다. 이제 금박을 입힌 홀이 눈앞에서 뿌예졌다. 화려한 장식이 빛을 발했다. 모두들 박수를 쳤다. 그리고 검은 피부의 작가가 부드러운 목소리로 시를 낭독했다. 훔볼트는 1년이 넘게 걸린 원정 기간 동안 페테르부르크에서 구겨진 채 자신을 기다리고 있었던 편지에 관해 가우스에게 이야기를 하고 싶었다. 봉플랑이 편지에 이렇게 썼다. 느리고 힘들게 나의 날들은 지나갔습니다. 그리고 점점 작아지는 세계는 나와 나의 집, 그리고 집 주변의 밭을 겨우 겨우 포함하고 있습니다. 그 밖의 모든 것은 들여다볼 수 없는, 대통령의 세계에 속합니다. 나는 이제 정신을 차렸고 더 이상 아무것도 바라지 않습니다. 어떤 나쁜 일이 일어나더라도 놀라지 않을 준비가 되어 있으며 이른바 평온을 찾았습니다. 옛 친구여, 내가 그리울 거요. 나는 당신처럼 식물을 좋아하는 사람을 만난 적이 없습니다. 훔볼트는 몸이 움찔했다. 로제가 그의 팔뚝을 잡았다. 커다란 식탁 주위에 둘러앉은 사람들이 모두 그를 바라보았다. 그는 일어섰다. 다소 뒤죽박죽인 연설을 하는 동안 그는 가우스를 생각했다. 교수는 아마 그에게 이런 대답을 했을 것이다. 봉플랑이라는 사람은 물론 운이 나빴소. 그러나 그것이 우리 탓입니까? 어떤 식인종도 당신을 먹지 않았고 어떤 바보도 나를 죽도록 때리지 않았습니다. 우리가 운이 좋았다는 것이 부끄러운 일은 아니지 않습니까? 지금 일어나는 일은 언젠가 한 번은 일어나야 하는 일일 뿐입니다. 우리의 창조자는 이제 우리에게 싫증이 났습니다. 가우스는 파이프를 옆에 놓고 벨벳 두건을 뒷머리 위로 끌어 올리고 러시아어 사전과 작은 푸슈킨 시집을 집어 들었다. 그리고 저녁 식사 전에 산책을 하러 나갔다. 그는 등이 아팠다. 배도 아팠다. 귀에서는 소리가 났다. 그럼에도 건강은 나쁘지 않았다. 다른 사람들은 죽었지만 그는 아직 여기 살아 있었다. 그는 항상 생각했다. 너무 복잡한 것은 그만 하자. 꼭 필요한 것을 위해서는 아직 생각할 능력이 충분히 있다. 나무 꼭대기가 흔들렸다. 멀리 천문대의 둥근 천장이 보였다. 오늘 밤도 그는 습관처럼 망원경이 있는 곳으로 가서 무엇인가를 찾기 위해 먼 나선형 안개 방향으로 은하수를 추적할 것이다. 그는 훔볼트를 생각했다. 그는 훔볼트가 무사히 돌아오기를 바랐다. 그러나 결국 사람은 무사히 돌아오는 것이 아니라 매번 더 약해져서 돌아온다. 혹은 더 이상 돌아오지 못한다. 아마도 그것, 즉 빛을 사라지게 하는 에테르는 어딘가에 있을 것이다. 물론 그건 어디 있을 거야. 훔볼트는 마차 안에서 생각했다. 분명히 어느 마차엔가 그것을 실었어. 단지 그게 어느 것인지 기억나지 않을 뿐이야. 수백 개의 상자들 중 어딘가에 있을 거야. 그런데 어디 있는지 모르겠어. 갑자기 그는 에렌베르크에게 몸을 돌렸다. 사실들! 네? 에렌베르크가 말했다. 사실들. 훔볼트가 반복했다. 그것들은 아직 남아 있고 나는 그것 모두를 기록할 거야. 사실로 가득 찬 엄청난 책을 말이오. 세계의 모든 사실들이 한 권의 책에 수록될 거요. 모든 사실들과 우주 전체를 집어넣을 거요. 물론 오류, 환상, 꿈과 안개를 제거하고 말이지. 사실과 숫자. 그는 불안한 목소리로 말했다. 그것들이 구원해 줄 수 있을 거야. 예를 들어 우리가 23주 동안 돌아다닌 것을 생각해 봐요. 14,500베르스타<sup>옛 러시아의 거리 단위, 1066.7미터</sup>를 지나왔고 658개의 역을 지났다는 것을 말이오. 그는 멈칫거렸다. 12,224마리의 말을 이용했죠. 이렇게 수를 사용하면 혼란스러운 것을 이해 가능한 것으로 정리할 수 있는 겁니다. 이제 용기를 가져도 됩니다. 그러나 베를린에 거의 도착할 즈음 가우스가 바로 지금 그의 망원경을 통해 궤도를 단순한 공식으로 정리할 수 있는 천체를 보고 있을 거라고 생각하니, 훔볼트는 갑자기 그들 중 누가 먼 여행에서 돌아오고 있고 누가 집에 머물러 있었던 것인지 알 수가 없었다.

# 나무

오이겐은 해안이 사라지는 것을 보면서, 태어나서 처음 피는 파이프 담배에 불을 붙였다. 맛이 좋지는 않았지만 그것에 익숙해질 수도 있겠다는 생각이 들었다. 턱수염을 기른 지금 그는 처음으로 자신이 어린아이가 아닌 것처럼 느껴졌다.

체포된 다음 날 아침은 오래전에 지나간 것 같았다. 턱수염을 기른 지방 경찰 지휘관이 그가 수감되어 있던 방으로 쳐들어와서 그의 얼굴에 두 번 주먹을 날렸는데 그로 인해 턱이 탈골되었다. 그리고 잠시 뒤 심문이 시작되었다. 프록코트를 입은 점잖은 남자가 그를 슬프게 바라보며 물었다. 왜 그런 일을 했습니까? 체포당할 때 저항해서 혼이 났다는데 그럴 필요가 있었소?

나는 저항하지 않았어요. 오이겐이 소리쳤다.

프로이센 경찰이 그의 거짓말에 속을 것 같으냐고 물었다.

오이겐은 아버지와 연락하게 해 달라고 부탁했다.

비밀 경찰은 한숨을 쉬며 물었다. 정말 그럴 수 있다고 생각하는 거요? 그런 일은 절대 일어날 수 없는데. 그는 몸을 앞으로 숙이고 오이겐의 양쪽 귀를 조심스럽게 잡고선 그의 머리를 있는 힘껏 책상에 내리박았다.

정신을 차렸을 때 그는 격자창이 달린 병실 한구석 깨끗한 시트가 깔린 침대에 누워 있었다. 이곳은 나쁜 곳이 아닙니다. 늙은 간호사가 말했다. 여기는 귀족들이나 누군가가 은밀히 손을 써 준 그런 사람들만 올 수 있는 곳이에요. 그러니 당신은 운이 좋은 줄 아세요.

저녁 무렵 다시 예의 바른 비밀 경찰이 나타났다. 판결이 났소. 오이겐, 당신은 이 나라를 떠나야 합니다. 대양을 건너가야 할 거요.

정말 모르겠어요. 오이겐이 말했다. 그렇게 멀리 쫓겨 가야 하다니.

이것은 제안이 아니오. 비밀 경찰이 대답했다. 당신하고 토론할 문제가 아니란 말이지. 그리고 당신은 자신이 어떤 숙명에서 벗어났는지 모르는 모양인데 진실을 알고 나면 너무 행복해서 울어야 할 판이오.

저녁에 그의 아버지가 왔다. 그는 침대 가장자리에 앉아서 어머니에게 그 일을 어떻게 알려야 하느냐고 물었다.

그 모든 것이 제가 의도했던 일이 아니에요. 오이겐은 울면서 말했다. 나는 아무것도 몰랐고, 떠나고 싶지 않아요.

이미 벌어진 일은 돌이킬 수 없다. 그의 아버지가 말했다. 그는 멍한 표정으로 아들의 어깨를 두드리고 나서 약간의 돈을 베개 밑에 밀어 넣었다. 남작이 모든 일을 주선했다. 그는 예의 바른 사람이다. 약간 미치긴 했어도.

오이겐은 자기가 앞으로 어떻게 먹고살아야 하는지 물었다.

그의 아버지는 어깨를 으쓱했다. 토지 측량에 관해 생각해 본 적이 있느냐?

토지요, 왜요?

아버지는 생각에 잠겨 말했다. 구의 함수, 그것을 연구해야 해. 그는 마치 꿈에서 깨어난 사람처럼 오이겐을 보았다. 언제나 그래 왔던 것처럼 나는 그것도 이룰 것이다! 그리고 그는 오이겐의 어깨가 그의 턱에 눌릴 정도로 오이겐을 꼭 끌어안았다. 너무 아파서 오이겐은 잠시 정신을 잃을 지경이었다. 그가 다시 정신을 차렸을 때 그의 아버지가 병실을 나갔다. 그 순간 그는 아버지를 더 이상 볼 수 없으리라는 사실을 깨달았다.

사흘 후 그는 항구에 도착했다. 영국으로 가는 배를 기다리면서 그는 세 명의 무역상과 대화를 나누었다. 그들은 똑똑하지는 않았지만 순박한 사람들이었다. 그들은 새로 설립되는 은행을 위해 일하고 있다고 했고 그에게 함께 카드게임을 하자고 했다. 오이겐이 이겼다. 처음에는 조금, 그러더니 점점 더 많이 땄다. 마지막에는 사람들이 그를 사기꾼으로 여길 정도로 많이 땄다. 그는 빨리 그 자리를 떠나야 했다. 게임을 하면서 그는 아버지가 그에게 몇 년 전에 가르쳐 주었던 지오다노 브루노의 방법에 따라 카드를 외우는 것 외에 다른 짓은 아무것도 하지 않았다. 모든 카드를 머릿속에서 인간의 형상이나 동물 형상으로 바꿔야 했다. 단순하면 단순할수록 그것들이 하나의 이야기로 더 잘 구성된다. 그것을 연습하면 서른두 장의 카드와 함께 게임을 머릿속에 기억할 수 있다. 당시엔 이것이 잘 되지 않았다. 그의 아버지는 욕을 퍼부으면서 포기했다. 그런데 이제는 아주 쉽게 할 수 있었다.

한 음식점에서 그는 술을 많이 마셨다. 주위의 공기가 반짝거리기 시작했고 그는 사지에 달콤한 노곤함을 느꼈다. 자고 싶다는 생각이 너무 강해서, 옆에 와서 앉은 아름다운 여자도 보지 못할 뻔했다. 그녀는 얼핏 아주 젊어 보였지만 가까이에서 보니 젊지도, 예쁘지도 않았다. 그래서 그는 돈이 없다고 거짓말을 했다. 그녀는 모욕감을 느꼈는지 자기를 그런 여자로 여기느냐고 물었다. 그는 그렇게 생각하지 않았다는 것을 증명하기 위해 그녀를 자기 여관방으로 데리고 갔다. 여관으로 가는 도중에 그는 그녀가 자기 인생의 첫 번째 여자이며 어떻게 해야 할지 모른다는 사실을 그녀에게 말하는 것이 예의일지 생각해 보았다. 그 일은 아주 간단했다. 어스름 속에서 그녀의 손이 자기 뺨 위에 닿는 것을 느꼈을 때 그는 아주 행복하고 노곤해졌다. 그녀가 남자를 깨워 두는 법을 알지 못했더라면 그는 그대로 잠이 들었을 것이었다. 그녀가 젊은지, 예쁜지는 더 이상 중요하지 않았다. 다음 날 아침 그녀가 그의 돈을 전부 가져갔다는 사실을 알았을 때도 그는 화를 내지 않았다. 여행을 떠나면 모든 것이 얼마나 쉬워지는지.

그는 영국으로 왔다. 낯선 사람들, 이상하게 울리는 소리로 이루어진 언어, 낯선 간판들과 이상한 음식들. 런던에는 수백만의 사람들이 살고 있었다. 그는 상상도 할 수 없었다. 100만 명, 그것은 아무 의미도 없었다. 그가 묵는 여관에 훔볼트의 편지가 도착했다. 훔볼트는 그에게 새로운 종류의 증기선 중 하나를 타라고 추천했다. 그는 거친 사람들과의 교제에 관한 조언도 했다. 친절하고 관심이 있는 것처럼 행동해야 한다. 자신의 우월함을 부정해서는 안 되며 충고나 조언을 하는 것을 망설여서도 안 된다. 다른 사람의 무지에 대한 호의는 업신여김의 표현이다. 오이겐은 웃지 않을 수 없었다. 그가 미개인들과 뒤섞여 살아야 하는 것처럼 생각하다니! 그의 아버지에 관해서는 아무 말도 없었다. 밤이 되었지만 그는 향수와 고독으로 잠들 수가 없었다. 그는 자리 하나가 비어 있는 첫 번째 증기선을 탔다.

그 배에는 여행객이 별로 없었다. 증기선은 얼마 전부터 대양을 건너 운항하고 있었다. 대부분의 사람들에게는 잘 알려지지 않았다. 하늘은 낮고 구름이 끼어 있었다. 오이겐의 파이프에 불이 꺼졌다. 그는 다시 불을 붙이려 했지만 바람이 너무 강했다. 오이겐이 수학에 관해 무엇인가를 좀 알고 있다는 소리를 들은 선장은 그를 조종실로 초대했다.

항해에 관심이 있습니까?

조금도 없습니다. 오이겐이 대답했다.

선장이 말했다. 전에는 강한 구름이 문제가 되었지요. 그러나 오늘날 우리는 별을 보지 않고도 항해할 수 있습니다. 지금은 크로노미터라는 고정밀 시계가 있거든요. 해리슨 크로노미터로 보통 사람도 배를 타고 지구를 일주할 수 있답니다.

위대한 항해자의 시대는 지나갔나요? 오이겐이 물었다. 블라이나 훔볼트의 시대도요?

선장은 생각했다. 오이겐은 왜 사람들이 대답하기 전에 항상 그렇게 시간을 끄는지 궁금했다. 그것은 어려운 질문도 아니었는데! 그런 시대는 지나갔다고 마침내 선장이 대답했다. 그리고 절대 다시 돌아오지 않을 겁니다.

오이겐이 흥분 때문에 잠을 이루지 못하고 모터의 소음과 선실을 같이 쓰는 아일랜드 사람의 코 고는 소리를 들으며 누워 있을 때 폭풍이 불기 시작했다. 파도가 엄청난 힘으로 선체를 때렸다. 모터는 울부짖는 소리를 냈다. 오이겐이 갑판 위를 휘청거리며 걸을 때 물거품이 강한 힘으로 그를 내리쳤다. 그는 바다로 떨어질 뻔했다가, 흠뻑 젖은 채 선실로 돌아왔다. 아일랜드 사람이 기도를 중단했다.

나에게는 대가족이 있어요. 그는 서투른 프랑스어로 말했다. 나는 그들을 책임져야 합니다. 나는 죽어서는 안 됩니다. 아버지는 냉혹하고 다른 사람을 사랑할 줄 모르는 분이었어요. 어머니는 일찍 돌아가셨습니다. 그런데 이제 하나님이 나를 데려가려고 하네요.

우리 어머니는 아직 살아 계십니다. 오이겐이 말했다. 그리고 우리 아버지는 많은 것을 사랑하셨죠. 나만 제외하고 말입니다. 하나님이 벌써 나를 데려갈 거라고 생각되지는 않는데요.

다음 날 아침 대양은 다시 호수처럼 조용해졌다. 선장은 중얼거리면서 지도 위로 몸을 구부리고 육분의와 해리슨 크로노미터를 들여다보았다. 항로에서 멀리 벗어난 상태였기 때문에 연료를 더 실어야 했다.

그래서 그들은 테네리페에 정박했다. 눈이 부실 정도로 밝은 햇살이 비쳤다. 앵무새 한 마리가 새로 설치된 동물 우리의 발코니에서 호기심에 찬 눈으로 그들을 보았다. 오이겐은 항구로 내려갔다. 이것저것 지시를 내리는 남자들의 소리가 들리고 상자들이 배에서 내려졌다. 옷을 거의 입지 않은 여자들이 우아한 걸음으로 왔다 갔다 했다. 거지가 구걸을 했지만 오이겐은 아무것도 가진 것이 없었다. 우리 하나가 열렸다. 작은 원숭이 떼가 비명을 지르며 폭발하듯 우리에서 뛰쳐나와 사방으로 흩어졌다. 오이겐은 항구를 떠나서 산

기슭을 따라 걸었다. 그는 이 산의 정상에 서면 어떤 기분일까 생각해 보았다. 먼 곳까지 보일 것이다. 공기도 맑을 것이고.

길옆에 기념석이 서 있었다. 부조에는 숄과 프록코트, 실크해트를 쓴 남자와 산이 조각되어 있었다. 오이겐은 그 글 중 이름만 제외하고는 아무것도 이해하지 못했다. 그는 바위 위에 앉아서 담배 연기를 공중으로 내뿜으며 돌에 새겨진 그림을 관찰했다. 판초와 양모 모자를 쓴 원주민이 멈춰 서서는 그것을 가리키고 스페인어로 무언가를 외쳤다. 땅을 가리키고 공중을 가리키고 다시 땅을 가리켰다. 이상하게 긴 더듬이를 가진 다지류 벌레가 오이겐의 바지에 기어올랐다. 그는 주위를 둘러보았다. 낯선 식물이 아주 많았다. 그는 그들의 이름이 무엇일까 생각해 보았다. 다른 한편으로는 이름이 무슨 상관일까 하는 생각도 들었다. 이름은 단순히 이름일 뿐이다.

그는 담으로 둘러싸인 정원으로 갔다. 문이 열려 있었다. 난초과 식물이 나무줄기를 감아 올라갔다. 수백 마리 새들이 지저귀는 소리가 공기를 뚫고 들려왔다. 새로 쌓은 듯한 담 근처에 매우 큰 나무가 서 있었다. 나무껍질엔 가시가 있었고 거칠었다. 줄기에서 뻗어 나온 가지들이 수풀을 이루며 위로 넓게 퍼졌다. 오이겐은 주저하면서 그 나무 그늘로 들어갔다. 나무줄기에 기대어 눈을 감았다. 그가 다시 눈을 떴을 때 한 남자가 갈퀴를 들고 그 앞에 서서 욕을 했다. 오이겐은 그를 진정시키려고 웃었다. 이 나무는 매우 오래된 거지요? 정원사는 발로 바닥을 두드리며 손으로 문을 가리켰다. 오이겐은 미안하다고 말했다. 이곳에서 잠깐 쉬고 있었더니 한순간 내가 다른 사람이 된 것처럼, 아무도 아닌 것처럼 느껴졌습니다. 이곳은 아주 편안한 장소군요. 정원사는 위협하는 듯 갈퀴를 들어 올렸다.

오이겐은 재빨리 도망쳤다.

증기선은 아침 일찍 출발했다. 몇 시간이 지나자 섬은 보이지 않았다. 며칠 동안 대양은 아주 고요해서 오이겐에게는 배가 더 이상 움직이지 않는 것처럼 보였다. 그러나 그들은 바람을 팽팽하게 받은 삭구가 달린 범선들과 자주 마주쳤고, 두 척의 증기선과도 마주쳤다. 오이겐은 밤중에 멀리서 무언가 깜박거리는 것을 보았다고 생각했다. 선장은 신경 쓰지 말라고 충고했다. 바다는 환영을 보여 주기도 합니다. 가끔은 바다도 사람처럼 꿈을 꾸는 것 같습니다.

그러고 나서 강한 파도가 밀려왔다. 안개 속에서 털이 헝클어진 새들이 나타나서는 기분 나쁘게 소리를 지르더니 다시 사라졌다. 아일랜드 사람은 오이겐에게 무언가 함께 해 보지 않겠느냐고 물었다. 가게를 열든가 아니면 작은 사무실을 열든가.

좋아요. 오이겐이 말했다.

내게는 여동생이 있소. 아일랜드 사람이 말했다. 그 아이는 제멋대로인 데다 예쁘지도 않지만 요리는 할 줄 알지요.

요리, 좋지요. 오이겐이 말했다.

그는 파이프에 마지막 담배를 집어넣고 뱃머리로 갔다. 그리고 바람 때문에 눈물을 흘리며 아주 한참을 거기에 서 있었다. 저녁 안개 속에서 무엇인가가 나타났다. 처음에는 투명하게 현실이 아닌 것처럼 보이더니 점점 뚜렷해졌다. 선장은 웃으면서 말했다. 아닙니다. 이번에는 환영도 아니고 등대도 아닙니다. 그곳은 아메리카입니다.

## 옮긴이의 말

"전 세계 독자들은 독일 문학에서 무거움과 진지함이라는 단어들을 떠올려 왔다. 그러나 나는 그런 독일 문학이 지겹다. 묵은 인상을 걷어 낼 새로운 문학을 하겠다고 결심했다. 뭔가 다른 스타일로 써야만 작가로서 나 자신이 해방감을 느낄 수 있을 것 같았기 때문이다"

독일 문학은 우리나라 독자뿐 아니라 전 세계 독자들에게도 무겁고 지루하며, 진지하고 난해하여 읽기 어려운 것으로 각인되어 있다. 이런 전통적인 독일 문학의 근엄함에 반기를 들고 "재미없는 독일 문학과는 결별하겠다."라고 선언한 독일의 젊은 작가 다니엘 켈만(Daniel Kehlmann)이 『세계를 재다(Die Vermessung der Welt)』라는 독특한 제목의 소설로 전 세계의 이목을 집중시키고 있다.

켈만은 1975년 뮌헨에서 태어나서 여섯 살부터 빈에서 살았으며 거기서 문학과 철학을 공부했다. 스물둘이라는 어린 나이에 첫 번째 소설을 발표했으며 2005년에는 『세계를 재다』로 북셀러가 선정하는 올해의 작가, 올해의 책에 선정되었다. 이 소설은 2005년 출간되자마자 독일 베스트셀러에 올랐으며, 그 후 70주가 넘게 베스트셀러 상위권을 유지하며 지금까지 100만 부가 넘게 팔렸다. 보수적인 독일 평단도 이 작가에 대해 무척 우호적인 평가를 내리고 있다.

『세계를 재다』는 18세기 독일의 자연과학자 두 명에 초점을 맞추어 기술된 역사 소설이다. 제목과 소재만 놓고 볼 때 이 소설은 여전히 진지하고 근엄한 독일 문학의 전통선상에 있는 듯하다. 그렇다면 켈만은 왜 이런 딱딱하고 학술적인 느낌의 제목을 선택했을까? 그는 한 인터뷰에서 이렇게 답하고 있다.

주인공인 훔볼트와 가우스는 각자의 방식으로 세계의 본질을 탐구했다. 훔볼트는 아프리카와 남미를 돌아다니며 세계를 탐험한 반면, 가우스는 집에 칩거한 채 수학만으로 우주 공간이 휘어 있다는 사실을 증명했다. 두 사람을 한자리에서 만나게 하면 인간과 세계를 깊이 이해할 수 있을 것 같았다.

탐험가이며 우주학자인 알렉산더 폰 훔볼트와 수학자이며 천문학자인 가우스. 이 소설은 1828년, 훔볼트의 나이가 쉰아홉이고, 가우스의 나이 쉰하나일 때 두 사람이 자연과학자 회의에서 만나는 시점에서부터 시작된다. 그다음부터는 그들의 개별적인 삶이 연대기적으로 장(章)마다 교대로 이어진다. 목적을 위해 수단을 가리지 않는 경험론자 훔볼트는 프로이센을 떠나 아마존을 탐험하고 남미의 가장 높은 산의 높이를 잰다. 반면 고집 센 분석가인 가우스는 괴팅겐의 집에 머물면서 자신의 방식을 수학 공식으로 정리하고 공간이 곡면임을 확인한다. 소설에서는 1828년까지의 그들의 삶을 회고하고 난 후 나머지 네 장에서 그들이 베를린에서 함께 보낸 시간과 다시 그들이 헤어지고 난 이후의 이야기를 계속한다. 켈만은 사실과 허구를 교묘하게 결합시키면서 두 과학자의 삶에 있어 중요한 순간들을 교대로 조명한다. 18, 19세기 사회상은 사소한 점만 제외하면 거의 사실과 일치하며 철저한 조사를 거친 것이다.

이 소설의 묘미는 무엇보다 진지한 소재를 해학과 유머로 재미있게 풀어 나가는 작가의 탁월한 능력에 있다. "단호한 말투와 스토리 전체를 지배하는 완벽한 이야기꾼의 등장"이라는 언론의 평가처럼 첫 페이지를 읽으면서 벌써 독자는 켈만의 독특한 문체에 빠져 들게 될 것이다. 아이러니컬하게 조명된 가우스와 훔볼트의 위대함과 우스꽝스러움 사이의 긴장으로 인해 계속 웃음을 머금은 채 말이다. 독일 소설을 읽으면서 이렇게 킥킥거리면서 작품 속에 빠져 드는 것이 정말 가능하다니? 아무리 설명해도 부족하다. 독자들이 능수능란한 이야기꾼인 작가의 능력을 직접 확인해 보는 수밖에 달리 방법이 없을 것이다.

이 책을 번역하면서 특별히 고민스러웠던 점은 소설 전체가 간접화법으로 쓰여 있어 이 어감을 우리말로 어떻게 살리는가 하는 문제였다. 작가가 간접화법을 의도적으로 사용한 것은 작품 속에 삽입된 대화 내용이 그대로 재현된 것이 아니라(실제로 재현될 수도 없다.) 사실을 근거로 해서 작가의 상상력이 개입된 것임을 암시하는 것이리라. 간접화법의 어감을 살리기 위해 여러 가지 어미를 시도해 보았으나 무엇보다 한국 독자들을 위해 가독성을 우선으로 하는 게 좋겠다는 생각에 결국에는 모두 직접화법으로 바꾸었다. 독자들이 이런 부분을 감안해서 읽어 주기를 바란다.

  마지막으로 부족한 번역 원고를 꼼꼼하게 교정해 주고 편집해 준 민음사 편집부에 감사의 뜻을 전한다. 2005년 독일에서 올해의 책으로 선정되고 평단과 독자 모두에게 폭발적인 반응을 불러일으켰던 이 책이 한국의 독자들에게서는 어떤 평가를 받을지 사뭇 기대가 크다.

2008년 7월<br/>박계수

세계를 재다

1판 1쇄 펴냄 2008년 8월 5일
1판 4쇄 펴냄 2019년 3월 12일

지은이 다니엘 켈만
옮긴이 박계수
발행인 박근섭·박상준
펴낸곳 (주) 민음사

출판등록 1966. 5. 19. (제16-490호)
서울특별시 강남구 도산대로1길 62(신사동)
강남출판문화센터 5층(우편번호 06027)
대표전화 515-2000 팩시밀리 515-2007

www.minumsa.com

한국어 판 ⓒ (주) 민음사, 2008. Printed in Seoul, Korea

ISBN 978-89-374-8198-7 03850